20世纪初,古浪县东南山乡兵祸连年,民不聊生,
人民不堪官府的盘剥和土匪的侵扰,红军征战河西,
古堡百姓不顾个人安危,为红军当向导,
想方设法保护并营救大量的红军伤病员,
并协助伤愈的战士前往陕北……

—— GUBAO WANGSHI ——

Gaoxi Huquanji zhu

高禧 胡全基 ◎著

敦煌文艺出版社

图书在版编目（CIP）数据

古堡往事 / 高禧，胡全基著. -- 兰州：敦煌文艺出版社，2020.10（2022.1重印）
ISBN 978-7-5468-1976-1

Ⅰ.①古… Ⅱ.①高… ②胡… Ⅲ.①长篇小说—中国—当代 Ⅳ.①I247.5

中国版本图书馆CIP数据核字（2020）第191350号

古堡往事
高禧　胡全基　著

责任编辑：王　倩　杜鹏鹏
封面设计：韩国伟

敦煌文艺出版社出版、发行
地　址：（730030）兰州市城关区曹家巷1号
0931-8152351（编辑部）　0931-8773112（发行部）

三河市嵩川印刷有限公司印刷
开本 710毫米 ×1020毫米 1/16 印张23 插页1 字数370千
2021年4月第1版 2022年1月第2次印刷
印数：3001～5000册

ISBN 978-7-5468-1976-1
定价：98.00元

如发现印装质量问题，影响阅读，请与出版社联系调换。
本书所有内容经作者同意授权，并许可使用。
未经同意，不得以任何形式复制转载。

目 录

第一章	抗外侵屡建战功 遭陷害血洒山冈	001
第二章	古浪峡遇险巧脱身 华热草原难得真爱	013
第三章	山重水复疑无路 曲径通幽黄羊川	022
第四章	雪莲救人淳朴善良 赛罕逢险起死回生	033
第五章	毛脚夫清晨来提亲 老五叔爽快应亲事	043
第六章	小夫妻两小无猜 两亲家不谋而合	050
第七章	患难时方显真情 风雨后始见彩虹	058
第八章	弱女子命运多舛 草上飞落草为寇	070
第九章	官府无能匪患成灾 烧山抢掠百姓遭罪	085
第十章	黄麻子恩将仇报 蒙面人夜救西都	097
第十一章	天灾兵祸民不聊生 百姓遭罪命贱如草	109
第十二章	老五叔重返古堡 毛三爸寻子遭罪	116
第十三章	老五叔夜会马县长 糊涂官错判糊涂案	127
第十四章	三姨太露出真面目 刘怀瑞险些丧老命	136

第十五章	马家兵祸害百姓 古堡人智斗顽敌	145
第十六章	余掌柜抗税进大牢 张半仙无辜遭枪杀	154
第十七章	乡亲们巧设机关 马家兵丢了性命	164
第十八章	马家兵阻击红军 毛西都充当"向导"	174
第十九章	红军强渡黄河 马匪防线崩溃	184
第二十章	红军救了虎虎命 百姓真情慰红军	198
第二十一章	红军鏖战炮声浓 血祭古浪突重围	209
第二十二章	毛西都杳无音信 老五叔心急如焚	217
第二十三章	余掌柜无意泄密 老五叔深夜探底	229
第二十四章	黄麻子偷枪露踪迹 老五叔巧破其迷踪	238
第二十五章	黄麻子伺机再行窃 老五叔巧妙擒盗贼	246
第二十六章	黄麻子送回毛西都 刘怀瑞命丧凉州城	255
第二十七章	邓大娘救下小红军 祁甲长敲诈太可恨	268
第二十八章	毛西都拜访刘乡长 夜行人救走六红军	279
第二十九章	红军伤员转离古堡 青石窑里安下新家	289

第三十章	马家兵追查红军 祁甲长信口胡言	298
第三十一章	刘乡长收买马家兵心 张排长敲开老五叔门	307
第三十二章	张排长率八勇士去陕北 老五叔带鄂豫皖回古堡	318
第三十三章	鄂豫皖回到兰州八办 毛西都如愿随行延安	331
第三十四章	历经艰难重归革命队伍 初心不改奔赴抗日前线	345

尾声……………………………………………………………357

# 第一章
抗外侵屡建战功　遭陷害血洒山冈

清朝末年。

一日，在一片血色的朝霞中，城门悄然开了，一队车仗从京师缓缓而出，浩浩荡荡向西北而行。

坐在车上的西都歹面色凝重，他紧紧搂住坐在自己身边幼小的儿子毛西都，两眼凝视着前方。对身后渐行渐远的京师，他根本无心回望。朝野上下钩心斗角，早已让他心生厌倦。这次，他随新任陕甘总督前往的那个地方，却勾起了他无尽的思绪。

那年，因江浙一带屡遭水灾，连年歉收，官府苛捐杂税众多，豪绅滚利盘剥，土匪抢掠袭扰，天灾人祸，民不聊生。西都歹聚众起事，争取生存的权利，深受民众拥戴。后经朝廷招安，为免生灵涂炭，西都歹归附朝廷，受命率兵抗击外侵，保卫南疆。他为将纪律严明，爱惜士卒，骁勇善战，屡建战功，遂被朝廷赏识重用。

时，西北抗击外侵连连失利，国土被敌蚕食，边民深受外敌烧杀抢夺之苦。民间武装起义风起云涌，一时，西北内忧外患，民众遭难，朝廷上下舆论哗然。

当朝令新任陕甘总督赴任，西都歹率诸骁将勇士，匆匆赶赴千里之外的西北，抗击外侮，平叛匪患。

时年六月，西都歹率大军，浩浩荡荡，星夜兼程，赶赴西北边疆。朝廷命官和幕僚大多是气味相投的地主官僚，一到西北，他们就投入当地地主阶级的怀抱，上为千疮百孔、奄奄一息的清王朝尽命效劳，下为地主阶级申冤报仇，把兵力全部投入到镇压揭竿而起的起义军身上，却把抗击外侵、收复失地、安抚百姓的大事丢在脑后、不管不问。

　　清兵采取全面出击、步步推进的战术围剿起义军。起义军缺乏统一指挥，在大军逼迫之下只有节节撤退、逐步溃散。

　　"总兵大人，被困起义军四次派人前来请求停兵和谈。"

　　"有何诚意？"

　　"起义军自愿交出枪七十余杆、战马七十多匹。"

　　总兵闻其言，并没有立刻作答。他面无表情，转身立于窗前，遥望着被困的村寨，耳边回响起总督大人之密令："凡破堡寨，寨内贼匪，悉行歼毙，生擒者，立即斩决。"

　　总兵断然转身，一字一句地对禀报军情的参将说："悉行歼毙，斩杀净尽。"

　　"大人，这支起义军虽有对抗朝廷之嫌，但其抗击外侵、保边安民，仍不失爱我民族的立场。现归附朝廷之意诚恳，罪不当诛呀！"

　　总兵捻须思考良久，依然坚定地说："寨内贼匪，悉行歼毙，免留后患。"

　　军令如山。

　　清军开始加紧攻打村寨，起义军以寨内民房为依托，利用地势向外射发枪炮，弹药用尽则用石块掷向清军，奋力阻击。

　　清军本想起义军气数已尽，只能待人宰割，却不想遭此巨力反抗。率领清剿起义军的参将气急败坏，枪炮齐发猛攻民房，并令士兵暗挖地道，内埋炸药，将村寨围墙和村寨内民房炸塌。顿时，被清兵围困的村寨狼烟滚滚。

　　清军趁势涌入村寨，与起义军短兵相接，展开巷战。起义军终寡不敌众，惨遭失败。清军破寨之后点燃民房，火势蔓延了一天一晚，整个村寨犹如一片火海。待到第二天天降大雨，雨水浇灭大火之后，村寨已成一片废墟。

　　清军张贴告示保证说，如果藏匿起来的义军能够出来自首，一律赦免。于是，许多藏匿起来没有丝毫反抗能力的义军伤残士兵和家眷，从地窖、暗道里走了出来。他们走出来以后，却被清兵用绳子捆起来，用长矛一阵猛刺，一一杀害。

　　清军不仅杀光灭绝了被围困在村寨里的义军，当地百姓也遭到了史无前例的屠杀。村寨内民房被焚烧，到处尸体横野，血水染红了街道小巷里的雨水，惨不忍睹。

"是役，击毙之贼及坠崖而死者实不下两三万人，积年数穴扫荡一空，贼之悍精骑党，销亡殆半……"总督急急上书清廷，邀功请赏。

西都歹目睹残酷的杀戮，多次上书总督："应以抗击外侵为重，平叛宜缓。"总督闻此言，心中极为不快。他本来对这位由"聚众起义对抗朝廷而后归顺朝廷"的骁将，早就心存疑虑，处处提防，现在见他同情起义军，便心生邪念，遂令其率兵奔赴边关，抗击外侮。

星夜兼程，数日后，西都歹率兵来到边关。

无边无际的大漠就像黄色的大海，起伏不断，浩浩渺渺。

西都歹站立于军帐之前，眼中没有了以往的争斗和纠结，却多了几分沧桑和真情。

远眺，义军军营旌旗猎猎，战骑嘶鸣。激荡在西北民众间抗击外侵的激情，感染并激起了西都歹当年在南疆抗击外侵时的那份豪情和雄心。

从浙杭到京师，再到西北，此时，西都歹的心境再次晴朗起来。他身先士卒，率部英勇杀敌。边民们见西都歹和他的将士们一心抗击外侵，纷纷给予支持。几股由边民组织的义军，不仅给西都歹刺探敌情，而且与其协同作战，建立了良好的军民关系。

一年多时间内，西都歹身历数战，杀敌无数，失去的大片国土逐步被收复，饱尝外敌烧杀抢夺之苦的边民过上了安宁的日子。西都歹和他的将士们，赢得了边疆民众的爱戴，逢年过节，边民们杀猪宰羊前来军营慰问将士。

时，总督有令，俘获敌将一律登记造册，押送回去，等待前敌总兵处置。

西都歹秉性耿直，把自己心中对腐败清廷的不满和怨愤，化作杀敌的力量驰骋疆场。总督有令不许杀所俘敌将，他便将俘获的一二敌将双耳割下，与官兵下酒。

此举，令外敌闻风丧胆。前敌总兵每次见到西都歹从前线押送来的被俘敌将均缺少双耳，虽对西都歹说不出子丑寅卯来，但心中极为不快。

西北边疆外侵逐渐减少，但地方官吏借抗击外侵、平叛剿匪之名，把各项捐税强加到百姓身上。层层盘剥，令民众苦不堪言。"民力既竭无以应，则委严酷州县敲骨髓以取之，州县刑竭，亦窘无以应，则委凶悍武弁调重兵以协之。朝指一官曰催面不力，夕而黜其名；夕指一堡曰抗面不供，朝而屠

其地方。春夏谷缺时，父母妻子饿死者委道路不得异土一掩。"官逼民反，民间义军烽烟再起。

朝廷上下对西北平叛剿匪颇有非议，遂派兵部侍郎出使陕甘，查究事情的原委。

一年前，西都歹在征讨犯境外敌时，曾俘获一敌将噶哇楼。他令部下毫不含糊地割下其双耳，后将其押送到前敌总兵处。

噶哇楼是个见风使舵、有奶便是娘的主儿，很快投降清军。此人不仅熟悉边关地理，还精通边关方言，处事圆滑，能说会道，善于迎合，略懂一点领兵打仗之术，很快赢得总兵的喜欢。总兵便派噶哇楼到前线协同参将作战。在一次伏击外敌入侵的战斗中，噶哇楼利用自己熟悉外敌作战规律的优势，略施诡计，布险设伏，大获全胜，俘获外敌数百人。自此，噶哇楼更受总兵信任器重。

小人得志，伺机复仇。

噶哇楼对西都歹割耳之恨，恨之入骨。为报割耳之仇，趁兵部侍郎出使陕甘之际，噶哇楼编造西都歹私通叛匪、泄露军机导致平叛之事接连失败的谎言，四处散布。

总兵平时对西都歹的所作所为很是不满。他明知"西都歹私通叛匪"属无稽之谈，但也不去阻拦噶哇楼等人造谣惑众的暗流蔓延。

兵部侍郎本身负重任，赴西北途中却游山玩水，一路耽误了大量的时间。到了西北，时间紧促，调查之事只能敷衍塞责。他偏听偏信噶哇楼之辈谗言，把"西都歹私通叛匪"的谎言以"实情"禀报了朝廷，把西北边关匪患未平，归咎于西都歹等人。

灾难悄悄地向西都歹袭来。

太阳的余晖给大漠抹上一抹血一般的暗红，有万点光亮闪耀。

西都歹看不到京师章台柳巷的繁华和歌舞升平的喧嚣，却感受到一种潜在的危机和突现的无奈。

朝廷发出逮捕西都歹押送进京诏命的那天，西都歹正在边关率将士与外侵之敌展开一场殊死搏杀。

整整一天的厮杀之后，战场暂时恢复平静。

沙漠平平展展，一直铺到天边。在天和地相接的地方，耸立着锯齿形的沙丘。眼前的沙地上，狼烟滚滚，人马尸体遍地，长矛和大刀上沾满了黑色的血迹，大漠死寂一片。一名受伤的年轻士兵，躺在血泊中，他想站起来，但挣扎了几次也未能如愿。只见他挣扎着想把手举起，几次努力，却未能举起。最后，他有些绝望，头一歪，枕在自己的胳膊上，两眼直勾勾瞪着前方。片刻，他又轻轻地张了张干裂的嘴巴，想说些什么，但已经无法说话，头一歪，停止了呼吸，鲜血从他的伤口处涓涓流出，染红了一片沙地。

扑通一声，西都歹这位五尺男儿，双膝跪在大漠之上。他轻轻地捋了一下那位士兵的脸，让他闭上了双眼。这位士兵随西都歹从浙杭来到边关，将热血洒在了保家卫国的北疆战场上，他那双没有闭上的眼睛，让西都歹心碎，他的眼里涌满了泪水。

太阳接近地平线了，经过烈日一整天的烘烤，沙漠上依然升腾着热浪，西都歹心中涌起一股无名的烦躁。

连日来，兵部侍郎禀报朝廷说他私通叛匪、泄露军机的传闻，使他心生无奈和愤怒。

"鞴马。"

随着西都歹的一声大吼，副将赛罕与西都歹分乘快骑向总督府奔去，他要去讨个说法和公道。

此时，从京城赶来的使者已将押解西都歹赴京的圣旨传到了总督府上。接到旨意，总督不敢怠慢，遂派兵赶赴边关捉拿西都歹欲将其押解进京。

大漠，残阳。

空旷开阔的大漠戈壁上，一队精兵浩浩荡荡地向西都歹驻守的边关军营奔来。

西都歹遥见总督派精兵赶来，自知大事不妙，料定即使他据理相争，也在劫难逃。他和副将赛罕避开精兵，抄近道急急赶回边关的军帐，带上尚未成年的儿子毛西都，在夜色的掩护下，悄然离开边关营帐。

对西都歹来讲，离开他洒下半生血汗和寄托人生梦想的军营，那不啻剥夺了他的生命。但现在他没有任何办法。

月如钩，疏星几颗。朦胧的夜色中，西都歹回眸宁静的军营，潸然泪下。

他实不忍心打扰同外敌厮杀了一天而疲惫酣睡的将士们，策马离开了军营。

去哪里？

西都歹在黑夜中迎风而立，不由得思念起故乡。生可以飘零异乡，但死一定要落叶归根。所谓"伏波惟愿裹尸还，定远何须生入关"，只是文人骚客的壮语，故土情怀才是所有人心中真实的痛。

"回浙杭。"

西都歹和赛罕策马向东南方奔去。可是，沿途到处都是官府设下追捕西都歹和赛罕的哨卡，去故乡浙杭，他们寸步难行。无奈之下，西都歹便和赛罕带着儿子策转马头，盲目西逃。

西逃路上，西都歹忽然想起早年他在浙杭曾结识的凉州农民义军领袖齐公。此人起义受挫后逃至内蒙古，后辗转浙杭。两个人相识后，大有相见恨晚之感，很快建立了较深的感情。

西都歹有一小叔，随其征战多年。在一次抗倭战斗中，小叔为救西都歹血洒疆场。临终前，小叔将其尚未成年的独生子西都拜托付于西都歹。齐公为人宽厚，尤爱聪慧孩童，对西都拜疼爱有加。在浙杭闲暇之时，齐公时常给西都拜讲述西北大漠的苍茫壮阔，也带他外出游玩。久之，叔侄俩形影不离。后来，齐公要返回凉州，西都拜哭闹不止，一定要跟随齐公到凉州去。齐公也对西都拜恋恋不舍，再三请求，让西都拜随他回西北凉州。豁达的西都歹，最终满足了这一老一少的心愿。

"去凉州。"

想到这里，西都歹坚定了奔凉州寻找齐公和小弟西都拜的想法。

西都歹一路向西，是朝野上下万万没有想到的。官府把追捕西都歹的主要的精力放在去浙杭一带的路上，给西都歹的西行留出了足够的空间和时间。

时光如白驹过隙。

西都歹离开军营的时候，边关大漠腹地的骆驼草已经开始泛青了。如今，从暮春到初冬，已有六月时间，眼前苍茫大地，白雪皑皑，银装素裹。

"咳咳——咳咳——"

一阵急促的咳嗽声，将赛罕吵醒。赛罕掀掉盖在身上的被子，一骨碌从地铺上爬起来，看到西都歹面色发青，气喘吁吁。

"我怕是不行了。"

赛罕没有回答西都歹的话，快速打开水葫芦，默默地给西都歹灌下了一小口水。西都歹慢慢地下咽着水，胸膛随着咳喘急促地起伏着。这个曾经驰骋沙场的刚强汉子，眼下就连咽下一口水也显得有些吃力。

喝了一点水，西都歹好一点了。寒风裹挟着雪沫吹进窑洞，赛罕轻轻地给西都歹盖好被子，让他斜躺在地铺上。

昨天夜晚，西北初冬的第一场雪，在人们不知不觉中从天上落了下来。黎明时分，冬雪戛然而止，皑皑白雪给连绵不断的群山和原野盖上了白色的棉被。

赛罕走出窑洞，极目远眺，山峦、沟壑、树木、荒野、村庄都蛰伏在冬雪之中，大地一片安详寂静。尽管晨风微微地吹，依然给人带来不少的寒意。赛罕不禁打了一个寒战，仰天长长地出了一口气，胸中的积闷吐了出来，顿时觉得心里舒坦了许多。

这些日子，西都歹时常觉得头重脚轻，走起路来体力不支，脚下轻飘飘的。早年，他在南疆抗击外敌的一次战斗中身负重伤，伤及肺部，伤愈后，经常性地出现胸闷气喘。这次离开军营，长途奔波，旧病复发，再加气候水土严重不服，缺医少药，病情愈来愈严重，身体一日不如一日。

"赛罕，找个安静的地方，歇一两天再赶路吧。"

出了边隘口，西都歹常常咳嗽得连腰都直不起来，已经无法骑马长途跋涉。赛罕按照西都歹的意思，选择了一个地势开阔的山梁冈，找到了一个路人避风挡雨的破窑洞，准备休整几日，待西都歹病情有所好转后，继续西行。

边隘口是中原通往西北的一个重要关隘峡口。

边隘口南北两侧的山脉，同向蜿蜒而行，延绵不断，高耸入云。两山形成的山谷时宽时窄，到了边隘口，山谷最狭窄处只有几百米。官府在此建起了关口，高大的城墙把南北两山连接了起来。因地处交通要塞，官府凭借边隘口险要地势，设城壕、外城、内城三道防线，组成了重叠并守的军事防御体系。

站在边隘口城楼之上，城墙陡峭直长，垂若悬臂，延绵逶迤，烽火台鳞次栉比。城楼下有一个通道，一条凹凸不平的土路穿经并不高大的拱形门洞，向西北延伸而去。路面上布满了深浅不一的马蹄印和车辙的痕迹。

边隘口附近有个边隘镇。镇子不大，南来北往的商客在边隘镇落脚休息，骆驼客、马帮等组成的商队来来往往，异常热闹。周边百姓在边隘镇进行贸易交流，集市上人群熙熙攘攘，汉语、蒙古语夹杂着叽里咕噜的外语，让边隘镇显得半土半洋、别有风味。

这天，赛罕一人来到边隘镇，他一来想打听一下去凉州的路途还有多远，二来想去镇子上给西都歹抓几服止咳药回去。

通过边隘口时，赛罕发现守兵的盘查比前几日严格了许多。但时逢边隘镇赶集日，集市上人来人往也属正常，赛罕对守兵严密的盘查，也就没有过分在意。

"让开，让开。"突然几名官兵从人群里叫嚷着冲了过来，吓得路人纷纷退到了路的两边。官兵将一张告示张贴在集市的墙上，看热闹的人就围观了过来。

一位老伯问："贴的什么呀？"

身边一名年轻人念道："西都歹乃谋反朝廷乱党之徒，若遇见此人，速报官府。有捕拿者，赏一百两银子；若有窝藏包庇者，均以谋反朝廷罪问斩。"

"我的乖乖，这个人的命，咋就值那么多钱呢？"老伯听后摇头自语。

年轻人轻声说："听说西都歹身边有个副将，身高丈八，力大无穷，武功高强，追兵都对他无可奈何，谁能拿得住他们呀？"

见围观者纷纷议论着散去了，一直站在围观人群后面，低头不语，表情冷漠的赛罕走过去伸手揭下告示，塞进怀里转身离开。

赛罕大步流星地往前走，觉得身后有人跟踪。他突然停止了脚步，大喝一声："谁？给我出来。"

"看来你早有发现？"

跟踪人冷笑着走了过来。只见此人个头矮小，与身体魁梧高大的赛罕相比确实有点寒碜，但他一身装束得体精干，一顶黑毡帽把大半个脸遮得严严实实。

黑毡帽阴阳怪气问道："你为何要揭告示？"

赛罕一听，觉得此人声音有些耳熟，便上前一步"施礼"，倒是把黑毡帽吓得一个趔趄。赛罕上前相扶，顺势轻轻摘去了那人头上的黑毡帽。只见此人缺少双耳，惊得赛罕目瞪口呆，无法言语。

"哈哈哈，赛罕今天你逃不了啦！"

赛罕确认跟踪者是噶哇楼的同时，噶哇楼也认出了赛罕。

"卑鄙小人，看剑。"

赛罕怒吼一声，拔剑出鞘便与噶哇楼打了起来。

赛罕剑法招式威猛，招招变幻，剑剑不落下风。噶哇楼见自己不是赛罕的敌手，便准备来个金蝉脱壳之计溜走。

赛罕怒火中烧，步步紧逼，不给噶哇楼丝毫机会。"唰"的一声，两剑相交迸出几星火花，就在这火花的闪烁之中，赛罕突变招式，一剑封喉，噶哇楼血溅一地，扑通一声倒地，气绝身亡。

此时，忽见有官兵从胡同口追来。赛罕收剑闪身，进了旁边一家小院，蹬墙上房，很快不见了人影。

赛罕甩掉追兵，不敢消停。他急奔边隘口，随一驼队混过了关卡，直奔西都歹父子暂住的那孔破窑洞处。

西都歹得知赛罕杀了噶哇楼，心中一喜。可赛罕心里一直忐忑不安，他们虽然在边隘口之外，但离边隘口很近，随时都有被追兵发现的可能。

当天夜晚，赛罕本打算要带着西都歹父子离开边隘口，可天色已晚，西都歹气喘咳嗽得厉害，再加上天公不作美，下起了大雪，无奈之下只能继续留在此处。

夜间，赛罕耳闻拴在窑洞口的枣红马有几次嘶叫，赛罕的心里不踏实起来。

这枣红马儿个头不大，背宽平直，耳小灵活，四肢粗壮，筋腱明显，蹄质紧硬，浑身都是力量。尤其是越沟过坎，它形似金钱豹纵身一跃就是丈余。

枣红马儿就是赛罕生命的一部分。它随赛罕征战数年，经历了大大小小战斗无数；它陪伴着赛罕英勇杀敌，立下了不少的汗马功劳，也多次让险境中的赛罕化险为夷。

深夜，枣红马儿几次反常的嘶叫，赛罕预感有无数双眼睛在雪夜里寻觅着他们，有无数个鼻子像野狗搜寻骨头一样嗅着他们的气息，极度的危险在向他们靠近。赛罕悄悄地走出窑洞观察，眼前只是雪花飞舞，一片寂静，唯有那枣红马儿嚼食草料声音。

"咳咳——咳咳——"又一阵急促的咳嗽声从窑洞里传出，打断了赛罕的思绪。他走进窑洞，给西都歹轻轻地捶背，缓解西都歹的咳嗽。

毛西都醒了。

一缕晨光从窑洞口斜射进来，照在毛西都稚嫩的脸上，他揉揉眼睛，长长地伸了一个懒腰。

西都歹轻轻地用手抚摸着儿子的脑袋，脸上露出多日来少有的笑意。毛西都依偎在父亲的怀里，仰起头默默地望着父亲有些浮肿的脸庞。

"嘶——嘶——"突然，拴在窑洞口白杨树上的枣红马儿挣脱缰绳，一跃而起，整个身体呈九十度弯曲，长长嘶叫了一声。

马的叫声打破了雪后清晨的宁静。白杨树上的积雪像秋风中落叶一样哗哗啦啦地落了下来，惊得树林中的麻雀叽叽喳喳地飞出树林。

"不好。"赛罕随声一跃而起，快速跑出窑洞，只见窑洞门前的雪地上三四十名清兵向他们扑来。

赛罕见已无退路，便挥剑迎战。

西都歹闻讯，忽地站起身来，身体晃了一晃。他稍作调整，从容地从窑洞里走了出来，只见赛罕已与清兵展开了残酷的厮杀搏斗。

虽然追兵人多势众，但哪是训练有素、身经百战赛罕的对手。他把满腔怒火和心中的积愤，全部化作剑头的力量，一时间，窑洞前的山坡上刀光剑影，血肉横飞，只杀得追兵哭爹喊娘。顷刻间，雪地上倒下七八具尸体，后面的追兵见赛罕势不可挡，便搀扶着伤员仓皇而逃。

杀得眼红性起的赛罕哪能放过这股溃逃的追兵，他一跃上了马背，策马追去。

枣红马儿机警异常，不待主人鞭催，振蹄疾追。"嚓、嚓、嚓"，剑到之处，追兵人头落地，又有几个追兵倒在赛罕的剑下。赛罕见追兵丢盔弃甲逃跑，自知势单力薄不敢穷追不舍，便策马返回。

望着远去的追兵背影，西都歹想到遭受奸人所害落到如此地步，悲愤交加，忽然喷出一口鲜血。

赛罕立即把西都歹父子扶上马，收拾好行李，向着东山的野白杨树林里转移。

雪地上行走，一串人迹马踪清晰完整地留了下来。追兵循踪又追了上来，赛罕边战边退，始终无法摆脱追兵。

四五个小时的山路奔走，来到山林深处时，赛罕觉得人困马乏，便停了下来准备吃点东西。他回头一看，东南西三面山坡上全是追兵，北面却是一条深沟，阻断了他们的去路。

"坏了，前面无路可走了！"

西都歹应着赛罕寻身回望之时，不幸胸部中了追兵一箭。他一手持剑，一手紧紧地压住伤口，艰难地转过身来，怒目面对追兵，冷冷的脸上没有一丝儿表情，鲜血顺着手指的缝隙流了出来，散落在洁白的雪地上，如朵朵梅花怒放。

赛罕和毛西都扑了过来，西都歹从怀中掏出一个用黄绸子包裹的小包袱，郑重地交给赛罕，两个人双目对视没有言语，只是会意地点了点头。

西都歹用手轻轻地抚摸着毛西都的头，慈祥地望着毛西都稚嫩的小脸，脸上浮现出似笑非笑似哭非哭难言的表情，眼里噙满泪水。他转过头来，对赛罕说："带好他，快去凉州。"

"大人，我们一起走。"

"快走吧！不然，谁都走不了。"

"大人，我不能丢下您呀！"

"赛罕，快上马！"

西都歹大吼一声，赛罕一震。赛罕回头一望，身后三面山坡上的清兵，已经离他们很近了，若不赶快离开，就很难脱身了。

扑通一声，赛罕拉着毛西都跪在雪地上，向西都歹磕了三个响头，抹去泪水，身子一跃，携毛西都跃上了枣红马儿的脊背。

西都歹在马屁股上狠狠地击了一掌，枣红马长嘶一声，驮着赛罕和毛西都纵身一跃，跨过了那道深沟，疾驰而去，山道上洒落一路蹄声。

西都歹拄剑迎风立在那山路中间，岿然不动。

冬日西斜的太阳把西都歹的身影拉得很长很长。围上来的追兵畏西都歹英勇，战战兢兢地与其对峙着，始终不敢前行。

"归降吧,看在你南疆抗击外侵有功的份儿上,给你留个全尸,要不然你会死得很难看的!"

一个阴森森的声音从追兵的方向传来。西都歹昂首望去,三面的追兵已经合围了上来,弓箭手们拉弓上箭,做好了随时射箭的准备。

"哈哈哈——"

西都歹一阵狂笑,围上来的清兵吓得不停地往后退却,想不到身负重伤的西都歹,竟然还有如此的威势。

"放箭!"

一声令下,追兵弓箭齐发。西都歹身中数箭,身体晃了几下。他缓缓地抬起头,两眼直直地望着前方,一口热血从嘴里喷涌而出,健硕的身躯轰然往后倒下,像一个大大的"大"字,镶嵌在边隘口山梁洁白的雪地上。

"大人——"

"父亲——"

声音在山谷里久久回荡着,枣红马儿驮着满含眼泪的赛罕和毛西都向西北方向疾驰而去。

第二章
古浪峡遇险巧脱身　华热草原避难得真爱

赛罕带着毛西都翻过海拔三千多米高的乌鞘岭，又到一个春夏交替之时。

翻越乌鞘岭就进入了河西走廊。

赛罕和毛西都继续西行，眼前连绵起伏的群山像几万头拱在一起的大象，首尾相连，将这块狭长的地带塞得满满当当，横亘在人们的面前，死死地挡住了去路。

此时，天色接近了黄昏，夕阳的光晕向周围扩散开来，把群山染成了金黄色。赛罕带着毛西都转过一个似胳膊肘形状的山湾，遥见一座陡峭奇峰。峰顶东端突兀耸着一巨石，宛如山鹰之喙，横空悬挂，欲飞似坠。这山崖之下，一条细长的峡谷从群山中蜿蜒而出，由东南向西北方向延伸，两面峭壁千仞，中为险关隘道。它便是被人们称为"金关银锁"的高山峡谷——古浪峡。

夜幕降临，赛罕带着毛西都顺着河中流水，趁着朦胧暮色摸到古浪峡中段。遥见有官兵设卡把守，他便灵机一动，藏身于一白色巨石的缝隙之中，形如蝼蚁。

月亮慢慢升了起来，整个古浪峡被罩在洁白的月光之下。奇山怪石低垂眼眸，陡峭的山峰显得阴森可怖起来。

虽然已至初夏，西北的夜晚依然寒气逼人。清冷的月光洒在山谷，依稀可见古浪峡这险关隘道最宽的地方不过三五百丈。毛西都和赛罕藏身之处，仅仅有二三十丈之宽。峡谷狭窄，怪石嶙峋，大河奔流，路似一线。那怪石上的苍松伸出地面有丈余，似擎天巨人。峡谷北侧是突兀的铁柜山，悬岩绝壁，延绵不绝，石峰如剑直插苍穹。清冷的月光洒在铁柜山上，如身披银色盔甲

一脸肃静的武士。峡谷南侧是香林山,群山延绵,遮天蔽日的云杉松树一片褐灰。两山欲扑压过来,大有把只见一线天的古浪峡压缩成天地一体之势。

夜已深,心难静。

毛西都饥寒难耐,正要从石缝中探出头来看看外面的情况,一队骑兵打着火把疾驰而来。赛罕一把揽回毛西都,急忙把身子隐藏进石缝中。

马队驶过,峡谷里每隔两百米就点亮一个火堆,一时间古浪峡谷一片红光。赛罕不由倒吸一口冷气。

眼见重兵把守古浪峡,让赛罕这位转战南北、久经沙场的勇士,似乎又听到战场上将士厮杀、战马嘶鸣之声,嗅到了战场上的那种血雨腥风。

"看来老天要灭我不可呀!"

躺在石缝中,望着清冷的月亮和星星,毛西都低声长叹,一路的艰辛涌上心头,眼里不禁噙满泪水。毕竟他还是个尚未成年的孩子,赛罕无声地把毛西都揽进自己的怀里,让他感受一点温暖。

此时,耳闻疾驰的马蹄声由远而近传来。

"把火烧旺一点,眼睛睁大一点,千万不能放过叛贼。"

"得令。"

巡逻兵向守在苍松瑞石边的士兵传完命令,马不停蹄地向西疾驰而去。几个守兵,把堆积在古浪瑞石边的云杉松树枝添加到火堆上,火借风势,烧得树枝儿啪啪直响,那火苗儿迅速蹿了起来,把整个古浪峡照得亮亮堂堂。

"每天晚上把我们送到这个鬼地方守夜巡逻,当官的却到城里去销魂。"

"可不是呢,就是叛贼来了,我们也抵挡不住呀!"

"听说这个匪贼可是身经百战的骁将,刀刀见血,百步穿杨。边隘口几百伏兵围堵,都被他杀了个七零八落,不见全尸呀!"

"当官的不是说,叛贼只剩下一个尚未成年的孩子吗?"

"还不是糊弄我们嘛!"

"一个孩子能反了朝廷?"

……

蜷缩在石缝里的赛罕和毛西都,从守兵的对话中得知,官兵在这里增设岗哨把守,等待他们自投罗网。

"不能睁着眼睛往别人布下的口袋里钻呀!"

赛罕溜出石缝,悄悄地靠近守兵,熊熊火光映照着守兵的身影。从守兵身着的服饰、手持的兵器,赛罕断定他们是乡勇,心里稍微宽舒了一点。

清时,乡勇是由乡绅编练的民兵,枪械自备,薪饷。到了清末,乡勇已老弱不堪,战斗力微弱,几近名存实亡了。

此时,一阵夜风吹来,赛罕打了一个寒战。

眼看古浪峡内一堆堆熊熊燃烧的篝火和一队队巡逻的乡勇,毛西都和赛罕清楚,今夜要过古浪峡,比登天还难。等到明天天亮,要退出古浪峡,也是难上加难。

子夜时分,东南风骤起,越刮越大。古浪峡两侧的山林随风而啸,如万马奔腾,排山倒海,似雄狮怒吼,震聋发聩。顿时,地上沙土随风而起,月色一片昏暗,地上的火堆被大风刮得忽明忽暗,火星儿四处乱飞。乡勇们纷纷把头缩进进衣领内,圪蹴在避风的地方,不敢抬头睁眼。

"走。"赛罕拉起毛西都,乘着夜色,悄悄地溜出古浪峡,顺着原路向乌鞘岭方向奔去。

逃离古浪峡,重越乌鞘岭,展现在眼前的便是终年积雪的马牙雪山。

站在潺潺流淌的金强河边,举目远望,只见黛墨色的青山绵延起伏,蜿蜒而去。在蓝天白云下,洁白的羊群散落在华热草原上,静静地觅食着青草。轻风吹过,云消雾散,灿烂的阳光普照大地,华热草原像水洗过一样,紫色的、红色的、白色的、蓝色的山花,一团团,一簇簇,五颜六色的花朵个个昂首挺立着,与翠色欲滴、嫩嫩的、绿绿的牧草相互交错,把草原装扮得更加绚丽多彩。

赛罕和毛西都无心欣赏这美丽的草原风景。连日来的昼夜奔波,使他们精疲力尽,疲惫不堪。躺在草地上,暖暖的阳光照在身上很是舒服,不知不觉就进入了甜蜜的梦乡。

"起来,起来。"

毛西都闻声从草地上一骨碌爬了起来,只见赛罕已被几个手持猎枪、头戴皮帽、身着藏袍的壮汉捆绑了起来。

赛罕给毛西都传递一个眼色,毛西都装出一副可怜相说:"军爷,我们路过这里，行行好放了我们吧！"

几个壮汉叽里咕噜地说了一阵赛罕和毛西都听不懂的藏语，回头对他们大声呵斥说："快走，去听土司老爷发落！"

赛罕见毛西都求情不成便一脸怒容，连声喝问："凭什么抓我们？凭什么抓我们？"

一个体格健壮、脸庞黑红、满身酒气的藏族汉子上前，不由分说，抡起马鞭向赛罕劈头盖脸乱抽，鲜血顺着他的额头流了下来。赛罕始终直立着身子，怒目瞪得如铜铃一般。几个士兵模样的藏族壮汉用绳子把赛罕和毛西都拴在马鞍后面，骑上马押着毛西都和赛罕向华热草原深处走去。

天色很蓝，草地很绿。

马儿散漫地行走在辽阔的草原上，茵茵草地上紫色的马莲花开得正艳，羊儿低头在草地上啃食青草，牛儿悠闲地静卧在河岸边反刍。烈日当空，湿漉漉的草原被蒸腾得一片燥热。骑在马上的壮汉们有些倦意，斜挎着枪在马背上打着盹。一根长绳子，一头拴在马鞍上，一头绑在赛罕和毛西都的双手上，被马牵着往前行走。

毛西都抬起头望望赛罕额头上已经结痂的血迹，问："疼吗？"

赛罕咧了咧干裂的嘴唇，凄然一笑，说："不疼。"

一只雄鹰在草原的上空自由自在地盘旋着、鸣叫着，勾起了赛罕许多遐想。他想起了江浙杭一带波浪汹涌的大海，想起了漠北茫茫无边的沙漠……他想，此时如果自己是这只自由飞翔的雄鹰，展翅翱翔在属于自己的天空上该有多好呀！

突然，眼前出现了一条大河，与草原连成一体，不远处一座高大的城堡映入眼帘，越来越显得清晰。藏族汉子们开始打起了精神，马儿的步子也明显加快了，拖着赛罕和毛西都在草原上跑了起来。

他们押着赛罕和毛西都来到了土司官寨。

这是一座黄土与石块垒砌的高墙大院，门口站着两个持枪的士兵，一种压抑肃杀之气扑面而来。先前的汉子们大老远就下了马，与门口的卫兵相互弯腰施礼后，押着赛罕和毛西都进入土司官寨。

土司老爷正兴致勃勃地给竹笼里一只漂亮的鹦鹉喂食，管家索朗走到他的身边低声说："老爷，巡逻兵抓来两位可疑的汉人。"

土司老爷"嗯"了一声，抬头隔着窗户回望了一眼双手倒绑站在院子里的赛罕和毛西都，放下了手中的鸟食。管家索朗急忙递上一方雪白的羊肚毛巾。土司老爷轻轻地擦了擦手，回坐到他专用的檀木座椅上，一副君临天下的样子。

赛罕和毛西都被押上大堂，土司老爷眯眼冷冷地望了望衣衫破烂、一脸疲惫却不失骨气的赛罕和毛西都，抿了一口奶茶，慢条斯理地问："你们从哪里来，到哪里去呀？"

"我们是山西人，家乡连遭天灾，家里实在活不下去了，到凉州府投奔亲戚。"

土司老爷从赛罕回话的口音听出，赛罕并不是北方人，便用怀疑的目光望了望赛罕，说："草原上欢迎客人，但不惧怕豺狼。"

赛罕并不知道土司老爷说此话的意思，只觉得凶多吉少，他只是静静地站立在那里，等待发落。

土司老爷阴沉着脸对管家索朗说："这汉人睁着眼睛说瞎话，长一双明亮的眼睛也无用，挖了他的双眼。"

赛罕一听土司老爷要挖了他的双眼，便用力甩开卫兵，上前一步大声问道："我们不偷不抢，只是路过此地，为何要挖了我的双眼？"

土司老爷正要发怒，只见站立在土司老爷身旁的管家索朗躬身走到土司老爷面前，说："老爷，这是两个身强力壮的苦力，修建官寨正缺苦力，您看？"

说到这里索朗停止了话语，抬头看了看土司老爷。土司老爷狠狠地瞪了赛罕一眼，没有再说话，只是挥了挥手。

卫兵便把毛西都和赛罕带出了土司官寨。

赛罕被土司的士兵带离土司官寨的时候，他已经做好了被挖去双眼的准备。只是觉得自己对不起西都罗，没能保护好毛西都，歉疚和愧对使他心中隐隐作痛。但士兵并没有挖去赛罕的双眼，而是将他们和其他一群蓬头垢面、衣不遮体、面黄肌瘦的人，关进了一个肮脏不堪的牛棚里。

没有任何悬念，赛罕和毛西都逃出虎口又跌入了狼窝。东方刚露鱼肚白，头人就挥舞着手中的皮鞭子，吆喝着赛罕、毛西都和其他被关押的人去拉石头运土，修建土司老爷的官寨。

一个多月时间过去了，赛罕从其他劳工的口中得知，这个土司老爷不仅有卫队和佣人，还有官寨和监狱。

土司老爷在华热草原上势力范围在扩大，要扩建官寨，因人手不够就从各处抓人。被抓的人，大多是附近的百姓，也有路过此地的人，更多的是衣不蔽体的奴隶。

赛罕和毛西都生活劳作在华热草原上，每天按照指派，起早贪黑，按部就班地搬石头、运土、打夯，任劳任怨地修筑官寨。

从到华热草原的第一天起，赛罕和毛西都就时时刻刻寻找着逃离土司官寨的机会。

一天傍晚，逃跑的机会来了。

监工派赛罕赶上牛车去土司官寨外拉水，赛罕事先把毛西都隐藏在拉水车的大木桶里。

赛罕和毛西都赶着牛车来到河边，已经是黄昏。

从马牙雪山流下来的雪水汇聚成的这条河流，在华热草原的腹地之中弯弯曲曲，画出了好看的曲线，就像是一条巨龙俯卧在大地上。夕阳挥洒，河水变成了金黄色。夕阳的碎片洒向河水，微风拂过，水里漾起的金色跳跃起来，看得让人迷醉。

慢慢地，夕阳收起了最后一缕余晖，夜幕慢慢地把华热草原包裹了起来。赛罕觉得逃跑的时机到了，就带上毛西都丢弃了牛车，开始在草原上奔跑。

他们翻过一座又一座山岭，越过一条又一条沟壑。不知跑了多久，他们发现不远处有一个模糊的影子在晃动，而且清晰地听到了牛铃声响。有牛铃声响就有人家，他们立刻兴奋了起来。

当赛罕和毛西都奔跑过去时，他们惊呆了。眼前出现的是他们傍晚丢弃的那头老牛和那辆牛车。依然套在牛车里的那头老牛，在慢慢地啃食着地上的青草，套在牛脖子上的铜铃铛随着老牛啃食青草的晃动，在黑夜中"叮咚、叮咚"有节奏地响着。

赛罕和毛西都迷路了。一个多时辰的奔跑，赛罕和毛西都只是在原地转了个圈。突然，他们都觉得又饿又冷，精疲力尽，便相互依偎在一起，蹲在空旷的草地上，不知所措。

夜已深，草原上一片深灰色的朦胧。赛罕仔细观察周围的环境，他发现夜色下的华热草原起起伏伏，苍茫辽阔，无边无际。夏日的季节，牧民们都已经进入大山深处的高山草场放牧，浅山草原上找不到一座帐篷和毡堡，只剩下孤零零的土司官寨。

黑夜里的土司官寨，闪烁着几点亮光，犹如静卧在华热草原上的一头巨兽的眼睛一闪一闪的，发出微弱恐怖的光亮。

突然，赛罕和毛西都同时发现了一个不大的黑影正向他们慢慢地靠近，黑影闪出两只绿绿的阴森可怖的眼睛。

"狼来了！"

赛罕拉着毛西都一骨碌从地上爬起来，大声吼叫了几声。这是只饿狼，饥饿使它铤而走险，它需要一大块肥肉填饱那干瘪的肚皮，赛罕的吼叫声对它来说没有丝毫的威慑。

赛罕急中生智，脱下身上的破皮袄点燃。一股皮毛燃烧的焦煳味随着火焰迅速弥漫在黑夜的空气里。

狼见了火光，慢慢向后退了几步，停了下来。但是它并没放弃这顿美餐的想法。

这头狼精得很，它知道孤军作战的后果，就把嘴往草窠里一插，"嗷嗷"地号叫起来。

赛罕一听狼的号叫声，就知道这是一头母狼。

公狼和母狼号法不同，目的也不同。公狼是仰天长号，多是对性的追求；母狼是低头短号，是呼唤狼群相助。在狼的王国里，母狼比公狼更有号召力。果然，不大工夫，许多狼仿佛从地里冒了出来，赛罕和毛西都的周围布满了贪婪的幽幽绿光。

赛罕清楚，此时千万不能跑，跑是跑不掉的，反而会被狼群发现他们的胆怯。群狼一旦发现猎物因胆怯而逃命，就会毫不犹豫地扑上来，把猎物撕成碎片吞进肚子里。

赛罕和毛西都慢慢地往后退，他们要靠近牛车，把牛车作为抵御群狼唯一的屏障。

群狼"嗷嗷"地号叫着,声音凄厉,传得很远。狼的肚皮仿佛已经要贴到地上了,随时都有向赛罕他们发起进攻的可能。

燃烧的皮袄已经成为灰烬,只剩下星星火种在黑夜里一明一暗地闪烁着,发着微弱的点点红光。

套在牛车里的老牛狂躁不安地挣扎着,"哞哞"地号叫着。赛罕快速解开牛车的套绳,老牛挣脱羁绊,"哞哞"地号叫着,在黑夜的草原上狂奔起来。

狼群像离弦之箭,向老牛扑去。

赛罕拉起毛西都向土司官寨的方向奔去。突然,他们看到有几个火把在夜色中向他们快速包围过来,紧接着杂乱的马蹄声越来越近。

疾驰而来的土司士兵向狼群扑了过去,火把照得草原的夜空一片亮堂。"啪啪啪"随着几声猎枪声响,黑色的夜空中划出几道粗粗的红光,火药散发出的硫黄味儿在夜晚显得那么亲切。

狼群见大队的人马扑来,恋恋不舍地丢弃受伤的老牛,向着黑暗处逃窜而去。

赛罕和毛西都又被土司士兵带回到了土司官寨。

"我们是在拉水时迷路,遭遇到狼群袭击的。"赛罕一口咬定这个理由。索朗管家知道赛罕他们对草原的情况不熟悉,傍晚迷路是情有可原的,也就没有再去深究。可遭受狼群攻击的老牛伤痕累累,静静地卧在牛棚里不吃不喝,眼睛里流着泪水。

不久,老牛死了。

在索朗管家的眼里,一头老牛比一个奴隶要重要和值钱得多。士兵将赛罕拷打了一顿,关进了牢房。

时间在缓缓流逝。

一晃,赛罕和毛西都在华热草原劳作生活了三年多时间。值得庆幸的是这三年,他们躲过了清兵的搜捕和追杀。

三年时光,足以磨灭一个人的雄心壮志,改变一个人的生活习惯。长时间滞留在华热草原的赛罕和毛西都不仅能用简单的藏语与当地人进行交流和沟通,而且赛罕娶了一位贤惠善良的藏族姑娘花吉卓玛为妻,对于华热草原、古浪峡、凉州、河西走廊的了解也越来越多。

三年时间也给赛罕和毛西都提供了一个近距离熟悉和了解土司官寨日常

生活与士兵训练和备战的机会。熟悉军营生活的赛罕和毛西发现，这里的士兵有着不那么严密的军事组织，尤其是逢年过节，嗜酒如命的他们大多喝的酩酊大醉，防守更是漏洞百出。

当地人见赛罕、毛西都归顺了土司老爷，便对他们渐渐放松了戒备与管制。但是，心细的花吉卓玛发现，赛罕时常向着西北方向眺望，她明白她的这个汉族丈夫的心，他并不想永远留在华热草原。

土司老爷的官寨耗时三年，以虎踞龙盘之势矗立在华热草原上。

这座以黄泥、木材、石块为主要建筑材料建造的藏式建筑，背靠巍峨的马牙雪山，面对辽阔的华热草原，以无与伦比的高大和雄伟展现着土司老爷雄霸一方的威严。

土司官寨的大门庄严肃穆，门前的两个卫兵头戴皮帽、身着藏服、手持火枪，威风凛凛，让人心生畏惧。主楼是土司老爷平时处理政事的议政厅，龙纹的条案，檀木的座椅，通体木雕，大气而庄严，具有绝伦的美感。这里的华丽与奢靡承载着贵族的思维，彰显着土司老爷权力的威势与王者的风范。

土司老爷的官寨完工之时，恰逢藏历年。

早在一个月前，土司官寨就开始炸"卡赛"，准备"切玛"，宰杀了上百只肥羯羊、几十头牦牛，烧制了上百坛青稞酒，邀请了四方朋友。

藏历年腊月二十九日这天，天空湛蓝，日光倾城，雪山直刺蓝天，湖泊倒映云朵。华热草原上经幡飞扬，鼓钹、唢呐、海螺、法号齐鸣，整个华热草原沉浸在节日的欢乐气氛之中。

夜幕降临，土司官寨灯光辉煌如同白昼，应邀来自各方的人坐在新修的官寨里，饮酒作乐，整个土司官寨弥漫着牛羊肉和青稞烧酒的气味，人们都沉浸在狂欢之中。

此时，赛罕带着毛西都，随着狂欢的人流，一起向官寨外面冲去。任何人对他俩的举动未产生怀疑，唯有花吉卓玛，这位聪慧善良的藏族女子，察觉出了赛罕的一丝异样。她知道，此一去，自己的汉族丈夫将不再回头。但这位善良女人，还是默默地给男人的褡裢里装满了奶酪和青稞炒面。

第三章
山重水复疑无路　曲径通幽黄羊川

赛罕带上毛西都躲过土司士兵的层层关口哨卡，几经周折，逃离了华热草原，三翻乌鞘岭，一路向凉州的方向前行。

经过数日艰难跋涉，赛罕和毛西都来到了距古浪峡十多里的龙沟堡。

龙沟堡是藏在大山深处一个不大的镇子。一片白杨树林，掩映着几十家黄土院落；一条小河，流淌着清澈见底的泉水；一条不宽的沙石小道，自南向北蜿蜒而去，若隐若现。

晨曦，推开了夜色的朦胧，祁连山的轮廓渐渐清晰起来。村落里传来声声狗吠，小镇的一天开始了。

龙沟堡的繁华，源自龙沟堡驿站。小镇的鼎盛时期，人口达数千人。龙沟堡驿站是通向河西走廊的一处官方驿站。它不仅是传输公文政令的信息交通驿站，同时也是物资转运站和往来公务人员的接待站。一座方形的城堡，办公区、住宿区、马厩、瞭望角楼等一应俱全。常年有官员途经这里来休息换马，络绎不绝的商队在此歇脚，更多的是传递公文的差役策马而来，扬鞭而去，一年四季，车水马龙……

久而久之，龙沟堡成了周边各族群众经济文化交流的集市。一条南北相通的街市，大车修理，看相算命，各行各业，应有尽有，大一点的商铺门头还扎着"彩楼欢门"，悬挂市招旗帜，招揽生意。

晌午时分，是龙沟堡驿站最热闹的时候。

街市行人摩肩接踵，熙熙攘攘，有做生意的商贾，有看街景的士绅，有骑马的官吏，有叫卖的小贩，有乘坐轿子过往的大家眷属，有身负背篓的行脚僧人，有寻人问路的外乡游客，有酒楼中狂饮的豪门子弟，有路边行乞的残疾老人，男女老幼，士农工商，三教九流，无所不有。轿子、骆驼、牛马车，车水马龙，川流不息。商贩的吆喝声乡人的讨价还价声，此起彼伏，一派热热闹闹的繁荣景象。

"当、当当……"突然一串清脆的锣声响起，把人们的注意力吸引到了街市中心的驿站门口。

"凡发现以上四叛匪者，须上报官府，若隐瞒不报者，一律按照通匪斩首。"驿站门口的墙上贴着官府通缉要犯的布告。两位县府衙门的差役守在布告的两旁，一位差役一边敲锣，一边吆喝着。一时，围观者把驿站门口的通道围得严严实实、水泄不通。

赛罕和毛西都挤进围观的人群，一打听，原来官府张贴告示通缉义军首领。赛罕拉下毡帽帽檐，遮住了自己的大半个脸部，拉上毛西都悄悄退出人群，顺街市快步前行。

忽然，街市的行人紧急避让，只见一顶轿子招摇过市，轿内坐着一位妇人，轿顶装饰着杨柳杂花，轿后随从骑马穿街而过。

毛西都和赛罕顺势避让到路边，与一赶驴卖炭的脚夫搭讪起来。

脚夫一年四季奔波在路上，见多识广，熟悉当地环境。一听赛罕口音，便知道他不是本地人，就问："老哥哥，去哪里呀？"

"去凉州府。"

"发哪路子的财呀？"

"这年头，发啥财呀，做点小本生意，谋条生路呗。"

"要到凉州府，必经古浪峡，你们选哪条道呀？"

"当然是过古浪峡这条道呀！"

那脚夫抬头望望毛西都和赛罕说："看来哥哥们最近没走过这条道吧？"

赛罕望着那脚夫，灵机一动，说："是呀，有一年多时间没有来过了。"

"听口音不是本地人吧？"

"是山西人。"

"要从古浪峡这条路去凉州府，没有官府的通关条儿可不行哩。"

脚夫和赛罕边聊天边向集市煤炭交易点走去。

赛罕在与脚夫聊天中得知官府在古浪峡设立了三道关卡，每道关卡都有重兵把守，没有官府的通关证是很难通过关卡的。

离开龙沟堡驿站，赛罕一脸愁云。

去凉州府没有官方的通行证，很难过古浪峡。原路返回华热草原，到花吉卓玛那里去，如果被土司士兵抓到了，不被处死，也会被关进大牢奴役一辈子。

赛罕带着毛西都继续西行。他想，耳听为虚，眼见为实，最好先到古浪峡去看个究竟，甚至心存碰碰运气混过古浪峡的想法。

一个时辰左右的时间，赛罕和毛西都来到了古浪峡东端的铁柜山下，只见行人车马排成了一个长队。

这是官府设在古浪峡的第一道关卡，人们正在等待验证通关过卡。赛罕和毛西都跟在行人排列的队伍后面，一边观察，一边慢慢地靠近关卡。他们看到官兵检查很严，持有官府发的通关证的行人车辆被放行，没有通关证的行人车辆一律被扣押。特别是发现操外地口音的男性青壮年，把守关卡的官兵们如临大敌，不由分说把他们五花大绑押上囚车，送往县城。

毛西都和赛罕悄悄地退出队列，站立在路边的野白杨树林下，不知所措。看来想碰碰运气混过古浪峡的想法很幼稚，没有通行证要过古浪峡比登天还难。

此时，西斜的太阳从古浪峡的山口垭口照射了过来，形如一束强大的手电筒发出的光亮，刺眼得让人无法抬头。

在华热草原修建土司官寨的三年多时间里，赛罕和毛西都受了不少的苦。但是随着时间的推移，毛西都不仅年龄增长了几岁，身体也发育为一位壮实的少年，而且也变得懂事和成熟了。

这些年不论是在逃亡路上的奔波，还是在华热草原遭受奴役，为了保护毛西都，赛罕忍气吞声受了不少的屈辱和劳苦。那次，在华热草原出逃未遂后，藏人对赛罕和毛西都看管得更严，奴役得更厉害。赛罕以惊人的毅力承受着心灵上的折磨和肉体上痛苦。岁月的皱褶在赛罕的脸上悄然浮现，虽然他走起路来依然脚下生风，但他的腰板不再那么挺直。

毛西都望着鬓发已经开始花白的赛罕，不由得眼里涌出了泪水。他避开赛罕，很快地擦去双眼的泪水，向远方眺望。突然，他眼前一亮，东南山上长满了四季常青的云杉和柏树，浅山地带的鸡爪柳、香柴、黄刺长得密密麻麻，但在大山的垭口处有一条盘山羊肠小道，弯弯曲曲通向大山的那面。

远远望去，小路的前方就像一根银色的细线，深埋在灌木丛中，若隐若现。

沿着这条小路能不能到凉州呢？

毛西都和赛罕在走投无路的情况下，产生了这个奇怪的想法，两个人沿着这条小路漫无目的地前行。

夜幕慢慢地降临，西北风随之而来，风吹着灌木枝条"呜呜"地响。突然，远处传来瘆人的狼叫声，不由得令人毛发竖了起来。

"嗖嗖嗖——"忽然，几只黄羊从毛西都和赛罕前面的灌木丛中一跃而起，顺着羊肠小道向大山深处奔跑而去。

毛西都和赛罕先是一惊，而后心中慢慢高兴了起来。他们加快步子，跟着那群黄羊，急急向大山深处走去。

在华热草原的时候，毛西都和赛罕听说过宋朝杨家将在古浪峡受阻后，由黄羊引路翻越大横山，倒取虎狼关古浪峡的故事。他们想，也许这几只黄羊的出现就是一个吉兆。毛西都和赛罕加紧步子，跟着黄羊沿着那条山间小道走去。

黄羊是大山里的精灵。

黄羊在前面蹦上几个蹦子，就停了下来。它们回头望着身后的毛西都和赛罕，那明亮的眼睛就像黑夜中给他们指路的明灯。等毛西都和赛罕靠近黄羊群的时候，那黄羊又是几个蹦子向前蹦去，他们顺着黄羊引领的那条盘山小路向大山深处前行。

晨曦微露，星星还在天空中眨眼，眼前的山川树木逐渐清晰了起来。过了大山的垭口，风慢慢停了下来。那群引路的黄羊便淹没在莽莽苍苍的大森林中，了无踪影。

站立于山口，放眼望去，山的后面还是山，莽莽苍苍，延绵不断。那小路如飘绕在大山中的哈达，时上时下，曲折回绕，通向群山环抱的一片小盆地。弥漫在晨雾中的炊烟味儿亲切地告诉毛西都和赛罕，不远处就有村庄院落和人家。

毛西都和赛罕高兴了起来。

站在山岭上俯瞰，炊烟升起的地方不是太远。并不熟悉大山地形环境的毛西都和赛罕作出了一个大胆而愚蠢的决定，避开山路直奔那炊烟升起的地方。

"哎哟——"没有走出两里地，走在前面的赛罕突然大叫一声，抱着左脚倒在地上。毛西都上前一看，赛罕被猎人设下的狼夹子夹中了左脚，鲜血顺着狼夹子滴滴答答地往下流。

"赛罕叔叔，您怎么了？"

毛西都边问边将赛罕摇晃的身体扶住，让他缓缓地躺在山坡上。

猎人给这狼夹子设了机关，不打开机关，是很难取下狼夹子的。狼夹子在慢慢地收缩，那锯齿状的夹子死死掐到赛罕的肉里，慢慢地陷进骨头里去了。

不一会儿的工夫，赛罕嘴唇开始发紫，浑身发抖，流出的血也由鲜红色逐渐变成黑紫色。此时，赛罕的身体不停地抽动着，慢慢地昏迷了过去。毛西都急得团团乱转，却想不出一个好的办法来，眼里噙满了泪花。

"有——人——吗？"

无助的毛西都，对着大山声嘶力竭的大喊。

"有——人——吗？"

苍茫的群山在回应着他。

群山连绵，松涛声声。毛西都看着神志不清的赛罕，六神无主，不知所措，无可奈何地向远方眺望着、寻觅着。

此时的赛罕却在昏睡中，做了一个甜蜜的美梦。他梦见了他的那位心地善良的藏族女人花吉卓玛，她携带着华热草原的亮色，挥舞着七彩的藏袍衣袖向他扑来。那漂亮的容貌、丰腴的身材、迷人的笑容，举手投足间藏族少妇独有的豪放和羞涩的风韵，让他再一次淋漓尽致地感受到了女人特有的那份温情和对他的深情依恋。

赛罕有过和花吉卓玛在华热草原上生一群孩子、养一群牛羊、过一辈子安稳日子的想法。但是他忘记不了西都歹临终时的托付，他要把毛西都带到凉州去，交给西都歹的故友和弟弟。受人之托，是信任，更是责任。为了不辜负这份信任，为了尽到这个责任，赛罕可以放弃一切，包括他心爱的女人花吉卓玛。

一缕晨风吹来，赛罕从梦中慢慢醒了过来，他动了一下干裂的嘴唇。毛西都急忙折下一片硕大的树叶子，卷成喇叭筒，将树叶上的露珠汇聚在喇叭筒里，送到赛罕的嘴边。

赛罕的喉骨慢慢地蠕动着，那露水顺着树叶卷成的喇叭筒，一点一点地流进了他的嘴巴，进入了他的喉管。赛罕咽下几小口毛西都采集的露水，慢慢地睁开了眼睛。他用极其微弱的声音对毛西都说："快去找找，附近有没有人家。"

"不，我不能离开您。"

"找不到人家，就无法打开这狼夹子，我们只能死在这里。"

"这里有狼。我离开，您会受到狼的攻击。"

"不要怕。太阳升起来了，狼群就蛰伏到密林中去了。"

毛西都把赛罕背到一个向阳的山坡上放下，赛罕对他说："走路一定要小心，要沿着黄羊走过的山路走，千万不能再走近道，小心被狼夹子打着了。"

毛西都点着头，折来一根树棍，放在赛罕的身边，抹去眼角的泪珠，深情地回望了赛罕一眼，沿着黄羊踏出的山间小路，向大山深处的那个小盆地走去。

太阳缓缓地从东山顶上升了起来，群山和茫茫林海便披上了一层金色的霞光。

举目远眺，眼前景色一览眼底。

一个四面群山环绕、长不过三十里、宽不足十五里的狭长小盆地呈现在他眼前。此山地川谷因有成群的野生黄羊出没而得黄羊川之名。

黄羊川是古浪东南山乡的一部分。古浪东南山乡绵延百余里山地。

毛西都翻过一道山梁，登高望远，只见一个山湾里，有几缕炊烟从葱茏的树木中缓缓地升了起来。

"汪汪——汪汪——"

听到了狗的狂叫声，一路奔波的疲劳消失，毛西都顿时来了精神，急忙向那黄土院落奔去。

"嗷呜——嗷呜——"

毛西都突然停下了脚步，他清楚地听到身后传来狼的叫声，他们毛发不由得竖了起来。他心里十分清楚，如果闻着血腥味的狼群发现了没有一点抵抗力的赛罕，一定会把赛罕撕成碎肉片，当作一顿美餐。

"赛罕叔叔——"毛西都大喊一声，折回头，疯子一般向赛罕躺着的地方跑去。

　　此时，一直处于昏睡状态的赛罕，突然觉得旋风一阵又一阵地向他袭来。他努力睁开眼睛，只见几十只老鸹在他的上空盘旋着，发出喑哑的鸣叫声。忽然，老鸹猛地一个俯冲向他袭来，他努力拿起身边的木棍挥舞着反抗，老鸹们惊叫着，飞向了天空。老鸹们在他的头顶上空又一次盘旋、又一次向他俯冲过来，他再一次拿起身边的木棍拼命挥舞，老鸹们再次惊叫着，又冲上了天空。

　　山林间的老鸹性格凶悍，嗅觉敏锐。它们嗅到血腥味后，便会结群出击，采用一次一次俯冲的方式攻击猎物，乘其不备，啄瞎其眼睛，啄断其喉管，待其丧失抵抗力后，就会扑上来，啄尽猎物浑身的肌肉，吃尽五脏六腑，直到剩下一副骷髅为止。

　　这几十只老鸹的盘旋、俯冲和惊叫声，很快引来了周边山林间更多的老鸹。老鸹群由刚开始的十几只，迅速发展成了几十只、上百只，密密麻麻，遮天蔽日，黑压压的一片，在空中飞舞着、盘旋着、鸣叫着。

　　这群老鸹把赛罕当成了一具死尸，它们在为发现这具"死尸"而欢呼舞蹈。

　　山林里的野兽信息互通，都很有灵性。

　　蛰伏在密林里多日未进食的一只饿狼，看到成群的老鸹在一个地方盘旋、俯冲，就知道老鸹发现了地面上的猎物。于是，狼号叫着，招呼着同族，向老鸹盘旋的地方慢慢靠近，试图分抢这来之不易的猎物。

　　这时候，在天空鸣叫盘旋着的老鸹，又一次俯冲，向赛罕袭来。老鸹们翅膀扇动的声音就像山风呼啸，赛罕头皮一阵发紧……

　　"嗷——嗷、嗷、嗷——"毛西都大声呼叫着，挥舞着手中的树枝，不顾一切地扑在赛罕的身上。受到毛西都的突然袭击，老鸹群惊叫着呼地一下飞向了天空，四处逃散。惊叫四散的老鸹群，把慢慢靠近赛罕的饿狼惊吓得落荒而逃。饿狼夹着尾巴逃跑了一段路，驻足回首观望一会儿，"嗷呜"号叫着，忍饥挨饿，没趣地向密林深处走去。

　　"赛罕叔叔，我找到人家了。我找到人家了。"

　　毛西都一遍又一遍地说着这句话，喜极而悲，竟然放声大哭起来。

　　毛西都搀扶着赛罕沿着蜿蜒曲折的山间小道，艰难地在山道上行进，向那个炊烟升起的地方慢慢靠近。汗水顺着他的脸颊流下来，毛西都顾不上擦拭。

他的心中只有一个想法：尽快找到人家，一定要救赛罕。

赛罕的头斜靠在毛西都的肩膀上，双手下垂，迷迷糊糊。那坚硬的香柴、鸡爪柳、黄刺，无情地撕扯着他们的衣裤撕扯成一条一条的，在他们的腿、手背、胳膊上划出一道一道血口子。他们顾不了这些，奋力拨开一丛又一丛灌木前行。

当毛西都能闻到炊烟中柴草燃烧的味道的时候，眼前出现了一条小溪。

溪水清澈见底，绿茵茵的水草浮在水中。溪水哗哗啦啦流淌着，灵动的小鱼儿在水中游来游去。

毛西都轻轻地把赛罕从身上放了下来，抹一把额头上的汗水，跪在小溪边，用手掬起一捧溪水，送到赛罕嘴边，赛罕慢慢地张开嘴巴，喝了一点溪水，又闭上眼睛昏睡了过去。

毛西都捧起溪水美美地喝了两口，溪水甘甜清凉，使他增添了不少的力气。

"汪——汪汪，汪——汪汪。"

忽闻不远处传来几声沉闷浑厚的狗叫声。毛西都兴奋地从小溪边站了起来，用全部的力气大喊："救救我们——"

话音儿刚落，毛西都觉得眼前一黑，扑通一声摔倒在小路旁边。

"汪——汪汪，汪——汪汪。"

听到獒不停地狂叫，一位女子走出低矮的黄土屋子。她寻着獒叫的方向伸长脖子望了一会儿，却不见任何动静。她正要转身进屋去，只见那壮如牛犊的獒，凶猛地又一次狂叫了起来，拴在獒脖子里的铁链子被挣得啪啪作响。

那女子走出小院子，恍惚间听到有人在喊"救救我——"。她把手搭在双眉上，遮挡住强烈的太阳光线，再次顺着獒叫的方向望去，只见通往自家的小路上，隐隐约约有一团黑影，像是一头卧着的"老牛"在蠕动。

"三娃子回来了？"

女子大叫一声，丢掉手中的盆子，朝屋子里大喊一声："豹子，快，我们去看看。"

女子的话音刚落地，一条猎狗从屋内嗖地一下蹿了出来，冲在主人的前面，沿着小路向前跑去。

豹子是一条极好的猎狗，一身发亮的栗色毛皮上点缀着黑色的圆点。它奔跑起来就像在那灌木丛上面飘动。

"汪汪——汪汪——"突然，跑在前面的豹子，止步不前，转过身来望着主人叫了起来。

女子走近一看，倒在路边昏迷不醒的两个男人她都不认识，更不是她日思夜念的三娃子。她呆呆地立在那里，泪水如断线的珠子，扑簌簌地从她娇媚的脸颊上滑落下来，跌落在她的衣襟上，跌落在她脚前的土地上，跌落在流淌的溪水中。

"都好几年了，你到底去哪里了呀，活着捎个信儿来，死了托个梦儿来，也好让我娘儿俩安心呀！"女子自言自语地说着话，抹了把眼泪。

"唉！"女子长长地叹了一口气，俯下身子，轻轻摸了一下那两位汉子的鼻息，自言自语地说："还都活着哩。"

女子见赛罕蓬头垢面，面容憔悴，嘴唇发紫，呼吸显得十分急促和困难。仔细一瞅，她才发现赛罕的脚脖子夹着一个狼夹子，流出的血已经凝结成了紫黑色的血痂。她轻轻搬动赛罕，让他平缓地躺在路边的草地上。她熟练地取下夹在赛罕脚脖子上的狼夹子，然后，哧地一下，扯下自己花布衫前襟上的一条布，系在赛罕受伤的小腿上，自言自语道："再不把狼夹子取下来，血流干了，人就没救了。"

说话间，她又回过头，看了看躺在溪水边的毛西都，把手搭到他的鼻息处一摸，感受到了他微弱均匀的呼吸。

女子清楚，毛西都休息一会就会醒过来。她便去灌木丛中采摘止血的草药，给赛罕止血疗伤。

不一会儿工夫，女子扛着一朵硕大的马皮泡走出密林。此时，毛西都已经慢慢醒了过来，用惊喜的眼神看着她。

"不要说话，静静休息一会儿就好了。"

女子一边轻声细语地对毛西都说话，一边用清清的溪水慢慢地擦洗赛罕的伤口。

女子把赛罕的伤口擦洗干净后，熟练地把马皮泡的白色外皮扯破，把那黑色的粉末均匀地散在伤口上。然后，她把那绿色的苔藓用手掌揉了又揉，直到松松软软如同棉花一般时，才轻轻地敷在赛罕的伤口上，用布条包扎了起来。

见毛西都站在一边不解地望着，女子便浅浅地一笑，说："这东西叫马皮泡，是极好的天然止血疗伤药物，是大山赐予我们最贵重的礼物。"

女子熟练地给赛罕清洗、包扎完伤口后，一屁股坐在草地上，眯起眼睛，心事重重地向远山望去。

猎狗豹子忠诚地守护在女子的身旁，后腿卧倒，前腿立起，半蹲在她的身边，伸长了舌头喘气。两只圆圆的黑眼睛盯着赛罕和毛西都，那双竖起的耳朵，如同雷达不停地转动着，搜索着四面八方的声音信息。

"小伙子，到哪里去呀？"

女子轻轻抹了一把自己额头的汗水，微露笑容，轻声地问毛西都。

"不知道。"

女子迟疑地斜视了一眼毛西都，秀目圆瞪，说："这娃蛋子，还和我玩心眼儿，不给老娘说实话呀！"

"我们是出来逃难的。现在我的叔叔受伤了，我真不知道现在我们要到哪里去呀！"

女子一听，觉得符合情理，火气也就消了下去，问："你们老家是哪里的？"

"山西大槐树的。"

毛西都不敢说出实情，只能按照赛罕以前的说法回答。

"唉，怎么都是山西大槐树的人！"

女子长长地叹息一声，一边唠叨着一边想。前几天她就遇到过几个外乡人，也说是山西大槐树的。她便自言自语地说："山西的这棵大槐树究竟有多大，这棵大树下究竟有多少人呀？走了一伙又一伙的。"

其实，毛西都也不知道山西大槐树究竟有多大，只是坐在地上望着昏迷不醒的赛罕发呆。

"我叫雪莲，以后你就叫我雪莲好了。"

"嗯。"

"你叫啥名？"

"毛西都。"

"你爹怎么给你起这么个名字，听着都觉得奇怪。"

"他叫啥名？"

"赛罕。"

"什么？你再给我说一遍。"

雪莲一听毛西都的回话，脸上掠过一丝疑云，盯着毛西都吃惊地追问。

"他是我叔叔，叫赛罕。"

"你们是鞑靼？"

雪莲满脸疑惑地质问。

"汉人，汉人。"

毛西都摇着头连说。他十分清楚，雪莲说的"鞑靼"是民间暗地里对朝廷贵胄的蔑称。长期以来，由于官府欺压盘剥百姓，百姓对官吏成见颇深，他怕雪莲把他和赛罕误认为"鞑靼"，做出其他事来。

雪莲看看毛西都，将信将疑地点了点头。

太阳已经西斜了。

此时，赛罕干裂的大嘴张了一下，又闭上了。

"赛罕叔叔，赛罕叔叔。"

毛西都急忙附在赛罕耳边不停地叫喊。

"行了。再别叫喊了，他暂时死不了。"

毛西都急忙从小溪里用双手捧了一点溪水，送到赛罕的嘴边，雪莲上前一把打落毛西都手中的水，厉喝："你是想要他的命呀？"

毛西都手中的水洒在了赛罕的脸上和身上，赛罕伸出舌头轻轻地舔着嘴唇边的水珠。毛西都不解地望着雪莲。

雪莲看懂了毛西都的心思，便温和地说："他流血太多了，不能喝冰冷的溪水，这样会要了他的命。"

毛西都点了点头。

雪莲取下腰间的砍柴刀，麻利地砍下两个胳膊粗的树枝，用鸡爪柳编成一个抬耙子。

"来，先把他抬回家再说吧。"

毛西都和雪莲把赛罕抬放到抬耙子上，猎狗豹子在前面引路，他们抬着赛罕，向不远处的黄土院落走去。

第四章
雪莲救人淳朴善良　赛罕逢险起死回生

　　这是一户古浪东南山乡普通人家的黄土院落,云杉和松树枝扎成的篱笆墙,把三间低矮的黄土房屋围在中间。

　　黄土房屋坐北朝南,墙体是石头和黄泥垒砌而成的。常年的雨水冲刷,石头凸出,黄泥凹进。树枝和茅草搭建的屋顶上铺满了绿茵茵的青苔。

　　小院内十分整洁,一畦菜地长着翠绿的白菜、香菜、萝卜,还盛开着红的黄的灯盏花。

　　院外群山一片浓绿,小院的四周长满了鸡爪柳、黄刺、黑刺和香柴。这时候的香柴花开得正艳,粉色的、白色的,细细碎碎的小花朵连成了片,甚是好看,远远望去像飘浮在天空中的彩云。微风徐来,香柴花儿散发出特有的香味儿,招惹得蜂儿、蝶儿嗡嗡飞舞。

　　拴在院子东南角的那只白色的獒,见主人带着两位陌生人走来,抖擞着浑身的长毛,狂叫不止,声如打雷。猎狗豹子跑到獒面前撒欢儿献殷勤,獒不理不睬,依然狂吼。

　　一个五六岁的小女孩从屋里跑了出来,站在小院的中央,睁大了眼睛,惊恐地望着两个陌生的男人。

　　"放下吧。"

　　雪莲说着,把抬耙子轻轻地放在小院的篱笆门口。

　　"银龙,别叫了。"

　　那獒依然狂叫不止。

　　雪莲好像有一肚子的火气没有地方撒,走进院子,对着那狂叫的獒屁股,狠狠地踢了一脚。

那獒很懂主人的意思，知趣地停止了叫声。在地上转了个几个圈儿，委屈地轻轻呻吟了几声，蜷伏在地上，把头深深地埋进两条后腿之间。偶尔，那獒还睁开眼睛，从双腿间，警惕地偷窥一下外面的动静。

"尕香，抱些柏香和干草去。"

"哎——"

院内的小女孩应着雪莲的声音，向黄土屋子后面跑去。

雪莲从屋子里端来了一盆清水，手拿白牦牛尾巴做的拂尘，来到赛罕躺着的抬耙子前时，尕香已经把柏香和干草抱来，放在篱笆门外的空地上。

"给他禳禳灾，脚伤也许会好得快一点。"

说话间，雪莲点燃了门口干草和柏香，开始给赛罕禳解燎病。

雪莲手持拂尘，一边用拂尘轻轻地拍打着躺在抬耙子赛罕，一边低声念叨咒语："燎利了，燎散了，燎着起了身子了，燎着转了时运了；大灾躲过了，小灾绕道了，一年四季平安了！"

念完咒语后，雪莲和毛西都轻轻扶起已经苏醒的赛罕，给赛罕一根木棒让他当拐棍拄着。毛西都搀扶着赛罕绕着火堆转圈儿，雪莲端着水盆紧跟随后面，用浮尘沾了盆中清水，一边把水用力地洒向空中，一边大声念着咒语："燎利了，燎散了，不干不净的东西燎利吉了……"

围着熊熊燃烧的火堆转了三圈后，雪莲把水盆中剩余的清水用力泼到火堆中，火苗呼地一下晃了起来。那燃烧的火堆噼里啪啦作响，伴随着一股浓烟，柏香的气味飘向空中，弥漫在整个小院的四周。

雪莲念叨完灾祈福、燎病消灾的咒语，便和毛西都把赛罕搀扶进自家的屋内。

屋内的铺铺盖盖和家具虽然都很破旧，但收拾得干干净净，一看就知道雪莲是个勤快能干的女人。

炉子中木柴燃烧得正旺，炉子上一壶水正在沸腾，热气把壶盖吹得噗噗作响。

雪莲从地窖里取出几个山药和一块野兔肉，麻利地洗过手，便开始炖肉。

"吧嗒——吧嗒——"尕香吃力地拉着那个破旧的风匣，炉膛里那红红的火苗随着风匣的拉动，一高一低地跳跃着，野兔肉的香味飘散开来。

毛西都见赛罕熟睡，就悄悄地走出了小院。涓涓溪流顺着小路流过小院门口，形成了一个不大不小的湖泊。湖水清清，芦苇草长成一片，蜻蜓在风中翩翩起舞，偶尔有蛙鸣一两声，平添了不少的山野情趣。

毛西都坐在湖泊边的一块大石头上，香柴花儿的清香扑鼻而来。放眼望去，天高、云淡，牛羊在山坡上无忧无虑地吃草，一只雄鹰在空中翱翔，他的心中不由得地泛起一缕无名的迷茫和惆怅。

赛罕在暖和的火炕上迷迷糊糊地梦见了花吉卓玛。

花吉卓玛不会说汉语，但每次见了赛罕，她都会称他为"汉人哥哥"。那叫声甜美又动听，如夜莺之声，在赛罕的耳边萦绕。她不仅有着令人神往的一双明亮清澈、妩媚动人的眼睛，而且有着健康结实、弹性十足的身体。她全心全意地爱着赛罕，日久生情，最终成了赛罕的女人。但聪明的花吉卓玛心里清楚，她的这位汉族男人迟早要离开华热草原，离她而去，但她还是心甘情愿地爱着赛罕。在赛罕逃离华热草原的那个夜晚，花吉卓玛明明知道他将一去不再返还，但她还是把家中的奶酪和青稞炒面装给了赛罕，只怕他在逃亡的路上饿着肚子。可赛罕就是在离开华热草原的时候，也没有告诉花吉卓玛，他来自何方，要去何方。

这一别，今生可曾再次相见？

赛罕从伤心抽泣的梦中惊醒时，只见雪莲满脸狐疑地站在他面前。

赛罕只是微微地对她一笑，算作解释。然后，他轻轻地闭上了眼睛，两滴泪珠顺着脸颊滴落在枕头上。

雪莲自言自语道："这两个人，心事太重。"

一晃，赛罕和毛西都到雪莲家三个月了。漫山遍野的野白杨树的树叶子由翠绿慢慢变成了金黄，古浪东南山乡绵延近百里的群山色彩斑斓、美景如画。

俗话说，跌打损伤一百天。在雪莲的精心照顾下，赛罕的脚伤开始好转，可以下地走路了。

经过这三个月时间的休养，毛西都也换了一个人样儿，白白胖胖、壮壮实实的，似乎一下子由一个大男孩长成了一个男人。他不仅替雪莲担水、砍柴，而且跟着雪莲学会了狩猎。

这天一大早，毛西都天不亮就外出狩猎。

赛罕见雪莲院内的木柴不多了,抡起斧子开始劈柴。

"咳咳——咳咳——"赛罕从小追随西都歹从军,常年征战,练就了一身的功夫和好力气。可这天没干几下活,他就觉得胸闷气喘,眼冒金花,咳得直不起腰来。

"谁稀罕你劈柴了,快回屋躺着!"

听到咳嗽声,雪莲从屋子里跑了出来,急忙把棉衣披在赛罕的身上。雪莲的心里十分清楚,赛罕的脚伤虽然好了,但那狼夹子是猎人用狼毒花浸泡过的,还需要很长时间的休息和治疗才能痊愈。

狼毒花是生长在祁连山余脉大横山上的一种多年生草本植物,细长的茎叶绿色中泛黄,粉红色的细碎花朵一嘟噜一嘟噜的,形如小馒头,散发着淡淡的香味,人们也称"馒头花"。

狼毒花如同它的名字一样,虽然花朵鲜艳漂亮,散发着迷人的清香。但是,根茎叶都含有不同成分的毒素。

猎人们布设浸泡过狼毒花药水的狼夹子,主要是防止黑瞎子等一些庞大的野生动物来伤害人。用狼毒花根熬成的药水浸泡狼夹子后,布设在林间,只要黑瞎子被夹子打着了,即便是逃脱了,也会中毒慢慢死亡,是很难活下去的。

赛罕因狼夹子夹住脚后,没有及时取下来,身体中毒较重,需要长时间的休息和服解毒药才能康复。

雪莲把赛罕扶进屋内,赛罕咳嗽说不出话来。尕香端来一碗温开水,雪莲给赛罕喝了一点,他才慢慢缓过气来。

赛罕自己明显感受到自己受了内伤,但他并不清楚狼毒花的毒液已经渗透到他的血液,在向他浑身扩散。

雪莲之所以没有把受伤的实情告诉赛罕,一来是怕他知道了实情,心里产生恐惧,对治疗不利;二来想把丈夫三娃子存放在家里的解药找出来,治好赛罕的身体。

"这个死鬼,他把解药藏哪里去了?"

尕香端着麻油灯,雪莲在自家屋子的夹皮里一遍一遍仔细地寻找解药。

雪莲知道自己男人三娃子有解除狼毒花毒性的药,但三娃子一走数年,没有音信，她不知道解药藏在哪里。

雪莲是老五叔的独生女儿。

雪莲刚来到人世界的时候，母亲因难产去世，她连母亲的一口奶水都没有吃过。

那时候的老五叔在古浪县城的盛达镖局里当差。

雪莲的母亲走了，给老五叔留下了襁褓中的小雪莲。他辞了镖局的差事，回家既当爹又当娘，把雪莲艰难地拉扯长大。

那时的老五叔，在十里八乡是响当当的人物，虽然算不上十八般兵器样样皆通，可他那"撒手镖"的绝技在河西走廊声名远扬。只要听说是老五叔押运货物，劫道的孟贼都要避让三分。那年，盛达镖局接了镇蕃骆驼客押货去大靖的差事。从镇蕃到大靖，必经大墩槽，谈起大墩槽，客商无不色变。

大墩槽地势险要，常常有贼寇出没。轻者货物被劫，重者须臾命丧。盛达镖局接到押送货物途经大墩槽的活儿，大多由老五叔带班押运，这次也没有例外。

这天，镇蕃骆驼客的驼队途经大墩槽时，忽然间，一阵黄尘随杂乱的马蹄声滚滚而来，草上飞率众贼寇乘快马扑了过来。

土匪来势迅猛，很快把驼队团团围在中间。

草上飞手持长剑，立于马上大喊："要想过此路，留下买路钱。"

老五叔大步跨前，说："哪路好汉呀，能否行个方便？"

草上飞早闻老五叔威名，但未曾与老五叔谋面。此时，草上飞并不知道遇上了硬茬儿，便大声喝道："此路是我开，此树是我栽；胆敢说个不，上前揪脑袋。"

"此贼好大胆，敢犯老五叔？银镖一出手，送你去上望乡台。"

说话间，老五叔把身子向下一蹲，随后又轻轻地一弹脚，只见他右手一扬，一条银光从眼前闪过，唰的一声，一枚银色飞镖射了过去，不偏不斜地射到了草上飞身边一孟贼骑的黑骡子身上。黑骡子受惊，狂蹦乱跳，那孟贼被骡子摔在地上，弄了个土眉土眼、血流满面。没等草上飞说话，唰的一声，又一枚银镖从老五叔手中飞出，射到了草上飞坐骑赤兔的后胯上。赤兔突然中了老五叔的银镖，忽地来了一个九十度的直立，一声长嘶，便不听主人的指挥，

反其道狂奔而逃。其余蟊贼眼看草上飞跑了，紧随其后慌不择路，仓皇逃命去了。

自从老五叔回家照看雪莲后，常常顾了家里顾不了外面的营生，家里渐渐缺吃少穿，日子一天不如一天。

古浪东南山乡财主刘怀瑞，靠跑"黑货"贩卖鸦片和放高利贷赚得万贯家财。他还强夺豪取，将东南山乡三山头一平川的良田全据为己有。但他为富不仁，为人刁钻，处事不讲诚信，盘剥佃户不择手段，干了许多祸害乡亲们的坏事。

毛毡匠妻子害了一场大病，久治不愈。为给妻子治病，毛毡匠向刘怀瑞借了三块银圆。两年时间，三块银圆"黑驴子打滚"利上加利，变成了十块银圆。

刘怀瑞指派管家刘贵前来逼债。

刘贵进了毛毡匠家门，一双老鼠眼盯着莹儿滴溜溜地转个不停。他笑嘻嘻地走到毛毡匠面前，说："你欠债不还，就让你家莹儿去老爷家做丫鬟抵债如何？"

"唉！"少言寡语的毛毡匠一声长叹，双手抱头，一屁股坐在地上不语。刘贵就让狗腿子拿出事先写好的卖身契，拉过毛毡匠的手，在莹儿的卖身契上摁下了手印后，带上莹儿就要离去。重疾在身，躺在土炕上不能下地的莹儿娘，听到刘贵说的话，就知道莹儿这一去，就掉进了狼窝。

"莹儿，妈妈离不开你呀！"

莹儿娘躺在炕上哭喊着，死活不让莹儿离开她。莹儿一口咬住了刘贵的手，"哎哟——"随着刘贵的一声尖叫，莹儿挣脱了刘贵的手。

"妈妈——"

莹儿连哭带喊地冲进屋里，扑倒在娘的怀里，哭得死去活来。

"给我带走。"

刘贵捂着被莹儿咬流血的手，咬牙切齿地大喊一声。家丁扑进屋里，把莹儿从母亲的怀抱中夺了过来，连拉带推地将莹儿搡出屋门。

莹儿娘眼睁睁看着女儿被刘家的人带走，听着女儿那撕心裂肺的哭喊声，悲愤交加，一口痰卡在喉咙，"嗯"了一声，便气绝身亡。

毛毡匠眼看女儿被刘贵带走，老婆含恨离世，手拿着莹儿"生不认人，死不认尸"的卖身契，看到那个被强行按下的红手印，就像一个猛兽张着的血盆大口，正在慢慢地吞下他们一家人时，这位老实人，无奈地一头砸在地上，如一头绝望的老牛，放声哀号起来。

庄子里的人闻声赶来，帮助毛毡匠安葬了莹儿她娘。

莹儿娘死后，两只眼睛始终明凸凸地睁着，直勾勾地望着房梁。老人们提起这件事儿都说："她丢不下莹儿，死后去阴曹地府心也不甘呀！"

莹儿娘的"七七"刚过，毛毡匠背起擀毡的工具，含泪背井离乡去谋生。临行前，毛毡匠来到刘怀瑞家的大门口，希望能见上莹儿一面。

毛毡匠鼓了很大的勇气，敲了几次大门，吱的一声，大门打开一个缝儿。刘贵将半个头伸出门缝，见敲门人是毛毡匠，便大声喝问："你来干什么呀？"

"大管家，行行好，我就要远走他乡了，让我看看我女儿，只看一眼。"

"快快离开吧，卖身契上写得清清楚楚，生不认人，死不认尸。你要反悔吗？"

"大管家，你就行行好吧，孩子还小，我只看一眼就走。"

"不行。"

刘贵硬邦邦地丢下这句话，"咣当"一声，就把大门重重地关上了。毛毡匠在大门口大哭了一场，悄悄地远走他乡。

刘怀瑞虽然家大业大，但干的营生都不是什么"正经"的事儿。为了确保安全，他早就盯上了武功高强、声名远扬的老五叔。

早两年，刘怀瑞就想拉老五叔给他跑差，被老五叔断然拒绝了。如今，老五叔的日子过到吃了上顿饭没有下顿饭的地步，他再次打起了老五叔的主意。

刘怀瑞让管家刘贵登门找了几趟，老五叔始终没有给刘贵好脸色。吃了几次闭门羹后，刘贵不敢轻易登老五叔的家门了。

"老五兄弟在家吗？"

"在家。"

老五叔应着声儿，走出屋子门。只见刘怀瑞满脸堆笑地站在小院门口，身后跟随着他的管家刘贵和两个家丁。

这天，刘怀瑞亲自上门找老五叔给他家当差。他身着青绸短褂子，脚蹬圆口青布鞋，头戴青平绒瓜皮圆帽儿，帽儿的正前方，镶着一颗硕大的墨绿色翡翠。他手持的文明棍，古香古色，一副黑色的石头银镜，把他那一双眼睛和内心的世界遮挡得严严实实。

老五叔见院门口站的是刘怀瑞，心里明白了八九分，便不冷不热地说："刘老爷光临寒舍，有何见教呀？"

"哎呀呀，老五兄弟呀，乡里乡亲的，怎么能这样说话哩？"

刘怀瑞边说边走进了老五叔的小院子。老五叔拍打着衣服上的灰土，没好气地说："我可不敢高攀你这位乡亲呀！"

"老五兄弟呀，到了你的家门口，也不让我进去坐坐？"老五叔无奈地苦笑了一下，说："请吧。"

刘怀瑞走进屋子，只见老五叔家徒四壁，便故作惊讶地说："老五兄弟呀，你也是个威名远震四方的人，咋就把日子过得这么寒碜了呢？"随后，问身后的刘贵，"刘管家，我让你给老五兄弟准备的白面带来了吗？"

"带来了，带来了。"

一直尾随在刘怀瑞身后的管家刘贵应着声儿点着头，便将半袋面粉放在老五叔家的小木桌子上。

刘怀瑞站在小屋子中间，显得十分诚恳，说："老五兄弟呀，到我家跑差吧，免不了你吃香的喝辣的，每月还有工钱，怎么样呀？"

"刘大东家，你让我跑差，是看家护院哩，还是跑路送货呀？"

"老五兄弟呀，看家护院的小差事儿，哪能劳驾你呀，你就给我送送货。如果要走金城或者太原，另加双倍的工钱。"

刘怀瑞见老五叔半天没有作声，自以为老五叔动了心思，暗自高兴了起来。他咳嗽了一声，接着说："老五兄弟呀，你知道，走大横山的那条山路送货，经常发生蟊贼劫道的事儿，我就是请你去给驴脚夫、骆驼客们壮壮胆儿。"

"刘大东家，谢谢你的好意。我的娃娃尚小，实在不能遂你的意呀。"

"一个大男人拉扯个小娃娃，也确实受罪呀。你到我家跑差，我找个丫鬟给你带着娃娃，你也就没有啥顾虑了吧？"

老五叔见委婉推脱不了，就直言说："听说刘大东家跑的是黑路，送的是黑货，那种昧良心的事情，我干不了呀！"

"老五兄弟呀，你也是个明白人，这年头不干这个事儿，能赚到钱吗？"

"哪怕就是我们父女饿死，我也不会帮你干这种丧天良的事情。"

刘怀瑞万万没有想到，老五叔会给他回敬这么一句话。刘怀瑞被气得浑身发抖，半天说不出话来，阴着脸走出老五叔的小屋子，拂袖而去。

也就是这次，老五叔彻底与刘怀瑞结下了难解的冤仇。

"老五兄弟呀，把这奶山羊操心好了，孩子吃奶的难事儿，也就解决了。"

古堡的老郎中把自家唯一的一只奶山羊，送到了老五叔家。虽然古堡人的日子都过得艰难，但是人们还是常常带点东西，来到老五叔家问问话儿，逗逗襁褓中的小雪莲……

亲邻间的热心帮助，让老五叔心里热乎乎的，也让他鼓起了战胜生活中各种困难的勇气和信心。

古浪东南山乡南部的高山上长满了云杉、松树和常青柏树，浅山区长满了茂密的香柴、鸡爪柳、黄刺、黑刺。北部的大横山上长满了直溜溜的野白杨、荀子和灌木猫儿刺、梭梭等，不仅黄羊、嘎达鸡、跑鹿、麝香多，而且狐狸、狼、豹子、黑瞎子等也常常出没。

到了冬天，大雪封山的时候，那野兽就会从深山老林子里走出来觅食，庄子里人家的鸡、羊、猪、牛常常被野兽伤害和吃掉，有时候野兽围在人家院落的周围整夜整夜地号叫，吓得人们一夜都不敢入睡。

老五叔不仅精通"撒手镖"，而且箭法也是百步穿杨。他组织古堡里的男人们开始围猎。很快，老五叔把古堡里的好多男人带成了很有名气的猎人。每次外出围猎，大家总是满载而归。

猎狗豹子时常跟随在老五叔的前后左右，是他围猎的好伙伴。老五叔还用两张野狐子皮，从牧人家里换回来了一只白色的藏獒，取名银龙。

银龙毛色雪白，刚到雪莲家，只有三个月大，可它壮实得如同一小熊。等到一岁的时候，远远地望去，顺风而立的银龙像一头健壮的白牦牛犊子，威风凛凛。银龙仰天长啸的那一声，如狮吼、如虎啸，抑或如雷鸣，出没于深山老林子里的野兽闻声，也会远远地躲了起来。

一个寒冬的夜晚，老五叔听到院外风声大作，他以为是夜半起风，风吹

山林作响。第二天天亮,老五叔发现在自家的院内院外各躺着一头死狼,银龙正在用舌头舔自己嘴边的狼血。

老五叔忽然明白,昨夜有狼群来过自家小院。

每天东方刚露鱼肚白,老五叔都带着豹子去"巡山",守护雪莲安全的重任就"托付"给了藏獒银龙。老五叔爱银龙如子,银龙也明白老五叔的意思,不分昼夜地守护在雪莲左右,陪伴她慢慢长大。

每次"巡山",老五叔都会带回来不少的猎物和蘑菇、地骨皮等山珍。猎物的肉和山珍,是雪莲父女的食物。兽皮积攒两三个月,老五叔就会找个知根知底的脚夫,去一趟大靖集市,换来食盐、粮食、布匹等。

第五章
毛脚夫清晨来提亲　老五叔爽快应亲事

这天,太阳刚露东山头,巡完山的老五叔脖子上搭着一头狼,身上挎着弓箭,手里提着两只嘎达鸡,迎着早晨初升的太阳,兴高采烈地满载而归。

领兵的元帅赵协天,十万的大军手里掌。皇上把他看得重,给他修下一座城。起名就叫仙官镇,封为镇官他坐定。谁知赵协天无良心,想到长安城里做真龙。勾结起了些武将官,暗地里谋反想夺江山……

老五叔唱着老调往家里走,老远就见雪莲从屋里跑出来喊:"爹,家里来人了。"

眼看着雪莲一天天长大成人了,老五叔时常有一种苦尽甘来的感觉。他见雪莲从家里迎了出来,高兴地大声说:"丫头,你看今天爹打了一只大狼,这张狼皮换成花花布,给你做件花布衫儿穿。"

雪莲听见老五叔的话,一反常态,没有撒娇,却略带几分娇羞地说:"爹,毛家爸来我们家了。"

"这个毛脚夫,这么早来找我,有啥事情哩?"

雪莲迎上来,接过老五叔手中的嘎达鸡,说:"毛家爸说,他有个谎儿要和你喧哩。"

老五叔低头一看,见雪莲脸上飞过一抹羞红,忽然明白了毛脚夫的来意,便朗声大笑着说:"我说今天早晨的喜鹊怎么叫喳喳哩,原来是我们家里来了个毛家爸。"

雪莲一听老五叔话中有话,就明白爹是在和她开玩笑哩。那是几年前的

冬季，一场大雪封山后，她和三娃子在自家火炕上玩游戏："喜鹊喜鹊喳喳喳，门上来个姑妈妈；姑妈姑妈你坐下，我给你说个唠叨话；你的姑娘一朵花，我的娃子十七八，能不能对个两亲家……"

想到这里，雪莲不由得脸儿一红，娇嗔地叫了一声："爹——"便故作生气，不去理老五叔了。她俯下身子，亲昵地捋捋猎狗豹子的头，说："快回家去，银龙等你可等急了。"

猎狗豹子身上的皮毛被晨露打湿了，紧紧地贴在身上。它前爪伏地，摇着尾巴，轻声哼吟着，围着雪莲转了几个圈儿，用舌头舔了舔雪莲的手背，扭头飞快地向拴在小院中的银龙跑去。

听到雪莲喊爹，毛脚夫知道老五叔回来了。他满面笑容地从屋子里走了出来，对老五叔说："老哥哥，你早啊！"

"没有你早呀，十多里的山路，你咋这么早就来了？"

"当脚夫的，就图个腿脚利落嘛！"

老五叔和毛脚夫相互问候着，边聊边来到小院的中间。

"前几天就想来看看你，应了差事去了趟大靖。今天得了个空闲的时间，鸡叫头遍我就出了家门。"

毛脚夫边说边从老五叔身上接下那头狼，放在院子的地上。拴在小院子木桩上的毛驴子见状，打着响鼻，撅着屁股一个劲儿地往后挣扎，把缰绳绷得紧紧的。

老五叔见状，哈哈大笑着说："一条死狼，就把它吓成了这个样子。"

"你看这狼，虽然死了，两只眼睛明凸凸的，别说是毛驴子害怕，我刚看到它，心里也是怯生生的哩。"

毛脚夫边说边解开毛驴子的缰绳，牵到小院子外面去了。

"哎哟！这还是头大公狼呀，你是怎么打下它的呀？"

毛脚夫拴好毛驴子，走进院子，见老五叔把死狼倒挂在小院的木头架子上，准备要剥狼皮，便好奇地问老五叔。老五叔一听毛脚夫的问话，脸上立刻露出了自豪的笑容，说："这是我昨天傍晚架设在大横山新开路湾垭豁里的扣子抓的，你看这狼身上一点伤痕也没有。"

"没有伤痕的狼皮子值钱。"

"对着哩。"老五叔接过毛脚夫的话茬儿说,"今天早晨头鸡儿叫的时候,我就到了新开路湾的垭豁里。我悄悄地藏在一大簇猫儿刺后面,等了一会儿,发现从大横山东边香水泉的方向跑过来了一群狼。这是大狼群呀,一般的狼群也就三五头狼,这狼群有七八头哩。我从头狼走的路线看,这狼群是要翻过大横山去大沟的。狼这东西贼聪明呀,它们绕过了我架设的几道扣子。眼看狼群就要翻过大横山了,我在狼群的侧面射了一只钻天哨火箭。嗖的一声响,那钻天哨就像一条火蛇扑向狼群。怪得很呀,狼这东西最怕的就是火。这头狼被我突然射出的钻天哨一惊吓,慌不择路,急忙扭头向北逃窜,一头就钻进了我布下的扣子里。"

"怪不得这狼这么壮实,是头狼呀!"

"这狼可是个护群的主儿。"

老五叔一边神采飞扬地讲述着捕狼的经过,一边麻利地剥着狼皮。他说:"你没有目睹,扣子套着这只狼的时候,那个号叫声才叫瘆人哩。其他的狼闻声儿,折过头就返回原路跑了。要不然,今天早上我逮两三头狼,绝对不是什么玄乎的事儿。"

毛脚夫撸起袖子要给老五叔帮忙儿,老五叔笑笑,说:"不用,不用。弄破了皮子就不值钱了。我一个人不到十分钟就能剥好。"

老五叔边干着手中的活儿,边问毛脚夫:"毛大哥,你这么早来找我,有啥事儿哩?"

"不急,不急,今天的这事儿急不得。你先忙,忙完了进屋里,咱老兄弟慢慢地喧这个话儿。"

"家里的人都好吧?"

"托你老哥哥的福分,好着哩,好着哩。"

毛脚夫见给老五叔帮不上啥忙,就站在旁边,一边看老五叔剥狼皮,一边和他谈说着家里鸡毛蒜皮之类的事儿。

老五叔用小腰刀在狼的尾巴根处取了个小圆洞,顺着狼的肚子割开了一尺多长的一条口子,便把拳头伸进狼皮与狼肉的夹层间,用力绷扯,只听见那狼皮与狼肉在咻咻有节奏的声响中分离开了。

果然不到十分钟,一张完整的狼皮就被老五叔剥了下来。老五叔麻利地

开膛破肚，清理了狼的五脏六腑，鲜美的狼肉还在冒着热气儿哩。老五叔用小腰刀在狼肉上横七竖八地割了十几下，一头足有三十多斤肉的大公狼，就被他顺着骨卯儿卸成了八大块子。

"雪莲，把这个狼腿子炖上，今天我和你的毛家爸美美地喝一场酒。"

"哎——"

雪莲愉快地应着老五叔，拿了一条狼的后腿，到门口的溪水中去冲洗。

老五叔把狼皮晾晒在篱笆墙上，然后把其他的狼肉一块儿一块儿地挂在架子上，说："晾一晾，你回去的时候给老嫂子也带上一块，让她尝尝狼肉。"

"你别说，这么新鲜的狼肉，她还真没有吃过哩。"

毛脚夫和老五叔说着话儿，相互礼让着进了屋子。

雪莲一边在自家门前的水塘里洗狼肉，一边看着倒映在水中自己的身影儿。胖墩墩、红扑扑的脸蛋儿上，那一双水灵灵的大眼睛，灵动有神，长长的睫毛就像两把小刷子，忽闪忽闪的。一头乌云般的秀发梳成了一条长长的辫子，从肩上垂在胸前。前几天，三娃子从集市给她买回来的那一对儿粉红色的头花儿，分别扎在两鬓间的秀发上。那一对儿粉红色的头花儿在头上一颠一颠的，像两只立在青丝上随时就要起飞的彩蝶儿。

雪莲虽然是大山里生长的女娃儿，成天雨淋日晒，可脸盘儿依然白白净净。浅蓝色的碎花布衫儿，衬托着她那张可人的脸蛋儿。她一笑起来，嘴瓣儿像恬静的弯月，甚是迷人。

雪莲静静地看着水中自己的倒影儿，不由得扑哧一声笑出了声儿。她轻轻地用手撩动平静的水面，水面就荡起了涟漪，一圈儿一圈儿地由小慢慢地变大，雪莲的影子也随着水面上的涟漪晃动起来，一圈儿一圈儿地放大……

雪莲洗净了狼肉，拿进厨房熟练地剁成拳头大小的肉疙瘩，放进砂锅子里，加上老五叔从山上采来小柳菇、黑刺果、野蒜，添加上山泉水，然后点燃柴火，炖起肉来。

不一会儿的工夫，砂锅子里的水"咕嘟咕嘟"地冒起泡儿来，狼肉特有的那种香味儿就弥漫在整个小院子里。一个时辰后，雪莲捞出一块狼肉，用手指掐了掐，觉得肉已经熟了，就捞了一大方木盘，给父亲和毛脚夫端了过去。

"毛大哥呀，三娃子到了我们家，我一定亏待不了他，你就放心好了。"

"老哥哥呀，我们两家交往了这么多年了，谁不了解你的为人处世呀。三娃子能娶上雪莲这样勤快能干的好媳妇，是他的福气呀。我还有啥不放心的哩！"

端着狼肉从伙房路过老五叔和毛脚夫喝酒的屋子窗户时，雪莲把父亲和毛脚夫的这段对话听得清清楚楚。她不由得脸儿一红，心里就像揣了头小鹿一样，怦怦地跳。是进屋子，还是不进？雪莲有些不知所措。

雪莲对毛三娃并不陌生。

这些年，老五叔请毛脚夫去集市出售兽皮，三娃子总是随其父亲来老五叔家。不善言语的三娃子，却很懂礼儿。大人们忙活着捆皮子、搭驮子，三娃子和雪莲忙着为大人们准备路上吃的饼子。雪莲和面摊饼子，三娃子担水、烧灶火。大人们手头的活忙完要上路了，雪莲和三娃子的饼子也烙好了。一来二往，雪莲和三娃子就如同兄妹一样。雪莲亲热地叫他"三娃哥哥"时，三娃子的心里就泛起甜蜜蜜的涟漪。

三娃子和雪莲慢慢地长大了。一次，三娃子从集市回家的时候，给雪莲买了冰糖人儿。"我不要冰糖人儿，要红毛线头绳哩。"三娃子忙说："这次给你冰糖人儿，下次一定给你带上红毛线头绳。"

一年的冬天，大雪下了三天三夜。大雪封山了，替人家跑路送货从龙沟堡驿站集市回来的毛脚夫和三娃子父子，被困在了老五叔家。

老五叔和毛脚夫围坐火炉子喝了三天三夜的烧酒，三娃子和雪莲围坐在土火炕上手拉手儿，唱童谣，玩游戏：

娃们娃们玩来，天上掉下个羊来。掉到谁家锅里了？掉到张家锅里了。你一碗，我一碗，留下一碗接农官。农官不扎红头绳，我是天上的耍流星。耍流星不拿花牙棒，只是天上的一道虹……

老五叔和毛脚夫看着两个孩子的亲热劲儿都快活地笑了。

一转眼，几年时间过去了。雪莲出落成了一朵美丽的雪莲花，三娃子也长成了一位浓眉大眼、身高体壮的英俊少年。

每次老五叔请毛脚夫去送货，三娃子就随父亲来老五叔家搭驮子，顺便给雪莲带个小礼物儿。临走时，雪莲一定会给三娃哥哥装上几块晾晒好的肉干，脉脉含情地目送三娃哥哥远行。

三娃子和雪莲的心里都有了不好对别人说的心事，暗生出一种情不自禁的牵挂和相思。

"来来来，老哥俩干了这杯酒。"

"好好好，干了这杯酒。"

老五叔和毛脚夫相互劝酒的声音打断了雪莲的回忆。她端着盘子，站立窗户前犹豫了一会儿，但没有别人能替她把肉送进屋里去，只好红着脸儿，走进了屋子里。

老五叔和毛脚夫两个人已经喝得面红耳赤。

"丫头，你的毛家爸来给你和三娃子提亲事哩，愿意不愿意这门亲事呀？如果你愿意，爹爹我可就给你做主哩。"

老五叔见雪莲走进屋子里，乘着酒劲儿，就直接问起了雪莲。

"爹——"

雪莲娇嗔地叫了一声爹，脸上飞出一抹羞涩的红云。她把手中端的狼肉放在炕桌儿上，说："毛家爸，你们吃上一点肉再喝酒，不然，我的爹爹喝醉了，可就净说胡话哩。"

"哈哈哈，这孩子，男大当婚女大当嫁嘛。"老五叔笑着大声说。

"雪莲说得对着哩，来来来，先吃块肉再说事儿。"

毛脚夫用筷子夹起一块鲜美的狼肉，递到老五叔面前，相互谦让了一番后，两个人便大口地吃了起来。

雪莲匆忙退出了屋子。

"唉，也真是难为娃娃哩！"

老五叔望着雪莲走出屋子的背影，长长地叹了一口气，说："要是她娘还在世的话，这些事儿就该她娘管，有些话儿就该她娘去问，孩子也就不这么难为情了。"

"无妨，无妨。爹和娘都一样嘛。老哥哥，今天我是来和您先商议，征求一下雪莲的意见。改天，我请媒婆婆，正式登门为三娃子求婚哩。"

老五叔长叹一声，没有说话。

这些年来，一提起早年过世的妻子翠翠，老五叔就不由得伤起神来。不容易呀，十六年了，老五叔既当爹又当娘，一天一天地熬到了今天，熬到了雪莲长大成人。想到这些，老五叔动了真情，眼睛里溢满了泪水。

毛脚夫见状，急忙端起酒杯，搭着话茬儿劝说老五叔，说："老哥哥呀，喝酒就喝酒，不再提荆州。今天我们说娃娃们的大喜事儿，伤心的事情，我们就暂时不提了。"

"对，伤心的事情，今天就暂且不提了。"

老五叔边说边接过毛脚夫手中的酒杯，一饮而尽。他说："好长时间没有畅畅快快地喝上一场子酒了，今天呀，我们老哥俩就喝个痛快，不醉不罢休！"

"对对对，今天不醉不罢休！"

毛脚夫应着老五叔的声音儿。屋子里又响起了老五叔和毛脚夫两个人猜拳声和相互劝酒的说笑声。

雪莲回到厨房，静静地坐在炉火边。

爹和毛家爸的话，使她不由得想起了已逝多年的娘。她心里默念："如果娘现在活着，看着女儿今天长大成人了，要嫁人了，该有多么的高兴呀！"

雪莲心里想着娘，眼睛里噙满了泪水。

一个么就尕老汉么哟哟，七呀七十七么哟哟，再加上个四岁着叶子儿青呀，八呀八十一么哟哟；怀抱上个琵琶么哟哟，口吹箫来么哟哟，这么样的弹来着叶子儿青呀，这么样的吹呀来么哟哟……

雪莲在灶边思母流泪，老五叔和毛三爸唱的酒曲声，打断了她的思绪。她起身悄悄地来到书房，只见醉醺醺的父亲和毛脚夫面对面而坐，两个人手中拿着筷子，敲打着空酒碗，一唱一和地吼着酒曲儿《尕老汉》。

此刻，老五叔用酒精麻醉神经，在这粗犷的猜拳声中，在这欢乐的酒曲儿声中，宣泄积压多年的忧伤。雪莲从来没有见过自己的爹这么酒醉过，也没有见过他这么大喜大悲过。在她的心目中，爹爹是一个没有悲伤，刚强了一辈子的人。此时，她才发现父亲心中的情感被压抑了这么多年。

一盘狼肉，两坛青稞烧酒，醉倒了老五叔和毛脚夫。也就是这一场酣畅淋漓的酒醉，老五叔把心爱的女儿雪莲，许配给了毛脚夫的三儿子毛三娃。

第六章
小夫妻两小无猜　两亲家不谋而合

人说老马识途，毛脚夫家的骟驴也识路。

那天，毛脚夫喝得面红耳赤。在告别老五叔回家的路上，他觉得头有些晕，便倒骑在骟驴背上，双手紧紧抓着那驴尾巴根子，迷迷瞪瞪往家里走。

"啊昂——啊昂——"

毛驴子驮着毛脚夫顺顺当当地走进自家的院门，接连大叫几声，给家里人报信儿。三娃子娘闻声儿，匆忙从屋子里跑了出来，见毛脚夫依然趴在驴背上，一边不停地笑着，一边对她说："老婆子，好事情成了。"

"老五叔答应了？"

"答应了。"

"雪莲答应了？"

"答应了。"

三娃子娘的脸上堆满了笑容。

"啊昂——啊昂——"毛驴子又大叫几声。三娃子娘才意识到，她只顾和老头子说事儿，却忘了把驴背上的毛脚夫扶下地。

"看来你还不高兴了。"

三娃子娘对着毛驴子说。毛脚夫接着老婆子的话茬儿说："高兴，高兴。"

老婆子一听扑哧一声笑了，说："我在和驴说话哩。"

"啊昂——啊昂——"

毛驴子又大叫几声，引逗着拴在驴圈里的其他两头毛驴子也叫了起来。

"行了，行了，三个驴一起叫唤，吵死人了。"

三娃子娘一边骂着毛驴子，一边笑嘻嘻地对着屋子里的三娃子大喊："三娃子哎，快来一下，你的爹爹喝醉了。"

"今天爹爹到哪里去了，怎么喝酒喝成这个样子哩？"三娃子从屋子里跑了出来，一看醉醺醺的爹爹趴在驴背上打呼噜，便问他娘。

"回屋里说，回屋里说。"

三娃子见娘高兴，便不再发问，赶紧从毛驴背上抱起爹，送到屋内，轻轻地放在炕上。

"你爹爹去老庄子上了。"

"我说呢，爹爹怎么酒醉成这个样子哩！"

三娃子娘一听这话，说："这次你爹爹是干正事儿去了。"

三娃子一脸疑惑地看着娘。

"喝酒也不少喝一点儿，喝成这个样子了，怎么没有跌到小南冲沟里让狼给吃了。"

三娃子妈一边数落着毛脚夫，一边满面笑容地给毛脚夫盖被子。

"老婆子，成了，成了。"梦中的毛脚夫还在不停地重复着这句话。

"知道了。知道了。"

玉兰一脸笑容，对着毛脚夫的耳朵大声说。三娃子望着娘的高兴劲儿，不解地问："娘，看把你高兴的，爹爹说啥事情成了？"

"你爹爹给你去提亲，他说你的婚事成了。"

"谁家的丫头呀？"

"老五叔家的雪莲。"

"真的？"

"你娘也会哄你呀？"

三娃子一听，脸一下子红到了耳朵根，低头不再说话儿了。

"你满意吗？"

"满意着哩。"

"你老五叔要招女婿哩，你愿意吗？"

"愿意着哩。就是舍不得我娘。"

玉兰慢慢地坐在炕沿上，把三娃子的头搂在怀里，轻轻地抚摸着儿子的头发、脸、耳朵、脖子，不由得眼睛红了。玉兰自言自语说："好娃娃哩，

就十几里的路程,想娘了就来看看。娘想你了,也就去看看你。"

"嗯。"三娃子点着头,答应着娘,像一个小孩子一样,把头紧紧地依偎在娘的怀里。

此时,毛脚夫已经鼾声如雷。

在古浪东南山乡跑驴脚夫是个既危险又辛苦的差事。

毛脚夫的爷爷、爹爹都是跑驴脚夫。人们都说,毛脚夫的先人传下的祖业就是那两头体格壮实的骟驴。其实不然,毛脚夫的祖上的传家宝,是一方方儿兽皮。

毛脚夫的爹毛佰元临咽气的时候,毛脚夫正在替人家在外跑路送货哩。老人一直痴痴地望着房梁,那一悠悠儿气就是不断。

老人等了三天三夜,第四天夜幕降临的时候,毛脚夫才赶回到家里。

毛脚夫一进家门,就直奔父亲病炕前,鼻涕一把泪一把地哭了起来。

"娃娃不要难过,人终究是要死的。"

那年,毛佰元只有五十三岁。毛脚夫没有说话,双膝扑通跪地,两行泪水就扑簌簌地顺着脸颊滑落了下来。他紧紧地握住爹的手,只见老人嘴唇动了一动,再没有发出声来。

毛脚夫急忙把耳朵伏在老人的嘴边,可他的嘴唇再没有动弹,只是用手拉着毛脚夫的手伸进自己的衣服内,紧紧地按在胸前,咯噔一声,随着喉骨轻微地上下一滑动,毛佰元头一歪,就咽气儿了。

毛脚夫从爹胸前拿出一块叠得四四方方的兽皮,打开一看,上面画满了弯弯曲曲的线线儿,圈下了许多大大小小的圆圈圈儿。

毛脚夫把这块兽皮重新叠好,敷在自己的胸口上。"爹爹呀——"他放声大喊了一声,便哭得背过了气儿。

毛佰元留给他儿子毛脚夫的那张兽皮是路线图,那幅图把古浪东南山乡的四条通道标记得清清楚楚。

那年月,要走出或走进古浪东南山乡,只有东南西北这四条道。

南路的是仙道。

不仅要翻越祁连山莽莽苍苍的原始大森林,经过白石头岭,而且要越过终年积雪马牙雪山大阪,然后取道通向西藏的拉萨。

早些年，古浪东南山乡南部山区的普姆达娃沿着这条路去拉萨朝圣，至今没有回来。有人说普姆达娃留在了西藏拉萨，也有人说她倒在了去拉萨的路上。

有一年，从凉州城里来古浪东南山乡做生意的三个小买卖人，本应该要走西面的路回凉州，结果迷失了方向，误入南面的路再没有回来。几年后，有人去马牙雪山采摘雪莲花，发现了路边的三副人骨头架子，旁边还放着被风雨侵蚀且已经腐朽不堪的货郎担子，是不是那三个小买卖人的遗骨，谁也答不上来。

西路的是商道。

过了曹家湖，向东南可以到龙沟堡驿站集市，进金城兰州。向西北，经古浪峡，直通商贸重镇凉州，深入河西走廊腹地。

脚夫们把古浪东南山乡的煤炭运送出去，必走西路这条商道。凉州、兰州还是其他地方来古浪东南山乡做买卖的商人，要进入古浪东南山乡，必走这条商道不可。

北路是条险道。

翻越大横山，沿腾格里沙漠边缘往往东走就到宁夏中卫、内蒙古包头和山西太原。

北路沿途山大沟深，道路崎岖，大漠戈壁，荒无人烟……不仅路途艰辛，沿途还经常有贼寇出没。遇到劫财的蟊贼，抢了财物放了人，那是不幸中的万幸。就怕抢了财物不放人，白白丢了性命。这条路上走的大多是把古浪东南山乡的大烟和兽皮运出去，把内蒙古雅布拉盐池的盐运进来的马队和骆驼客，人强马壮，还有保镖护卫。

东路是条平安道。

经过横梁山，沿杆子川河而下就到了大靖的集市。虽然全是山路，但地势宽阔，路途平缓。清晨从古浪东南山乡上路，日暮就能到大靖的集市，两天一个来回不成问题。古浪东南山乡的人们要出售兽皮、山货，购买生活用品，大多都会走这条平安道。

毛佰元给毛脚夫留下的那张兽皮路线图，是古浪东南山乡的先辈们用双脚一步一步丈量出来的。它把古浪东南山乡走出大山去的四条通道上，哪有

泉水、哪有村庄、哪有沟壑险情、哪有土匪蟊贼，都标注得清清楚楚。

毛脚夫用这张兽皮路线图指路，带着三个勤劳吃苦的儿子，赶着几头体格壮实的骟驴，常年奔波在这四条道上，替人跑路送货。承揽不到送货营生的时候，毛脚夫就带上儿子，赶上驴子跑商道。他把古浪东南山乡的煤炭，用毛驴子有时候驮到龙沟堡驿站集市出售，有时候也驮到坝里和滩上，换成小米白面，再驮到古浪东南山乡卖了，来回都有点利可赚，家里的小日子过得比较殷实。

老五叔每年要和毛脚夫走几趟集市，去的时候驴子驮着兽皮、山货；回来的时候，驴子驮的是粮油米面和生活用品。

岁月如梭，一晃悠毛脚夫的三个儿子都长大成人，到了谈婚论娶的年龄。

这天晚上，毛脚夫躺在被窝里对玉兰说："娃他娘，我看三娃子长得门头高了，该给他说个媳妇子了。"

"唉，我也这么琢磨着哩，可就是没有瞅下个合适人家的丫头子呀！"

"老五叔的雪莲今年十六七岁了，我看和三娃子很般配，我去问问。"

"老五叔就一个姑娘，怕是要招女婿哩！"

"招女婿就招女婿吧，我家三个儿子哩！"

"招了女婿，怕庄子里的人说闲话哩！"

"说啥闲话了，我看老五叔心地善良、为人正直、心直口快，雪莲那姑娘心灵手巧、干净利落，出落得如雪莲花儿一样漂亮，合适得很。"

"看来你这老鬼的心里早有打算哩。"

玉兰的话音儿没落，毛脚夫得意地笑了起来。玉兰说："明天你去请媒婆王妈妈问问，看老五叔是个啥想法。"

"都是老熟人了，我先去探探老五叔的口风。如果有个眉目了，再请媒婆王妈妈去也不迟。"

"你就不怕人家老五叔见怪吗？"

"老五叔才不像你哩，头发长见识短。"

"那你明天就跑一趟老庄子去看看吧。"

……

毛脚夫老两口叽叽咕咕聊到了深夜。第二天，东方刚露出鱼肚白，毛脚夫提上玉兰烙的油胡旋和前几天他从集市上买来的两坛子青稞烧酒，骑上毛驴子去了老五叔家。

这天，毛脚夫本来是到老五叔家探口风，没有想到，一砂锅炖狼肉，两坛青稞烧酒，一场酣畅淋漓的酒曲儿，老哥俩就把雪莲和三娃子的终身大事给说定了。

一想起这件美事儿，毛脚夫心里就乐开了花儿。

老话说得好，天上无云不下雨，地上无媒不成亲。过了几天，三娃子的娘就请来了媒婆王妈妈。

王妈妈带上玉兰准备的礼物，骑上那头大骟驴，跟毛脚夫又去了一趟老五叔家，议定十月十六是三娃子和雪莲成亲的良辰吉日。

三娃子是入赘到老五叔家的。

娶亲那天，老五叔请了两位吹鼓手，坐上木轱辘大车去马莲沟迎接三娃子。

秋晨，群山色彩斑斓。

三娃子穿一身青丝布褂子，披着大红花，端坐在木轱辘大车上。拉车的那匹枣红马的笼头和赶车把式的大鞭子上，都挂着红布条子。木轱辘大车上装着两个大木头箱子，贴着红红的喜字。这是爹娘给三娃子的"嫁妆"。

毛脚夫大声对赶车的把式说："走吧。"

"啪"，车把式一声清脆的鞭声响，木轱辘大车启动了。三娃子的爹娘和亲友们目送娶亲的大车上路。

按照古浪东南山乡的习俗，男方入赘女方家，由吹鼓手引路，新郎要绕着新娘家的院落转一圈，意为圈定自己的地盘。

两位吹鼓手鼓圆了腮子，欢快的唢呐声响彻在古堡的上空。雪莲轻轻打开窗户，清新的空气迎面而来。她静静地端坐在炕沿上，耳闻娶亲的唢呐声，仔仔细细地端详着自己身上穿的红棉袄和青丝布裤子，脚上穿的那双绣花鞋子。想起自己马上就要做新娘了，她不由得笑了。

屋子外面传来脚步声，雪莲急忙将红布盖头蒙在自己的头上。只听见媒婆王妈说："老五叔呀，新女婿可给您接回来了。"

"辛苦你了，辛苦你了！"老五叔笑着，给媒婆王妈说谢。脸上涂粉抹彩，打扮得花枝招展的媒婆王妈，扭动着柳枝细腰，颠着碎步儿跑到了老五

叔的身边，亲热地拉着老五叔的手喋喋不休地说着话儿。自打雪莲她娘离世后，十多年里老五叔没有摸过女人的手。此刻，王妈妈的纤手抓住他的手，他不由得身上有了一阵麻酥酥的感觉。

合历通易卜吉祥，阴阳大吉利三堂。今卜十月十六日，男婚女嫁配成双。午时拜堂喜中喜，香案设在正南方。红毡铺成红烛亮，恭扶新人站堂前……

随着主持婚礼的司仪先生说唱声的调儿，三娃子牵着红布的一头，雪莲牵着红布的另一头，两个人踏着红毛毡，款款来到香案前。

列祖列尊喜相逢，八方神灵佑门庭。金樽献酒谢隆恩，天地同欢结姻亲。鸣炮挂红上香拜高堂……

司仪先生脱了礼帽，一个九十度的鞠躬，老五叔被请到了婚礼香案之前，端坐在凳子上。在清脆的鞭炮声中，亲朋好友给三娃子和雪莲披红挂彩。

老五叔穿一身青布褂儿，脚蹬圆口青布鞋，腰系六尺蓝布腰带。青布褂儿上一排二十个布疙瘩纽扣扣得严严实实，头顶是当年在盛达镖局当差戴过的小礼帽，两只手轻轻地扶在双膝上，端坐在香案前的木凳儿上，一脸的慈祥和喜悦。

先拜苍天日月明，风调雨顺四海扬。再拜黄土养育情，四季平安万物兴。拜罢天地拜四方，拜了四方家业昌。一拜东方甲乙木，五谷丰登牛羊壮。二拜南方丙丁火，前途光明登甲科。三拜西方庚辛金，财源滚滚涌进门。四拜北方壬癸水，华盖交运洪福来。拜了四方拜中央，中央厚土戊己临。拜罢天地人神喜，一对新人结连理。夫妇同拜情谊深，白头到老岁月长。恭拜父母养育情，邻里欢喜亲友颂……

司仪先生的声调抑扬顿挫，三娃子和雪莲随司仪先生的音调儿，按照古浪东南山乡的习俗虔诚地向跪拜天地，跪拜四方神灵，跪拜老五叔。

"五谷血酒门上奠，新郎新娘入洞房。"随着司仪先生的声调儿，三娃子抱起宝斗，雪莲抱起宝瓶，夫妻携手款款入了洞房。

此时的老五叔思绪万千，悲喜交加，老泪纵横。他想起了早亡的妻子，眼前浮现着过往的一幕幕。是啊，老五叔也真够难的，一个男人拉扯一个襁褓中的婴儿长大成人，需要付出多少心血。眼看着女儿长大成人了，今天要成家了，作为父亲的他心里怎能不百感交集！

"哎哟吆——老五哥哥呀，今天可是孩子们的大喜日子，您可要开开心心的呀！"

媒婆王妈见老五叔心事重重，便嗲声嗲气地跑了过来，一遍又一遍地捋着老五叔的后背，一遍又一遍地说些贴心的话儿。

"呵呵！呵呵！"老五叔很是不好意思地干笑了两声，把自己粗糙的大手从王妈妈的纤手中抽了回来，说："大妹子，有你操劳娃娃们的婚事，我有啥不开心的事情哩！"

"我的老哥哥，这就对了嘛！"

王妈妈听了老五叔的这句话，眉飞色舞，心里美滋滋的。老五叔低头一看，这位平日里妖里妖气的女人，今天竟然觉得多了几分妩媚动人，胸中不由得涌起一股热浪儿来。

老五叔是个有心人。

他为雪莲和三娃子的婚礼准备丰盛的宴席。

酒席一上桌儿，小院里弥漫着野猪肉和青稞烧酒的香味，回响着时高时低的猜拳声。喜庆的猜拳声、野猪肉炖粉条的香味和浓烈的烧酒味儿飘出小院，弥漫在古堡的上空。

第七章
患难时方显真情　风雨后始见彩虹

三娃子和雪莲成婚两年后，就给老五叔生了个乖巧可爱的小孙女。那时候，小院四周那一嘟噜一嘟噜的香柴花儿开得正艳，花香味儿弥漫在小院里，老五叔就给刚出生的孙女取了个名儿叫尕香。

尕香的到来，给老五叔一家带来了无限的欢乐和笑声。

三娃子是个勤快人，他不仅跟随着老五叔学会了狩猎，而且在院前屋后的平坦处开垦出了几块土地，种豆种麦，也种些萝卜、洋芋、白菜。一家祖孙三代四口人的小日子过得有滋有味。

大山里的春天总是比山外的春天迟来十天半月。

清明节一过，古浪的川里坝里的杨树叶儿都齐崭崭舒展开了，河边沟里嫩绿的小草也已经像绿毯子一样铺开。可东南山乡的土地才开始解冻，山坡上的云杉和松柏由暗绿向翠绿转变，庄前屋后的白杨树枝头才孕育出"绿猫娃儿"。每年的这个季节，是野生动物的繁殖期，东南山乡的人开始自行禁猎，闲下来的人就进山采药。

山中生长着一种神奇的中药材，它冬天是虫子，夏天就长成了青草，人们叫它冬虫夏草。

山上的积雪尚未完全融化，冬虫夏草就开始挣扎着要破土。

挖出来的冬虫夏草卖掉，可是古浪东南山乡人们的一笔不小的收入。每年到了禁猎的这个季节，老五叔就收拾好行囊，带上猎狗豹子到祁连山深处去采挖冬虫夏草。

老五叔进山去采药挖冬虫夏草，少则一月有余，多则两月三月不等。老五叔进山后，三娃子把院落旁边的那一块地，种上了洋芋。闲来无事可做，他就回了一趟马莲沟的"娘家"。

"大哥,春夏之交不狩猎,我待在家里没有事干,能帮你们干些啥事儿?"

三娃子见了大哥,就提出要跟他们一起跑腿挣钱。大娃子挠挠头皮,对三娃子说:"最近也没有揽下啥跑腿送货的营生。"

二娃子一听,接过大哥话茬儿说:"刘贵来找过爹好几趟了,说有一批货要急着送出去,爹不在家,要不我们兄弟三个走一趟,怎么样?"

大娃子忙说:"这事儿爹不答应吧?"

三娃子忙问:"爹为啥不答应呀?"

大娃子摇摇头没有言语。二娃子说:"爹不答应就是觉得走北路山大沟深路险,怕我们出事,现在三娃子来了,我们兄弟三人,怕啥?"

"怕鬼。"

外出的毛脚夫一进院门,就听见兄弟仨在屋子里商议着给刘怀瑞家跑腿送货的事儿。他面色铁青,说:"娃子们,我不是怕你们走北路山大沟深路险,而是刘怀瑞家的钱就是饿死也不能挣。"

"爹,为啥刘怀瑞家的钱就不能挣哩?"

毛脚夫怒从心生,说:"不为啥,反正刘怀瑞家的货我们不送!"

三个儿子见毛脚夫一脸不快,也就不敢言喘了。

刘怀瑞生性狡诈险恶,毛脚夫早有领教。

那年,毛脚夫刚刚十五岁,他记得很清楚,刘怀瑞要让他爹去送一趟山货,父子二人走的就是古浪东南山乡通往外界的北路。

"东家,明天走吧,白天走路毕竟眼界要宽且安全一些。"

"这批货商户要得紧,今晚必须上路,明天一早人家在山那边等着接货哩。"

毛脚夫的爹爹毛佰元不再说话。挣人家的钱,只能听人家的话,按照人家的要求办事。毛佰元带着儿子披着太阳的余晖,赶着毛驴子上路了。

出入古浪东南山乡的北路,被当地人称为险道。山路崎岖,坡陡沟深不必多说,夜晚走这条路送货,光那经常出没的山野蟊贼,就让脚夫们心有余悸。

刘怀瑞让四个家丁带了长枪,一路护送着货物。毛佰元心里觉得有些蹊跷,几担山货值得这么做吗?但是有人护送,毛佰元父子二人走夜路胆子就大了许多。

过了大横山山脊,就是弯弯曲曲马不并骑人不并行的盘山羊肠小道。在朦胧的月色下,小路如同一根银线缠绕在山间。为了在走路时不弄出声响,毛佰元在驴蹄子上缠了布,在驴铃铛中间塞上棉花,小心翼翼地牵着那头健壮的大骟驴,走在驴队的最前面。毛脚夫跟在驴队的后面,深一脚浅一脚地前行。刘怀瑞的管家骑着大黑骡子,四个家丁斜挎着枪尾随其后。担惊受怕地走了一夜的山路,大家才提心吊胆地走出了大横山。

太阳从东山顶上露出了半个脸,呈现在眼前的是一望无际的腾格里沙漠。太阳的光辉洒在平缓绵软的沙路上,眼前出现的是被流沙淹没的村庄院落和被黄沙分割得零散的孤山残丘,稀稀拉拉的骆驼草在风中东倒西歪地晃动着,沙路上散落着一些核桃大小圆圆的骆驼粪蛋儿。

走出崎岖不平的山路,吃过草料喝足水,稍作休息后,重新上路的那头骟驴特有精神。大骟驴昂首挺胸地走在驴队的前面,它的笼套顶部,用铜丝竖扎三簇红缨毛驴,脖子上套一个皮条做的装饰带,装饰带上绣了好看的图案,驴脖子两侧的装饰带上一面镶着三个算盘珠子大小的铜镜子,阳光一照六个铜镜闪闪发光。装饰带的最下端垂吊着一个铜铃铛,铜铃铛的芯子上系着束红缨毛,走动时,胸前的铜铃一步一响,发出"当啷当啷"有节奏清脆的响声。

一缕晨风吹来,毛佰元父子俩人一夜的劳困,顿时觉得烟消云散了。再走十里地,就到了交货地点了。毛佰元的心里稍宽松了一些,他把驴缰绳搭在驴背上,扯开嗓子吼了起来:"走头头的那个骟驴子哟,三面面的那个镜子,哎呀带上的那个铜铃子哟,丁零当啷地响哎……"

毛佰元赶着驴子,唱着歌,翻过一个山梁冈,见有几个人向他们走来。他从驴背上取下驴缰绳紧紧地攥在手里,回头一看,驴子后面跟的只有儿子,刘怀瑞压货的管家和家丁,不知啥时候早就溜了,不见一个人影儿。

"停下来,停下来。"

毛佰元遇到官府检查,就停了下来,卸下驴背上的驮子说:"官爷,都是些山货。"

"打开驮子。"

毛佰元打开了驮子,检查的官员拨拉开上面的山货,下面竟然是一坨儿一坨儿碗大的黄麻纸包。检查者打开一坨，居然是大烟膏子。

毛佰元父子二人傻眼了。

毛佰元清楚，贩运大烟是要坐大牢吃牢饭的。他急忙对查扣货物者说："官爷、官爷，我们父子只是个赶驴跑腿的驴脚夫，这货全是东家刘怀瑞的呀。"

"人呢？"

毛佰元伸长了脖子向来路上回望，根本不见刘贵和家丁的人影儿，毛佰元对检查的官员说："刚才他们还在驴队后面跟着哩，现在咋就不见人影儿了呢？"

"蹲下！"

检查的官员大喝一声，毛佰元扯了一下儿子的衣袖，父子二人就抱着头圪蹴在地上，连个大气儿都不敢喘。

毛佰元父子被押送进了大牢。

县长一听是私贩大烟要案，开堂审理的三天前就发出告示，要公开审理此案。时间一到，县长正襟危坐于大堂之上。惊堂木啪一拍，吓得毛佰元扑通跪地，声泪俱下："青天大老爷呀，小民实在冤枉呀。"

"大胆刁民，私贩大烟，有何冤可言？"

"回青天大老爷话，小民本是一驴脚夫，运送的货物全是古浪东南山乡刘怀瑞家的。"

毛佰元如实向县长诉说了他父子二人受雇于刘怀瑞运送货物的真实情况。县长也觉得一个驴脚夫哪有如此多的大烟可贩，便厉喝一声："传刘怀瑞到堂。"

差役把刘怀瑞传唤到了大堂之上。

"刘怀瑞，查扣的大烟可是你的？"

"回县太爷话，我只是让他父子运送山货，不知这大烟从何而来？"

"刘怀瑞，你让这脚夫送货之前验过货吗？"

"回县太爷话，送货之前我让他们父子二人亲自验过货的。"

"脚夫，送货之前你们验过货吗？"

"回清官大老爷话，验过。"

"脚夫，刘怀瑞让你驮运的是什么货物？"

"回清官大老爷话，山货。"

"啪"，县长怒拍惊堂木，大声厉喝："大胆刁民，这大烟从何而来？"
……

毛佰元父子一时答不上县长的质问。

"大胆刁民，私运大烟，还不认罪？大刑伺候！"

随着县长的一声令下，四个差役走到前厅，按住毛佰元就是一顿毒打。

毛佰元有嘴说不清楚。那天傍晚，往驴上驮垛子的时候他确实亲自查验过全是山货，可被官府检查时，山货中间怎么全是大烟呢？

毛佰元被差役严刑拷打，身上脱了一层皮。吃了三个月的牢饭不说，把祖上留下的几十亩山旱地典了，给官府出了一大笔钱，求情下话才被放回了家。

也就是那次牢狱之灾之后，毛佰元落下了病根，卧床不起，没有活上一年时间，才五十三岁就含恨离世。

那次，刘怀瑞本想趁黑夜走北路把那批大烟偷偷运出大横山，再雇用骆驼客穿越腾格里沙漠贩运到太原去的。诡计多端的刘怀瑞自知新县长上任以来，对私贩大烟查扣严格，在雇用毛佰元父子之前就设计好了万一被查的逃避责任之计。在毛佰元父子验完货去吃饭准备上路之际，他来了个"狸猫换太子"，把山货换成了早已准备好的大烟。

那天，出了大横山，刘贵眼皮子直跳，便悄悄与驴队拉开距离，路遇官府检查，刘贵和家丁便溜之大吉，结果毛佰元父子同大烟被官府查扣。

大堂之上，刘怀瑞拒不承认大烟是他家的，糊涂官错判糊涂案，害苦了毛佰元父子。

这些旧事，毛脚夫觉得实在太丢人，就一直窝在自己的心里，不愿给任何人提起。自然自己的三个儿子，也不清楚爷爷毛佰元为啥含冤而死，更难以理解父亲毛脚夫不让他们给刘怀瑞家送货行为。

古浪东南山乡自行禁猎的这段时节，对脚夫们来说，也是生意的淡季。毛脚夫闲来无事，就带着妻子出远门去南山看望一位亲戚。

一天，刘怀瑞的管家又来到马莲沟找大娃子，说："大娃兄弟呀，这批货太原的买家催得紧，明天跑一趟怎么样？"

大娃子为人憨实，说："我爹说了，你们家的货我们不送。"

刘管家一听心里明白，见毛脚夫老两口都不在家，就说："我们东家说了，给你们再加一成的路费,你看怎么样呀?"

二娃子一听,刘怀瑞愿意出平日里三倍的价格,心里就有了想法。他对大娃子说:"哥,趁着爹爹不在家,我们弟兄三个跑一趟。"

"爹爹回来知道了怎么办哩?"

"三天的路程,我们赶着两天走完。爹爹回家之前,我们先回到家里。"

经不住二娃子的鼓动,大娃子答应了刘管家。

"三娃子,你回去吧,明天早晨我们兄弟三人一同去送货。"

"哎——"三娃子一边答应着大哥的话,一边高高兴兴地向古堡赶去。

第二天黎明,三娃子悄悄地起了身。

"路上要多加小心,早去早回呀!"

雪莲把三娃子送到院门口,一再叮嘱三娃子说。

"嗯——"三娃子应着雪莲的话,牵着毛驴子去了。

小两口谁也没有想到,自那日黎明一别,竟然成了永别。毛脚夫夫妻回家,见三个儿子多日不回家,就从马连沟赶到古堡。一听雪莲说,三娃子和他的两个哥哥去给刘怀瑞家送货去了,毛脚夫心里不由得"咯噔"一下,一种不祥之感袭上心头,说:"坏了,坏了,说不定出事儿哩!"

三娃子娘带着哭腔忙问:"这可怎么办呀?"

"走,问问刘怀瑞去。"

毛脚夫老两口多次去刘怀瑞家问询,刘怀瑞总是闭门不见。管家刘贵传出话来说,他家没有让三娃子哥仨送过货。

毛脚夫四处打听,三娃子娘哭瞎了眼睛,雪莲抱着尕香站在古堡外的山坡上,向着大横山通往外界的那条山路举目眺望,盼望着亲人们能够早日平安回家。

又到一年腊月二十三,一年多时间不见三个儿子回家,毛脚夫夫妻在刘怀瑞家的门口哭得死去活来。刘怀瑞不但不见,还放出恶狗,将毛脚夫夫妻咬伤。

老两口思子心切,连气带病,积郁成疾,不久先后含恨离开了人世。好端端的一个家庭,就这样家破人亡了。

老五叔生性刚烈,见女婿三娃子一去不返,日夜焦虑不安。一听亲家毛脚夫夫妇的死讯，气得浑身发抖。

冬夜，一片宁静。三星偏西，就到了后半夜。"啾——"随着一声响，一道红的火光在灰暗的夜空中划出一道优美的弧线，掉入了刘家庄园内。顿时刘家庄园陷入一场大火之中，人的喊声，狗的叫声，忙乱的脚步声，夹杂在一起，乱成了一片……

老五叔一支火箭烧了刘家庄园，当夜就逃进祁连山的老林子里去了。

三娃子一去生死未卜，公婆死得冤屈无助，父亲老五叔进山杳无音信……雪莲在对亲人无尽的牵挂和思念中，带着尕香艰难度日。

那天，雪莲耳闻是三娃子在呼叫，可当她高兴地赶过去，却是她素不相识的赛罕和毛西都。雪莲见两个人都受伤，心生怜悯就救下了他俩。

经过几个月的疗伤，赛罕的皮外伤基本痊愈，可置于体内的狼毒草毒性无法解除。

雪莲知道老五叔、三娃子留有解药，可她找遍了所有屋子里的夹皮，翻腾过所有家什，也没有找到。

雪莲请来了百草济世堂的老郎中。

老郎中给赛罕号脉问诊之后，说："中毒至深，毒素已入血液，很难医治。若能采一朵祁连山雪莲花，试试看能不能治好。"

毛西都按照老郎中的吩咐冒着生命危险从祁连雪山采来了雪莲花，老郎中精心给赛罕配了解药，雪莲精心用文火熬好，赛罕服了几服，但是病情依然不见好转。

立冬之后，赛罕体内的毒性慢慢开始发作。他四肢开始浮肿，嘴唇由紫变成了黑色。夜间，常常因气喘咳嗽，赛罕的两只眼睛被憋得通红通红，整夜都不能入睡。

一个冬天的煎熬，耗尽了赛罕身体的所有气血。第二年春天，祁连山的积雪开始融化的时候，赛罕带着无尽的牵挂，恋恋不舍地离开了人世间。

大横山脚下的那个避风向阳的小山湾里，堆起了一座新坟。

赛罕死后，毛西都的话更少了。他好像有使不完的劲儿，把雪莲家烧的柴火堆成了一个小山，把门前的那方菜地翻了一遍又一遍。没有事情可干的时候，他总是搂着尕香，静静地坐在小院门口的那块大石头上发呆。

月色皎洁，夜已很深。

毛西都辗转难眠，他轻轻地推开屋门来到小院里，蹲在银龙的身边捋着它的长毛，说："银龙，我要离开你们了。"

银龙无语，只是用舌头舔舔他的手背。

毛西都仰望着满天的繁星，心中生出一种难言的眷恋和不舍，眼里噙满了泪水。

"赛罕叔叔走了，我也该走了。"

第二天清晨，毛西都平静地对雪莲说。

"一定要走吗？"

"我要去凉州。"

雪莲见毛西都去意已定，也就无意再问原委。她低声说："走就走吧，我给你准备点路上用的盘缠。"

雪莲没有挽留毛西都，只是一缕淡淡的惆怅和不舍慢慢地涌上她心头。夜晚，雪莲忙活着开始烙油胡旋，还为毛西都准备了路上的盘缠。

一夜无语。

第二天清晨，毛西都怎么也打不开房门，他从窗户里探出头来一看，一场大雪，足有三尺多厚，把屋门堵得严严实实，也把通往大山外的山路彻底封死了。

天不遂人愿，毛西都只能继续留在雪莲家。

午后，太阳暖暖的，远山的积雪在阳光的照射下熠熠生辉，毛西都挥舞着斧子在小院里劈柴，但他的眼前不断地浮现着雪莲无私救助他和赛罕的情景。这段时间里，雪莲千方百计地为赛罕疗伤，无微不至地关怀他们的生活，年幼的孖香始终陪伴在他身边，使毛西都真正感受到了家的快乐和温馨。毛西都也把这个家当作自己的家一样精心操持，把雪莲和孖香当作自己的亲人一样对待。现在突然要离开雪莲娘俩和这个家了，一种难以言表的心情萦绕在他的心头，使他进退两难。

毛西都告诉雪莲他要离开这个家的时候，他清楚地看到雪莲的眼睛里噙着不舍和眷恋的泪花。孖香拉着他的手哭喊的情景，让他的心情久久无法平静下来……忽然，从远处传来一阵歌声：

"麦子地里是麦荏荏，又长苦苦菜了；重感冒得上着还没有好，又得上心口子疼的病了；阳世上人这么多，这么命苦的就数我了……"

哀婉的歌声从密林深处飘来，萦绕在毛西都心里。毛西都清楚，这黄连一般凄苦的歌声，是雪莲的心声。一股无名的酸楚涌上毛西都的心头，他挥舞起那沉重的大斧子，狠狠地劈向脚下的树枝，咔嚓一声，那碗口粗的树枝一断两截。

"我要留下来。"

毛西都的心底里突然产生了这一坚定的想法。当他把这一想法告诉雪莲的时候，雪莲与毛西都对视了一会儿，说："你还年轻，我不拦你，走就走吧。"

"不，我要留下来，要把尕香抚养成人。"

"你有很重的心事，抚养尕香是我的事情，你可以无牵无挂地走。"

毛西都一愣。

雪莲没有看毛西都的表情，一边晾晒着刚采摘的山货，一边平静地说："你不是一般逃难者，我不挽留你。"

毛西都大吃一惊，静静地望着雪莲，没有言语。

"这段时间里，我见你每天头鸡儿叫就悄悄地去林子里练拳脚，那磐石掌打得掌掌致命，我就知道，你迟早要离开这里的。"

毛西都一听这话，惊讶地张大了嘴巴，半天说不出话来。这段时间里，雪莲一直留心观察着他，可他始终没有察觉。

"你一直心神不宁，始终在打听走出大山的路线。你还时常在门口望着大横山发呆，我知道你有心事。"

毛西都无语。他万万没有想到，雪莲这位看似憨实的女人，心细如发。

"能把心事告诉我吗？"

毛西都看着一脸真诚的雪莲，点了点头。突然，毛西都又急忙摇了摇头。

"不想说？那就不要说了吧。"

雪莲回身提起两只水桶进屋去了。那两桶水少说也有百十斤重，雪莲一手提一只盛满水的木桶，走起路来轻盈得如同身不着物。也许是过去不太留意，毛西都今天一见，忽然想起刚才雪莲的那些话，尤其她对拳脚套路说得是滴水不漏，不由得对雪莲产生了好奇。

清晨，太阳慢慢地从东面的大山后面升了起来，万道霞光照在皑皑白雪上，十分耀眼。积雪在春日中慢慢地开始消融，雪莲门前的小溪里的水涨了，昼夜不停地哗哗啦啦流淌着。

远处的山峦依然被大雪覆盖着，临近村庄向阳的山坡上，已经裸露出了湿漉漉的土地。阳光从树林间射进一束一束的光柱，照在林间空地上。雪莲轻轻地向下一蹲，在她身子跃起的瞬间，右脚一弹，右手一扬，一道银光从眼前闪过，砰、砰、砰，三个银色飞镖不偏不斜地射进了她前面一棵粗壮的白杨树上。

忽然，雪莲轻盈地又来了一个旋转式弹跳，当她腾空一跳的瞬间，左手一挥，又一道银光从眼前闪过，砰、砰、砰，又是三个银色飞镖整齐地排列在她身后的另一棵白杨树上，树枝上的积雪哗哗地坠落下来……

"好，好，好。"

雪莲闻声转过身来，只见毛西都站在她身后不远的一个土坎儿上，为她喝彩。

雪莲妩媚一笑，来了一个一百八十度旋转，唰的一声，她腰间系的红布腰带飘了过去，紧紧缠住了毛西都的手腕。说时迟，那时快，只见雪莲双手轻轻一拉，毛西都一个趔趄，便从那土坎上倒了下来，跌在雪莲的臂弯。她感受到了他嘴里呼出的热气，他闻到了她身上散发出来汗香，四目对视，一抹红晕掠过雪莲的脸颊……

"你这身手不错呀。"

"我这个人笨拙，爹爹在我三岁的时候就开始教我练功，一练就是二十年。可总是这个老样子，长进不大。"

雪莲转身问毛西都："你那磐石掌招招致命，是谁的真传呀？不知是哪个武术门派？"

"也说不上啥真传，更谈不上武术门派。只是随父在军营生活，习过几天武罢了。"

"我看你的一招一式，贴身进步，以快制胜，很有南派武术的特点。"

听完这话,毛西都对雪莲刮目相看,他说:"你的眼力不错呀!中国武术有南拳北腿之说。短桥寸劲,阔幅沉马,迅疾紧凑,出手凶猛,这就是南派武术的特点。"

"南派与北派相对而言,各派的优势在哪里?"

"我父亲说过,南派武术和北派武术最大的差距体现在攻击范围及攻击力量上。造成这种差异的关键是由于南北方人身体上的差距,而形成了南北流派在武术风格上的差异。南派武术以灵活、快速而闻名,然而其无法弥补在力量上的绝对差距。相比于南方人,北方人身高腿长,而且体格健壮,在力量上优势突出,其武术也更突出了这些特点,大开大合,蹿纵跳跃,舒展大方。看你那罗汉腿虎虎生风,具有泰山压顶之势。"

相同的命运,共同的爱好,很快拉近了两个人之间的距离。毛西都和雪莲在山林间边走边聊,相互诉说着各自的身世、遇到的不幸和对武术的理解与认识。他们都觉得对方是那么值得信任,好像有说不完的话。随着交流、沟通、了解,双方的心走得更近了。

"让我留下来吧,我要一辈子守护在你和尕香的身边。"

雪莲望着毛西都问:"你是真心愿意留下来吗?"

毛西都认真地说:"我真心愿意留下来。有你母女两人,我就有了家。"

如果说前几天毛西都提出要留下来抚养尕香成人是出于对雪莲母女的感激和同情,今天毛西都向雪莲表明自己留下来,则是一个男人真情实感的表白和郑重的承诺。

"嗯。"雪莲点了点头,爽快地答应了毛西都请求。

雪后,天气格外晴朗。

太阳照在大地上,毛西都和雪莲相依坐在草地上,谁也没有说话。他们仰起头来,静静地看着天空。天空瓦蓝瓦蓝的,飘着丝丝缕缕的白云,没有云卷云舒的景色,只有一片宁静与洁净之美。一只苍鹰翱翔在蓝天白云之间,把他们的思绪带到了很远很远的地方去了。

雪莲轻轻地靠了过去,毛西都张开宽大的臂膀,紧紧地将雪莲拥在怀中。此刻,雪莲的心里涌满了幸福,脸颊上流下来两行热泪。毛西都轻轻地擦去雪莲脸颊上的泪水,深情地吻着她的额头、眼睛、嘴唇……

那场大雪开始融化了。

羊群慢悠悠地啃着山坡上的青草芽儿,花牦牛犊子在开满黄灿灿的苦菜花、蓝莹莹的马莲花的草地上撒起了欢儿。

毛西都和雪莲种在庄前屋后的麦子、豆儿开始疯长,那黄灿灿的油菜籽花、浅蓝色的山药花儿在风中摇曳,招来了一群群蜜蜂、蝴蝶儿,尕香银铃般的笑声撒在田野上,雪莲心里充满了欢乐和无限的希望。

第八章
弱女子命运多舛　草上飞落草为寇

　　古浪东南山乡方圆百余里，山峦相连，延绵不断，黄羊川是位居这大大小小山峦中心地带的一个小盆地。

　　远眺古浪东南山乡的群山，南北山风格不同。

　　南山是祁连山支脉毛毛山，海拔三千多米，犹如仰卧的一位风韵犹存的中年女性，轮廓凸凹，曲线分明。山岭以南多为高山草甸，山岭以北森林苍苍茫茫，连片的云杉和松柏四季常青。洁白的冰雪，把南山严严实实地包裹在雪花编制白色棉袄中。春天给南山一个讯号，那冬日厚重的棉袄，款款地晒在高原春天的阳光下，毛毛山就穿上了绿装。当夏日的温度传遍毛毛山每个神经末梢的时候，毛毛山宛如身披婚纱的女子，转身的瞬间露出温柔的眼睛，向世界传情。此时，满山遍坡的云杉树和柏树疯长，惊醒了半山腰粉嫩的香柴花、雪白的枇杷花……花儿们眨眨眼睛的空儿，芳香就弥漫在整个山川的空间。

　　古浪东南山乡的北山，是一条巨龙般的黄土山岭，阻隔腾格里沙漠继续向南推移，人们称它为大横山。大横山形同壮实的汉子，高大冷峻，四季一身黄盔甲，延绵几十里，起起伏伏，突兀陡峭，如前赴后继冲锋陷阵的士兵，匆匆忙忙奔赴战场。

　　南山孕育美丽的时候，暗生了狼豺虎豹。北山彰显英武的同时，窝藏了贼寇匪患。

　　出入古浪东南山乡北路延伸段的大墩槽，是一个荒凉得连兔子都不拉屎的地方。贫瘠的黄土山岭如刀刻斧凿，形如老黄牛的脊背，连绵不断；深深浅浅的沟壑，纵横交叉，方圆数十里内找不到一点水源。不要说地上有人居住，就连天上也少见飞鸟。晴天，风起尘土飞扬，十米之外难以看清道路。阴天，天上一个响雷，地上就起洪水。从各沟各岔汇聚而成的洪水裹卷着泥石，如脱缰的野马，轰轰隆隆，咆哮而下……日久天长，大墩槽被雨水冲刷成一个数十丈深的沟壑，两侧的黄土山岭陡峭奇险，从沟底仰视，只见一线天空。

大墩槽虽然地形复杂，却是通往河西走廊的交通要道。南经金城兰州，通往古都西安；北经凉州商贾重镇，深入河西走廊腹地；东经中卫宁夏，通往内蒙古包头和山西太原。

草上飞盘踞大墩槽多年。他带人设伏、绑架索财。

草上飞也是一个有故事的人。

在草上飞十五岁那年，春夏之交的一个月圆之夜，人们进入沉睡的光景，铅灰的薄云慢慢地遮住了圆月，浮云给草上飞家的小院里投下一片灰暗的阴影。此时，草上飞拿上铁锨，悄悄溜出了自家的小院。在关闭篱笆院门的那一刻，他回望了一眼母亲屋子的那扇窗户。当他听到一个男人深沉响亮的鼾声，从那斗口大小的牛肋巴窗户里均匀地飘了出来，回旋在小院，他的血再一次向头上涌来。

草上飞出了庄子向西而行，快速来到村庄西边的涝坝沿边。

"扑通扑通！"几只癞蛤蟆受惊，从草丛中跳入涝坝的水中，"呱——呱——呱"响亮地欢呼着它们的胜利大逃亡。

草上飞占据了癞蛤蟆们刚才所处的位置，仰面躺在灌木丛里，使劲地回忆自己爹的模样儿。

"黄脸婆娘，干头汉，一想睡觉不吃饭。"庄子里的人曾当着草上飞爹的面调侃，草上飞的爹只是笑一笑，不去争辩。草上飞的爹是一个脸皮青黑青黑的高个子男人，脖子上的青筋总是凸显着，两只眼睛白多黑少，好像始终没有转动过。薄薄的嘴唇似笑非笑地镶在窄长的脸上，两撇焦黄的胡子稀稀拉拉地四散乱参着……

每年的清明之后，草上飞的爹就扛上炭锤去炭窑挖炭，直到年底腊月初才回家过年。一年的时间里，爹也抽空回过几次家。爹回家的日子，娘就高兴起来，脸上好像也有了光彩。到了晚上，娘一改往日做针线活儿的习惯，总是早早地吹灭了油灯上炕睡觉。草上飞缠着要和爹睡觉，当他被夜晚爹沉闷有力的喘气声和娘欢愉的呻吟声惊醒时，发现自己不知道啥时候被爹推到炕的另一个角落。

十几年前，草上飞的爹在挖炭的时候，炭窑突然崩塌，被活活埋在了炭窑里。草上飞的娘哭得死去活来，整个人儿似脱了个相。

草上飞的爹死了，娘的脸上就失去昔日少有的光彩，草上飞的童年也就失去了欢乐，剩下的只是苟活。

草上飞的干爹来找过几次草上飞的娘，说："亲家，人死如灯灭，你还年轻，往后的日子长着哩，不行就往前走走，再嫁个合适的人吧。"

"这守寡的日子实在难熬呀！"

草上飞的娘也动了嫁人的这个心思儿。草上飞的大爷闻讯儿，带着族人找上门来，对草上飞的娘发出狠话："你要嫁人，我们不拦，但必须把娃娃留下。"

娘没有言语。她把草上飞紧紧地搂在怀里，两行泪水就像断线的珠子，扑簌簌地从脸颊上滚了下来。

爹的五周年祭祀日，娘提着篮子带着草上飞去给爹上坟。那个炭窑是一个深不可测的黑窟窿，面对炭窑，娘哭得几次都背过气去。上坟回来，娘说她舍不得草上飞，就慢慢地死了改嫁的念头。

涝坝沿上那棵白杨树上传来一声猫头鹰的怪笑声，草上飞不由得心里一惊。周边茂盛的香柴一丛连着一丛，草上飞觉得有蚂蚁钻进了他的裤裆，急忙把手伸进裤裆里，摸着那只蚂蚁，把它掐死后扔在地上。

夜晚的降温把空气中的水分凝结在香柴梢上，从石门峡谷吹来的东南风一阵儿紧似一阵，香柴枝儿一晃一晃的。露水打湿了草上飞的单衣单裤，他觉得身上开始一阵儿一阵儿地发冷，这时候他开始有些后悔作出今晚的这个决定。

草上飞的爹死后三年的一个夜晚，他被好久没有听到过的男人沉闷有力的喘气声惊醒。他以为是爹回来了。

"爹，你回家来了吗？"

草上飞叫着爹，一骨碌从被窝里爬了起来。从窗户中透进的朦胧月光中，他看到一个男人从他娘的身上一骨碌跌在了炕上。

"我的儿子做梦哩。"

草上飞的娘说着，一把将草上飞揽到怀里，轻轻地拍打着他的后背，低声哭泣了起来。娘的泪水一滴一滴地滴到草上飞的脸上，流到他的嘴边。他伸出舌头，轻轻地舔进嘴里，是冰冷苦咸的。

后来，在每月的月圆之夜，草上飞都会被那种奇妙的男人喘息声惊醒。每次惊醒后，他不再出声，只是把头深深地埋进被子里想爹。男人沉闷有力的喘息声一阵儿紧似一整儿，娘的呻吟声一阵儿高似一阵儿，直往草上飞的耳朵里钻，泪水顺着他稚嫩的脸颊流淌，滴落在炕上……

春日的山坡上五颜六色的山花在笑着，草上飞采摘了一束，他要带回家送给娘。

刚进庄子的路口，王狗蛋乘其不备，一把抢了草上飞手中那束山花就跑。草上飞紧追上去，把花夺了回来。王狗蛋一屁股跌坐在地上连哭带喊："小疤癞打人了，小疤癞打人了！"

草上飞一听，气得回身发抖。他摸了路边的一块石头冲上去，不由分说照着那个王狗蛋的头就是一石头。王狗蛋的额头上流下了鲜红鲜红的血，草上飞见状，撒开腿就往家里跑。

"这小野种还敢打人？"

王狗蛋的爹娘找上门来，娘拉着草上飞跪在地上给王狗蛋的爹娘认错道歉。草上飞不依，娘一把拽过草上飞，按倒在地，就是一顿狠打。之后，娘把家中的两只老母鸡送给王狗蛋的爹娘，才算了事。

王狗蛋的爹娘走后，娘一把将泪流满面的草上飞揽进怀里，放声大哭起来："娃娃呀，别怪娘心狠，今天娘不打你，不给人家下跪，人家就饶不了我们娘儿俩呀！"

草上飞慢慢地长大了，伴随着他成长的还有那股无名的仇恨。他时常把爹用过的那把砍柴刀磨得锋利，然后藏在自己的枕头下。他发誓，要担起这个家庭的担子，要保护好自己的娘。

眨眼，又到了一年的春播之时。

上年秋冬雨雪广多，古浪东南山乡的山旱地墒情好，慢慢解冻的黄土地，水分充足，攥一把松软的土，就能攥出水来。

这是古浪东南山乡多年不遇的一个好年景。

清明一过，田野上到处是忙碌的农人和行走的耕牛，人们开始播种一年的希望。

"布谷、布谷……"转眼儿布谷鸟来到了古浪东南山乡，可草上飞家的那几亩山旱地还没有下种。

草上飞心里开始发急，娘却说："不急，不急。俗话说，立了夏，偷偷摸摸还种七八驾哩。"

草上飞懂得古浪东南山乡这句谚语的意思，是说立夏之后的七八天内，播种也不迟。但每天天不亮，草上飞的娘就立在地头，一次一次地抓起田地里那湿漉漉的黄土，紧紧地攥在手里，慢慢地松开，无助地望着手中水分充足、肥沃的黄土散落到地里去。从娘坐立不安的情形，草上飞看得出来，娘的心里其实是很着急的。

又到月圆之夜。

月亮升上天空的时候，草上飞关了小院的篱笆门，就上了炕蒙头睡觉。不一会儿，草上飞隔着窗户偷窥到娘披着衣服轻手轻脚地来到院门前，把小院的篱笆门打开，探出身子向外望了望，又回自己屋子里去了。

月上树梢，银色的月光洒满小院。吱的一声，篱笆门打开了，一个身影闪进了小院，很快进了娘住的屋子。

娘的屋子里一团漆黑。

草上飞披上衣服，蹑手蹑脚地来到娘住的屋子窗户下，只听见娘有些心疼地说："怎么这么晚了才来呀？"

"这麦种子越背越沉，路上多休息了两次。"

"吃饭了没有，肚子饿了吧？"

"倒是没有饿，就是身上的汗一凉，有些发冷。"

"快上来，快上来，被窝里暖和着哩。这么晚了，我还寻思着你不来了哩。"

"怎么能不来哩！别人家地里种下的麦子都快发芽了，我心里急得就像猫抓哩。"

"这些年，也着实难为你了。"

……

　　一阵轻微杂乱的声响后，娘的屋子里静了下来。

　　草上飞的心里像打翻了五味瓶一样，着实不好受。他刚要转身离开，娘屋子的窗户里传出了那熟悉的男人喘息声……他的血立刻就往头上涌来。

　　草上飞回到自己住的屋子里，一摸他白天藏在自己枕头下的那把爹用过的砍柴刀不见了。他直挺挺地躺在炕上，呆呆望着屋顶，心里如同白茫茫的荒原一样空荡，不由得两股眼泪从眼里流了下来，一股无名之火攻上心来，浑身的血直往头上涌。他一骨碌从炕上爬起来，提上立在门后的铁锨，走出了小院。

　　庄子上的鸡儿打鸣了。

　　晨色熹微，山峦、村庄、巷道、小路的轮廓已经清晰可辨。草丛中睡醒的各种小虫在草上飞的身上乱爬，痒酥酥的，他挪了挪身子，把手中的铁锨握得紧紧的。

　　吱的一声，草上飞的娘打开了自家小院的篱笆门，庄子里传来狗的狺狺叫声。娘探出身子看了看通往庄子外面的巷道，晨曦中的巷道朦朦胧胧且寂静无声。娘身子一侧，一个人的身影儿出了小院，快步向庄子外面走去。

　　那人出了庄子，跳过小河沟，上了涝坝沿。那人在上涝坝沿回头之际，草上飞清楚地看到那人的脖子上有一块巴掌大的白疤。他的心猛然一震，他突然明白王狗蛋为啥骂他小疤癞的原因了。

　　刘疤癞是个木匠，心灵手巧，干百家的活，吃百家的饭。只是那脖子、手上、连片的大疤癞，让人想起来就觉得膈应，没有谁家的姑娘愿意嫁给浑身疤癞的他。

　　四十多岁了，刘疤癞依然孤身一人。

　　趴在草丛中的草上飞紧张得浑身微微打战，他听到了刘疤癞走路的脚步声，他的手心里开始出汗。当刘疤癞在他面前快步走过时，他突然从灌木丛中一跃而起。没容刘疤癞回头，他使尽了全身的力气，用手中的铁锨狠狠地拍向刘疤癞的后脑勺。

　　草上飞手中的铁锨在和刘疤癞的脑袋猛烈撞击后，铁锨头飞进了涝坝的水里，他手中只剩下一尺多长的一截铁锨把。

刘疤痢没有来得及哼一声，就扑通一下倒在了地上。他的身体痛苦地在地上抽搐了几下，就平平展展地趴在涝坝沿上了。

"呱呱呱"，涝坝里传来几声癞蛤蟆的叫声。草上飞把手中的半截铁锨把扔进了涝坝的水中，把刘疤痢的尸体也推进了涝坝里。浑浊的涝坝水，慢慢地淹没了刘疤痢的尸体。

草上飞心里怦怦直跳。他躬身用涝坝水洗了洗手上的污物，以水为镜照了照自己的模样儿，又起身拍打拍打自己衣裤上的泥土，快步向家里跑去。

天临近大亮的时候，突然阴沉下了脸。家家户户的烟囱里冒起的炊烟扭扭捏捏地向天空飘摇着，空气中散发着香柴燃烧时那种淡淡的清香味儿。天上没有一丝儿风，空气沉闷得让人有些窒息。

草上飞慌里慌张地打开那扇熟悉的篱笆门，见娘把开沟播种的木耧已经放在小院中央，正在往木耧上拴驴拉耧的套绳。

"这么早去哪里了？"

"肚子有点不舒服，去外面了。"

草上飞回着娘的话，急忙进了他住的屋子。他见自己的被窝叠得整整齐齐，知道娘来过他住的屋子了。

"早饭做好了，快去吃点饭，我们下地种田去。"

娘的声音是清脆响亮的，听起来有点亢奋。

"嗯。"草上飞应着娘的声音，低着头进了娘住的屋子，端起火炉边放的一大碗山药面拌汤，"咕噜咕噜"喝了起来。

朝霞染红了天际。

娘背上种子，草上飞扛起播种的木耧，牵着毛驴向自家的那块山旱地走去。路边的香柴和杂草上的晨露拌湿了草上飞和娘的裤脚和布鞋。走上山的路，娘俩一步一滑，很是吃力。

"娘，露水都没有落，走得太早了吧？"

"人家地里的麦种子都发芽破土，我们还没有播种，娘心里急呀！"

"今天才立夏，你不是说过立夏后七八天播种也不迟吗？"

娘抹了一把额头的汗水，对草上飞凄然一笑，说："娃娃，等你长大了，什么事情就都懂了。"

几道突破浓厚的黑云射到山坡上的霞光，红得如血。草上飞不再说话，跟着娘，一步一滑，艰难地向自家的那块山旱地走去。

这天上午，天一直阴着脸。播完了早晨背来的种子，就到了晌午的时候。

天，刮起了风。

草上飞扛上木耧，牵上驴，跟在娘的屁股后，匆匆往往家里赶去。草上飞见娘头上那块红头巾就像旗子，在风中不停地招展。

风是雨头。一阵风后，天就下起了小雨。

牛毛细雨淅淅沥沥，不紧也不慢地下着。雨水洒落在小路上，小路明晃晃、滑溜溜的，草上飞的娘一步一滑地走在前面。雨水顺着草上飞头发流下来，钻进脖子里，觉得有些冰凉，他的心更为凄冷和恐慌。

村口涝坝沿上的那棵老白杨树下，围满了庄子里的男女老少。草上飞不由得紧张了起来，扛在肩上的木耧不小心滑落在地上。

"娃娃，你怎么了？"

"脚底下滑了一下。"

"是不是身上哪里不舒服？"

娘说着走过来，爱抚地擦去草上飞额头的雨水，轻轻地摸了摸额头，自言自语地说："也没有发烧呀？"

"娘，就是路滑了一下。"

草上飞急忙避开娘的目光，低头去扛掉在地上的木耧。娘说："娃娃，你好像有心事，老是心不在焉的。"

"娘，真的没有啥事。"

草上飞扛起木耧就走，娘牵着毛驴跟在后面。草上飞特意绕过了涝坝沿，和娘匆匆回家了。

小雨一直下个不停，下午就不能播种了。吃过午饭，草上飞给毛驴添了一点草，就上炕睡觉了。娘坐在炕上，疲乏的身子靠在墙上打了一个盹。她梦见草上飞的爹正阴着脸，满面是血地向她走来，她不由"啊"地叫了一声，从梦中惊醒后，吓得心里扑通扑通直跳。

这天，草上飞娘的心里一直有些不安和焦虑。她走出了屋子，雨不知在啥时候已经停了，天的东南方挂着一道彩虹。她把手搭在眉间朝自己那块山旱地望去，播上种的山旱地鲜亮鲜亮的，她的心里就像长出了绿油油的麦苗和黄澄澄的麦穗儿，脸上露出了一丝儿笑容。

"他婶子有人跳涝坝了。"

"谁跳涝坝了？"

"不太清楚，走，我们看看去。"

邻家大婶子拉上草上飞的娘，慌慌张张地往庄子西面的涝坝的方向跑去。

涝坝沿那棵老白杨树下，围着一圈儿人。

邻家大婶子和草上飞的娘挤过人墙，见地上平平展展地躺着一个人，身上盖着香柴，看不清楚人的模样儿。死者的身边点燃了一堆麦草，雨淋受潮的麦草冒着浓浓的黑烟，呛得人直流眼泪。

"挖个坑埋了吧，放在这里庄子里的人都害怕。"

"不能埋，他不是自己跳涝坝死的。他的头被人打碎了，脑浆都流干了。"

"人命关天，已经有人去县府报案了。"

听着人们的议论，草上飞的娘怯生生地问身边的人："啥人想不开，跳涝坝了呀？"

"刘疤瘌。"

草上飞的娘一听，两腿一软，瘫坐在地上。邻家大婶子见状，急忙喊："快来人，快来人呀。"

庄子里的几位女人上前，帮着邻家大婶子把草上飞的娘从地上扶了起来。草上飞的娘浑身发抖，长长地叹了一口气，两行泪水就顺着脸颊流了下来。

邻家大婶子和庄子里的女人把草上飞的娘搀扶到家里，放在炕上。邻家大婶子用剪刀剪了一串黄纸小人儿，在草上飞娘的身上燎擦着，口中念叨着："冤有头，债有主，各走各的路，不要揉捏弱女子……"

慢慢地，草上飞的娘平静了下来，邻家大婶子给她盖上被子，对低着头站在屋子地上的草上飞说："娃娃，你娘让冤屈鬼瓪辁了，我给她燎擦了一下，让她好好睡个觉就好了。"

草上飞没有言语，只是点了点头。

待邻家大婶子出了院门，草上飞的娘忽地从被窝里翻起身来，哇的一声大哭了起来。她一肚子的冤屈，顺着两行苦涩的泪水往下流。男人被活埋在炭窑后,她就有想追随男人而去的念头,最割舍不下的就是儿子草上飞。后来,她想改嫁,也是因为割舍不下儿子草上飞,只好守寡。

五年前的春天,草上飞的娘请木匠刘疤痢修播种的木耧。她看到刘疤痢的手和脖子的疤痢心里就起鸡皮疙瘩,但是她要带着儿子活下去呀。当刘疤痢的那只疤痢手第一次攥住她那对白白净净的奶子时,她没有反抗。当刘疤痢用全身的力气压在她身上,开始猛烈地晃动的时候,她心里就像塞进了一把麦草一样难受。她闭上了眼睛,让屈辱的泪水悄悄地流淌。从那以后,每个月的月圆之夜,刘疤痢都回来找她,她都会给他留下门。刘疤痢虽然相貌丑陋,但心地善良。他对草上飞娘物质上的资助和精神上的慰藉,渐渐地感化了这位寡妇苦涩的心。

草上飞跪在娘的面前,嘴唇动了几动,但是没有说出话来。他看到娘的一双泪眼里,没有太多的悲伤和怨恨,有的是太多的惊恐和担忧。娘用那双红红的泪眼看着他,并没有追问事情的过程,只是泪水像断线的珠子,从娘清瘦的脸颊上往下滚落,那里面包含着娘在这些年里太多的辛酸、不易,也包含着娘对眼前发生的这一切的无奈和恐慌。

草上飞娘断定,刘疤痢的死与草上飞有关。她从草上飞的眼睛里早就察觉,他深深地仇恨刘疤痢。那天,娘从草上飞的枕头底下取走那把他爹用过的砍柴刀的时候,她心里就增添了一份难以消散的恐慌和不安。但是,听到布谷鸟催命一般的叫声,她又急切地盼望着刘疤痢快点来,能把种子送到她的身边。这是她娘俩生存下去的唯一希望呀。

"啪!"娘狠狠地扇了草上飞一巴掌后,说:"你怎么能给我闯下这么大的灾祸呀?"说完,娘把草上飞揽进怀里,紧紧地抱着,又伤心地哭了起来。

突然,娘停止了哭声,抹去了泪水,说:"娃娃,男娃娃不吃十年的闲饭,你十五岁了,长大了,娘的心里也就宽舒多了。"

说完话,娘抹了一把眼泪,扶着炕沿儿下了炕,去生火做饭。

一会儿,娘的饭做好了,是清油炝锅面片儿。草上飞记得,这样的面片儿还是在爹在世的时候,爹从炭窑回家,娘才舍得做的。娘盛了一大碗面片儿,放在草上飞的面前,说:"娃娃,吃饭吧,一天时间了,饿了。"

"娘,你也吃。"

娘低低地"嗯"了一声，也端起饭碗吃了起来。

清油炝锅的香味儿直钻鼻子，草上飞见娘开始吃饭了，便端起大碗大口吃了起来。

饭后，草上飞见娘和往常一样点灯去做针线活儿，他便去自己的屋子里睡觉。一觉睡醒，只见太阳已经老高了，他记起娘昨天说过，今天一定要把剩下的另一块地种上。他一骨碌从被窝里翻身起来，院子里静悄悄的，连毛驴子吃草的声音都能清楚地听到。

勤快的娘从来不睡懒觉，草上飞觉得不对劲儿，急忙推开娘的门，发现娘吊在屋梁上。

"大婶子，不好了，我娘吊在屋梁上了。"

草上飞的哭喊声惊动了邻家大婶子和草上飞的大爷。庄子里的人闻声儿先后来到了草上飞家里，将悬吊在屋梁上的草上飞娘放了下来。娘的身体已经冰冷僵硬了。邻家大婶子说，看样子她在昨天晚上的前半夜就走了。

"唉！"草上飞的大爷长长地叹了一口气说，"这个娃娃命苦呀，怎么能走这条路哩？"

草上飞的大爷张罗着让庄子里的人开始给草上飞的娘搭设灵堂。草上飞跪在地上，泪眼模糊地看着躺在地上的娘。娘的脸上没有血色，没有悲没有喜，也没有太多的痛苦，就像累了困了睡熟了一样。

草上飞的娘穿着和草上飞爹结婚时的那身嫁妆。红丝布的大襟袄，黑丝布的裤，一双蓝布鞋上绣着蓝莹莹的马莲花。衣裤虽然已经破旧，但洗得干干净净、清清爽爽的。一头的乌发梳理得整整齐齐，盘成髻贴在脑后。脖子上那一道绳子勒下的紫色痕迹清清楚楚地告诉人们，她在上吊时很平静，临终前也没有挣扎。

快到了晌午的时候，草上飞娘的灵堂搭起来了。

王狗蛋的爹慌里慌张地从涝坝沿上跑来，伏在草上飞的大爷耳朵上说了几句话。只见大爷的脸色难看了起来，说："斗大的麦子也得从磨眼里下，走，看看去。"

说着话，大爷随王狗蛋的爹，匆忙走出草上飞家的小院，向涝坝沿方向走去。

出了草上飞家的小院，就能看到涝坝沿上的那棵白杨树和树梢上的那个硕大的老鸹窝。

人命关天。县长接到刘疤瘌死亡的报案，骑上大黑骡子，带着警察赶到出事的现场办案。验过尸后，县长断定刘疤瘌是他人谋害后抛尸于涝坝。

传讯草上飞的大爷之前，县长已经讯问了留守看护刘疤瘌尸体的王狗蛋的爹和其他几位庄子里的男人。得知草上飞娘昨夜已经上吊而死，县长更加相信王狗蛋爹的猜疑。县长断定刘疤瘌的死与草上飞有关。

草上飞的大爷来到涝坝沿，只见那棵白杨树下，放着一条长木凳，县长坐在木凳上。县长见了草上飞的大爷，并没有发问，而是从凳子上站起身来，两只眼睛瞪得圆圆的，绕着大爷转了一圈儿又一圈儿。大爷心里发怵，浑身开始发抖。

"刘疤瘌是草上飞母子谋害抛尸到涝坝里的吗？"

县长的话是一个字儿一个字说出来的，对大爷来说，就像一个又一个铁钉往他的心里钉。他虽然见过一些世面，但是没有见过这样的场面，吓得大爷扑通一声跪地，直呼："青天大老爷呀，草上飞他还是个孩子，怎么能杀人哩？草上飞的娘已经死了，我从何而知，她是不是谋害了刘疤瘌？"

"走，去草上飞家看看。"

县长话音儿一落地，大爷一骨碌从地上爬了起来，走在县长前面带路，向庄子里走去。

一个只有二十来户人家百十口人的小庄子，接连非正常死亡了两个人，庄子里的人们觉得晦气，按习俗家家在门前点起了一个大火堆。潮湿的柏树枝在麦草火堆里啪啪地爆响，整个庄子淹没在黑色的浓烟之中。

县长骑着骡子捂着鼻子，跟在草上飞大爷的后面，几个警察尾随其后，向草上飞家走去。

草上飞家在庄子的东头，从涝坝沿到草上飞家要穿过整个庄子，待县长来到草上飞家的小院门口，已经被烟熏得鼻涕眼泪长流。

"带走。"

县长话音儿落地，身后的警察就上前要绑了跪在灵堂之前的草上飞。

草上飞丝毫没有反抗。

草上飞的大爷见状，急忙跪在地上，说："青天大老爷，他还是个娃娃，杀人的事儿怎能摊上他的份儿哩？"

庄子上的男女老少见草上飞的大爷跪地求情，也都跪地齐呼："青天大老爷，请明察秋毫，可不能冤枉了一个孩子呀！"

县长走近细看，十五岁的草上飞虽然身形修长，却很瘦弱。那一对似笑非笑的薄唇极像他爹，一张小脸上全挂着稀奇古怪的稚气。面对一院子跪地求情的乡亲和躺在屋子里的草上飞娘，县长动了恻隐之情。

"刘疤瘌是谁杀的？"

"青天大老爷，他是个孩子，他哪里知道刘疤瘌是谁杀的呀！"

没等草上飞开口，大爷替草上飞求情说话。

"青天大老爷，他还是个孩子呀！"

跪地求情的人都应和着大爷的话，向县长求情。大爷见被绑着的草上飞直立在小院中央，便狠劲拉了一把，说："跪下！"

草上飞打了一个趔趄，跌跪在地。草上飞要挣扎着站起来，大爷死死拽住了他的衣袖，他只好跪在地上。立在人群里的王狗蛋爹回头一看，草上飞虽然年纪尚小，但那一对深不见底的眼睛里透着冷酷的杀气。与草上飞四目对视，王狗蛋爹觉得浑身不由得一颤，扑通一下，也跪倒在地上。

一阵西北风吹来，弥漫在庄子上空的烟雾向草上飞家的小院袭来，县长不由得接连打了几个喷嚏。忽听几声老鸹鸣叫，县长抬头一看，一群老鸹欢呼着飞过上空。这群红嘴黑体的鸟群已经嗅到了死尸特殊的气息。此时，县长觉得自己的肩头落下一团软物，轻手一摸，那软物沾了一手。他顺势一甩，本想甩了沾在手上的软物，没有想到手却碰在了身后的篱笆门上，疼得他龇牙咧嘴把手伸到嘴边去吹，一股鸟屎的臭味直钻鼻孔。

"晦气！"

县长沮丧地大骂一声。警察和随从错听为"回去"，便要带草上飞离开。草上飞的大爷死死拉着草上飞不放，庄子里的众人跪在地上直呼："青天大老爷，草上飞他娘还躺在地上哩，望大人开恩让他葬了娘，再让他去公堂受审吧。"

"谁能担保草上飞葬了他娘后，能到县府受审呀！"

草上飞的大爷急忙开口说:"我担保。"

县长看了看满头白发的大爷说:"你一个人担保不行,还有谁可以担保?"

众乡亲跪地,齐声说:"我们担保。"

"好,既然大家担保,就允许草上飞葬了亲娘之后,到县府受审。"

县长答应了众人的请求和担保,带上警察回了县府。

草上飞的娘年轻,又非生老病死,按照古浪东南山乡的习俗,不能在棺材上画龙画凤,也不能埋进祖坟。草上飞就决定把娘埋在炭窑沟梁上。

草上飞的大爷说:"娃娃,山梁上风大,选个平缓的山坡地,好让你娘暖暖和和地在冥府过安稳日子吧!"

草上飞沉默了一会儿,说:"还是埋在炭窑沟梁上吧。"

"唉!"草上飞的大爷长叹一声,没有过分地干涉,应了草上飞的要求。

草上飞的娘出殡的那天,天刮起了老毛黄风,沙尘迷得人睁不开眼睛。庄子里的年轻人抬着棺材,毛驴子拉着前套,才把草上飞娘的棺木运到墓地。

草上飞娘的坟门子直对着那口黑黢黢的炭窑口。草上飞心想:这样他的爹娘可以相互对视,寂寞了也能说说话儿。

草上飞娘的"七七"刚过,按照大爷和乡亲们给县长的担保,草上飞该到县府去过堂受审。这天早晨,草上飞的大爷来到草上飞的家中,老人轻轻地摸摸草上飞的头,说:"娃娃,你娘是为护着你,才上吊死的。"

草上飞没有说话,只是点了点头。

"去给你爹你娘烧些纸钱,就远走高飞吧,再不要回庄子里来了。"

"县长向您要人,可怎么办?"

"娃娃,大爷老了,就这把老骨头,该怎么就怎么吧。"

草上飞带上大爷送来的炒面干粮,跪在院子里给大爷磕了三个响头后,起身上了路。

草上飞逃离庄子,游走在古浪东南山乡南北两山间,东躲西藏逃避官府的追捕。古浪东南山乡重峦叠嶂,一日,草上飞盲目行走,竟然来到了猴子山。

猴子山不仅生存着数不清的猴子,还有不少石洞,草上飞藏身于一个石洞里。

夜里，忽闻有急促的马蹄声从石洞前疾驰而过，他出于好奇，摸出石洞想看个究竟，却被打劫回山的土匪尕抢手发现掠去。自此，草上飞成了尕抢手土匪队伍中的一员。

日久，草上飞不仅精通江湖黑话暗语，而且沾染了一身的匪气。

与其他土匪相比，草上飞善于谋略智取，更会笼络人心，在土匪窝里混得有眉有眼。二十一岁的时候，草上飞成了猴子岀青石崖土匪中二当家的。

那年，草上飞与老大尕抢手反目，他带着三兄弟来到大墩槽立足，没想到第一次劫货竟然顺利得手。自此，他凭借地形优势，在大墩槽打劫了几年，竟然混得人模狗样，成了古浪东南山乡的匪首。

第九章
官府无能匪患成灾　烧山抢掠百姓遭罪

詹县长，湖南益阳人，年轻时留学日本，不惑之年，从南方辗转来到西北，最终在河西走廊任古浪县县长。此人视大烟、土匪、赌博为乱世之源。

上任之时，詹县长见每年夏秋季节，古浪东南山乡漫山遍野都是罂粟花，心中极为不爽，声称治乱必先治烟，禁止百姓种植罂粟，鼓励恢复植桑养蚕，并购买桑苗给民分栽。他还以县府名义发出告示："种桑子二三年，可长五六尺，即可采以饲蚕……如获取丝茧，即可过称，按照斤两还算付钱……倘敢再行偷种罂粟，一经查出，定严惩不贷。"

詹县长在治烟治匪治赌上有许多点子，他上任后，横行古浪东南山乡的"烟赌"两患明里开始疲软，匪患却在暗里蓬蓬勃勃地发展。

以大墩槽草上飞为首的土匪与古浪东南山乡北山的土匪、南山二郎池、东山红土湾的土匪结盟后，兵强马壮，迅速发展成数百人的队伍。他们劫道越货，绑票敲诈，袭扰百姓，一时民怨四起。

当时，活跃在古浪的三股土匪对古浪县城形成了掎角之势。他们信息资源共享，攻防有序。一天夜间，三股土匪合伙奔袭县城，抢夺走了县警察队的兵器、粮草。眼看着人多势众的土匪，警察队的几十名警察望着土匪远去的背影，不敢追击。

"脚猪子。砍脑壳的。"

詹县长操着湖南益阳土语大发雷霆，但也无济于事。县长便多次上书求援，省府派兵协助剿匪。待官兵在大墩槽布阵设局，准备攻打草上飞的老巢时，草上飞已经带着他的兄弟们借夜色，骑上骡马，逃到了大横山藏匿了起来。

官兵们攻占了草上飞的贼穴，土匪人去屋空，一无所获。

詹县长率众，顺着草上飞的骡马队留下的蹄印儿，追到东南山乡北部的大横山，只见莽莽苍苍的森林和密不透风的灌木丛，却不见土匪的影踪。派兵搜山，山间小道处处设有狼夹子和"扣子"，官兵多人受伤寸步难行。

"放火！"

恼羞成怒的领兵一声令下，士兵把大横山的灌木林点燃。火借风势，大横山成了一片火海。但土匪早已经沿着蜿蜒的山路，骑上骡马，向大横山山脊而行，平平安安地退到祁连山深处的二郎池。

二郎池位于西大滩草原深处。

土匪把老巢设在二郎池海拔四千多米高的插箭台上。

站在插箭台上俯瞰，开阔的西大滩草原、大峨博滩尽收眼底，要攻下插箭台，难如登天。二郎池成为土匪进可攻退可守且坚不可摧的据点。

官府为剿匪在大横山点燃的大火，持续燃烧了半月的时间。白天，天空中浓烟滚滚，难见天日；夜晚，火光把古浪东南山乡的天空照得一片通红，空气中弥漫着一种令人窒息的焦毛臭味。

大火熄灭的时候，原来郁郁苍苍的大横山变成了一片光秃秃的焦土，裸露在旷野之上，犹如一头脱了毛的老牛，瘦骨嶙峋，苟延残喘。

官兵放火烧了大横山的那年冬天，西北风刮了整整一个冬天。凛冽的西北风卷着大横山上的焦土，铺天盖地袭来，天空黑乎乎的一片。大风裹挟着尘灰吹过山林，发出震耳欲聋的呐喊声。低矮的鸡爪柳、香柴、黑刺在寒风中"呜呜"地呻吟着。

到了第二年夏秋季节，暴雨山洪成灾，洪水裹卷着大横山上烧焦了的泥土，沿着七沟八岔横冲直撞地奔涌而下，肆无忌惮地摧毁河道、树木，冲走牛羊、村庄……

山上的林子没了，昔日成群的黄羊、嘎达鸡、跑鹿、麝香不见了，就连那野狐子、狼也少了许多。找不到食物的黑瞎子等猛兽，却常常出没在古浪东南山乡的村庄附近。

为了防狼豺虎豹的袭扰，过去习惯于散居的古浪东南山乡人开始搬迁聚集，沿黄羊川河、杆子川河两岸而居，形成了几十个大大小小的自然村落。

官府派兵大规模剿匪，暂时震慑了土匪。等官府一撤兵，蛰伏在二郎池的土匪又开始蠢蠢欲动。

立秋之后，天气凉了下来。

一天傍晚掌灯时分，雪莲洗刷完锅碗，准备上炕做会儿针线活儿，突然听到狗叫声起。她快速下炕，走到院门前，透过门缝往外看，只见一股土匪骑着骡马，举着大刀、长矛，嗷嗷地叫喊着从古堡西侧的小道上扬长而去。雪莲急忙回到屋里，她把油灯吹灭，静静地听着外面的动静。土匪的叫喊声和马队的蹄声慢慢远去了，狗叫声也渐渐平息了下来，雪莲圪蹴在土炕上，在黑暗中等到了天亮。

第二天，古堡的木匠爸说，昨天夜晚刘怀瑞被土匪诈去了几十石粮食和上千块银圆。

那天，给刘怀瑞家打短工的木匠爸干活迟了，晚上就和长工王三住在了一起。到了半夜，他听到刘怀瑞的庄园外人声嘈杂，火光冲天。院墙上的几个家丁猫着腰，圪蹴在墙垛后面，不敢抬头。院内的家丁们手持棒棍，站立在庄门两侧，吓得瑟瑟发抖。

刘怀瑞的堂屋里，灯火通明。刘怀瑞手中不停地捻动着佛珠，在堂屋里急得转圈圈，额头上冒出细密的汗珠。

"老爷，这可怎么办呀？"

"滚。"

刘怀瑞怒喝一声，把管家刘贵吓了一跳。他战战兢兢地退到大门口，隔着门缝往外看去，只见百十号的土匪，个个骑着骡马，手持大刀、火把，把刘家庄园围得水泄不通。

"啾"，一支"钻天哨"飞过了刘财主庄园的高墙，稳稳地扎在堂屋的红漆门柱上。

刘贵疾步跑上前去，拔下扎在柱子上的箭，取下一片白布，送到了刘怀瑞的面前。刘怀瑞拿起那块白布，家丁把手中的灯笼照了过去。只见白布上歪歪斜斜写着："鸡叫前，送上粮食十五石和银圆一千块。不然，烧了庄园，灭了全家。"

刘怀瑞看完信，像泄了气的皮球儿，瘫坐在太师椅上，那块白布从他颤抖的手中滑落在地上。过了一会儿，刘怀瑞闭着眼睛摆摆手，对管家刘贵说：

"照他们说的去做吧。"

刘贵言听计从,急忙捡起那块白布,退了出去。

头鸡儿还没打鸣,刘贵就把十五石小麦和一千块银圆送到了土匪的手里。土匪们拿到财物,便吆喝着扬长而去。

自从刘怀瑞被土匪诈过之后,常有耳闻古浪东南山乡的土豪财主遭遇土匪被抢的事儿发生。

刘怀瑞昼夜坐卧不安。

一日清晨,东方刚露鱼肚白,在四个家丁的护卫下,刘怀瑞乘坐马车去了县城。

这次去县城的不只是刘怀瑞一人。

古浪东南山乡的乡绅财主相约,都带着一肚子的委屈和不满齐聚县城,要求官府派兵剿匪。

詹县长收了乡绅财主的大礼,但无力剿匪。他灵机一动,搬出了保卫团条例,在全县川里、坝里、山里成立了民团,要求民团各持己械,各吃己饭,各保自家。

古浪东南乡先后成立了干柴洼、横梁山、黄羊川等几个民团。这时的毛西都年方二十,身体强壮,精通武术,略懂一点兵法,遂被推选为黄羊川民团团练。农闲时,毛西都率青壮年各持己械时常练习,为百姓保庄护院。

草上飞擅长走黑路,搞夜袭。毛西都视其弱点,带领民团轮流巡逻,并在通往村庄的道路上设布"狼夹子"、拉起"绊马索"、挖陷阱等方式,伏击土匪。

不到一年的时间,毛西都带领的黄羊川民团,逐步成长为训练有素的地方自保民防组织。在与匪徒的几场遭遇中,土匪被狼夹子夹伤、绊马索勒死、掉入陷阱被擒者数十人,震慑了土匪,保护了一方百姓,同时也保障了乡绅财主的人身财产安全。民众称赞县长治理有方,百姓安居乐业。詹县长喜得心花怒放,提出要在全县推广黄羊川民团的经验。

"毛西都率民团剿匪有功,应予奖赏。"

詹县长主持召开表彰大会,奖励了黄羊川等民团和毛西都等几位团练。毛西都领到官府的赏钱,从长远计议,除部分用于死伤民团成员的抚恤金外,大部分用于训练队伍，购买兵器，构筑工事。

毛西都要修建御匪工事的消息一传出，得到了地方百姓的积极响应，地方商号捐款捐物，四方百姓纷纷出工出力。几个月的时间，一座土木结构的城堡在人们的夯歌声中，在古浪东南山乡修建了起来。

古堡的南大门是唯一的出入口。

"吱扭扭"，七寸厚的大木门随着四壮汉合力而推，才能完成大门的晨启暮闭。用黄土、石块，夹着草绳、芨芨草，夯实而成的堡墙，高大宽厚，墙头跑马实不为夸大。城墙四角设有的瞭望台、射箭孔、追魂炮台、暗道、暗室等防御设施齐全，结构严谨，进退自如。

古堡内，水井、民居、磨坊、酒坊、豆腐坊、货郎担、牛羊、鸡狗，包括城隍庙俱全。十日半月不开启堡门，百姓生活无一大碍……

古堡拔地而起，巍峨矗立，给古浪东南山乡平添了许多的神秘和威武，也给古堡人的生活带来了平安和宁静。古堡方方整整矗立的岁月里，被拒绝在堡外的不仅是土匪的袭扰，还有来自南山的狼豺虎豹。遇到险情，设立在堡墙四角的四门追魂炮齐发，狼豺虎豹闻声而逃，就是胆大猖狂的草上飞也望而生畏。

"平安无事喽！"

每个晚上，巡逻的民团队员，用舒展平缓的打更声音，向古堡的百姓报告着平安，把男女老少的梦拉长一段时间。

岁月静美，一切安好！

这年正月十三的一个傍晚，突然从外地来了一股土匪，急风暴雨一般包围了古浪东南山乡西北方六十几里地外的陈家破寨子。

土匪放火烧了寨子，寨子里的陈氏三百余口一时化为灰烬。陈家破寨子遭遇了灭门之灾的消息很快传到古堡。

"古堡工事坚固，土匪不敢惦记。"

"哪有不吃羊的狼？"

二先生回答人们的议论时，依然眯着眼睛。

二先生高高的个头，清瘦的脸上始终带着肃静。除了在风平浪静的日子里，他给古堡里的孩子们吟诵"子曰诗云"时，人们才能听到他那抑扬顿挫的浙杭口音外，平日里很难听到他的话语。他那长长的辫子上，系着一个黑穗子。夏天的裇子，春秋的夹袄，冬天的棉袍，一色青的长衫，总是干干净净的。那椭圆形的眼镜框里，镶嵌着两片厚厚的墨色石头镜片子，始终遮挡着镜片子后面的世界。

毛西都和二先生走得很近很亲，有人还见过毛西都给二先生洗脚捶背。二先生手中始终握个尺余长的黄铜旱烟锅儿，但没有人见过他用黄铜旱烟锅儿抽烟。

"前朝举人吧？"

二先生耳闻人们的议论和猜疑，淡淡一笑后，一甩头，把那长辫子搭在肩上，悄然离去。

听闻陈家破寨子遭遇了灭门之灾的消息后，毛西都按照二先生的吩咐，带领民团积极备战，加强古堡四周的巡逻岗哨的同时，在古堡外围十里地设了移动暗哨。遇到险情，移动暗哨向空中发射"钻天哨"火箭，古堡的人就会得知信息。

"报——"

闻声有人来报，正在城门楼上喝茶的毛西都放下手中的茶壶，急忙起身，迎了出去。

"县城方向有一股土匪向这里扑来。"

毛西都听到探子来报，疾步向二先生的房间走去。当他一只脚跨进二先生的房门时，只见二先生两眼微闭，镇定自若地坐在太师椅上闭目养神。毛西都慢慢地收回跨进门的一只脚，正要转身离去时，二先生发话说："进来吧。"

毛西都快步走进二先生房门，正要向二先生说话，二先生轻轻地挥了一挥手，说："来者不善呀！"

二先生慢慢地从太师椅上起身说："该来的还是来了，准备迎战吧。"

毛西都按照二先生的吩咐，带领民团和古堡的男女老少，到黄羊川河里运来了许多驴卵子石头。

响午时分，外围的暗哨发射了"钻天哨"。眼睛微闭，端坐在太师椅上闭目养神的二先生闻声，忽地站起身来，把那长辫子一甩搭在肩头，一个箭步跨上了城门楼的瞭望台，举起左手遮住光线，向县城的方向望去。

二先生始终阴沉着脸，立在城墙上远眺。良久，只见一阵风尘从西边向古堡滚滚而来，马的嘶鸣声和密集的马蹄声响如闷雷一样传来。

"放炮！"

二先生一发话，毛西都迅速点响了追魂炮。

"轰隆——轰隆——轰隆——轰隆——"

四声沉闷的炮声，从古堡的城墙四个方向发出，滚滚黑烟中夹杂着红光，带着浓浓的黑烟升向天空。

天上无云，地上无风。

四声炮响后，四朵蘑菇云慢慢地聚合到一块，形成了一个巨大的黑色"云朵"，罩在古堡的上空。

自从古堡修好后，遇到过几次土匪和猛兽的袭扰，也曾点燃过追魂炮，但是每次只是一响。这次，二先生让毛西都一次点燃四门追魂炮，可见事情的严重性。

在古堡外田野里劳作的人们闻炮声，知道有土匪来袭，赶上牛羊，飞快地跑进了古堡。随即四个壮汉迅速关闭了古堡的大门。

"停停停，这是啥招数？"

土匪们听到沉闷的追魂炮声，大吃一惊，勒马止步，嗷嗷乱叫，不敢靠近古堡。

"咚——咚咚，咚——咚咚——"

架设在古堡城墙上的木鼓，敲得震耳欲聋。民团队员们一身黑衣，头戴红巾，腰系蓝色布腰带，威风凛凛地立在堡墙头上，弓弩搭箭、刀剑出鞘，严阵以待。

半时，土匪们只闻其声却不见其人马扑来，便挥舞着马刀，号叫着发起了冲锋。布设在各个道口的狼夹子、绊马索和陷阱发挥了作用，一时间土匪人仰马翻，鬼哭狼嚎。

不到五里地，土匪们摸爬滚打地行走了近一个时辰，在太阳快要落山的时候，才靠近古堡。

"尕娃们，快快开门，不然我们攻开城门，烧光杀光。"

土匪们在古堡外狂叫着，毛西都带领民团伏在城墙上不言不语，严阵以待。

夜幕像一块无边的黑布,款款地把整个古浪东南山乡包裹了起来。土匪们喊过几次话后,失去了耐心,点燃了火把,气急败坏地向古堡扑来。

"点火!"

毛西都一声令下,城墙上火光连天,把堡子内外照得一片亮堂。城墙下的土匪们完全暴露在保卫团的视野之下,保卫团的队员们居高临下,把"炮兜子"甩得"呜呜"响,那驴卵子石头铺天盖地投向土匪,土匪们被打得头破血流,哭爹喊娘,无法靠近古堡。

古浪东南山乡的山峦、村庄掩藏在夜色中,而古堡城墙上旌旗猎猎,鼓声如雷,火光冲天。土匪门一看这阵势,不敢轻举妄动,便后退数里地安营扎寨。

双方相持数日,土匪见难以攻下古堡,意欲撤退。一日中午,忽然从古堡东南方向,风驰电掣般驰来一支马队。两股土匪合拢后,开始挥锨开挖战壕。毛西都和民团居高临下,对土匪行动看得清清楚楚,但不知道如何以对。

"看来,外贼与内鬼勾结到一起了。"

二先生猜得极准。外来的这股土匪在横梁山红土湾与本地土匪打了一仗,生擒了红土湾土匪头目蓝眼皮。酷刑之下,蓝眼皮为了求生投靠了外地的这股土匪。

蓝眼皮不仅清楚古堡内民团的人数,也了解民团只守不攻的特点,遂给外来土匪出主意,挖沟破城。此时,毛西都决定带民团开门迎战。二先生一甩长辫子,走到城墙的烽火台上,眯眼远眺良久,说:"千万不可开门迎战。"

二先生看到民团日夜应战,队员们已疲惫不堪。而两股土匪合一,人多势众,士气正旺。再加土匪多日攻城不下,激起了心中怒火。在敌众我寡的情况下,民团绝不是这些凶残奸诈、杀人如麻的土匪的对手。

此刻,二先生一向肃静的脸色愈加阴沉,望着古堡外面挖沟的土匪,那没有表情的面部肌肉,时不时地抽动几下。

"到县城去,恳求官府派兵退匪,不然要出大事了。"

"嗯!"

"快去快回,成败在于此行了。"

"嗯。"

子夜时分,古堡的城门轻轻打开。毛西都率两人,一人骑一快马,在夜色掩护下飞驰而去。

毛西都去县城的第二天的早晨,当太阳把光辉洒满整个古浪东南山乡的时候,土匪们已经把掩体挖到了离城墙五六米的地方。土匪以壕沟为掩护开始慢慢向城墙附近运动,民团的"炮兜子"无法发挥威力。

土匪开始攻城了。

土匪们搭云梯几次爬上城墙,都被民团们用石头、棒棍反击了下去,双方伤亡较大。

"日奶奶的,乖乖开门,饶你们活命。不然我们要飞到城墙上来,烧光杀光。"

土匪们在城墙下喊话。墙头上的民团探出头一看,几个红脸绿冠白色羽毛的"鸟人",扇动着"翅膀",跃跃欲试,做出要飞上城墙的姿势,叫嚣如果不开城门,就要飞过城墙,杀光所有的人,烧光所有的房屋。见多识广、睿智理性的二先生傻眼了,这些"鸟人"飞过城墙可怎么办?

二先生举目向西远眺,西斜的太阳甚是刺眼,但依然看不见毛西都赶来,二先生不由得心神不定起来。又有受伤的民团队员被抬到城墙下,老郎中的眼睛已经熬得红红的。城墙上的民团因受伤减员,老郎中事先配制好的止血散、止痛粉已经用完了。

一向沉稳的二先生开始坐立不安、食水不进,在城墙上不停地来回走动。

"二先生,快开门吧,保你活命。"

二先生一听是蓝眼皮的声音,气不打一处来,怒喝一声:"走狗。"

二先生从城墙上探出头去瞭望,真要与蓝眼皮对话,"嗖"一支箭射中了二先生的喉部,扑通一声,二先生从城墙上摔了下去。

"二先生,二先生!"

顿时,城墙上的人们乱了阵脚,纷纷探出头去大喊。"嗖""嗖""嗖"……土匪们乘机数箭齐发,又有几个人中箭受伤。

"日奶奶的,乖乖开门,饶尔娃们一命。"

土匪不停地号叫着。没有了二先生,毛西都搬兵还没有回来,古堡里的人没有了主心骨。一时有人主张,只要土匪答应不杀人、不放火,就可以打开古堡的城门。但老郎中坚决反对打开城门,把古堡拱手相让给土匪。

"算子，你快算算，毛西都啥时候能搬兵赶回来呀？"

有人叫来了神算子。

神算子留一撮山羊胡子，带个瓜皮帽，一双小眼睛始终在贼溜溜地转动。神算子闭上了眼睛，嘴里不停地念叨着让人难以听懂的咒语，大伙儿屏息静气地等待着。

时间一分一秒地过去，神算子始终不睁眼睛，不说话。有人急了，上前一把扯住神算子说："到底怎么样，你说个话呀！"

"天机不可泄露。"

"都到这时候，你还卖啥关子呀？"

"无奈乎，无可奈乎也！"

神算子浑身不停地颤抖，始终不肯睁开眼睛。人们一把推开神算子，无奈地把目光投向了老郎中。老郎中放下手中空空的药囊，大步走到城墙上，大声说："是男儿者，面对强敌宁可站着死，不能跪着生。不论在什么情况下，都要与家园在一起。"

"宁可站着死，不能跪着生。"

"宁可站着死，不能跪着生。"

……

群情激愤。老郎中把古堡里所有的男人重新进行了分工，几位年岁较大的负责将老人、孩子、妇女和受重伤的人员转移到城隍庙里去；留一部分人继续固守城墙，十多位年轻力壮的人守护城门，随时准备与攻破城门而进的土匪进行殊死搏斗。

"算我一个吧！"

老郎中回头一看，雪莲身着蓝花布衫，腰间扎了一条红布腰带，脚穿圆口青布鞋，眉宇间多了几分刚毅。

"好！"老郎中爽快地答应了雪莲的请求。

"轰隆"一声，土匪们用木头撞开了城门，举着马刀、长矛，怪叫着蜂拥而入。

老郎中率众迎战，双方厮杀在一起。此时，只见一彪形大汉，满脸胡楂，手举马刀，骑马横冲直撞而来。雪莲飞身一个"倒挂金钟"，双脚夹在那大汉脖子上，随手捞起土匪跌落在地上的马刀，一个"鹞子翻身"，"嚓啦"一声，那大汉项上人头滚落在地。雪莲一把从马鞍上推下那壮汉的死身子，一跃身稳坐在马背上，顺手来了个"梅开枝头几点红"，刀刃所至，便有土匪惨叫落地。

蓝眼皮见状，扯转马头风一样溜出城门。说时迟，那时快，雪莲来了一个"蜻蜓点水"，右手按在马鞍中间，右腿快速弹起的那瞬间，随着"唰"的一声响，一道白光从她左手中闪出，三个银镖便不偏不倚地射进蓝眼皮的后心中间，蓝眼皮一头栽下马去。

"小心！"

老郎中见一土匪举刀向雪莲砍来，大喊一声，顺手一掌击在了雪莲所骑的马屁股上。那马儿一惊，一个纵跃，驮着雪莲跃出了土匪的包围圈子。土匪的马刀落了下来，雪莲幸免一难，只听"咔嚓"一声，老郎中的右胳膊却掉在地上……

城门口的厮杀搏斗，刀光闪闪、血水四溅，杀喊声响成一片。此时，古堡外面四周的土匪，呐喊着，冲进了城门。终因土匪人多势众，寡不敌众，城门失守了。

雪莲带上受伤的老郎中，边战边退，来到了古堡北面的城隍庙里，指挥大家钻过城隍庙东侧的排水洞口，蹚过黄羊川河，迅速向大横山方向转移。

冲进古堡的土匪，见城内大多人已经跑了，气急败坏，开始杀人放火。顿时，古堡内乱成了一团。

货郎爷是个舍命不舍财的主儿。他不跟大家一块儿跑，是怕家里的大小物件被土匪抢走。他关好了自家的篱笆院门，手持扁担立在门后，并发誓谁进他家门，抢他家的东西，就和谁拼命。

"货郎爷，土匪来了，快藏起来。这股土匪凶残得很，见人就砍头哩。"

双福子见货郎爷没有随其他人走，边跑边喊。几个土匪手持明晃晃的马刀旋风般扑了过来，货郎爷的大黄狗扑了过去，一个土匪挥手就是一刀，那壮如牛犊子的大黄狗被土匪拦腰砍成了两截子，肠肠肚肚撒了一地。

"我和你们这些驴日的拼了。"

货郎爷眼看大黄狗惨死在自己面前，手持扁担扑了过去。土匪刀起，货

郎爷的人头落地。

　　双福子看到这些，吓得扑通一声跌倒在地上，两只眼睛直勾勾地望着货郎爷的人头，说不出话来。突然，他耳闻自己新婚不久的新媳妇撕心裂肺的惨叫声和土匪放荡不羁的哄笑声从院子里传来，他浑身的汗毛都竖了起来。

　　双福子手持铁锨不顾一切地冲进自家的屋里，只见自己的新媳妇被土匪扒光了衣裤，袒胸露乳地躺在炕上，一个土匪正压在新媳妇身上。双福子觉得浑身的血直往头上涌，他抡起铁锨向土匪头上拍去，只听"砰"的一声，那土匪便一头栽到炕上。另几个土匪一见此景，挥舞着马刀向双福子扑来。土匪几刀下去，双福子便倒在地上的血泊之中。新媳妇一把推开压在身上的死人，赤身裸体地逃出家门，一头扎进古堡的水井里去了……

　　这场大劫难中，古堡房屋被毁，多人伤亡，牲畜、财物被抢劫一空……

　　大火烧了整整一个晚上，古堡里的民宅，全部化为灰烬。

第十章
黄麻子恩将仇报　蒙面人夜救西都

　　当毛西都从县城赶到古堡的时候，土匪早已逃之夭夭。古堡内房屋被烧毁，财物和牲畜被抢劫一空。目睹惨状，人们泣不成声。

　　这场劫难，对毛西都打击很大。

　　他不仅失去了唯一的亲人二先生，而且落了个临阵逃跑不好的名声。他多日闭门谢客，不吃不喝，常常自责地捶胸顿足，泪流满面，内心深感愧疚和无助。

　　"西都哥，我爹快不行了。"

　　傍晚，毛西都正在家中独自伤悲，突然喜子闯了进来说。毛西都闻讯，急忙起身，一个箭步跨出屋门，风一样向百草济世堂跑去。

　　老郎中躺在炕上，面色暗淡，双眼紧闭，呼吸微弱。毛西都双膝跪在炕前，喜子把嘴贴在老郎中的耳朵上轻轻地喊了一声："爹，西都哥来了。"

　　老郎中慢慢地睁开了眼睛，低声说："西都呀，这场劫难不怪你。以后古堡人的安危，还要靠你呀！"毛西都听着老郎中临终的嘱咐，泪如雨下。

　　"喜子。"

　　"爹，我在哩！"

　　老郎中从身子下面拿出一个蓝布包，送到喜子的面前说："这是祖传的《百草济世秘诀》，你一定要传承下去，用祁连山的百草，为乡亲们治百病，善行乡间，以德济世。"

　　老郎中断断续续说完这句话，闭上了眼睛。喜子从爹手中接过蓝布包紧紧地抱在怀中，放声大哭起来，旁边的人也都低声哭泣起来。

　　二先生、老郎中的先后离世，使毛西都伤心至极。那夜，毛西都听从二

先生的吩咐，骑快马赶往县城找官府求援兵。古浪东南山乡直接通往县城的西路被土匪牢牢把守，只能走北路。走北路必须翻越大横山，绕道再去县城。他们昼夜兼程，赶到县城，却见不到县长。等他们两日之后再赶回古堡的时候，古堡变成了一片灰烬。

大横山的山坡上，新添起了几座新坟。毛西都和古堡里的乡亲挥泪埋葬了二先生、老郎中后，开始加固防御工事，操练民团，囤积粮草，积极防备匪患。同时，与周边几个保卫团联络后达成共识，遇到匪情，互通消息，联手御匪，保卫家园。

二郎池的土匪头子黄大麻子得知毛西都联系邻近的保卫团，实行联合自保的消息，心中暗喜道："毛西都的气数就要尽了。"

黄大麻子阴阳怪气地说完这句话后，就带上他的三个得意兄弟，乘快骑沿杆子川河而下，直奔县城。

黄大麻子本不姓黄，人也不高不大。人们称其为黄大麻子，是因为他那一脸的黄麻子。别看此人矮小瘦弱，一身轻功倒是不凡。他虽然不能飞檐走壁，但攀爬一般的城墙可直上直下，尤其是夜间攀岩越沟更是身轻如燕，抬脚落掌就行三五丈远不在话下。

黄大麻子人小鬼大，心眼却特小。他喜占小便宜，爱耍小聪明，净干一些偷鸡摸狗的事情，善于在大家之间使用挑拨离间之计。早年，草上飞在猴子疝跟匪首尕抢手反目，与黄大麻子挑拨离间有很大的关系。

后来，黄大麻子追随草上飞来到大墩槽为匪，草上飞始终对黄大麻子不远不近。那年，官府派兵烧山剿匪，草上飞一伙潜逃到二郎池避难。二郎池一带沟壑丛生，黄大麻子发挥轻功优势，常常在夜间跨沟越界，探听信息，赢得草上飞的信任和重用。

"兔儿不吃窝边草"，这是二郎池的匪首大金刚定的家规。黄大麻子在外出探听信息的时候，总爱干些偷鸡摸狗的事儿。黄大麻子的做法破了二郎池的家规，坏了大金刚在西大滩草原的名声，按照二郎池土匪的家规要剁去一只手。

黄大麻子得知此信，惶惶不可终日。

一天夜里，夜黑风紧，黄大麻子心里发急，就悄悄溜进草上飞居住的窑洞，说："大哥，听说大金刚怕我们抢占了他们的地盘，要驱赶我们离开二郎池。"

"此话当真？"

黄大麻子贼眼一转，只听洞外山风一阵紧似一阵，便信口开河地说："听大金刚其他弟兄私底下商议，最近要向你动手。"

草上飞性格暴躁，粗鲁莽撞，遇事不多思考，一听信草上飞这话，怒从心生，拍案而起，大喊一声："来人！"

随声两位壮汉跳进了草上飞住的窑洞，把刀架在了黄大麻子的脖子上。草上飞定眼一看，冲进他帐篷的两位壮汉并不是他叫的自家兄弟，而是二郎池匪首大金刚手下的两个得意弟子，心中不由一惊。

二郎池匪首大金刚，原本是华热草原上的穷苦牧民，因不愿忍受牧主的欺压，一气之下，杀了作恶多端的牧主后落草二郎池为寇，过起了这刀尖上舔血日子。但是他们始终坚守"兔儿不吃窝边草"的山规，不袭扰附近的百姓，不干伤天害理的事情。

这些天，黄大麻子干的那些偷鸡摸狗的事儿，让不知情的百姓认为是大金刚所为，甚至有人扬言要挖了大金刚家的祖坟。大金刚闻此信儿，怒火中烧，按照家规要剁去黄大麻子一只手，昭告世人，他大金刚是清白的。但黄大麻子是草上飞的手下，大金刚迟迟没能用家规惩罚黄大麻子。

这天夜里，大金刚与手下的几个兄弟饮酒，见黄大麻子进了草上飞的窑洞。酒后，大金刚手下的两个兄弟借着酒劲儿，私自来草上飞住的窑洞与黄大麻子理论。遇到草上飞窑洞口站岗的土匪阻拦，双方在对峙中，大金刚的手下绑了草上飞的兄弟。真是无巧不成书。大金刚兄弟的私自行动与黄大麻子的谎言形成了无缝隙的对接。

"大哥，救命呀！"

大金刚的手下用刀压在黄大麻子的脖子上，正要和草上飞理论。黄大麻子大喊救命，草上飞从椅子上一跃而起，怒喝一声："大胆！竟敢在我面前动刀杀人。"

草上飞刀光一闪，一颗人头落地。另外一个土匪想逃，草上飞一个飞腿扫过去，那土匪被打了个狗吃屎。绑了这个土匪，黄大麻子连夜审问。

黄大麻子把那土匪五花大绑之后，押出草上飞的窑洞去审。途经一悬崖，黄大麻子将五花大绑的土匪推下悬崖。之后，对草上飞谎称："那叛贼在去

接受审讯的路上逃跑，夜黑风紧，慌不择路，掉入悬崖摔死了。"

大金刚得知草上飞和黄大麻子杀了他的两位弟兄，前来草上飞处问个究竟。草上飞正在气头上，一不做二不休，将大金刚杀了。

到了第二年春暖花开的季节，草上飞要回大墩槽，黄大麻子接管了二郎池的土匪，当起了二郎池的匪首。

小人得志扬其势。

黄大麻子得到重用接管二郎池的匪巢后，有草上飞为靠山，便耀武扬威，横行霸道，无恶不作。他常常残害无辜，大肆抢夺，扩大自己的实力，闹得四乡八邻没有宁日。

一天夜里，黄大麻子率土匪奔袭古堡，被毛西都设下的"吊扣子"逮了个正着。黄大麻子被"吊扣子"吊在树上一夜，待日出东方才被人放下，不仅黄大麻子被蚊虫叮咬得面目全非，而且一夜的"倒挂金钟"，黄大麻子肠胃里的赃物顺着嘴、鼻孔倒流了一地。

黄大麻子给毛西都立下保证，不再袭扰百姓，不再干伤天害理的事情，毛西都才放了他。黄大麻子言而无信，不仅不感念毛西都不杀之恩，反而恩将仇报，时常伺机报复毛西都。

这次黄大麻子听说毛西都联合其他民团对抗土匪，就到县城大肆制造散布谣言，说："毛西都要修工事、囤粮草、练民团，蓄谋造反……"最致命的是黄大麻子把二先生是毛西都的叔叔西都拜的事儿传了个满城皆知。

据说那年，毛西都的父亲西都歹被害，被凉州义军领袖齐公从浙杭带到凉州，在凉州府当警察的弟弟西都拜也受尽折磨后死于牢内。其实，那年死于牢内的西都拜是牢内关押的一个大烟鬼。

当年，西都拜在凉州当差，为人耿直，对下属关怀有加，深受部下爱戴。有一狱卒叫王二狗，不幸得了重疾，家贫无钱救治，西都拜拿出自己的全部积蓄，救下了二狗的性命。

西都拜被革职关进牢房，王二狗与其他几位狱卒一合计，来了个狸猫换太子把戏。于是西都拜就突然死在了牢内。当时，官府正忙于清剿古浪东南山乡的土匪，对西都拜的突然死亡没有细究。最终，西都拜花了一笔银子，以"大烟鬼"的身份走出牢房，逃离凉州，隐名埋姓在古浪东南山乡的大山中躲难。

一次巧遇，西都拜与毛西都叔侄相识。从此，西都拜以二先生的身份扶持毛西都操练民团，得以安身古堡。

毛西都承其父性格，不善阿谀奉承，且抗匪保民锋芒毕露，县府和警察队上下早有微词。

这次古堡遭遇匪祸，毛西都对官府的不满表露得十分明显。詹县长在组建民团时规定"以守为主，不可远处赴敌"。毛西都与周边几个民团联手防匪，私下扩大了民团的活动范围，詹县长对毛西都的这种做法很是不满。更令他不能容忍的是古堡遭遇匪祸之后，毛西都把责任全部推给官府，全县上下一片哗然，让他颜面扫地。如今，毛西都修工事、囤粮草，涉"聚众造反"之嫌。詹县长立即密令县警察队抓捕毛西都。

那天，刘荣贵带着警察队，突然来到古堡，将正在吃午饭的毛西都五花大绑抓了起来。

刘荣贵抓捕了毛西都并没急于赶回县城交差。他把毛西都带到百草济世堂的后院里，派两个警察看押，自己带了其他警察"回家去看看"。

刘荣贵是刘怀瑞唯一的儿子。刘怀瑞有三个老婆，均未生下一男半女。刘怀瑞到神算子那里占卜了一卦，神算子说："送子娘娘不喜。"

刘怀瑞请来了石门峡龙洞沟的八个道士，摆了香案，念经敬神添喜。八个道士折腾了九天后，才找出了刘怀瑞家人丁不旺的根源："他家的祖坟上出了问题。"

刘怀瑞请道长查看他家祖坟。道长来到刘怀瑞家的祖坟，满坟滩茂盛的臭蒿子草淹没了坟头，仔细查发现其父母坟头竟然有一个碗口大的老鼠洞。道长一手持桃木剑，一手持拂尘，念念有词，一阵咒语之后，只见刘怀瑞父母坟头冒出一缕青烟，青烟化作火焰，坟滩里那茂盛的臭蒿子草便化为灰烬。刘怀瑞按照道士的指点，杀猪宰羊祭祖修坟，数月后，他的三个老婆的肚子奇迹般大了起来，居然接二连三地生下了一子两女。

刘怀瑞老来得子添女，为光祖耀宗，尽显荣华富贵，为其子取名荣贵。此子从小娇生惯养，不仅继承了其父阴险狡诈、诡计多端、心狠手辣、为富不仁的秉性，而且任性、骄横，吃喝嫖赌俱全。刘怀瑞眼看不成器的儿子守

家业无望，就送其到省城习武学堂读书。之后，在凉州警察局谋了个差事。

那年，土匪围困刘家庄园之后，刘怀瑞就从古浪东南山乡迁居县城。但他还是觉得不安全，就送重金，让儿子刘荣贵从凉州回到了古浪县警察队干起了队长的差事。

刘荣贵得到抓捕毛西都的密令，便骑上黑骡子带领警察，直奔古堡抓捕毛西都。他这次借密捕毛西都之机顺便"回家看看"，是刘怀瑞的意思。老谋深算的刘怀瑞是想仗着刘荣贵带的十几位警察，在古浪东南山乡炫耀炫耀自己在古浪的势力，更主要的是要给替他看家守业的刘贵壮壮胆儿。

刘贵得知少爷要回家，杀猪宰羊，大办酒席。古浪东南山乡的土豪劣绅耳闻，纷纷前来拜会刘家大少爷。

刘府之上，张灯结彩，人来人往。在令人肉麻的恭维声和敬酒声中，刘荣贵飘飘欲仙起来，他把抓捕"要犯"毛西都的事儿早已忘得一干二净。到了子夜时分，刘家大院的来客才陆续离开。醉醺醺的刘荣贵，一头栽倒在炕上鼾声如雷。也就是在这个时候，两位蒙面人乘看押毛西都的两个警察打盹之际，悄悄地摸进了百草济世堂的后院子。

"快走。"

毛西都还在迟疑，两位精干利索的蒙面人，三下五除二便打开了他手上和脚上的铁链，带上他直奔古堡南大门。

子夜时分，城门紧闭。

"喵——""喵，喵……"毛西都学了几声夜猫子的叫声，不见动静，他觉得有些蹊跷。这是他给看守城门的民团队员定下的暗号，听到夜猫子连续不断的叫声，就有急事要出古堡。

毛西都又学了几遍夜猫子的叫声，还不见有人来开门，他便摸到看守城门保卫团队员的房门前。只见屋内一片漆黑，他轻轻敲击了几下房门，仍然不见动静。

"咣咣、咣咣……"毛西都连续推了几下门，屋子里传出恶狠狠的问话："半夜三更是谁在推门呀？"

毛西都一听，屋子里有人，便"喵喵"学了几声猫叫，只见屋内的灯亮了。"哐当"一声，屋门被打开，一个人走出了房门。毛西都不由大吃一惊，他没有想到，把守城门的民团队员被刘荣贵换成了警察。

那警察迷迷瞪瞪地向四周望了一下，回过头去，自言自语地说："也不知是哪来的夜猫子叫春。"

屋里的人没有回话，只听到屋内的人翻了个身，又打起了呼噜。

走出门的警察立在门口扯下裤子就撒尿，蒙面人一个饿虎扑食，没容那人哼唧一声，就把他按倒在地上，拖到了墙边的阴暗处。

"好汉饶命，好汉饶命。"

被擒的警察浑身发抖，磕头求饶。蒙面人厉声说道："快把城门打开。"

"锁大门钥匙在屋里。"

"快去把钥匙取出来，不然我就地要了你的小命。"

"是，是，是。"那警察连说了几个"是"字，蒙面人用刀子顶着警察的后背，慢慢地向屋子里走去。

"快来人呀，快来人！"

那警察一只脚刚跨进门槛就放声大喊，蒙面人一刀子下去，那警察栽倒在屋里。

"怎么了？怎么了？"

屋子里的灯亮了，有人惊慌地询问，有人在慌忙起身穿衣服……顿时，屋子内乱哄哄的。

毛西都急中生智，把房子的门从外面扣上。屋子里的人嚷嚷着使劲推门，房门"哗啦哗啦"地作响。毛西都举起门口的一个大石头，狠狠地向大门上的锁子砸去。屋内的人发现有人砸大门，急忙吹响了警哨。

"哐当"一声，大门上的那把大铁锁子被毛西都用石头砸了下来。毛西都和两个蒙面人用力推开大门，嘈杂的脚步声中有警察举着火把追来。

"快走！"那两个蒙面人一把推开毛西都，反身与赶来的警察展开厮杀。

毛西都只身逃离古堡，便向不远处的树林里跑去。

刘荣贵正做着美梦，突然有人来报，关押的要犯毛西都逃跑了。这突如其来的消息，把刘荣贵从醉酒中惊醒了过来。来时，县长要求他抓到毛西都，要及时赶赴县城，他却留在古浪东南山乡吃肉喝酒。眼下，毛西都逃跑了，他不知回去如何交差。

刘荣贵慌忙带上警察和自家的家丁跑出刘家大院，追捕毛西都。

毛西都逃出古堡，一个人漫无目的地向大横山的山顶爬去。

山又高又陡，太阳一竿子高的时候，他才爬到新开路湾的垭豁口。一屁股坐在地上歇气儿，忽闻有人说话的声音传来，他急忙从地上爬起来，准备离开，但两腿发软，已经迈不开步了。此时，毛西都才意识到，自从昨天被抓捕，一天一夜时间，他口里就没有进过一粒米一口水，眼睛没有闭过一刻钟。再加半夜离开古堡，他始终不敢走正路，逢沟过沟，逢岭越岭，一夜的奔波，折腾得他没有一点儿力气了。

"西都！"

这时，有人轻轻地喊了他一声。他循声望去，雪莲快步走了出来，说："快，这里不能待了。"

雪莲急忙搀扶起毛西都钻进了树林之中，七拐八弯避开了搜山的警察。快到了晌午的时候，雪莲和毛西都沿干沟而下，悄悄地回到了古堡的家中。

"这样会拖累你和孕香的。"

"刘荣贵已经带警察来家里搜查过了，他们都知道你离开了古堡，现在家里反而安全了。饿坏了吧？我去给你做点吃的。"

白天人多眼杂，雪莲怕有人发现毛西都在家里，就把他藏进了书房屋的夹皮里，便忙活着到伙房里做吃的了。

"咚咚、咚咚。"一阵急促的敲门声，雪莲吓出了一身冷汗。她理了理凌乱的头发，说："来了，来了。"

雪莲一边应着声儿，一边急急打开了院门。两个警察抬着刘荣贵走进了院子。

"哎哟！哎哟！"刘荣贵不停地叫喊着。刘荣贵的左脚上夹着狼夹子，血水顺着裤脚滴滴答答地往下流。

"你把他脚上的狼夹子取下来吧！"

警察对雪莲说。雪莲呆呆地望着，没有说话，也没有挪动。刘荣贵龇牙咧嘴地挪动着身子，从衣兜里掏出几块钱，送到雪莲的面前说："快，快，快给我把狼夹子取下来，把血止住，再流血，就、就完蛋了。"

雪莲轻轻地推开刘荣贵送上来的钱，俯下身子慢慢地打开狼夹子上的机关，取下了夹在刘荣贵脚上的狼夹子。然后，她去伙房里端来了一盆子热水，轻轻地给他清洗了伤口,取出一包马皮泡,敷在了伤口上。

血慢慢地停止了流淌,刘荣贵顿时觉得疼痛减轻了许多。

雪莲对那两个警察说:"快去找个抬耙子,把我送到郎中那里去,这夹子在狼毒草药水里浸泡过,不然要中毒死人的。"

刘荣贵一听雪莲的话,急忙催促两个警察说:"快,快,去找抬耙子。"

雪莲见两个警察出了自家的小院,看着躺在自家炕上的刘荣贵,想到三娃子下落不明,公婆含冤而死,老爹爹有家不能归……忽然,她后悔起来,刚才就不该给刘荣贵取下夹在脚上的狼夹子,不该给他敷上马皮泡。新仇旧恨涌上了雪莲心头,她把牙齿咬得"咯吱咯吱"响,疾步走过去拿起菜刀,准备了断这狗东西的性命。

刘荣贵见雪莲向他举起了菜刀,急忙去摸腰间的枪。雪莲上前一步取走了他的盒子炮,将菜刀架在他的脖子上。

"妈妈——妈妈!"

雪莲闻声回头一看,孖香在身后吓得直喊妈妈。孖香的叫喊声,忽然使雪莲发昏的头脑立刻清醒了过来,她想毛西都还藏在屋子的夹皮里,孖香尚小还需要人照料。如果她现在就杀了刘荣贵,那两个警察回来,她怎么能说得清楚。雪莲手持着菜刀在犹豫,刘荣贵睁大了眼睛,惊恐地望着雪莲,带着哭腔直喊:"别,别,别!"

那两个找抬耙子的警察走进了院子,躺在炕上的刘荣贵急忙大喊:"抓了她,抓了她,她要杀我。"

两警察闻声放下手中的抬耙子,扑进屋子夺了雪莲手中的菜刀,五花大绑地将她捆绑了起来。

"妈妈——"

孖香见两位警察,带上雪莲离开院子,便大喊着从屋子里扑了出来,不小心一个跤摔倒在院子里,哇哇大哭起来。

"你给我听着,安稳在家里待着,千万不能出来乱跑,外面狼娃子多着哩,小心被狼娃子吃了。爷爷在外面打狼哩,打完狼就回来。"

走出院门的时候,雪莲转过身子,扯着嗓门大声对孖香说。

雪莲被刘荣贵和警察带出了自家的院子时,丝毫没有反抗。她心里清楚,刘荣贵和警察带她离开家越远，毛西都就会越安全。

雪莲被带走的经过，毛西都在屋子的夹皮里听得清清楚楚。他正准备冲出去，突然听到了雪莲的对尕香说："你给我听着，安稳在家里待着，千万不能出来乱跑，外面狼娃子多着哩，小心被狼娃子吃了。爷爷在外面打狼哩，打完狼就回来。"

雪莲意味深长的话语使毛西都压住了心中的冲动，他想起了夜里营救他的那两个蒙面人，忽然觉得这里面一定隐藏着什么秘密。

警察抬着刘荣贵，押着雪莲来到郎中喜子的百草济世堂。喜子不在药铺，看守药铺的伙计富顺说，郎中去马莲沟出诊看病了，明天才能回家。刘荣贵要让富顺给他治伤，富顺就给刘富贵在伤口上敷了一些药膏应付了事。

这时，派出去搜山的警察都陆续回来说，没有找到毛西都。刘荣贵脚伤疼痛得厉害，但他最怕的是狼夹子上的狼毒侵入身体。他清楚一旦狼毒侵入身体就会要了他的小命。想到这里，刘荣贵不由得打了个寒战。他眯眼望望天空中热辣辣的太阳，再看看莽莽苍苍的山峦林海，有气无力地说："回去。"

警察们把刘荣贵扶上大黑骡子，押着雪莲向县城的方向走去。

雪莲心里惦记着藏在屋子夹皮里的毛西都，她知道去古浪县城，必须经过菜籽口，老五叔他们在那里等候她去会合呢。

山路两边长满了密密麻麻、蓬蓬勃勃的野白杨树。

途经菜籽口的时候，雪莲开始找借口磨磨蹭蹭地走路。前面的警察走远了。突然，雪莲一屁股坐在地上"哎哟、哎哟"地喊叫起来。

"怎么了？"

"我的脚脖子崴了。"

雪莲一边回答着警察的问话，一边抱着脚"哎哟、哎哟"地呻吟起来。警察见路边树林茂密，前边的人已经走远，心里开始害怕了起来。他急忙将雪莲架了起来，连拉带推继续前行。

"嗖，嗖！"两个警察无声无息地倒在地上。一位身披毡衣、头戴毡帽的人站在雪莲面前。

"爹——"

来人正是老五叔，他一个箭步上前，用手捂住了雪莲的嘴，顺势解开雪莲身上的绳索。老五叔听到身后传来急促的脚步声,他知道那是前面的警察发现情况不对,追了过来。老五叔一把揽起雪莲,快速钻进了路边的野白杨树林之中。

这次和老五叔回来的还有两个年轻人。他们是游击队队长张五和队员小李。昨天夜里,老五叔带着张队长和小李回家,得知毛西都被刘荣贵抓捕后关押在百草济世堂,便和张队长他们商议联系,由张队长和小李扮装成蒙面侠客,摸进百草济世堂后院,救走毛西都。

话说,那年老五叔放火烧了刘怀瑞的庄园,就直奔祁连山深处躲难。在祁连山深处一转悠就是半年的时间,他从其他猎人的口中得知,附近活动着一支游击队。也就是从那时起,老五叔开始秘密寻找这支队伍。

老五叔踏遍了古浪东南山乡延绵百余里大山沟壑,冒险进过二郎池,到过海拔四千多米的马牙雪山大阪,但是一直没有找到这支神秘的队伍。

今年春季,老五叔在白石头沟狩猎时,发现几个年轻人的行动有些奇怪,他就悄悄地跟了上去。跟踪不到一个时辰,老五叔反被这几个年轻人逮了个正着。

"大叔,你是干啥的呀,怎么一直跟踪我们呀?"

问话的年轻人十分和蔼,老五叔也就放松了警惕。老五叔把寻找游击队的全部过程说了出来。

问话的年轻人就是张队长。他二十来岁,眉清目秀,知道了老五叔的身世后,说:"最近我们急需要一个熟悉当地地形和情况的向导,您就留下来吧。"

那夜,老五叔和张队长来古堡的家中,从雪莲口中得知,毛西都被警察抓捕,并关押在百草济世堂后院,第二天押到县城候审。张队长当即决定,由他和小李扮成蒙面侠客,黑夜潜入百草济世堂后院营救毛西都。老五叔在古堡外接应,营救成功,约定在菜籽口的野白杨树林会合。

送走老五叔,张队长和小李分头行动后,雪莲悄悄地摸出了家门,来到南城门附近蛰伏了下来,观察动静。

张队长和小李顺利地从百草济世堂救出了毛西都,却因看守古堡南大门的保卫团被刘荣贵换成了警察,毛西都他们不知其变,被警察发现,三人被

冲散。毛西都一人离开古堡,便钻进了密林。因事发突然,张队长没有来得及告诉毛西都在菜籽口汇合的计划。毛西都离开古堡后,听到人声嘈杂,便向密林深处跑去。雪莲见毛西都出了城门,乘警察与张队长他们纠缠之际,悄悄溜出了古堡。但因夜黑她没能和毛西都走到一块儿。

张队长和小李摆脱了警察的纠缠,离开古堡时,已经不知毛西都的去向。他们没有找到毛西都,只好先到菜籽口的会合点,与老五叔会面再作决定。张队长和小李与老五叔在约定地点会合后,知道了刘荣贵开始搜山,他们也开始分头找人,约定在天黑之前到菜籽口野白杨树林会面。

说来也巧,老五叔刚到约定的会合点,就见刘荣贵带着警察队伍回县城。他跟踪了一段路程,发现被警察五花大绑的人是雪莲。老五叔断然出手,救下了女儿。

老五叔在菜籽口野白杨树林处救下女儿雪莲,得知刘荣贵的警察已经全部返回县城,且毛西都藏在自己家里,心里宽慰了不少。他和张队长、小李、雪莲立即返回家中,把毛西都从屋子的夹皮里放了出来。

"我们必须尽快离开,说不定刘荣贵还会派人再来古堡。"张队长提醒老五叔父女道。

"我们现在到哪里去呀?"

"回游击队营地去!"

老五叔坚定地回答了雪莲的问话。

晨曦中张队长、小李和老五叔带上毛西都、雪莲、尕香轻轻地关上那扇熟悉的家门,恋恋不舍地走出了院门,离开了古堡。

登上高高的龙首山山梁,太阳已经从东山顶上冉冉升了起来。阳光给古堡披上了金色的外衣,甚是好看。

雪莲回过头来,深情地望了望生她养她的这片土地和那个熟悉的黄土小院,眼睛里涌出了热辣辣的泪水。

"雪莲,快走——"

"哎,来了。"

雪莲应和着爹的声音,用手轻轻地捋了一下额头的头发,长长地出了一口气,迎着朝阳,追了上去。

第十一章
天灾兵祸民不聊生　百姓遭罪命贱如草

　　1927年5月23日清晨,一种无法形容的声音从古堡的西北方向传来。那声音,从大地深处传来的可怕轰鸣,又似天空中响起的恐怖回声,如巨浪喷涌,似万马奔腾。在令人惊骇的声响中,大地忽然剧烈震动起来,山峦开始怒吼,巨大的石块从山上滚落下来,灰尘在天空中飞舞。古堡像着了魔一样疯狂地震颤着,人们忽然间处于黑暗之中,大人孩子的尖叫和哭喊声、牲畜的嘶叫声、房屋的倒塌声交织在一起,地面上一尺多宽的裂缝就像一头怪兽的嘴巴一张一合,不停地往外喷涌出呛人的黑水……

　　"轰隆隆——"随着古堡北侧的城隍庙在大地的震颤中浑然垮塌,整个古堡被不可抗拒的天灾破坏殆尽。古堡人的家园没了,只剩下悲哀的号哭声在古堡上空中飘荡。

　　这场无情的地震灾难就这样匆匆地到来,像一只巨大的手,瞬间抹平了古浪东南山乡的那一个个黄土院落。古堡那宽厚坚固的城墙也在这场山摇地动中垮塌了,一座威严壮观的古堡瞬间就变成一座废墟。

　　这场突如其来的天灾打碎了古堡这座住防一体古朴建筑的壮美,也彻底打碎了古堡的平静和人们渴望过平安日子的梦想。

　　古浪东南山乡山大沟深,山谷坡度陡峻。地震把山顶摇酥,山体上形成了很多的裂口裂缝,秋季雨水增多,山体开始大面积滑坡,山上石土壅入河道山谷,秋冬两季的雨雪聚集在古浪东南山乡的七沟八岔里,形成多个大小不同的堰塞湖。

　　次年春夏之交,祁连山上的积雪融化,与山谷河道积水相汇,多处山谷河道里的积水破堤而下,形成山洪,挟带着泥沙石块,像受惊脱缰的野马,从山谷里狂奔而来，轰轰隆隆，咆哮而下，势不可挡……

天灾之后，紧随兵祸。1928年6月28日，国民军甘肃督办刘郁芬为统一全省军政大权，派兵直奔凉州镇守署，吓跑了盘踞凉州的马三少，抢走了马三少搜刮百姓的银锭、元宝十余万两，银圆十余万块，金条三百余根三千多两，珠宝、古玩、字画不计其数，所掠之物用大车装载，送往兰州。

马三少逃到皇城滩后，失声痛哭，十多年来经营的"事业"和聚敛的财富，弃于一旦，怎能甘心？在西宁镇守使马麒的帮助下，马三少率领一万多人，反攻凉州。马三少率部出祁连山老虎口，从皇城滩进攻凉州。

马三少率部从西南城角利用云梯爬上城墙，与守城士兵和民团展开了激烈的争夺战。当时凉州城防空虚，只有从皇城军马场调来的韩风璋部数百人与民团数百人守城。守军终因众寡悬殊，纷纷溃退。县长张东瀛身负重伤，逃出凉州城，藏在东岳台附近的大麻地里。马三少部的追兵从大麻地里搜出县长张东瀛，割下其首级挂在凉州城东门上示众。

韩风璋见凉州城失守，遂于当天下午撤走部队。马三少占领凉州城后，分头追击守军，不论大街小巷，凡遇到人，不是枪打，便是刀劈、矛戳，放火烧了凉州北城门楼子。

凉州城内战乱结束后，马三少部就开始了搜杀和抢劫。从大街到小巷挨门搜查、盘问，若门户敞开，根据口音、穿着等分别处理；若遇关门闭户者，用刀劈开，不问青红皂白，不分男女老幼，枪打刀杀，无一幸免。对于军警、公务员、学生包括留分头、穿制服的人等，特别是操鲁、豫口音的人，最为仇恨。除了杀戮，就是放火焚烧，城内省立第四中学、仙姑庙、地藏寺、关东大庙、光明寺和部分民房，均被烧毁，变成了一片瓦砾场。商店也被抢劫一空，献出金银者尚可活命，如若惜财，连命也保不住。

马三少重新占领凉州之后，又大举进攻兰州之门户永登，祸及古浪。一时间，凉州以东战祸四起，血流成河，横尸遍野，古浪东南山乡百姓流离失所，无家可归。

"兵祸之后，必有凶年。"1929年，一场百年不遇的大饥荒在甘肃大地蔓延。

古浪东南山乡一带属于浅山干旱地区，完全靠天吃饭。但从开春的三月到夏末的六月，天上没有落下过一寸雨水，人们被持续的高温和干旱压迫得喘不过气来。天不下雨，地上无水。烈日当空，河流干涸，河床裸露，四野龟坼。古浪东南山乡一带野草均枯，赤地千里。春天十之八九的耕地没有播种，秋末没有颗粒收成。到了春夏之交的时候，庄稼青黄不接，灾情愈演愈烈，饥荒达到了高潮，百姓跌入了饥饿带来的痛苦深渊。博大纷繁的世界已经变得十分简单，一日三餐竟成了一碗稀粥或者是一个野菜团子。村头的老榆树刚刚生出了个嫩芽芽儿，就被人们连同枝条上的榆树皮儿捋了个精光。地上能吃的野菜、草根也被人们连根挖去吃了。市场上六七块钱一斗的粮价，涨到了四十块钱一斗。为了活命，家家外出逃荒要饭，有人甚至卖儿卖女。一个十六七岁的大姑娘，只要一斗粮食就可以换别人家当丫鬟。

这天天麻麻儿亮，王福叫老婆子起身，可连叫了三四遍也没有叫醒老婆子。他把手轻轻地放在老婆子的鼻子上一摸，没有一点儿气息。他又伸手去摸老婆子的手和脸，都是冰凉冰凉的。王福从炕上爬了起来，从窗户里透进的光亮照在他老婆子的脸上，只见老婆子脸色蜡黄蜡黄的，没有一丝儿的血色，头微微斜侧着，两只微闭的眼睛边还留存着两滴泪珠，口边有不多的一点儿白色的污物。

王福的老婆子是吃了天花草死的。

天花草的模样儿和野菜蒲公英长得很相似，不同的是蒲公英味苦养人，天花草味甜有毒。王福的老婆子明明知道吃了天花草是要死人的，那天她还是毫不犹豫地把天花草吃了下去。

老婆子死后，王福把家里唯一的半块破毛毡裹在老婆子的身上，自言自语道："活着也是个遭罪，早死了，早脱孽吧！"

毛奎和几位古堡的年轻人用木轱辘车把王福的老婆子拉到河滩里，用镢头挖了个不深的坑埋了。

长时间吃不上五谷粮食，毛奎觉得浑身经常出虚汗。埋了王福的老婆子，他觉得精疲力尽，两条腿和两只胳膊都在打战，连往前走几步路都觉得很吃力。他抹了一把额头的汗水，一屁股坐在坟头边的空地上。太阳白花花的，很是刺眼。毛奎眯着眼睛看了看河滩里新添的一座座坟头，心头袭来一股阴森森的恐惧，身上一阵儿一阵儿地发冷。

　　毛奎站起身来往回走，身边的这一座座新坟里埋的人，有的他知名知姓，有的他不仅不知道姓啥名谁，而且也不知道来自何方。那些饿死在路边的外乡人，怕天气炎热尸体变臭，毛奎就和王福等，把尸首拉到这个河滩里，挖个土坑埋掉了。此时，毛奎看看在自己前面吃力地拉着木轱辘车往前走的王福，心想：今天埋了王福的老婆子，说不定哪天就会轮到埋王福了。想到这里，毛奎的胃不由得痉挛了一下，生疼生疼的。他双腿一软，软软地跌倒在河滩的土壕塄坎上。他用手紧紧地按住胃部，一脸的痛苦，豆子大的汗珠子顺着脸颊往下滴。

　　这时，一群皮毛上染着血污的狗，都翘着尾巴龇牙咧嘴地从毛奎眼前跑了过去。他忽然发现，不知从啥时候开始，游荡在河滩里的野狗多了起来。他想起前几天和王福埋饿死在路边的外乡人的时候，这群野狗就跟踪而至。他们刚埋了死人还没有离开河滩，野狗就围着土坑开始扒挖。他远远地看见，野狗把那无名死尸扒出来后，就疯了似的撕扯噬咬。想起那个场面，毛奎心里有了一种发呕的感觉。他佝偻着身子张了几次嘴，没有吐出任何东西，就连口水也没有吐出来。毛奎拄着锨头，跟在王福后面，继续往古堡走。

　　埋了王福老婆子的那天晚上，毛奎做了一夜的噩梦。他梦见那群野狗从土坑里扒出了王福老婆子的死尸，一会儿的工夫，王福老婆子死尸上的衣裤被野狗撕扯成了一绺一绺的布条子。毛奎从地上捞起锨头，狠狠地照着狗砸去，那大公狗跳开飞来的锨头，对毛奎凝视一阵儿，狂叫着再次向他扑来……

　　"啊！"毛奎大叫了一声。从梦中惊醒后，毛奎满头大汗，心怦怦狂跳不止。他从窗户向外望去，天已经麻麻儿亮了。

　　毛奎没有像往常那样早早儿起身，而是躺在炕上胡思乱想。梦境依然在眼前晃悠，他的两只眼睛直勾勾地盯着房梁发起呆来。

　　老婆子死了以后，没过上几天时间，王福的腿脚就开始浮肿了。以往皮包骨头的小腿子只有麻秆儿粗，眼下肿得如同橡头子一般粗了。他用手指按一下浮肿的小腿，立刻就陷下去一个深深的坑，好长时间都起不来。

　　太阳西斜，阳光透过牛肋巴窗户上破烂的洞口，射进了屋子，形成了一束束粗粗细细的光柱，照在王福的身子上。他靠着墙坐在土炕上，看到光柱中飘浮的大大小小的尘埃，心想，人就像这飘浮不定的尘埃，生命的光柱一旦关闭，就什么都看不到了。

老婆子死后，没有人烧土炕了，以往热乎乎的土火炕这时候冰凉冰凉的。一种无名的悲凉，从王福的心里升起，传遍了他的全身。他望着身边这既熟悉又陌生的一切，腮帮子慢慢地蠕动了几下，感觉到嘴里连一点口水都没有了。

十日半月的时间过去了，王福的嘴里没进一口米面，野菜、树皮、草根也没有填饱过肚子。饥饿难耐的王福慢慢地下了炕，从自家的屋里找出了老婆子留存下来的一些观音土。

天近黄昏，屋子里的光线一片浑浊。王福望着观音土就像白面一样诱人，可是他知道，吃下观音土就会拉不出屎来，人就会被活活胀死。

世界上没有哪种灾难比饥饿更让人难以忍受。当饥饿达到难以忍受的程度时，剩下的就只有彻彻底底的绝望了。

"死也要做个胀死鬼。"王福嘴里不停地念叨着这句话，泪水如同断线的珠子，从他脸颊上滚落下来，滴在像白面一样的观音土上。他和着泪水一把一把地往自己的嘴里填观音土。把观音土吃了下去后，王福觉得浑身都没有一丝儿力气，便瘫在土炕上。

王福觉得已经没有了饥饿的感觉。

突然，他想起前几天听路过古堡的人说过，县城里有人放舍饭。饭已经对王福十分陌生，现在想起饭来，忽然又变得十分亲切、十分鲜活、十分生动，饥饿的感觉重新被唤醒了。

"死也要做个胀死鬼，死也要做个胀死鬼……"

王福嘴里不停地念叨着这句话，从土炕上爬了起来。一辈子没有离开过古堡的王福，突然决定要去县城吃舍饭。他想在生命终结之前，顽强地去实现"死也要做个胀死鬼"的夙愿。

夜晚，清冷的月光洒满大地，古浪东南山乡笼罩在朦朦胧胧的银白色之中。

对生活绝望了的王福，拖着浮肿的双腿，慢慢地走出了自家的小院门。他选择在夜深人静的时候，悄悄地离开古堡，是怕有人来劝阻他。

王福轻轻地关闭了小屋子的门窗，走出院落后，又轻轻地关闭了篱笆院门。他知道不会有人在没有主人的情况下破门而入，走进属于他的这个小院子及这间小房子。但是，他还是用一根芨芨草绳子，把那扇篱笆门绑得紧紧

的。然后，王福倚在自家小院门口的那半截土墙上，回头望了一眼自己低矮的黄土院落和那间孤零零的小房子，毫不犹豫地拄着一根路上打狗用的棍子，伤神地离开了古堡。

王福一路向西，路上遭到野狗的袭击，腿脚被狗咬烂，血水从浮肿的小腿肚子上流过脚腕，灌进了鞋帮里。他连走带爬，艰难前行。

两天一夜的时间，王福终于到了县城。

三星偏西，到后半夜的时候，王福从栖息的破庙台子上翻跌了下来，他觉得自己浑身像浸透了水一样冷战不止。他的肚子从头一天就已经开始鼓胀了起来，用手指头敲击肚皮子，咕咕直响。他趴在地上撅起屁股，使劲儿努了半天，最终没有努出一个屁渣子来。他暗暗意识到，自己离死亡越来越近了。向来胆小的王福，死亡临近他的时候，反而没有一点儿的恐惧感。

突然，王福清晰地听到，同住在破庙里的人开始躁动了起来。这时候，王福的脑子里比啥时候都清醒：该吃舍饭去了。王福浑身莫名来了一股劲儿，拄着打狗棍子，从地上站立了起来，慢慢地扬起头来，望了望满天的星星，挪动着浮肿的双腿双脚，随着人流向县城南边的龙泉寺走去。

天麻麻儿亮了。

王福随着人流来到了龙泉寺放舍饭的场子里。开阔的场地上人头攒动，熙熙攘攘。站着的、躺着的、坐着的、挪动着的，男人、女人、老人，还有娃娃们，骂声、喊声、哭声、嚷嚷声就像是打开了箱盖嗡嗡作响的蜂群，更像是一个倾巢而出的庞大蚂蚁家族。

王福望着这些，心里一阵畏怯，但很快又被一张张饥饿的脸孔和粗鲁的咒骂声所激励，他拄着棍子朝人流密集的地方走去。

场地上临时垒起的几个露天灶台上，支着几口大铁锅。每个锅台的边上架着一只大风匣，几个汉子使劲地拉动着大风匣，风匣"啪嗒啪嗒"有节奏地响着，不停地给灶火里送进风去，火焰就随着风匣的拉动呼哧呼哧地往上蹿。红红的火舌忽高忽低跳跃着，使劲儿舔着黑黢黢的大铁锅底，灶膛里的火光一闪一闪的，照着拉风匣汉子的脸和膀子。

锅台前拥挤着黑压压的人群，密实到连一根麦草也插不进去。王福不知道自己是怎么从这拥挤混乱中挤到锅台前的，他看见热气蒸腾的铁锅里黄亮亮的小米粥在翻滚着，五谷特别诱人的那种香甜味儿，使他不停地吞咽着口水。

"开饭了——"

随着放饭者的声音，整个场面开始剧烈蠕动。维持秩序的人挥舞着棍棒，强令人们排成了几队。可维持秩序的人一转身，刚刚形成的队列顷刻瓦解，拥挤得更加激烈。维持秩序的人个个汗流满面地挥舞着手中的棍棒，大声呵斥着，人流如同汹涌的洪水，一拨一拨地朝着灶台边涌动。

王福被人流从锅台前挤到了后面，他哀号着拼着老命往前挤。维持秩序的人见王福腿脚受伤，人浮肿得已经变形，觉得实在可怜，就把他从人群后面提溜到了锅台前。掌勺者瞅了瞅蓬头垢面可怜兮兮的王福，不由心生怜悯，从锅底下舀了一勺稠一点的小米粥，慢慢地倒进了他的碗里。

"稀溜溜——"王福没有挪开锅台，一口气就把一碗稀粥喝进了肚子。掌勺者和在场的人都睁大了眼睛张大了嘴巴，那是一勺子滚烫的稀粥呀。

掌勺者摇摇头，破例又给王福舀了一勺稀粥，递了一个杂面菜团子。王福感激地望望掌勺者，眼泪唰啦啦地流了下来。

王福怕杂面菜团子被别人抢了去，赶紧揣进了怀里，然后，一瘸一拐地端着稀粥拖着浮肿的双腿，艰难地离开了拥挤的人群。他来到龙泉寺后侧的半截土墙边上，身子斜靠着土墙坐了下来。

此时，太阳慢慢地从东升洼的背后升了起来，阳光已经洒满了县城。

王福的嘴里被刚才的那碗滚烫的稀粥烫起了无数个血泡，嘴唇也肿了起来，张开嘴都已经很困难了。他把那个杂面菜团子从怀里掏了出来，用手撕成指头蛋儿大的小块，慢慢地塞进嘴里嚼咽。他艰难地吃下那个杂面菜团子时，血泡破烂后流出的血水将他的嘴、脸和双手染红了。他慢慢地端起面前的那碗稀粥，嘴角流出的血水一点又一点地滴进了稀粥里。他噙着泪水，一小口一小口地喝下那碗血水和泪水掺和在一块儿的稀粥后，把那黑瓷碗儿狠劲地甩了出去。

"啪"的一声响，那黑瓷碗儿被摔了个粉碎。王福望着碎了一地的黑瓷碗儿，凄然一笑后，长长地叹了一口气，轻轻地闭上眼睛，睡了过去。

王福死在了放舍饭的场子边上。

第十二章
老五叔重返古堡　毛三爸寻子遭罪

老五叔和毛西都、雪莲、尕香他们有幸躲过了那场山摇地动的灾难。当他们从凉州城里回到古堡的时候，已经是震后几年的事情了。

在坎坎坷坷的岁月中，古堡变成了一个名存实亡、满目疮痍、支离破碎、破烂不堪的烂庄子。古堡里没有了昔日民居相依、生活有序的景象，而是破败颓废，一片凄凉。

老五叔家小院子的院墙和房屋完全倒塌了。在一片废墟的院子里，蒿草已经长得有一人多高了。

老五叔回到古堡的第一件事情就是去百草济世堂找郎中喜子。

老五叔和老郎中是莫逆之交，老郎中在那次与土匪交战中不幸受伤离世后，喜子就成了老五叔的牵挂。

"老五叔，你可回来了！"

喜子在百草济世堂为病人切脉问诊，见到老五叔回来，急忙迎了上去。乡亲们见老五叔回来了，也纷纷围了过来，亲热地嘘寒问暖。

"回来了，回来了！"

老五叔和乡亲们打着招呼，喜子一边让人给老五叔沏茶，一边说："老五叔呀，您老先喝茶，等我给这几位病人看过病后，再和您老慢慢地唠嗑儿。"

"你忙，你忙。我这次来就不走了，时间长着哩。"

老五叔坐在百草济世堂的太师椅子上，慢慢地喝起茶来。老五叔回忆着往事，轻轻地抚摸着椅子的扶手，不由得想起了老郎中和已故的古堡人，眼睛里溢出了泪花。风风雨雨、坎坎坷坷的岁月里，古堡从当年建起来，到现在倒了下去。古堡人生的生死的死，一朝赶着一朝走，新人撑着旧人走，整个世道也就变得物是人非了。

"老五叔,慢待了,慢待了。"

喜子送走最后一位病人,亲热地问候着老五叔走了过来。他仔细地端详了一会儿,抓住老五叔的手说:"老五叔,您老的身子骨还结实着哩,不减当年啊!"

"哈哈哈,还硬朗着哩。"

突然,喜子压低了嗓门说:"老五叔,您从哪里来呀?"

"凉州。"

"凉州城里太平吗?"

老五叔从太师椅上站起身来,叹口气说:"虽然大清翻牌成了民国,清朝的官员解了辫子就成了民国的官员,本质上并无变化,依然还是一群腐朽的官僚。如今马豁子统治的这个世道更不让人安生,穷人的日子不好过呀!"

老五叔和乡亲们所说的"马豁子",名叫马步青。马豁子统治凉州后,他与地方大绅士"勾结",包办了一切,层层加码的苛捐杂税多如牛毛,百姓苦不堪言。

"听说,马家兵抓了不少的共产党人?"

老五叔阴沉着脸望着喜子,没有发话。

"老五叔您老回来,古堡人又有主心骨了。"

"不仅我回来了,我还把西都、雪莲、卫国和孖香他们也带回来了。"

"西都兄早就该回来了。"

那年,老五叔和张队长、小李救了毛西都,带上雪莲、孖香先去了南山老林子里游击队的驻地。后来,他们走出古浪东南山乡的大山,以摆摊卖艺为生,先后去了凉州、甘州、肃州……足迹踏遍了千里河西走廊。

老五叔用手捻着花白的胡子,从太师椅上站起身来慢慢地走到窗户前,从窗户里望着院子后面宽广的场地上舞刀弄枪的孙女孖香和喜子的儿子卫国,意味深长地说:"古堡的城墙垮塌了,可古堡的情尚存、魂依然在!虽然我们老了,古堡的这些年轻人将会去闯荡更大的世界。"

孖香虽是女儿身,眉宇间透着一股男儿的刚毅。她喜爱舞刀弄枪,跟着爷爷习武多年,她不仅能吃苦,而且悟性极好。在爷爷的精心调教下,她的

武艺精步神速，如今年方二十，刀枪棒棍样样皆能。特别是这几年，随爷爷走南闯北摆摊卖艺，闲暇时间，与武林同行切磋技艺，自创了一套"飞马梅开几点红"，不仅保留了爷爷"梅开枝头几点红"的传统棍法，而且把古浪东南山乡南部山区藏族同胞的骑马射箭、飞马捡哈达等技艺融合了进去。这些招式不仅在卖艺场上赢得围观者阵阵喝彩，而且在搏击场上也是招招致命。

卫国长尕香两岁，长得文文静静的。五岁那年，郎中喜子就送卫国去读私塾。十岁时，卫国到百草济世堂开始潜心学医，十五六岁不仅通读了《黄帝内经》《伤寒论》《金匮要略》《神农本草经》等书籍，而且将上百服中药"汤头"背得滚瓜烂熟，中医的望闻问切技艺也是日渐增长。那年，卫国考取了甘肃省立第二师范学校，至今也有三个春秋了。

卫国到凉州读书后，受进步教师、学生的影响，开始关心国家大事。冬季的一天，一位山西口音的中年男子在凉州街头开张了一家不起眼的小书店。这家叫生活书店的小书店以经营《大公报》《生活周刊》等新文化、新思想书报为主，卫国和一些进步学生担当起了《大公报》的临时售报员。

生活书店很快吸引了卫国和一些进步青年学生。鲁迅、茅盾、巴金、老舍等人的作品和《大公报》等在这家小书店一上架，即被热血青年抢购一空。

当时，凉州城里谁也没有想到，这家小书店的老板李先生早年加入中国共产党，黄埔军校第四期毕业后加入北伐军，参加南昌起义。后受党组织派遣先后在绥远河套、临河、宁夏等地秘密开展工作。李先生受中共地下党组织派遣来凉州，以推销《大公报》为掩护，秘密发展党员，建立党的组织，开展群众工作。

1935年春，在李先生的倡导下，凉州中学以进步青年学生为基础建立了群众性组织——钦文读书会，该读书会由进步学生杨依峰任总务干事。钦文读书会以灵活多样的活动形式，吸引青年学生关心国家大事。一些进步人士经常到学生中进行交谈，指导看书，交流对国内形势的看法，传播共产主义思想，宣传中国共产党的主张，为进步青年灌输民主革命思想，引导青年学生对中国革命形势有新的认识，探求中国革命真理。进步青年学生和职员在这里呼吸到了新鲜空气，看到了自由和光明的希望，思想受到了启蒙和熏陶。

无巧不成书。

一次，卫国和孕香在凉州城里相遇。他俩不仅同是古堡人，而且自幼也是很好的玩伴。经卫国引荐，孕香也加入了《大公报》售报员的队伍。

卫国和孕香积极参加"读书会"不定期举办的娱乐晚会，利用星期天组织郊游，利用假期去农村考察等活动和组织开展的辩论会，交流读书心得，结合国内形势变化和发生的重大事件展开讨论，了解马克思主义思想。共同的理想和信念，使两个年轻人走得更近。在中共地下党组织的影响和启发下，他们相互学习、相互交流，很快成长为思想进步青年中的骨干。

中共地下党在凉州的活动引起了国民党特务的注意，不久生活书店被警察查封，李先生和多名进步人士先后被捕，被秘密押送到兰州审讯。在白色恐怖下，为了保存革命力量，经地下党组织研究决定，在凉州城北街找了一间铺面，留下一位人员，开一个杂货小店，以杂货店老板的身份作掩护，观察情况，联络人员，开展工作；其他进步人士和学生受地下党组织安排，陆续离开凉州。卫国和孕香随老五叔回到了古堡。

"老五叔呀，卫国和孕香从小在古堡长大，眼下两个人都已经长大成人，这次卫国放下学业回家，是不是就为了卫国和孕香之事呀？"

"大侄子，别看我老眼昏花，但是心里亮堂着哩。两个孩子的心思，我也摸个八九不离十，儿女情长的事情暂时不说，他们的志向远大着哩。"

老五叔这么一说，倒是喜子摸不着头脑。

此时，只见卫国从马圈里牵出一匹枣红马儿。喜子见卫国放脱了被拴在马圈里枣红马儿，惊出一身冷汗。大喊："娃子，你可要小心！那是个生马驹子。"

卫国放脱了枣红马儿。

脱了缰的枣红马儿，跑到场子中央惊恐不安地转起了圈儿来。只见孕香一手提棍，纵步上前，另一手牢牢抓住了那马儿的鬃毛，枣红马儿开始狂奔起来。孕香脚下生风，跟随马儿飞跑了起来。

"小心！生驹子，性子烈得很呀！"

喜子惊恐急呼，孕香没有理会他。只见孕香棍头点地，一个鹞子翻身稳稳地坐在那马儿的背上。枣红马后腿蹬地，前腿忽地腾空而起，一声长嘶，便狂奔了起来。

马背上的尕香身轻如燕,随着马儿的跑跳,忽东忽西,忽前忽后,如蛇摆蝶舞,虚虚实实,灵活应变,人头、马头、棍头交错,意到棍至,地上石子便腾空而起。

枣红马儿从高大的野白杨树旁疾驰而过,斜出的树枝眼看就要将尕香从马背上拨下,只见尕香忽地一个转身,一招"倒挂边柳",将自己的头依偎在马儿脖子之下,一脚点地,反手抄棍,左右开弓,"啪啪啪",三棍打在了那斜出的树枝上,哗啦啦翠绿的树叶儿落了一地。那马儿飞过的瞬间,就成了那斜出的白杨树枝儿落地之时。

"好,好,好!"

老五叔眯眼微笑,一连喊了三个好字,卫国激动地使劲鼓着掌。尕香回头妩媚一笑,来了一个"飞马捡哈达",把站在地上的卫国稳稳当当地揽起驮在了马背之上。喜子一见,惊得目瞪口呆,张大嘴巴半天说不出话来。

数十圈儿跑下来,那马儿累得气喘吁吁,速度明显慢了下来。尕香轻轻一勒马缰,枣红马儿便乖乖地停了下来。她棍头点地,一手斜夹卫国,滚身下马。那枣红马儿打了个响鼻,抖动身子,身上的汗珠儿四溅。

喜子急忙走了过去,心疼地捋着马的鬃毛,牵着马儿要往马圈里去。马儿低着头,撅着屁股闪动着鼻翼不往前走。喜子使劲儿往前拽,谁知枣红马儿头一甩,就挣脱了喜子手中的缰绳,用鼻子闻了闻地上的浮土,前腿一跪地,就卧在了地上,使劲儿地打起滚来。

老五叔拍拍郎中喜子的肩膀,说:"失去了浮土,出过力流过汗的马儿就失去了舒服和健康。浑身出汗的马儿如果不让它们在浮土中打几个滚,就牵进圈里,不仅浑身儿不舒服,而且很容易感冒生病。"

刚才一时紧张,身为郎中喜子却忘了这些道理。老五叔一提醒儿,喜子觉得很不自在。这枣红马儿是喜子前几天到华热草原出诊时相中的一匹生马驹子。这马儿膘肥体壮,鼻大口方,耳短腰圆,响鼻嘹亮,在草原上奔跑,枣红色的体毛晶晶发亮,黑色的鬃毛和尾巴如同女孩子长发一样随风飘逸,眉间有一巴掌大小不规则图形的白毛,与其他同类明显区别开来。马中俊杰的一切美的特质,畜中精英的全部体征,都在这匹马儿身上完美体现。

草原上自由散跑习惯了的枣红马儿,突然被带上笼头,关进了马圈,失去了自由，便开始狂躁不安生起来。它刨地嘶鸣，野性大发。喜子给马儿添草喂料都格外小心，怕一不留神被马儿踢上一蹄子，那可是要伤筋动骨的事儿。没想到，这烈性马儿被尕香不到一个时辰就驯服了。

枣红马儿翻来覆去地在地上尽兴地打滚，尘土在小院里飞扬。打完滚，那马儿趴在地上打了几个响鼻。当枣红马儿前腿跪地起身的瞬间，它已被主人征服了。

老五叔、毛西都回到古堡，古堡人又凝聚在一起。

过了些日子，古堡的人便帮着老五叔从黄羊川河里捡来大小不等、方圆不规则的石头，开始在老五叔家倒塌的房屋废墟上垒石，抹泥，再垒石，再抹泥，如此反复，一个黄土院落与古堡里人的院落紧紧相依着，在古堡的废墟上慢慢地站立了起来。

转眼到腊月初八。

这天，老天一直阴沉着脸。到了中午的时候，凛冽的西北风刮了起来，地上的枯草落叶随着风势飞滚，野白杨树梢被风吹得"呜呜"直叫，不一会儿，细密的"冰沫子"就从天空中砸了下来，砸到人们的脸上、手上和脖子上，就像针扎一样疼。

古浪东南山乡的百姓习惯上把这种天气称为"飘明霜"。

"天上飘明霜，冻死地上的老和尚。"这句俗语形象地形容了这种天气的寒冷。

古堡里的人又饿又冷地蜷缩在自家的土火炕上，苦熬着这个寒冷的冬天。此时，老五叔家的屋子里，炉火燃烧得正旺，火上的铜壶里沸水翻滚，热气吹得壶盖"呜呜"地响。自打老五叔回到古堡，他的家就成了古堡人相聚议事的地方。

"地震、洪水、干旱、饥荒、冻灾一茬儿接着一茬儿来，这老天爷不要人了。"

人们正谈论到高潮的时候，突然，"哐当"一声，房门被闯开，裹着雪沫子和寒风，毛三爸跌进了老五叔屋子里："老五呀，你可给我做主呀！"

毛三爸的话音中带着哭腔，屋子里的人急忙把跌倒在地上的毛三爸扶了起来。老人浑身发抖，眉毛和胡子上都结了冰渣子，脸上几道血印子，腿上的血从破烂的裤子上渗出一大片。

原来三天前，刘怀瑞的管家刘贵带着家丁来古堡收地租时，发现毛三爸家的奶山羊在院子里吃草，看着那硕大的羊奶子一晃一晃的，刘贵的老鼠眼眯成了两个鸽粪圈圈儿。

最近，已到耳顺之年的刘怀瑞从凉州城里要了个二十多岁的大姑娘做他的三姨太。

这三姨太不仅容貌羞花闭月，而且来头也不小。据说，她是凉州城里马豁子的一个什么远房亲戚。三姨太出嫁时，马豁子送的嫁妆是一辆乌黑发亮的"乌龟壳"。这"乌龟壳"跑起路来不仅不喘气儿、不冒汗，而且跑得跟风一样快。

"乌龟壳"来到县城的那天，大街小巷站满了围观的路人。

"是个母的。"

"是个公的。"

"乌龟壳"一停，刘怀瑞的宅子门口，就有几个游手好闲、无所事事、孤陋寡闻的闲汉，为这"乌龟壳"是公是母，能不能为刘怀瑞生下个"乌龟崽子"而争论不休，打起赌来。

古浪县上下的官员都羡慕刘怀瑞财运、官运、桃花运三运皆顺。刘怀瑞不仅在耳顺之年娶了个如花似玉的三姨太，而且攀上了掌管凉州军政大权的马豁子，将来必定会好事连连。

刘怀瑞对三姨太可谓捧在手上怕掉了，含在嘴里怕化了，护在怀里还怕摔了，派了两个丫鬟小心翼翼地侍候着。

三姨太每晚要用羊奶煮玫瑰花洗脚，刘财主养了几只绵母羊，专供三姨太洗脚。绵母羊奶水少，每天挤的奶水无法满足三姨太所需。一天，一丫鬟见羊奶不够，就在洗脚的奶里加了一点水。三姨太大怒，一脚过去，将一盆子滚烫的奶水踢翻，泼了那丫鬟一身。可这三姨太还是大吵大闹不肯罢休，把刘怀瑞的府上闹了个乌烟瘴气。无奈之下，刘怀瑞捎信儿给刘贵，要他在东南山乡给三姨太找只奶水足的奶山羊。这年月，连年灾荒兵祸，养奶山羊的人家已经很少了，要不是儿媳妇得产后风死了，留下未满一岁的孙娃儿，毛三爸家的这只奶山羊也为度灾荒年早卖了。

"毛三，这只奶山羊抵顶一斗租子，我们拉走。"

说话间，刘贵指示家丁牵着奶山羊就要走，毛三爸几乎带着哭腔哀求，说："刘管家，行行好。你把这奶山羊拉走了，就把我的孙娃儿的命要了。"

"你这老东西，别给脸不要脸！欠租不缴，还舍不得用奶山羊抵顶租子。"

刘贵见来软的不成，就来硬的。家丁们一拥而上，连拉带推，要将奶山羊牵走。这时，正好遇到了毛三爸的儿子毛奎回家。

毛三爸早年丧妻，父子相依为命。好不容易拉扯儿子长大，娶了媳妇生了孙子，可儿媳妇得了产后风，又遇到连年的天灾兵祸，连肚子都吃不饱，哪有钱治病，不久儿媳妇就留下襁褓中的婴儿离世而去。

毛奎性格脾气与其父亲截然不同，他不仅人长得高高大大，而且胆大仗义。他跟随老五叔学了几套防身之术，腿脚很是利落。媳妇得了产后风不治而亡后，他把孩子留在家中由父亲照料，便去炭窑沟给窑主挖炭养家糊口。

这天，毛奎回家看看父亲和孩子，恰巧遇到刘贵要牵走他家的奶山羊。毛奎一言未发，一把将刘贵从衣领中提了起来，吓得刘贵直喊："反了，反了，快快，把他抓起来。"

几个家丁闻声，丢下奶山羊扑了过来，其中一个家丁一棒子打在毛奎的头上，一股殷红的鲜血便从头上流了下来。毛奎怒气顿生，一个扫堂腿过去，四个家丁前仰后跌，全部趴在地上求饶。

刘贵见状，早已吓得双腿打战。他指着毛奎，嘴里嘟嘟囔囔地说着"你等着，你等着……"，边说边撒腿就跑。几个家丁见状，从地上爬了起来，丢下奶山羊，紧随刘贵一溜烟儿跑了。

"养了你们一群废物，一群废物。"

刘贵溜回刘家庄园后，对家丁大发脾气。家丁们立成了一排，低着头连个大气儿都不敢喘。这时，一个心腹走了过来，附到刘贵的耳边一阵嘀咕。他回头望了望心腹，突然一拍大腿，说："真是把我气糊涂了。" 随后大喝一声，"备马！"

家丁们立刻散了，忙活着备马去了。

刘贵快马加鞭，在当天下午掌灯时分就赶到了县城。

"老爷呀，再这样下去，我们在东南山乡的家业可就守不住了呀！"

刘贵把在毛三爸家收地租、抢山羊的事情，颠倒黑白和添油加醋地向刘怀瑞哭诉了一遍。

"这还了得，简直反了，简直反了！"

刘怀瑞一听刘贵的诉说，大发雷霆。随即，他叫来儿子刘荣贵，要求派人去抓捕毛奎。今天的刘荣贵可不比往日的刘荣贵，随着年龄的增长和阅历的丰富，少了傻气冒气，多了阴谋诡计，处理事情不再鲁莽粗野，往往是笑里藏刀、绵里藏针。

"荣贵，这口恶气你可得给爹出呀，要不我的这张老脸往哪里搁，我们家在东南山乡的祖业可怎么守呀！"

刘怀瑞唠叨个不停，刘荣贵始终没有发话。此时，他的眼前始终晃荡着古堡那些汉子的身影，好像有数十只愤怒的眼睛盯着他，使他心里发怵。尤其是想起那可怕的狼夹子和早几年无声无息惨死在菜籽口野白杨树林边的两个兄弟，头上不由冒汗，瘸腿开始隐隐作痛。

"这鬼天气要变了。"

刘荣贵答非所问地说了一句。他在瘸腿上拍打了两下，站起身来，一步两晃地走了。

那年刘荣贵去古堡抓捕毛西都失手，搜山时被狼夹子打伤左腿。要不是及时送到凉州城里救治，小命都可能难保。后来，虽然保住了小命，可留下了终身的残疾，走起路来，一步两晃，人们私下称其为"刘瘸驴"。经历了这事之后，刘荣贵因抓捕毛西都玩忽职守被警局开除，变成了凉州城里有名的三大纨绔子弟之一，养鸟儿遛狗，吃喝嫖赌，无恶不作。

可没过多久，马豁子掌管了凉州的军政大权。古浪的县长职位由马豁子的亲信接任。马县长不仅是个贪财的吸血鬼，而且是个好色不要命的主儿。善于逢迎钻营的刘怀瑞，就把年方十八的亲生女儿蓉蓉嫁给年近五旬的县长当了姨太太。

蓉蓉姑娘长得像她娘，皮肤白白净净的，瓜子模样的小脸上，小嘴、小鼻子和一双小眼睛，显得小巧玲珑。特别是她那微微一笑，脸上那对小酒窝儿，着实讨人喜欢。

蓉蓉不仅相貌继承了母亲的优点，那走路的情态，说话的声音，也是和母亲一模一样。她说起话来，细细柔柔和甜甜美美的，男人听了都觉得骨头发酥发软。

蓉蓉做了县长三姨太，很受宠爱。作为岳父的刘怀瑞授意，芙蓉吹过几次枕边风后，就把刘荣贵吹到了古浪县警察队队长的位置上。

为了让儿子当上警察队长，刘怀瑞真可谓是处心积虑。他生下刘荣贵，给他取名儿叫荣贵，就是要光耀祖宗，尽享世间荣华富贵。可这个不成器的儿子，整日沉迷于酒色，周围也多是阿谀奉承之辈，常干些放不到桌面上的龌龊之事，使他丢人现眼。特别是提起古浪东南山乡，好像当年那一狼夹子，不仅夹断了他的腿，而且夹断了做人的脊梁骨，丢了他的魂魄，令他谈狼夹子色变。

刘怀瑞望着刘荣贵一步两晃、不声不响离去的背影，气得半天说不出话来。

"唉！"刘怀瑞无可奈何地了长叹一声，"明天我去找找蓉蓉，看她还有啥好的办法。"

刘怀瑞一夜未眠，第二天一早就提了礼物去见县长女婿。

刘怀瑞来到县府等了一个多时辰，才见马县长打着哈欠前来会见他这个岳父大人。马县长听了刘怀瑞的一番苦诉后，说："把状子呈上来吧。"

刘怀瑞一听，计上心来，忙说："姑爷，你等着，我马上找人去写。"

很快，刘怀瑞告毛奎家奶山羊破坏庄稼的状子呈到了县长的案头之上。马县长看都没有看一眼，大笔一挥，几名警察快马直奔古浪东南山乡，五花大绑抓来了毛奎。

毛三爸自以为是刘荣贵抓走毛奎，便跑到刘家庄园向刘贵要人。刘贵冷笑着从门缝里丢出话来："有本事，到县府去要人吧，明天县长大人亲自审问毛奎哩。"

刘贵说完话，"哐当"一声，就把大门关上了。毛三爸认为刘贵在糊弄他，继续敲门要人。家丁便放狗出来，将毛三爸扑倒在庄园大门口，不仅抓伤了脸和脖子，还咬伤了毛三爸的一条腿。

"这是什么世道，实在无法活下去了！"

"横竖都是个死，与其这样被饿死、冻死、打死，不如我们反了。"

有人一开话茬儿，大伙儿你一句、我一句，七嘴八舌地嚷嚷了起来。

盘腿坐在土炕中央的老五叔没有发话。毛西都却接着大家的话茬儿说：

"乡亲们,要造反也得选择个时机,不然就是白白去送死呀!"

"这些年我们跟着老五叔学了不少的功夫,现在西都兄你也回来了,我们把过去民团的老伙计叫来一起干。"

"不行呀,现在洋枪噼里啪啦一阵子,人还没有到他们跟前,就被枪打死了,大刀长矛、棒棒棍棍派不上用场,要和这些坏尿干,我们得讲究方法呀!"

"老五叔,您现在怎么尿了?"

说这话的人是铁塔。他慢慢地从墙角站了起来,旱烟锅在鞋帮上使劲地磕了三下说:"大家服您,就是因为您曾经也是个宁折不弯且威名远扬的汉子,现在人都没法活了,还怕啥洋枪洋炮哩?"

老五叔感慨地说:"铁塔呀,说来惭愧得很呀!原先自觉我英雄了一世,现在才明白糊涂了一生。过去呀,我老五叔只不过是为有钱人当了几年看家犬。看到毛奎一家的情景,我心里也不好受呀!不是我胆小怕事,我们不能冒险,让乡亲们不明不白地去送死呀!"

"老五叔说得对,我们要从长计议,不能蛮干,要想办法和刘怀瑞作斗争。"

毛西都接着老五叔的话,给大家讲了许多的道理。大家一听,没了言语,屋子里一片寂静。

突然,铁塔站起身来大声说:"西都你讲的这些理儿都对,但是眼下毛奎无辜被抓的这个事儿,我们不能不管呀!"

"我们古堡没尿汉,西都兄你就带我们去,烧了刘家庄园。"

人群又一次开始躁动起来,议论纷纷。老五叔说:"当年三娃子出事,我烧了刘财主的庄园,又能怎样哩?要不是时过境迁、改朝换代,我和毛西都还不敢回古堡哩。今后干事情我们不能图一时之快,还是要动动脑子哩!不妨,我去会会这个昏庸县长。"

"您离开县城多年,县长换了多人,一人去会县长行吗?"

"现在只能这样了,我去试试看吧!"

毛西都见老五叔去意已定,再不好多说什么,只好点点了头。

第十三章
老五叔夜会马县长　糊涂官错判糊涂案

话说，那天得知毛奎被县府抓去，老五叔安顿好毛三爸后，顶风冒寒，连夜直奔县城而去。

毛西都和古堡里的人们都放心不下老五叔。毕竟他离开县城多年，人也不再是当年那样年轻，孤身一人夜会县长，成功的把握究竟有多大，谁也不知道。

毛西都和铁塔一合计，两个人尾随老五叔也去了县城。

那天夜晚，老天一直下着冰碴子。老五叔赶到县城，时间已到亥时。夜色如墨，整个县城就像扣在锅盖之下，死气沉沉。唯有县城南街刘怀瑞开办的凤仙楼依然灯光星星点点，如同狂野之上的鬼火闪烁。

老五叔找熟人打听到，县长就住在南街的县府后院，他便趁夜色直奔县府。

县城道路街面依旧，清冷的街道上静得出奇。不多的时间，老五叔便来到县府门口。民国的县府就设在前朝的县衙里，不同的是昔日大清朝的县衙牌子换成了今天的民国县府的牌子。

"谁？"

县府门口的警察忽见一人影从身边一晃而过，急忙大喊一声，端起枪来仔细寻找，却不见了人的影儿。

此时，从古浪峡吹来的东南风一个劲儿地刮着，吹到人的身上就如刀子割一般生疼。雪花在微弱的灯光中曼舞，守兵仰起头来望望县府大门上空，青天白日的旗子被凛冽的寒风吹刮得哗哗作响。警察嘟嘟囔囔地骂道："这鬼天气，简直要冻死人哩！"

警察将狗皮棉帽子往下拉了拉，把头蜷缩在衣领里，继续斜挎着枪，踱着脚在地上转圈儿。

县长在县城的北街本有一处豪华宅院，自打娶蓉儿做了姨太太，大老婆整天哭闹，他就带着蓉儿住进了县府的后院。

这是上朝县衙留下来的一处宅子。院落宽绰疏朗，四面房屋各自独立。

这座封闭式的院宅，对外只有一个街门，关起街门来，自成天地。院内的灯杆上挂着一盏灯笼，在寒冷的夜色中，发着昏黄暗淡的光亮。

雪落无声，小院寂静。

马县长和蓉儿住在小院坐北向南的主房里，窗户里透出灯光和人影。

"宝贝蛋蛋，来让老爷亲个嘴嘴。"

"去你的吧，那天'母老虎'给我难看，你怎么吓得连大气都不敢喘？"

"这不，现在我们住在这县府大院，独享鱼水之欢和荣华富贵，那母老虎不是老老实实地给我守在家里吗？"

"那倒也是。"

蓉儿说着话，妩媚一笑，半推半就，跌入县长的怀里去了。县长顺势儿将一只手伸进蓉儿贴身红色小衣之下，揉捏着蓉儿的酥胸，一只手揽过蓉儿的头，就狠劲儿地去亲那樱桃小嘴。

蓉儿一手假心假意地推搡着县长的手，一手拍打着他的肩膀，嗲声嗲气地撒娇："一身酒气，猴急猴急的，急啥哩！"

……

老五叔躲过县府门口的岗哨，闪身进了县府大门，便悄悄摸进县长的院内。他慢慢靠近县长的住房，听到县长正在和蓉儿调情，便知道屋内再无他人。他用腰刀轻轻地划开门闩，轻声跨进屋子，一股酒气扑面而来，只见红光满面的县长斜躺在太师椅上，蓉儿半裸着身子坐在他大腿上，正在嗲声嗲气地撒娇。

哐当一声，老五叔故意把房门重重地关上，蓉儿吓得尖叫一声，从县长的腿上跌落在地上。县长被这突如其来的声响惊吓得酒醒了一半，他忽地一下从太师椅上站了起来，急忙去取放在火炕枕头边上的盒子炮。老五叔轻轻一个扫堂腿过去，随着"哎哟"一声，县长一个狗吃屎跌倒在地上，手中的盒子炮被摔出一丈多远的地方。

老五叔手持腰刀，威风凛凛地站立在屋子的中间。衣衫不整的蓉儿，把头埋在胸前，圪蹴在墙角里瑟瑟发抖。

县长见来者不善，心中发怵，不停地磕头求饶："好汉饶命，好汉饶命！"

老五叔向前跨了一步，坐在太师椅上，说："你不要怕，今天本人不是来取你性命的。"

县长一听老五叔说话口音，便知来者是本县人，且这人说话虽铿锵有力，却不带匪气。县长便战战兢兢地抬起头来，用两只贼眼不停地打量起来人。

端坐在太师椅上的老五叔，身着一身青布衣裤，脚蹬圆口青布鞋，双腿打着裹腿，腰系紫布腰带，银须拂胸，面容清癯，目光如炬，不怒而威。县长仔细打量了一番来人的装束，心想：此人虽非等闲之辈，但既不像打家劫舍的绿林豪客，也不像寻报私仇的冤家对手，更不像偷鸡摸狗的梁上君子，心里不由疑惑起来。他壮着胆儿咳嗽了几声，以此来试探来人的虚实。老五叔不动声色，仿佛充耳未闻、视而不见一般。

县长慢慢从地上起身，乘老五叔不备之际，突然向摔落在地上的盒子炮扑去。

说时迟，那时快，老五叔身子一跃而起，在空中来了个三百六十度旋转，一个"鹤儿独立"，一只脚稳稳地踏了下去，只听"咯吧"一声，那盒子炮在老五叔的脚下碎成了几块。

老五叔的这一生，不知遇到过多少阴险狡诈之徒，经历过多少生死危险。他之所以多次能在危机之中化险为夷，全靠胆大心细。他从一踏进县府院门的时候，他就始终眼观四路、耳听八方，警惕地注视着周围的一切动静。刚才他虽然端坐在太师椅上，手捻长须，两眼微闭，但他就像猎人看到狡猾的豺狼一样，在仔细琢磨着县长的心理活动。

老五叔从刚一接触县长开始，就认定此人诡计多端、不好对付，所以仔细观察着他的一举一动。果不其然，县长表面上磕头求饶，实际上在寻机反扑。但是，县长万万没有料到，眼前的这个老头儿心细如丝，功夫了得，他不但没有抢到盒子炮，反而跌了一个重重的狗吃屎。

老五叔从衣领上提起县长，啪啪给了他两记响亮的耳光。他那蒲扇一样的大手扇过去，打得县长两眼直冒金花，头晕目眩，两耳嗡嗡直响。

"好汉饶命，好汉饶命……"

县长磕头如小鸡啄米，老五叔拎着他的衣领，厉声问道："你为什么要抓捕毛奎？"

一听来者问话，县长猜出事情的八九。他没有直接回答老五叔的问话，反问道："你是哪位好汉？"

"坐不改名，站不改姓，人称老五叔便是本人。"

"老五叔饶命，老五叔饶命！小的有眼无珠！"

县长一听，眼前的人是老五叔，头上唰地冒出汗来，彻彻底底地从醉酒中醒了过来，哆哆嗦嗦地说："早听家父提起过您老，不知道是在这种场合用这种方式与前辈见面。"

县长这么一说，倒把老五叔搞迷糊了。

的确，县长在孩提的时候就对老五叔有所耳闻。他本是陕西三原人，那年，老五叔在县城盛达镖局当差的时候，县长的爹也在县衙当捕快。

当年的盛达镖局本是古浪县衙开办的。

李知县是清末举人，到古浪任知县时值清末，时局动荡。李知县自知任职时间不会太长，便变着法儿大肆搜刮百姓的民脂民膏，对过往古浪县境内的外地商客也不放过。

古浪是进入河西走廊的咽喉，自古以来，南来北往的商贾不断。李知县本想与盘踞大墩槽的土匪草上飞合作，官匪勾结生财。哪知道草上飞是个仗义汉子，他虽然落草为寇，但也是为了生存，不得已而为之。草上飞干事分辨善恶，从不无辜伤害百姓。但对腐败无能、欺诈百姓的官府怀有刻骨铭心的仇恨，哪能与官府勾结祸害百姓和过往商客呢？

李知县见与草上飞合作无望，就开始花大力气剿匪。没有想到，官府年年剿匪，花了不少的银子，土匪却越剿越多。特别是盘踞在大墩槽的草上飞，由十几人发展到了近百人，而且大多数土匪丢掉了大刀长矛，换上了官兵剿匪"运送"而来的洋枪洋炮，势力迅速扩大。

眼看着草上飞人强马壮，骑马挎枪行走江湖，李知县自知剿匪无能为力，只求井水不犯河水。但李知县谋取更多财富的欲望并没有因此而遏制，他在县城成立了盛达镖局，名为过往商客保驾护航，实为变着法子收取巨额保护费，可谓生财有道。

盛达镖局成立之后，凡是过往古浪县境的商客，必须到盛达镖局登记并缴一定数额的保护费。如果不缴保护费，官府就会私下给土匪通信，让土匪设伏劫道杀人越货。到后来，官府差役晚上换上百姓的衣服，装扮成土匪劫道杀人越货，白天以官府的名义清剿土匪。官即为匪，匪就是官，闹得城乡百姓不得安宁。那时，只要是途经古浪县境的商客，不给盛达镖局缴足保护费，注定南来北往的商客都过不了古浪峡，东西穿行的商客过不了大墩槽。轻者货物被抢个精光，重者商客横尸荒野，人财两空。

那年，盛达镖局承接镇蕃客商的一批货物，由老五叔押运送往大靖。途经大墩槽时，草上飞率人乘快马追了过来。老五叔使出"撒手镖"，不仅把三四个蟊贼打得人仰马翻、仓皇而逃。因此，老五叔在江湖上声名鹊起，让县衙的差役们长了不少见识。

朝代改旗易帜，清朝官员剪了辫子，脱了马褂，戴了顶黑色礼帽，穿了套中山装，就成了民国的官员……

往事暂且不提，话说屋子里老五叔与县长较量时的声响，惊动了住在院子南房里的警察和仆人。小院四周的灯笼全都亮了起来，把小院里照得白光光的。

有仆人走出屋子，向县长住的屋子走来。

老五叔上前一把捏住了县长的喉咙，县长的脖子只能往前伸，却喊不出话来。老五叔压低声音说："让人灭了灯，回屋子睡觉去。"

县长说不出话来，只是抻脖子瞪眼。老五叔松开掐在脖子里的手，县长连续咳嗽个不停。

"老爷，怎么了？"

有家仆边问话边向县长住的屋子走来。老五叔将腰刀顶在县长的胸口低声说："老实一点，不然我的刀子从前胸进去，让你后背开个血窟窿。"

县长连连点头。

"没有啥事，有点伤风咳嗽，把院子的灯灭了，回屋子睡觉去吧。"

县长故作镇定地回答着仆人的问话。

已经到了门口，一只脚就要踏进屋门口的仆人，听到县长的回话，便应着声儿，灭了院子四周的灯笼，回屋子睡觉去了。

"好汉，在这兵荒马乱的年月，我这个县长也当得很不容易呀，积攒的这几百块银圆，你全拿了去，饶我一命。"

惊慌中的县长，全忘了先前老五叔问过的话，自以为老五叔是为劫财而来的绿林豪客。

"我不稀罕你的这些银钱，快说，你为何要抓捕毛奎？"

老五叔这么一问，县长又从刚才的惊恐中慢慢缓过神来。他回头望望蓉儿，蓉儿便把头深深地埋在胸前不敢看老五叔一眼。

"快说。"

老五叔一声厉喝，县长两腿一颤："我说，我说。"

县长如实将刘怀瑞借他权势公报私仇，抓捕毛奎，明日开堂审案。

"你打算怎么审理此案？"

"立刻放人，立刻放人。"

"不，明天你一定要开堂审案，但必须要公正办案。"

县长一听，犯了糊涂，一双贼眼滴溜溜地转个不停，但就是不明老五叔的意思。

"明天你一定要公开审案，不得徇私枉法。谁对谁错，堂上明断。对捏造事实、陷害他人者，要按民国律法，当庭惩戒。"

县长一听，心里忽然明朗了许多："那是，那是。"

"今晚不能走漏风声，若明天刘贵不到堂，我要了你的狗命。"

"那是，那是。"

县长伏在地上，不停地磕头称是。老五叔说完话，便翩然融入夜色之中。

听说县长要公开审理"山羊破坏庄稼案"，人们都觉得新奇。县府门口已经聚下了不少的城乡百姓。连夜从古堡赶来的毛西都、铁塔也在围观人群中间。

时辰已到，县长端坐大堂。警察押着毛奎走进大堂，他虽然手带锁链、面容憔悴、衣衫破烂，一进公堂，便大声质问："我有何罪？为何抓我？"

"大胆刁民，竟敢咆哮公堂！"

县长醒木落桌，啪的一声，倒是把站在一边的刘贵吓得"扑通"一声跪在了地上。

"原告刘贵，你状告何人？"

"县长大人，我状告古堡人氏毛奎。他疏于管理，让奶山羊长期践踏、啃食我家的良田，致使我家百余亩冬麦损失惨重。"

"事发何年何月何时何地？如实说来。"

"今年立冬以来，连续三月有余的天气里，毛奎将自家奶山羊散放在我家的冬麦地里，昼夜不分，肆意践踏啃食，百余亩良田惨不忍睹。"

"大胆刁民毛奎，可有此事？"

"寒冬腊月三九天，田地冻成砖头块，哪来的庄稼让我家的山羊啃食？"

众人一听，纷纷议论："说得在理！说得在理！"

"大胆刁民刘贵，你一派胡言，寒冬腊月三九天，地上怎能生长庄稼？你竟敢编造事实，欺骗戏弄本官，藐视民国律法！"

县长拍案而起，随即大喝一声："来人，原告刘贵编造事实，诬告好人，重打二十大板。"

刘贵没有想到，县长一夜之间就变了腔调，倒是拿他开始问起罪来。他伏在地上连声大呼："冤枉呀，县长大人。冤枉呀，县长大人。"

"拉下去，重打二十大板。"

县长使劲儿一拍醒木，大有怒发冲冠之势。四位警察一拥而上，拖起刘贵就往大堂外走。

"毛奎无罪，就地释放。"

县长一宣布，大堂之下一阵骚动，围观的百姓拍手叫好，议论纷纷，说："县长明察秋毫，公正判案，乃民国之幸、百姓之幸呀！"

县长耳闻百姓的这些议论，突然觉得自己"英明"了起来，他从椅子上站了起来，整了整衣领，轻轻擦拭了一下胸前的那枚青天白日徽章，拂袖快步走出公堂。这时，一股睡意袭来，县长觉得乏困难当。他才记起昨夜被老五叔戏弄得彻夜无眠，便长长地伸了个懒腰，打着哈欠，向后院走去。

听到县长的宣判，老五叔和毛西都、铁塔脸上掠过一丝难得的笑容。他们心中明白，要不是老五叔昨夜会过这位县长，毛奎怎能被当堂释放呢！

毛西都和铁塔急忙上前，扶着毛奎走出县府大门。此时，耳闻刘贵被警察打得哭喊连天。

刚开始刘贵还以为只是做做样子，结果那警察手中的板子，一板子打的比一板子狠。几板子下去，刘贵就尿了一裤裆腥臊。

刘贵见大呼小叫不起啥作用，就不停地摔打自己衣袖，把衣袖里藏的银两弄得叮里咣当直响。警察听到刘贵衣袖中那稀有金属相互撞击发出的美妙响声，就明白了八九，后来的板子举得高，落下去就轻了许多。

刘贵诬告毛奎挨了县长的二十板子的事儿，很快在古浪十里八乡传开了。刘怀瑞气得脸色铁青，在堂屋里大发脾气。

"我看老爷大可不必生气，现在党国正处在危难时刻，县长也许有自己的考虑。"

浓抹淡妆的三姨太，身着蓝底红花旗袍，露着两条白白的大腿，轻扭柳腰走了过来，嗲声嗲气地对刘怀瑞说。

"一个妇道人家，谈什么党国！"

"哎哟，老爷呀，你可不要小看了妇道人家。"

三姨太极为愠怒，说完话转身进了寝室。

气急败坏的刘怀瑞觉得他的一生是在古浪东南山乡人面前耀武扬威活过来的，突然败在了昔日可怜巴巴、见了他头都不敢抬的佃户的手里，觉得自己的这张老脸实在无处搁了。在他的心中，那二十大板子不是打在刘贵的屁股上，而是打在他的脸上，痛在他的心上。

"无能，无能！堂堂一县之长，竟然轻易让几个山野刁民戏弄，成何体统！"

刘怀瑞越想越生气，越想心头的无名之火越大，不由得大骂起来。

"爹，我看县长这样处理此事没有啥不妥当之处。"

随着话音，刘荣贵一步两晃地走进刘怀瑞的堂屋。刘怀瑞一看这个不争气的儿子，大骂："都是窝囊废！一个堂堂的警察队长面对这帮穷鬼连屁都不敢放，还有脸到我这里来说三道四。"

"哈哈,哈哈！"刘荣贵干笑两声，他并不生爹的气，只是对门口的随从说，"去把县长请来。"

说话间，三姨太着一身国民党陆军上尉军服，从寝室里走了出来。刘怀瑞顿时傻了眼,刘荣贵却一步两晃地走到三姨太前,嬉皮笑脸地说:"小妈穿上这身衣服,显得更漂亮了。"

刘怀瑞对三姨太瞅了半天,惊慌地说:"我的姑奶奶,快去脱了,这是要杀头的。"

三姨太不屑地望了刘怀瑞一眼说:"我看谁敢杀了本姑奶奶的头?"

"我的姑奶奶,别再胡闹了。"

"谁说我在胡闹?刘怀瑞,今天我要告诉你,我是堂堂国军上尉特派员马菁华。"

刘怀瑞一听,张大了嘴巴。愣了一会儿时间,"扑通"一声,他跌坐在太师椅里,双眼失去了昔日神采,半天也没有回过神来。

第十四章
三姨太露出真面目　刘怀瑞险些丧老命

凉州军阀马豁子的个人势力完全是从凉州发展起来的。

他在凉州所做的最大的"事业"就是经营民间俗称的"马家兵"——他赖以生存的私人武装"骑五师"。

马豁子初任骑兵骑五师师长的那年，上面只给了他一个国民革命军骑兵第五师的空头衔，既无军队，又无装备。当时，有人讥笑他的军队"官比兵多，兵比枪多，枪比子弹多"。马豁子想快速发展自己势力，快速扩充部队，不仅需要人员，更需要巨额财富。他乘冯玉祥部队撤出，撤换了辖区原来的各县县长，敲骨吸髓地盘剥百姓，大肆为其搜刮财富，苛捐杂税多如牛毛，百姓生活在水深火热之中。

马豁子虽然生性残暴，但做事诡计多端。他对于地方老财、大户，采取分户之治，敲诈勒索，巧夺豪取。刘怀瑞虽然身居小县城，但他不仅在古浪东南山乡有大片的土地，而且在凉州、兰州乃至太原等地也有生意。马豁子断定，刘怀瑞在南京一定有什么靠山，否则他的生意不会风生水起。在没有掌握其背景和底细的情况下，马豁子不敢轻举妄动刘怀瑞。

马菁华本是马豁子手下的一位上尉副官。为了摸清楚刘怀瑞在南京的靠山究竟是谁，探明他的家底究竟有多厚，便于日后巧夺豪取。马豁子略使小计，就让好色的刘怀瑞中了美人计。

马菁华没有辜负师长马豁子的厚望，她以三姨太的身份潜伏到刘怀瑞身边，没有费多大的劲儿，弄得刘怀瑞神魂颠倒，把他的背景和家底了如指掌。

刘怀瑞在南京并没有什么背景和靠山，他就是一个活生生的土财主、吸血鬼、守财奴。他的起家，源于利用古浪东南山乡大片的土地和敲骨吸髓的盘剥。

民国初年，匪患、地震、水灾、旱灾、瘟疫、大饥荒、兵祸等灾难在古浪县连续发生，把百姓推进了苦难的深渊，却为官僚地主提供了比平日更为有利的土地兼并机会。

延续了数年的天灾人祸使古浪百姓颠沛流离，四处逃荒。古浪东南山乡人口锐减，地价狂跌。三年大灾荒期间，一斗粮食就可以在古浪东南山乡买到一亩土地。

刘怀瑞低价掠取了古浪东南山乡大片的土地，他不择手段地盘剥佃户和穷人。每遇到干旱歉收的年份，佃户交不起租子，凡是拖欠刘家地租的佃户，都被他派人捆绑抓去，必用酷刑拷打。刘家庄园里私设牢房，在牢房中用木桩设了一个十字架，专门吊打欠债的佃户，人们称之为"人肉架子"。只要上了刘家的"人肉架子"，轻者皮开肉绽，重者一命呜呼。

靠残酷盘剥完成了血债累累的原始资本的积累后，他用这些滴血的原始资本，贩运大烟、开当铺放高利贷，巧夺豪取快速积累了大量的财富。

古浪东南山乡属于干旱二阴山区，土地肥沃，早晚温差大，极适合种植鸦片，尤其是二阴山坡地出产的鸦片，品质极好，在市场上销售快，价格也略高于同类货物。膨胀的私欲使刘怀瑞的胆子也越来越大，他不惜毒害百姓、危害国家，竟然违反政府禁令，利用古浪东南山乡适宜种植鸦片的自然条件和地处穷乡僻壤、山大沟深、交通不便的地理环境，私下大量种植贩运鸦片，牟取暴利。

每到夏秋交替之时，古浪东南山乡满山遍野盛开着红色的、粉色的、白色的罂粟花。秋收之后，刘怀瑞组织人力把种植的鸦片精心包装后，一部分雇用脚夫，夹杂在其他货物之中驮运到包头、太原等地贩卖；一部分偷偷运到凉州、兰州等地烟馆出售。

连续三年大荒年之后，大批农民失去土地，在逃荒无路、乞食无门时，被逼到死亡线上的饥民只有铤而走险奔向绿林。古浪县境内出现继清末之后又一次土匪猖狂的高峰时期，枪支弹药就成了黑市上最值钱最畅销的东西。刘怀瑞用残酷手段剥削积累了原始资本，之后在古浪县城、凉州、兰州等地以开设烟馆、窑子，放高利贷等强夺豪取财富，把大量的鸦片偷运到山西太原，从黑市上私运枪支弹药到大靖、土门集市交易，牟取暴利。

连年的兵荒马乱，古浪东南山乡一带山大沟深，便于藏匿，加上东南山乡人心地善良、乐善好施，包容接纳外来人员。一些前朝的官员家眷、衰落富户流落到古浪东南山乡避难。这些人在古浪东南山乡生活期间，将一些名人字画、古瓶古物等通过兑换食物的方式留存到了人家。后来，刘怀瑞勾结贪官，私通土匪，广布鹰犬，大肆搜寻、抢夺、偷盗民物，据为己有。

古浪东南山乡有一位前朝秀才，离世前留下了一套珍贵的水陆画。

秀才留下的这套水陆画是明代水陆画，共有42轴，全部为工笔重彩，锦裱绫装，画题清楚，堪称艺术精品、人间瑰宝。秀才的夫人爱物如人，不愿出售。刘怀瑞得知此事，如鹰犬闻到了血腥。他利诱不成，便唆使秀才的姨太太提出家产控告案，捏造事实，买人诬告，利用儿子刘荣贵在古浪县当警察队长的权势，将爱物不售的秀才夫人逮捕入狱，讹诈索取了这套民间艺术珍品。

刘怀瑞不仅想方设法在活人身上榨取财富，也没有放过安葬于地下数百年的死人。他很早就打起了古浪东南山乡一带古墓的主意，便雇用盗墓贼，昼伏夜出，掘墓盗宝。

大横山的山坡上，自东向西错落有致地排列着七个大土堆。两堆相距从几十米到百余米不等，呈"之"字形，似北斗七星。

传说七古堆湾的这七个土堆是当年宋兵用计谋迷惑西夏兵的七个土堆。也有人说，那七个土堆是宋军一位将军的墓穴，其中一个土堆是将军墓，其他六个土堆均为衣冠冢。

刘怀瑞早就盯上这七个土堆。

毛三爸是个勤快人。每天清晨鸡鸣时分，他就会起身去七古堆湾一带的野白杨树林中捡拾柴火。

一个冬日的清晨，毛三爸来到七古堆湾，天色还没有完全亮起来。他听到有人在说话，便悄悄地摸到土堆后面，蹲在一棵硕大的猫儿刺边，仔细观察了起来。只见七八个操外地口音的汉子，带着大包小包从那七个土堆中间的一个土堆中钻了出来。更让他感到好奇的是刘贵的人影在眼前一晃而过。

毛三爸生来胆小怕事，一溜烟儿跑回了家中。

后来，庄子里的人们发现那七个土堆都被人采用打洞的方式淘空。据说是刘怀瑞雇来的盗墓贼所为。他们在这个墓葬群里，盗取了大量的金、银、铜、铁、玉、骨、石、陶器等，其中有一匹青铜大马，呈古铜色，形神兼备、气韵生动、矫健剽悍，呈飞奔状，铸造技巧精湛，堪称青铜艺术珍品。那匹青铜大马价值连城，刘怀瑞雇用骆驼客运到太原城，换回了不少的黄金白银和枪支弹药。从此，刘家富可敌国。

马菁华不仅摸清了刘怀瑞的底细，而且给马豁子一个意想不到的惊喜。

1928年"凉州事变"，马三少率部反攻凉州城，打败凉州城守兵韩凤璋部，进驻凉州镇守使衙的第一件事情，就忙于找他失去的宝贝匣子。

这个匣子内装有他先人从北京得来的传家宝，价值连城。马三少逃跑时，把这个匣子交给他的女人带出藏匿。女人嫌重，又交给一个同行的脸上有麻子的丫鬟代为提携。在混乱中，麻丫头走散了，宝贝匣子也就丢失了。为了找回这个匣子，全城的麻丫头便大遭其殃，不论是谁家的丫头，只要脸上有麻子，就抓起来严刑拷打，追逼问供。因此发生了许多节外事端，株连了许多良家女子，直闹得满城风雨、家家惶恐。

可这事说来也巧。当年的那麻丫头，从凉州流落到古浪东南山乡，被心地善良的张寡妇收留在家。张寡妇见麻丫头老实憨厚，待她为亲妹妹一样，使其甚为感动。一年后，麻丫头要离开张寡妇一家，临走时麻丫头给张寡妇留下了携带的匣子。张寡妇推辞不要，麻丫头声泪俱下地说："姐姐待我如同亲妹妹，如今我无法报答收留之恩，这个匣子姐姐一定要收下，作为我们姐妹一场的念想。"

推辞不了麻丫头盛情，张寡妇也没有看着匣子里装的是何物，就收下了这个匣子。

刘怀瑞得知此事后，派管家去张寡妇家以一斗小麦强行换取麻丫头留下的匣子。遭张寡妇拒绝后，刘怀瑞串通二郎池的土匪头子黄大麻子，夜里抢劫了张寡妇一家。

土匪把张寡妇家的两间黄土小房子翻了个底朝天，也没有找到刘怀瑞要找的麻丫头留下的那个匣子。黄大麻子让人将张寡妇绑了，吊在院子里的野白杨树上，拷打折腾了半夜，张寡妇一言不发。最后，黄大麻子无可奈何

地丢下遍体鳞伤的张寡妇而去。遭此劫难后，张寡妇卧床不起，几个尚未成人的孩子整天哭喊，但刘怀瑞还是没有放过张寡妇。他不顾廉耻，唆使小偷，夜间挖墙进入张寡妇家的地窖，把藏在地窖里那个匣子盗走。不久，张寡妇连病带气含恨离世，留下了三个可怜的孩子，流落在东南山乡一带以乞讨为生。

马豁子一听，价值连城的传家宝要失而复得，高兴得三夜没有合眼。他对马菁华说："让刘怀瑞交出宝匣子，我给你连升三级，任陆军少校参谋。"

马菁华受宠若惊，双腿一闭，一个立正敬礼，大声说："是！决不辜负师长的信任和栽培。"

刘怀瑞敛财发家的事儿暂不细说，且说那天公堂之上，县长判令让人打了刘贵二十大板子。时过不久，刘荣贵让人传言，让他来见刘怀瑞，县长的心里是十五个吊桶打水——七上八下。他一路走来，一路盘算着如何应对岳父刘怀瑞。

县长一进刘家大院，就匆匆向刘怀瑞住的堂屋走去。一进门见刘怀瑞斜躺在太师椅上，县长便满脸堆笑地说："老爷，我来赔罪了。"

还没等县长把话说完，马菁华秀目怒瞪，大声喝道："堂堂民国县长，竟然这等奴才相。"

县长抬头一看，只见昔日的三姨太，今天一身戎装，少了少妇的妩媚，多了特务的狰狞，不禁心头一惊，两腿打战。

马菁华一脸少见的严肃，立在堂屋的中央，刘荣贵毕恭毕敬地站立在她的旁边。县长斜眼一视刘怀瑞，此时，他才发现刘怀瑞的脸上，没有了昔日的那种排头和威风。

"哈哈，哈哈，马上尉息怒，息怒！"

县长直起身来，急忙迎奉马菁华。

"把门关上！"

马菁华并没有给县长好脸色。县长闻声急忙转身，轻轻把门关上。

刘荣贵拿来椅子，嬉皮笑脸地对马菁华说："小妈妈，您坐。"话已出口，他又觉得不对，急忙改口说，"马上尉请坐，马上尉请坐。"

马菁华看都没有看刘荣贵一眼，一屁股坐在椅子上，说："据可靠情报称，敌军在南方闹得很凶，已向我们大西北渗透。敌方过了四川，向陕甘宁方向集结。凉州城里的共产党又活跃了起来，上峰对此很是不满。上峰有令：宁可错杀三千，不可放过一个。现在我们要放弃自家的恩恩怨怨，以党国利益为重，精诚团结。"

话音刚落，县长和刘荣贵立即站直身子，挺直腰板，目视前方，大声说："是！"

"一旦有任何消息，立即向我报告。"

"是！"

三姨太训话完毕，县长和刘荣贵就匆匆忙忙地走了。

刘怀瑞定定地瞅了半天马菁华，自言自语地道："夫妻同床睡，人心隔肚皮呀！"

马菁华没有说话，转身向寝室走去。

聪明了一世的刘怀瑞，始终没有想到和自己同床共眠、翻云覆雨的姨太太，竟然是马豁子派在身边的大特务。他越想越后怕，心中产生了一种不祥的预感。他懊恼地用手在自己额头上捶了几下叹道："老了，老了。"说完像一个泄气的皮球一样瘫在了太师椅上。

刘怀瑞知晓马菁华是马豁子安插到他身边的特务时，就预感到有不好的事情要在自己身上发生。

1935年的中秋节快要到了，刘怀瑞在马菁华的"陪护"下，去凉州城里见了骑五师师长马豁子。

刘怀瑞穿上了自己喜爱的那套藏青色绸马褂，天气尚暖和，刘怀瑞还是固执地戴上了他心爱的那顶狼皮帽子。当他拿起自己出远门才拿的龙头拐杖，走出屋子，见县长身着一身浅灰色的中山装，戴一顶黑礼帽，毕恭毕敬地站在院内。刘怀瑞心里清楚，县长恭送的不是他这个商会会长，而是他身后这位陆军少校参谋的马菁华。

刘怀瑞恋恋不舍地走出刘家大院，他发现昔日马菁华的司机和仆人都身着戎装，腰间挎着盒子炮，已经早在"乌龟壳"旁边恭候着他们。

"唉！"刘怀瑞站立在街门口又是一声长叹。马菁华上前"扶"了一把刘怀瑞，他无可奈何地钻进停在路边的"乌龟壳"里。

马菁华一脸严肃地坐在"乌龟壳"前排，刘怀瑞被两位马家兵夹在后排的中间。"乌龟壳"屁股里冒了一股黑烟，就一溜烟儿驶出古浪县城。

刘怀瑞隔着玻璃车窗，看着熟悉的风景快速地从眼前划过时，不由心里一酸。他慢慢地把头低下去，深深地埋在两腿之间，老泪纵横，抽泣了起来。

当天下午，刘怀瑞被马菁华"请"到了马豁子在凉州城里的官邸蝴蝶楼。

蝴蝶楼坐落于凉州城东的东关花园里。

东关花园原是凉州果农、菜农们的聚居区。马豁子赶走了果农、菜农，用墙圈起，让人种上奇花异草，栽植各种果木，建起了蝴蝶楼供自己享乐。

蝴蝶楼是一栋坐南面北，门向南开，砖木结构的洋楼房。这里是马豁子和他的妻妾纸醉金迷、醉生梦死的地方。为了欣赏花园的美景，蝴蝶楼北面二楼的通阴台是宽阔的走廊。中心位置上有一个突出的圆形观礼台，四周廊柱环绕。

蝴蝶楼前前后后，岗哨林立，戒备森严。刘怀瑞哪见过这个阵势。他悄悄地跟在马菁华屁股后面，不知道点了多少次头，也不知道哈了多少次腰，才来到蝴蝶楼二楼马豁子的中央会客厅里。

大厅里铺着八团花地毯，墙上悬挂着青天白日的旗子。马豁子一身戎装，正襟危坐于太师椅上。因上唇稍有点豁，他刮净胡子的脸显得很紧绷，皱起的眉毛下目光显得呆滞，两眼怒视着前方。

这些日子，马豁子越来越坐卧不宁。

红军离开南方，移师北上，向陕甘宁地区集结。蒋介石急得如同热锅上的蚂蚁。马豁子的心里也十分清楚，红军一旦过了黄河，就进入他的防区。他意识到自己在凉州大地称王称霸、骄奢淫逸的日子将要受到影响，心中时常升腾起一股莫名其妙的晦气，时常有一种恐慌不安的情绪袭上他的心头。

刘怀瑞战战兢兢跟在马菁华屁股后面走进屋来，抬头一看马豁子一脸的愤怒，不由心头一惊。

马豁子忽地一下从太师椅上站起身来，啪的一声，把腰间的盒子炮往桌子上一拍，骂道："刘怀瑞，尕娃驴日的，私种贩运鸦片，该当何罪？"

刘怀瑞设想了见到马豁子的千万种局面，可万万没有想到马豁子给他的

"见面礼"竟然这么一招。他扑通一声跪倒在地,磕头如小鸡啄米:"师长饶命,师长饶命。刘某知罪,刘某知罪呀!"

"把这尕娃驴日的,拉出去毙了。"

随着马豁子的话音儿,门外进来两位卫兵,拖起地上的刘怀瑞就往外走。刘怀瑞绝望地大喊:"师长饶命呀,师长饶命呀,我把我所有的家产财富都给你呀!"

马豁子并没有理睬刘怀瑞的喊叫,他倒背着手,转过身去,走向了阳台。

站在阳台放眼望去,东关花园里果木花草黄绿相间,比春天更加绚丽夺目。此刻,一阵风起,树上落下无数的黄叶,随风满地翻滚。他的心中也像掠过丝丝秋风,浑身上下不由微微颤抖。在此景物明朗的深秋季节中,似乎蕴蓄了过多的寂静和凄凉。此时,他把这种恐慌不安的情绪完完全全撒在了刘怀瑞的身上。

两位卫兵拖着刘怀瑞往外走,刘怀瑞大声求饶不见效果,不由小便失禁,那淡黄色的尿液顺着裤脚流出,撒了一地,尿骚味儿便在大厅里弥漫了起来。

"师长且慢。"

马菁华边说边走到马豁子身边,附在其耳边一阵小声嘀咕。马豁子转过脸来,迟疑地望了一会儿马菁华,说:"那就暂且留下他的老命。"

马豁子离开阳台走进屋内,悻悻地跌坐在太师椅上。那两个卫兵便放开了刘怀瑞。刘怀瑞瘫软在地上,就像老牛一般哀号起来。

"驴日的,哭个啥,给老子滚出去。"

马豁子一发火,在场的人都不由打了一个激灵。刘怀瑞闻声立刻停止了哭声,贼眼滴溜溜地一转,跟着马菁华的屁股,连滚带爬地走出了蝴蝶楼。

马菁华从蝴蝶楼带出刘怀瑞,便派人送他去了凉州城刘怀瑞的私人宅院居住,并限期让刘怀瑞交出麻丫头留在张寡妇家的那个匣子,还命令他如实上报自己在古浪县城、凉州、金城、太原各地的家产、生意和财富。

刘怀瑞被马菁华"邀请"到凉州,被马家兵监视居住了起来。

刘怀瑞在凉州的宅院位于凉州大衙门附近,是凉州城最繁华的地段。从前刘怀瑞到凉州住一段时间,总要到街市转转,看看街景,逛逛花鱼鸟市,听上一段儿凉州贤孝,吃点凉州三套车和酿皮子什么的。这次,他到凉州,

被马豁子的下马威,吓得屁滚尿流,再加上马菁华逼他交出麻丫头留在张寡妇家的匣子,写下各地的家产、生意和财富情况……爱财如命的刘怀瑞,精神彻彻底底地被摧垮了。他闭门谢客,卧床不起,无可奈何地当起了"寓公"。

第十五章
马家兵祸害百姓　古堡人智斗顽敌

话说，马菁华把刘怀瑞"请"到凉州之后，马豁子对其大为赞赏。遂委任她以少校参谋身份，前来督办古浪县境内的抓丁、征马、征税款之事务。

马豁子手下的骑五师兵源严重不足，为了解决这个问题，他的参谋长袁耀庭帮他出了个馊主意"抓兵"。从此，"抓兵"就成为马豁子成功起家和维护统治的法宝。

马豁子"抓兵"，刚开始还有规矩，"男子十五成丁"，是对于年龄的规定；"两丁抽一，三丁抽二"是对于户口人数的规定，即每户凡是有两个以上够当兵年龄的男子，必须有一个去当兵。可到了后期，马豁子抓兵纯粹没有了规定和规矩，见丁就抓。主管抓兵事务的人自然都是马豁子的亲信，这些人借"抓兵"之际大发横财。按"规定"每年要征两次兵，谁家先去，谁家后去，由"抽签"决定。这种"抽签"是暗箱操作的，有钱人家中了签，就拿钱去打点，主管抓兵事务的"长官"得了钱财，就另换一个穷人去顶替。所以，到了后期，穷苦百姓家的青壮年男子被马家兵用绳捆索绑抓去当兵的现象已经见怪不怪了。主管抓兵事务的人员以抓兵千方百计地吮吸着千家万户膏脂，无不腰缠万贯，成为富翁。

马豁子掌握凉州军政大权的时期，马家兵横行城乡。在凉州这片土地上，地莫非马家的田，人莫非马家的兵，凉州城乡莫不是他的家私。马家兵就是地方的太岁，就是生杀予夺的最高机关。马豁子有旨意，谁敢说半个"不"字？说起"马家兵"的劣迹，凉州的百姓无不切齿痛恨。仅仅一个抓兵，在那个时代让许多普通百姓人家妻离子散，家破人亡，走投无路。

古浪东南山乡的荀子沟是一条深山沟，住着的三五户都姓徐的人家。徐

姓人家避居山沟,种着自有的几十亩薄地,过着自给自足、与世无争的生活。徐姓人家有一青年汉子,兄弟之间排名老三,从小习武,有些拳脚功夫,人称"拳棒手"徐三。据说"拳棒手"徐三打起架来,三五个壮汉都不是他的对手。俗话说,一匹好马护一群,一个好汉护一庄。徐三生性仗义,荀子沟的谁家受人欺负,徐三总是第一个出面护着。

这年的整个冬天都出奇的寒冷。

进了腊月的门槛儿,不是阴风凛冽,就是雪花飘飘,时不时还要刮一场老毛黄风,整个古浪东南山乡罩在灰色的沙尘之中,让人窒息。

一天夜晚,在深山躲兵多日的徐三悄悄回到了家中。抓兵的马家兵闻讯悄悄地摸到了他家。带头的长官带人守在街门前,一个士兵翻墙进了徐三家院子开了门,把徐三堵在了屋里。正在炕上睡觉的徐三听到院子里有响动,觉得不对劲儿,就悄声对身边的老婆说:"你和娃娃都不要出声,我去看看。"

徐三起身穿衣,将穗子(一种兵器)缠在腰里,悄悄地从窗户里跳了出来。

"徐三,你往哪里跑?"

抓兵的马家兵大声叫喊着,带人扑了过来。徐三将腰间的穗子甩了出去,唰地一下,就把那马家兵打翻在地。其他两个马家兵一看,自知不是徐三的对手,说声"不好",便转身跑了。

徐三自知把事情弄大了,荀子沟是立不住足了,连夜带上老婆孩子跑进大山去了……

腊月二十三,俗称"小年"。

这天,阴了一个月脸的老天爷晴朗了起来。大户人家开始杀猪宰羊,蒸年馍,办年货,准备过大年了。穷苦百姓也要扫扫房子,准备祭灶神,迎新年。

一个腊月,很少遇到晴朗的好天气。古浪东南山乡的街市上人头攒动,熙熙攘攘。这天,尕香特意到张半仙的卦摊前"请"了几炷香带回家,准备晚上送灶王爷用。

古浪东南山乡一带的百姓把灶神尊称为"灶王爷"。祭灶神,是古浪东南山乡百姓一年生活中的大事儿。

这天晚饭后，尕香把炉灶打扫得干干净净，锅碗瓢盆摆放得整整齐齐。老五叔和尕香在灶王像前，摆上桌案，供放上糖瓜子和灶王爷升天的坐骑使用的清水、料豆、秣草。

老五叔把糖瓜子在烛火上加热融化后，轻轻地涂抹在灶王爷的嘴上。虔诚地磕了三个响头，口中念念有词："上天去，多言好事，下界来，普降吉祥。"

老五叔期盼着的这个美好愿望，也是普天之下百姓的愿望。

天渐渐黑了下来，古堡家家户户的小院内都燃起了旺旺的柴火堆，隆重欢送灶王爷回天宫言好事。毛奎抱着襁褓中孩子，扑通一声跪在自家小院的火堆边上，仰天大喊："世道呀，你怎么就这么不公平呀？"

长天无语，夜空漆黑。

呼地一下，火焰蹿了起来，毛三爸回头一看是毛西都往火堆上添加了一把干枯的猫儿刺。毛奎慢慢地回过头来，望着毛西都和古堡的人们。这些年，古堡人家家都困难，可人人都给他家带了一点吃食，感激的泪水扑簌簌地从他的脸颊上流了下来。

"谢谢西都兄，谢谢乡亲们。"

"快别这么说，都是一个庄子里的人，谁家有事都应该去帮呀。"

毛西都、喜子把毛奎从地上拉了起来。

"这大冷天的，把娃娃都冻坏了。"

二婶子接过毛奎怀中的孩子边说边向屋子里走去。

"这就是众人拾柴火焰高呀！"

火堆在熊熊燃烧着，毛西都一边往火堆里添加柴草，一边触景生情地对火堆边的乡亲们说。

"乡亲们呀，再这样忍受，我们就要被活活饿死、冻死、压迫死，我们要团结起来，反饥饿、反压迫，抗粮、抗税、抗丁。"

卫国从毛奎无辜被抓的事情说起，慷慨激昂地向在场的人们讲说着共产党领导全中国穷苦百姓争取自由、求新生的事迹。

大家静静地听着，火焰在忽高忽低地跳跃着，火光在人们的脸上忽明忽暗地闪动着。在这寒冷的冬夜里，这堆大火不仅给火堆边的人增加了温暖，也给毛三爸、毛奎和古堡人麻木凄苦的脸上增添了不少的喜色。

卫国此时的一席话，使老五叔心潮难平。生命过往中的许多经历，如图画在老人的眼前一页一页翻过：妻子难产而亡，女婿三娃子被栽赃陷害而失去音信，亲家毛脚夫夫妇惨死，邻居毛毡匠家破人亡，眼看过年了，徐三被迫逃进大山，毛奎和许多古堡人的家里没有一把米面……想起这些，泪水顺着老人的脸颊流了下来。

"我们穷人，苦了一辈又一辈，干的牛马活，咋就连个肚子都吃不饱呢？"老五叔在心中一次一次默默地问着自己。

"我们唯有斗争才有出路。"

"对，不和这些坏尿作斗争，就没有出路。"

人们围在火堆边，纷纷议论着，群情激动。老五叔、毛西都和乡亲们齐心协力救毛奎这件事，对古堡乃至整个古浪东南山乡的百姓影响很大。卫国和尕香借此机会在不同的场合，宣传团结起来反饥饿、反压迫，抗粮、抗税、抗丁的革命道理，古堡人的心被紧紧地凝聚团结在了一起，人们的胸中也燃起一团争取自由、反抗压迫和剥削的火焰。

腊月二十四一大早，老五叔背着家里的几张狼皮走出了家门。他对屋子里忙活的雪莲说："雪莲，今天爹到集市上去一趟，把家里的几张'野狗子'皮买了，贴补着过年。"

"爹，您早去早回呀！"

"好，好，好。"

老五叔应着雪莲的声儿走出了小院。

古堡的人感恩大山小川赐予他们生存的一切。他们认为世上万物都是善良的，包括了狼豺虎豹。狼豺虎豹之所以变得恶毒，都是不得已而为之。所以，每逢腊月二十三至除夕，古浪东南山乡的大人小孩都不谈狼，不谈鬼，非说不可时也把狼叫成"野狗子"，把鬼叫成"没下巴"，以示对世间万物的尊重。

暖暖的冬日洒满古浪东南山乡的大山小川的时候，集市便活跃了起来。老五叔来到集市东南角的兽皮交易点上，他从人们的衣着上，很快分辨出兽皮市场东南角上有几位收皮子的蒙古族商人，他不由得高兴了起来。

眼下兵荒马乱，连年天灾，古浪东南山乡的人日子都过得很苦，谁还有钱来买兽皮。要想兽皮能卖个好价钱，就得运到凉州城或者大靖、土门子的集市上去。在古浪东南山乡这样的小集市上很难卖出去，即便卖出去了，也卖不到一个好的价钱。今天遇到蒙古族人收皮子，一定能卖个好价钱。

老五叔和蒙古族商人打着招呼走了过去。他把身上背的几张狼皮摆在了客商的面前。

那几位蒙古族商人看着狼皮，眼里立刻放出惊喜的光芒，急忙俯下身子，用手轻轻地捋着狼皮问老五叔。

"这几张'野狗子'皮呀，是我早些年打猎，从众多的兽皮中挑选留下来准备自家用的好皮子。眼下遇到了饥荒年，家里的日子过得紧，眼看都揭不开锅了，只能把这些皮子买了，先顾眼眉前的事情，你们就看想着给个价格吧。"

老五叔有些不舍，但又无奈。他爱惜地摸着这一张张狼皮说。收皮子的蒙古族商人没有说话，笑嘻嘻地望着老五叔用两个指头打了个十字。老五叔爽快地说："行吧。"

蒙古族商人见老五叔爽快地应了，笑呵呵地给老五叔付了钱，把这几张狼皮卷了起来。

此时，忽闻"当当，当当"，几声铜锣声响，集市上的人群中闪出一条道来。只见新任县长曾毅和警察局长刘荣贵骑着马，带着一队警察走了过来。

老五叔仔细一看，今天鸣锣开道的人并不是刘荣贵的警察，而是刘贵带的家丁。

刘贵跟在警察队伍之后。他脱了昔日的长袍马褂，着一身灰布中山装，戴了一顶黑色礼帽。

刘贵的身后跟着的几位家丁，也是狗顶礼帽换了装束，穿上了黑色的警服。

刘贵看到老五叔，不知出于什么原因，很礼貌地摘下礼帽，皮笑肉不笑地点了点头，然后，定眼望了望老五叔身后的那几位收皮子的蒙古族商人之后，穿街市而过，向乡公所走去。

不一会儿，一队警察列队从乡公所院内跑了过来，市场上顿时又乱了起来。随即，几位家丁鸣锣在集市贴出了县府的任命告示。人们围了过去，围观告示，议论纷纷。

"刘贵当乡长了？"

"听说现任的乡长抓丁、征税不利被撤职了。"

……

老五叔挤进人群看了看告示，刚才顺利地把狼皮卖出去的高兴劲儿，一下子被这张告示冲击得荡然无存。他满心不悦地离开集市，倒背起手来，大步流星地向古堡走去。

话说，古浪东南山乡现任的乡长是前朝的一位秀才，担任乡长期间，虽然没有为古浪东南山乡的百姓干多少好事，倒也没有狗仗人势过分地祸害过百姓。

马豁子掌管凉州军政大权后，苛捐杂税多如牛毛，县府下派的征税征粮任务连年都无法如数完成。马菁华上任古浪县督查问责，曾县长把古浪东南山乡征兵征粮征税不利的责任完全归咎于现任乡长。马菁华认为现任乡长软弱无能、工作不力，就要求曾县长撤了现任乡长职务，另任他人。曾县长借坡下驴，逃避了自己的责任，免了现任乡长之职，将刘贵委任为古浪东南山乡长。

"刘贵也能当古浪东南山乡的乡长？"

"您是听谁说的呀？"

"集市上贴出告示了。"

"以后乡亲们的日子就更不好过了。"

"可不是吗？要过大年了，也不放过我们穷人。"

老五叔回到古堡，把刘贵当古浪东南山乡乡长的事儿一说，喜子、铁塔、毛奎等古堡的年轻人议论纷纷。

出人意料的是，刘贵当了乡长之后，他并没有急着来古堡抓丁、征粮、征马。

腊月二十八这天早上，卫国和孕香去了凉州城，老五叔和毛西都便去了趟毛家大庄子。

年关就要到了，老五叔用卖了狼皮的钱，买了点小米和白面，去看看几位同族的长辈。同时，他听说刘贵在毛家大庄子抓丁、征粮闹腾得很凶，他们想探听个究竟。

古堡和毛家大庄子位于黄羊川河两岸，一南一北，隔河相望，相隔不足十里地。河岸上长满了茂密的野白杨树林。河面已经结冰封冻。老五叔和毛西都踏冰而过，行至河北岸的野白杨树林子的时候，忽闻"啪啪啪啪"几声枪响，子弹从他们身边的野白杨树梢掠过。老五叔和毛西都定眼一看，隐隐约约地看见有几个人将一个汉子按倒在河面的冰滩上，捆绑了起来，推推搡搡地押着向前走去。

老五叔和毛西都急匆匆赶到毛家大庄子，偌大的一个村庄，鸦雀无声，静得有点可怕。他们先后到几位同族长辈的家门口，院门都是紧闭的，敲门半天，也没有一人回应。

"人都到哪里去了呢？"

老五叔一头雾水。他和毛西都在毛家大庄子里转悠了半天，也没见一个人影儿。太阳快要落山了，从大横山豁口里吹来的西北风呼呼地刮着，吹得黄羊川河两岸的野白杨树"呜呜"地号叫了起来。

毛西都和老五叔用狼皮棉帽子捂着脸和脖子，不解地慢慢地往回走。

"老五叔——"

到了村口，忽听有人在叫喊。老五叔回头一看，见同族的侄子毛英从河岸边的水磨坊墙后探出半个身子来。

老五叔环视了一下四周，见没啥动静，就喊："狍子，过来，过来。"

毛英二十岁，人长得精干，处事也很利落，尤其是两条腿修长，在山林里跑起来就像狍子一样快，村里人送他外号"狍子"。

"老五叔，毛武哥被刘贵的人抓走了，这可怎么办呀？"

狍子带着哭腔问。老五叔没有回答狍子的问话，急切地问道："八爷爷和其他的乡亲呢？"

"在大横山豁口里呢。"

此时，老五叔惦记着毛八爷和毛家大庄子几百口子人的安危。毛家大庄子是一个几百口子人的大庄子，庄子里的人多为毛姓人家。毛八爷是毛家大庄子辈分最大、年岁最高的长辈。刘贵当了古浪东南山乡的乡长，每天都有人到毛家大庄子抓丁、催粮、要款。如有人稍有不顺，不是被抓，就是被打。这几天，毛家大庄子已经有几个青壮年被抓去，送到凉州新城马家兵的兵营。

为了逃过这场劫难，每天天麻麻儿亮，毛八爷就带领全庄子的男女老少到横山上避难，晚上掌灯的时候才陆续回家。

"这寒冬腊月天，庄子里的人们可没有少受罪呀！"

狍子说，庄子里的好多人连冻带饿都生病了。今天，二婶婶发高烧，烧得厉害，一个劲儿地说胡话。毛八爷爷让狍子和毛武到村子里探个究竟。如果没有催粮抓丁的人，就打算带二婶婶她们回来。可狍子他们一进庄子，就被堵在了庄子里。狍子和毛武分头跑出庄子，狍子跑得快，没有被抓住，毛武被抓走了。

"这时候估计刘贵的人不会再来了，你快去通知毛八爷爷和乡亲们回家来吧。"

"嗯。"狍子应着老五叔的话音儿，跑到庄子东头的场子里，爬上那棵粗大的白杨树，向着大横山豁口的方向，"呜、呜呜"，一长两短地吹了三声号子。

一会儿，庄子里的人扶老携幼，赶着牲畜陆陆续续地回到了庄子里。

"这世道可怎么过呀？"

毛八爷愤愤不平，一脸白胡须乱颤。

"这东躲西藏确实不是长久之计啊！"

毛西都对毛八爷说。

"这可怎么办哩？"

毛家大庄子的人无奈地说。

"只要我们团结一心，对付刘贵还是有办法的。"

毛西都一说话，人们便停止了议论。

"我们要抱团起来和他们斗争。"

"对，我们要和他们斗争。"

从大横山豁口陆陆续续下来的人，都聚在了毛八爷的小院里，男人们都说："八爷爷，你可得发话了。眼看要到年三十日了，再这样下去，可就要出人命哩。"

"这两天，我也在想着哩。除了和这帮狗日的斗，再就没有别的出路了。"

毛八爷接着说："老五，明着干，我们肯定斗不过他们，我们合计合计，暗地里互报信息，联合起来和这些狗日的干。"

"行。"

老五叔和毛西都爽快地应了毛八爷的要求。在场的老少爷们一听,都说:"好,好,好。"

老五叔和毛西都给几位同族长辈送去了米面后,毛八爷爷要留他们在毛家大庄子过夜,老五叔说:"八爷爷,今天的日子明天的年,我们回去吧。"

毛八爷见无法挽留,也就只好告辞,说:"老五呀,毛家大庄子近千口子人的性命可全靠你们了。你们可要想个万全之策呀。"

"八爷爷,请您放心吧。"

惜别之后,老五叔、毛西都转身便消失在夜色之中。

第十六章
余掌柜抗税进大牢　张半仙无辜遭枪杀

话说，腊月二十八这天早晨，毛奎来找毛西都和老五叔，得知他们去了毛家大庄子，觉得闲得无聊，便一个人去了东南山乡集市。

按往年的惯例，到了腊月二十八九，集市上总是人头攒动，热闹得很。可今年的腊月二十八，东南山乡集市上的大多数商户都早早关门歇业，整个集市显得冷冷清清的。

毛奎来到乡公所门口，见围了不少的人，大多是集市上的商户。出于好奇，他也凑了过去。只见福盛商行的余掌柜大鱼儿，牵着一头黑骡子，站在乡公所院子里大声喊着："刘乡长，我给你送马来了。"

余掌柜话音刚落，那黑骡子也扯直了嗓门大叫了起来。围观的人便哄堂大笑起来。这时，一位征马官走了过来，对余掌柜大声说："快拉走，马师长征的是战马，骡子上不了战场。"

余掌柜笑嘻嘻地说："兵爷，我这骡子也是马下的呀，你怎么就不要它哩？就凭这身乌黑的骡毛，比你那身要纯得多。"

围观的人又是一阵哄堂大笑。

"老东西你骂人，他妈的，我看你是活腻歪了。"

说话间，征马官就要举手打人，余掌柜一点也不惧怕。他说："兵爷，我可没有骂人呀！我在骂这畜生，同是马生下的，咋它就变成了令人讨厌的杂种哩？"

"你、你……"那征马官气的半天说不出话来，气急败坏地举起手中的棒子就向余掌柜打去。闻声儿走出屋子的刘贵大声说："且慢，且慢！咋能打人哩！"

那征马官回头看了看刘贵，便放下了手中举起的棒子。刘贵见是余掌柜牵着一头黑骡子，站在乡公所院子中间，他便倒背着手走了过去。谁知那骡子一扬尾巴，"嘭嘭"放了两个响屁，随后两条后腿一弯，一泡骡尿散了一地。刘贵没有来得及避躲，骡尿溅了一身，一股尿骚臭味扑面。

"呵呵、呵呵……"刘贵干笑了两声，捏着鼻子就要离去。余掌柜说："刘乡长，我把你要的战马牵来了。"

刘贵回头仔细看了看张余掌柜，对那征马官说："把余掌柜送来的这匹黑马收下吧。"

那征马官走了过来，从余掌柜手里接过了骡子的缰绳，牵着往后院里走去。刘贵对围观的人们说："散了吧，散了吧。"

围观者对刘贵的这一招，感到十分吃惊，但又说不出啥来。余掌柜更是丈二的和尚摸不着头脑，人们百思不得其解地议论着，离开了乡公所。

马豁子不仅到各县抓丁征税，而且征马征粮。征马的事儿一般派在城镇工商业者和富户头上，有好马者出马，没有好马者出钱买马。马豁子给各县分派征马的任务，各县又给各乡分摊征马的数量。刘贵分摊到工商业者和商户头上征收战马的数量，整整儿翻了一倍。刘贵说，大户一户一匹，小户两户一匹。有好马者出马，没有好马者出钱买马。有几个商户把自家爱马送去，刘贵不是嫌个头小，就是嫌毛色不好，总是看不上眼儿。几番折腾，大家便清楚了，刘贵要借抓丁征马的机会大发横财。

这几天，乡公所派出的抓丁、征粮、征马人员在军警的配合下，搞得各庄子都鸡飞狗跳，家家不得安宁。

为了搜刮财富，刘贵把征兵中采用的"抽签"的法子也用到了征马上。哪家商户出马，由"抽签"来决定，抽到签者，有好马者出马，没有马这出钱买马。

福盛商行的余掌柜大鱼儿，早年随父从凉州城来到东南山乡集市经营百货生意。苦心经营数年，在集市有了自家的商号。

从前，大鱼儿与刘贵因生意上的往来，"交情"不浅。刘贵当了乡长，大鱼儿隔三岔五也给刘贵送些糖烟酒茶过去，顺便"叙叙旧情"。其实，处世圆滑的大鱼儿，早就想有机会沾一点刘贵的光。这次，乡公所向商户抽签

摊派征马，大鱼儿认为刘贵会念旧情，让他沾光免了这份苛捐杂税。可大鱼儿手气不佳，福盛商行抽签分摊到了战马一匹。大鱼儿知道这"抽签"的事儿全在刘贵手中掌握，完全是人为操作的。大鱼儿便拎了礼包去求情。刘贵收了礼，征马官也就不再去找福盛商行的麻烦。

可没过半年的时间，征马官又去大鱼儿的福盛商行征收马款。这次大鱼儿不仅拎了礼包，还带了小老婆颖儿去刘贵家里求情。刘贵见礼就收，还把颖儿留了下来，在他家小住了几天。可没过两个月时间，征马官的又到福盛商行征收马款。几经折腾，大鱼儿既陪夫人又折兵，送出去的礼金远远超过了购买一匹马的钱，可征马官依然是三天两头来催款要钱，大鱼儿憋了一肚子气。

"你不念旧情，也别怪我不给你面子。"

这天，大鱼儿怒气冲冲地牵着自家黑骡子来到乡公所，找茬闹事儿，可碰了刘贵的软钉子。刘贵的这个招数，让大鱼儿吃了哑巴亏，只好把自家的黑骡子当马充了公。

这天晚饭过后，大鱼儿还在商铺里为白天的事情纳闷生气，突然来了四位军警，不由分说绑起大鱼儿就走。

大鱼儿被抓走后，便没了音信。

有人传说，大鱼儿被送到县府去了。也有人传说，大鱼儿被送到凉州新城马豁子的兵营去了。

大鱼儿的大小老婆整天哭哭啼啼地去乡公所找人，刘贵始终避而不见。一时，福盛商行就没有了主心骨，商铺只好关门歇业，大鱼儿家上下乱了套。

大鱼儿在东南山乡集市也是算得上的一个大户，这一抓人就没有了音信，集市上的商户个个心慌了，许多商铺关门歇业，大家都提心吊胆地过日子。

大鱼儿的大老婆枫香托人去古浪县城打听大鱼儿的音信，那人回来说，征马是马豁子的命令，大鱼儿违抗军令被押送到凉州城里问罪去了。更有人传说，大鱼儿被押到凉州后，马豁子命人砍了头，死身子被卸成大八块，丢到杨家坝河滩里喂了野狗。

大老婆枫香一听这话，当场就哭得背过气去，要不是喜子及时赶到救治，怕早就没有了活命。大鱼儿的小老婆颖儿听到这个信息，便打点好自己的行李包袱，做好随时抽身而退的打算。

太阳刚落山，集市的商户都关门熄灯，整个集市寂静得瘆人。

大鱼儿的大老婆枫香捎书带信，将在凉州城里的小鱼儿叫了回来。听了母亲的一番哭诉，小鱼儿往怀里揣了几沓票子，就直奔古浪县城。

票子一到，一路通达。

刘荣贵掂了掂手中那几沓票子的分量，冰冷的脸上有了春意。他一步两晃地走过来，拍拍小鱼儿的肩膀阴阳怪气地说："你爹就是抱着元宝跳井——舍命不舍财的主儿。久闻小鱼儿兄弟是个孝子，我就让你们父子见个面吧。"

小鱼儿随了狱卒来到大牢，大鱼儿猛见小鱼儿，竟惊得说不出话来。父子手拉手，相对大哭一场。情绪稍稳，大鱼儿问道："你是怎么找到我的？"

"我找了刘荣贵。"

"那坏尿，为啥让你见我？"

"我给人家送票子了。"

"娃子，你给老子听着，老子无辜受冤，还要给这些畜生送票子求情。你要是我的儿子，你就得给我讨个公道。"

小鱼儿见过父亲后，哽咽着出了大牢，失魂落魄地回到了东南山乡集市，把实情给母亲一说，母子又抱头大哭："这世道到哪里去给他讨个公道？"

"救不出我爹，就是死在古浪县城里，我也不回家来。"

小鱼儿心里不甘，哭着又去县城为爹申冤。

"快过年了，不再受理案子了，有什么冤屈，到过完年再说。"

这天，小鱼儿去县府再次击鼓鸣冤，守门的警察不由分说便把小鱼儿推出了大门。小鱼儿大喊："过年了，我爹爹受冤还在大牢里哩。"

警察见小鱼儿死缠活赖，劈头盖脸便是一顿毒打。打得小鱼儿连滚带爬从县府里跑了出来。他只顾哭哭啼啼，却一头撞在一位行人的身上，抬头一看竟然是老五叔。

小鱼儿扑通一下跪在地上，一边磕头，一边哭喊："老五叔，你可要救救我的爹爹呀。"

"娃娃，快起来。男儿膝下有黄金，上跪天地，下跪父母，大街上跪地磕头，

除非是死了亲生的爹娘老子。"

老五叔说话间,扶起了小鱼儿。平日里,老五叔对大鱼儿点头哈腰、阿谀奉承,像泥鳅一样做人处世的做派很是反感。今天,老五叔是为毛家大庄子毛英被抓的事情专门来县城的。他本不想管大鱼儿的事情,一听小鱼儿一五一十的诉说,再看看他一脸血水,浑身是土,不由产生了怜悯之情。他把小鱼儿叫到一边,说:"去请毛大少写个状子,我们联名担保你爹。"

小鱼儿按照老五叔的意思,请来了东南山乡前朝秀才毛大少,写了一份煌煌千字的诉状和担保书。老五叔动员集市上的商户推举了十位代表,联名到古浪县城担保大鱼儿。

小鱼儿一阵疯狂击鼓,县长走出屋子。见小鱼儿满脸是血,浑身是土,跪在大堂之上直喊冤枉,正襟危坐的曾县长啪地一拍惊堂木,大喝一声:"何方刁民,为何击鼓?"

小鱼儿把诉状高高举在头顶,直喊冤枉。曾县长大喝一声:"把诉状呈上来。"

曾县长从警察手中接过诉状和担保书,一目三行看过之后,就明白了事情的原委。他喝道:"当前战事紧张,有人出人、有钱出钱、有马出马是国民分内的事儿。大鱼儿聚众闹事,戏弄民国政府官员该受责罚。你有何冤而申?"

此时,东南山乡商号十名代表一起跪在大堂之上,说:"县长有所不知,东南山乡集市商户不足三十家,却要征马四十匹,一户一匹也无法完成呀!"

曾县长一听,心中自明。县上分配给东南山乡征马任务二十匹,刘贵却翻了一番,从中加码盘剥,百姓何以承受得了?但曾县长没有当场发作,便说:"押案犯大鱼儿。"

大鱼儿被带到大堂之上,曾县长大喝一声:"刁民大鱼儿,你聚众闹事,无辜戏弄政府官员,应受责罚。但其行不至于坐牢,看在东南山乡商户代表担保,限十日之内交战马一匹,可否做到?"

未等大鱼儿开口,老五叔和商户代表急忙回答县长:"我们担保,按照县长要求,十日之内一定交上战马。"

曾县长见有人担保大鱼儿,便当场释放了大鱼儿。

"娃娃呀——"

大鱼儿一脸憔悴，见小鱼儿跪伏在地泪水涟涟，便连哭带喊扑了过去，父子在大堂之上抱头痛哭起来。

好不容易熬到秋天。

庄稼一收，兵差、粮差、草差在军警的配合下，整天到各庄子里鸣锣催收，征粮征草的告示贴满了四庄子八巷道。

这天，麻眼睛张半仙在小女儿秀秀的牵引下，把家里的半布袋子青稞背到了征粮点。征粮官打开布袋子斜眼一看，大吼："老东西，你眼瞎了心也瞎了。这是粮吗？这是老鼠屎！"

张半仙一听，脸色微微涨红。他小心翼翼地对征粮官说："粮官，我老汉眼瞎但心不瞎，这可是我们一家人从口里省下来的好粮食呀！"

"去，去，去，我只管征粮，管不了你其他的事情。"

征粮官说着就斜躺在椅子上，跷起二郎腿，微闭双眼，口中哼起了小曲儿："小小娇娘子呀，静静坐华堂哎，哥哥我看着呀，心里直痒痒哎……"

"唉！"张半仙长长地叹了口气，蹲在粮袋子边，抽起了旱烟锅子。

过了半天，又来了几位缴粮的。张半仙再次走到征粮官面前说："家里仅有这点粮食了，你不收，我没有粮食可交呀！"

征粮官抬头望了望张半仙，说："一边去，小爷我心里烦着哩。"顺便一脚踢了过去，把张半仙踢倒。

眼见麻眼老人张半仙被征粮官打了，前来缴粮的人愤愤不平，都围了过来大声喝问征粮官："你凭什么随便打人？把老人扶起来！"

"种皇田，缴皇粮，天经地义的事情。怎么？你们要造反呀！"

征粮官见人越聚越多，呼声越来越大，不由得心里发怵。他忽地一下从椅子上站了起来，准备撒腿要跑。可围上来的人们个个怒目圆瞪，将他团团围在中间。征粮官见大事不妙，便大声喊叫起来："要造反了，要造反了呀！"

征粮官一咋呼，更加激怒了人们。"打死这个不讲理的狗东西。"

不知人群中谁喊了这么一声，愤怒的人群就向征粮官扑了过去，拳头、扁担乱舞，喊声、骂声交织在一起，一时间，征粮点上乱成了一团。

"啪啪啪。"

三声清脆的枪响，十几位马家兵把人们团团围在了中间。那征粮官满面是血，鼻青脸肿，躺在地上一个劲儿呻吟着。

刘贵跟在一位留着大胡子且腰里挎个马刀如凶神恶煞一样的马家兵身后走了过来。他用那一对圆溜溜的老鼠眼盯着愤怒的人群看了一遍，然后皮笑肉不笑地说："乡亲们，这是马师长派来驻守我们东南山乡征兵征粮的马长官……"

没等刘贵把话说完，那马长官一挥手，把刘贵拨到了他身后去，大声喊道："尕娃驴日的，谁要是抗粮抗税，就地宰过。"

大胡子马家兵话音一落，其余的十几位马家兵就把枪栓拉得哗哗作响，气氛马上紧张了起来。刘贵急忙跑到马家兵长官面前，点头哈腰地说："马长官息怒，马长官息怒。"

大胡子斜眼看了刘贵一眼，把手一挥，马家兵们把枪都放了下来。

刘贵清了清嗓子，大声说："乡亲们呀，大家都有难处，我心里清楚着哩。但是如今红军猖狂，战事紧张得很呀。听说红军要打过黄河来，杀到凉州去。这红军呀，是从南方流窜过来的，红眉毛蓝眼睛，杀人可连眼睛都不眨一下呀！"

刘贵见人们静了下来，便清了清嗓子，继续说："马师长为了保一方平安，筹粮买马，积极备战，要把红军堵在黄河那边，免得我们百姓惨遭生灵涂炭呀！大家都是明白人，打仗就得征兵、征马、征粮、征税。这位马长官驻防我们东南山乡，就是为前线将士征兵、征马、征粮、征税，乡亲们一定要支持好马长官呀！"

说到这里，刘贵停了一会儿，突然提高声音说："大家有钱的出钱、有粮的出粮、有人的出人、有马的出马，我们要全力以赴支持马师长带领将士们英勇杀敌，阻止红军跨过黄河，保住我们的家园。"

此时，张半仙颤巍巍地走上前来，说："刘乡长，天不下雨，连年干旱，庄稼歉收，现在家家断顿，连活命都保不住了，哪有粮食和钱呀！"

"是呀，现在连活命都保不住了，哪有粮食和钱呀！"

人们都随着张半仙的话音又开始嚷嚷。"啪！"马长官一声枪响，张半仙扑通一声栽倒在地上，殷红的鲜血从他胸口的枪眼里汩汩流出。

"爹——"秀秀喊了一声，便扑了过去，伏在张半仙的身上大哭起来。

"这狗日的，随便就开枪杀人呀。"

人群开始躁动起来，人们叫骂着拿起扁担……"啪啪啪啪！"马家兵朝天放了几枪，人们惊呆了，恐慌地围在一起。

"马长官、马长官，手下留情呀！"

刘贵一脸惊恐，眼见一条人命没有了，他怕把事情闹得不可收场，急忙拉住大胡子的袖子不停地求情。

"尕娃驴日的，十天之内，所欠粮草全部缴清，抗粮抗税的统统地宰过。"

大胡子马家兵丢下这句话，一拍屁股走了。

刘贵回头望望被马家军打死的躺在地上张半仙，摇了摇头，无可奈何地紧随马家兵其后，溜之大吉了。

张半仙的死身子被人们抬回家，放在小院子里的一扇门板上。小院子里围满了乡邻，秀秀伏在张半仙的身上哭得死去活来。

"走，我们把死人抬到乡公所去。"

在众人愤怒的喊声中，人们抬起门板上张半仙的死身子，就要去乡公所。突然有人喊："乡亲们，先慢着，先慢着。"

人们回头望去，只见毛西都大步流星地走进了小院。他对抬着张半仙死身子的乡亲们说："各位乡亲，先把亡人放在地上。活着我们都不容易，现在人死了，就让他安安静静地走吧。我们活着的人，再不能折腾死去的人了。"

毛西都一发话，人们把抬起来的门板轻轻地放在院子里。

"我们不能看着人就这样无辜被马家兵打死呀！"

"乡亲们，当然我们不能看着张老伯就这样无辜被马家兵打死。但是，我们也不能再去白白送死呀！"

"对，西都说得对！"

"血债要用血来偿还。现在，我们先要把亡人安葬。只要亡人入土为安了，我们活着的人才能再另想办法为他报仇。"

"对，对，对。"

人们激动的情绪得到缓解，开始忙活着安葬张半仙的事儿。

张半仙被马家兵开枪打死的那天下午，老天下了一场淅淅沥沥的小雨。

　　东南山乡这地方，无霜期短。一场秋雨，就把夏天的余热彻底浇灭了。"早上立了秋，下午冷飕飕。"这谚语形象地形容了夏秋两季交替之快。雨后，凛冽的西北风刮个不停，气温急剧地降了下来。

　　马家兵无辜开枪杀人给东南山乡百姓带来了极大的恐惧和不安。每天一已到晚上，古堡的人早早就关了门，老老少少上了炕，蜷缩在被窝里取暖，大多数人家连油灯都不敢点亮。

　　这天，天还没有完全黑下来，古堡的年轻人陆陆续续来到老五叔的小院里，大家来和毛西都商议如何"收拾"马家兵，给张半仙报仇的事情。

　　老五叔一边隔着窗户瞭望着院子外面的动静，一边把火炉子烧得旺旺的，搁在火炉子上的铜壶里的水在翻涌着浪儿，沸水的热气把铜壶盖儿吹得啪啪作响。

　　"马家兵手里有枪有刀，凶残野蛮，我们明着干肯定干不过人家，只会白白送死，只有暗地里和这帮坏尿较量。"

　　"家家要把粮食都藏起来，把牛羊驴赶到大横山去。"

　　"每户人家都要抽人，轮流在古堡周围放哨，发现马家兵向古堡来，就通知大家从古堡北侧城隍庙的泄水洞逃跑，上大横山藏起来。"

　　"我们要在通往古堡的各个路口设狼夹子，让这些坏尿进不了古堡。"

　　人们议论到了大半夜，才分头回家去了。

　　等人们离开的时候，毛西都把古堡人准备联合起来"收拾"马家兵的想法给卫国说了一遍。卫国说："现在也只有这些办法了。"

　　卫国是前一天晚上才从凉州城里赶到东南山乡的，他还给老五叔、毛西都带来了一个最新的好消息："红军三大主力已经在会宁会师了。党中央决定红军要渡过黄河西征，挺进河西走廊哩。"

　　毛西都听到这里，急忙一口气吹灭了油灯，悄悄地打开房门到院子四周看了看，整个古堡一片寂静。他重新把院门的门闩插好，还觉得有些不放心，又找了个铁锨顶在门后，快步回到了屋里。他急切地问卫国："你见到李老师了吗？"

　　"见到了。"

　　毛西都一听，脸上露出少有的喜色，急切地问卫国："李老师怎么说了？"

"李老师说，我们要广泛团结和发动进步人士秘密开展活动，迎接红军，为红军挺进河西走廊创造条件。"

"我们能干些啥哩？"

"李老师说，一方面要积极搜集红军西征的消息，秘密与红军取得联系，通过各种方式尽可能地为红军提供帮助。另一方面要组织和发动群众开展抗粮抗税斗争，破坏马家兵对红军的阻击行动。"

李老师是早期中共凉州党组织成员之一。卫国这次来东南山乡就是按照李老师的盼咐筹集资金，准备在红军攻打凉州城的时候，迎接红军进凉州城。

毛西都兴奋地站了起来，望着窗户外漆黑的夜色，泪水顺着他的脸颊流了下来。那年，毛西都被刘荣贵抓捕，在生死关头被游击队的张队长相救，后又带着雪莲、尕香跑到了祁连山南部老林子里游击队营地。后来游击队因故分散了，毛西都带着家人辗转到了凉州城，遇到了李老师。受老师的启蒙和熏陶，他看到了自由光明的希望。后来，因凉州中共地下党的活动遭到反动势力的破坏，按照上级党组织"隐蔽埋伏，积累力量，以待时机"的指示，李老师离开了凉州，凉州地下党停止了一切活动。毛西都和李老师也失去了联系。

李老师"一走"就是数年。这些年，也是毛西都最为苦闷彷徨的一段时间。毛西都时时想念和牵挂着李老师，暗暗地四处打听和寻找着他的音信。今天当他知道卫国不仅见到李老师，而且得知红军要渡过黄河开始西征，挺进河西走廊，他兴奋得几乎要大声唱起来。他强忍住内心的激动和兴奋，狠狠地在自己的大腿上拍了一巴掌，紧紧地握住卫国的手低声说："我们就按李老师说的去做。"

卫国没有说话，只是认真地点了点头。然后，两个男人的四只大手紧紧地握在了一起。

此时，跳跃的火焰映红了毛西都和卫国的脸庞，他们相互都十分清楚地看到对方眼睛里滚动的泪花，感受到彼此激烈的心跳。

第十七章
乡亲们巧设机关　马家兵丢了性命

　　马家兵无辜开枪打死张半仙事情发生后，心里最不安宁的人是刘贵。虽然不是他开枪杀了人，甚至当时他想千方百计阻挡马家兵开枪杀人，但无辜的张半仙还是倒在了马家兵的枪口之下。张半仙被打死之后，刘贵每天晚上都不敢熄灭自己屋子里的灯。他怕一熄灯，老五叔那双如同钳子一样的大手就会掐断他的脖子，让他看不到第二天太阳升起。

　　刘怀瑞被马菁华"请到"凉州后，刘贵预感他的主子的大势已去，他在古浪东南山乡人的面前说话干事儿，也就收敛了许多，没有了往日的那股张狂劲儿。有时候，他甚至想着能有一个既能给上面交了差又能化解与古浪东南山乡百姓积怨的两全之策，慢慢地把自己与古浪东南山乡的人多年结下的疙瘩解开。可眼下，抓丁征马，征粮征税，没有一件事儿不与乡亲们对着干。现在马家兵又无辜打死了张半仙，一条人命呀，这事儿一桩连着一桩事儿地发生，让刘贵时常彻夜难眠。他在担惊受怕中，艰难地熬过了一天又一天，一夜又一夜。

　　这天，天刚亮，刘贵走出乡公所，只见大街上和往常一样的冷清和平静。心中烦躁的刘贵沿着清冷的街道盲目前行，忽闻远处传来唢呐声，声音时高时低，悲伤凄婉。刘贵一听就知道是发丧出殡的唢呐声，他觉得晦气，急忙回头，匆匆来到乡公所，关紧了屋子的门。他的心中还是慌得很，他觉得这清晨就遇到发丧的事情，觉得这呜哩哇啦的唢呐声，就是阎王在催命。他的眼前晃动着张半仙中枪倒地时那痛苦的面孔，晃动着那天现场围观的人们就要活吞了他的面孔，晃动着老五叔、毛西都那一双双瞪得如铜铃一样愤怒的眼睛……唢呐声越来越近了，他忽然觉得浑身有些发冷发紧发颤，急忙钻进了被窝，把头裹得严严实实的。

发丧的人群经过乡公所大门。被人抬着的死者尸体用一张草席裹着，看不清楚面部，一双赤脚露在草席外面，紧随其后的死者老婆孩子们哭得恓惶。三个唢呐手鼓圆了腮帮子吹着唢呐，唢呐吹出的曲儿哀婉凄惨，在整个东南山乡集市清晨的上空中弥漫着，就像死者在悲悲切切地泣诉着无尽的冤屈。闻声，街道两旁的人家都打开大门，按照东南山乡的习俗，家家在门口点燃起了火堆，送亡者一程……唢呐声、哭喊声和人们的嘈杂声，这混杂的声音直往刘贵的耳朵里钻，他把被子捂得紧紧的。等发丧的队伍远去了，刘贵才从被窝里钻了出来。他浑身大汗，仰天躺在炕上，木呆呆地望着屋子的房梁，长长地叹了一口气："唉！"

刘贵的担心是有道理的。

张半仙是在刘贵的眼皮子底下被马家兵打死的，但是老五叔、毛西都和乡亲们并没有马上来找刘贵的麻烦。刘贵的心里便钻进了"鬼"。他清楚得很，依照古浪东南山乡人的个性，有仇必报，有冤必申。这次，出了人命关天的事情，他们不来找刘贵的麻烦，不是人们被马家兵的淫威吓住了，也不是老五叔、毛西都他们认怂了，而一定是有更大的麻烦再等着他。一种山雨欲来之感向刘贵袭来，但是，刘贵清楚自己没有退路可走，只能硬着头皮，每天小心翼翼地跟在马家兵后面到各庄去催粮催税。

太阳一竿子高的时候，开枪杀了张半仙的那位大胡子马家兵骑着马带着其他三个马家兵来到了古堡。

"当，当当——"税官粮差的一阵子锣声响过后，大声吆喝道："男女老少，快到庙台子集合，马长官要训话哩……"

毛西都和古堡的人听到粮官鸣锣吆喝声，知道跑不了，家家户户男女老少都来到庙台子集合。

不多时，古堡的人陆陆续续地站满了庙台子下的空场子。只见两位马家兵肩上挂着长枪，站立在台子的两侧。那位开枪打死张半仙的大胡子马家兵一手扶着挂在腰左侧的马刀上，一手扶着挂在腰右侧的盒子炮上，在庙台子中间不停地来回走动，显得十分狂躁和不安。他见人来得差不多了，就双手叉腰站在庙台子中间大声吼了起来："红军已经开始准备过黄河了，过几天

老子就要开拔到前线去杀红军。现在你们这里应该征收的兵马粮草还差了很多。打仗少不了粮草税款,限你们三天之内把所欠的税款粮草如数缴齐。"

庙台子下一片寂静。

刘贵走上前来说:"乡亲们呀,大家都听清楚马长官说的话了吧?三天之内一定要把粮草税款如数缴齐了!"

庙台子下的人群开始躁动,纷纷议论说:"三天之内到哪里去找这么多的钱和粮呀?"

大胡子一听大怒,唰地一下从腰里抽出了马刀,恶狠狠地说:"哪个尕娃驴日的,三天之内缴不上粮草,就按通共通匪论处,统统地给我毙了!"

刘贵怕马家兵又要开枪杀人,急忙说:"乡亲们,不要嚷嚷了,不要嚷嚷了呀,快回去筹粮筹款吧,不然马长官手里的盒子炮可是不认人的。大家也都见识过马长官的盒子炮的厉害了吧?啪的一声响,子弹就能从人的前心穿到后心里去呀!"

庙台子下的人们静了下来,毛西都看看那位大胡子马家兵的阵势,想想张半仙被开枪打死的事儿,觉得先让大家散了场子回家再说,便没有说话,第一个离开了场子。人们见毛西都走了,都先后悄悄地离开场子回家去了。

望着人们离去的背影儿,刘贵悬着的心慢慢放下了,脸上露出了一丝儿让人难懂的笑容。自从他当了古浪东南山乡这个乡的乡长以来,他始终没有敢来古堡露过脸儿。古堡的人也从来就没有把他这个乡长放在眼里,古堡人合起伙儿来抗兵抗粮、抗捐抗税,闹得他这个乡长昼夜不宁。

刘贵对古堡的这些人,既愤怒又无奈,更多的是害怕。

人们从庙台子前的场子上散了,马长官望了一眼偌大的空场子,从庙台子上走下来,骑上马就要离开古堡。刘贵急忙跑过来,说:"马长官辛苦了,我看就在古堡吃完中午饭再走吧。"

大胡子马家兵回头看了看一眼刘贵,又抬头望了望当空的太阳,觉得自己的肚子也确实有些饿了,便骑着马带着兵跟在刘贵的身后,向古堡的中心地带走去。

路过百草济世堂,喜子养在后院里的一只大母羊正在吃草,两个马家兵跳进院子里就去捉羊。喜子的婆娘王凤凤看到马家兵到她家的后院子里捉羊,急忙从屋子里跑出来，说："兵爷，兵爷，那是我家的羊呀，你们不能抓它，我还指望着它下羊羔子剪羊毛过日子哩！"

"滚开！"

一个马家兵上来对着王凤凤的屁股踢了一脚。王凤凤被马家兵一脚踢了一个坐骨墩，她跌倒在地上哭着喊着向羊爬去。马家兵要把羊拖走，王凤凤死死地抱住羊不肯放开。

大母羊在双方的争夺中惊慌地挣扎着，不停地叫唤着。马家兵见王凤凤死活不肯放开手中的羊，就从腰里取下腰刀照着羊的脖子抹了一刀子。白刀子进去红刀子出来，羊血从羊的脖子里喷涌而出，喷得王凤凤浑身是血，惊吓得她张大嘴巴半天哭喊不出声来。

大母羊痛苦地挣扎了几下，"扑通"一声跌倒在地上，羊血在地上流了一摊。羊脖子的刀口上还在滴答滴答地滴着血，大母羊眼睛睁得明凸凸的。王凤凤疯子一般扑过去，抱住大母羊大声哭喊："我的大母羊呀，它的肚子里还怀着羊羔子哩，这些伤天害理的坏尿，一刀子下去就是两条命呀！"

喜子闻讯匆忙从百草济世堂跑到后院里，只见几位马家兵站在院子里哈哈大笑，王凤凤披头散发浑身是血，坐在地上大哭大喊。躺在血泊中的大母羊，还在呼哧呼哧喘气儿，四只蹄子还在挣扎着抽搐着。喜子一双怒目瞪着马家兵，两只拳头攥得咯吧咯吧地响。骑在马上的大胡子从马背上翻身跳了下来，走到喜子面前，眼睛瞪得如同铜铃铛一样大，怒吼道："再过几天，老子们就要上前线去和红军打仗了，是死是活还不知道哩。你尕娃家里有羊不让老子们吃，等着给红军吃吗？我看你们一家就是通共通匪！"

这时，毛西都急忙走了过来，拉拉喜子的袖口，喜子和毛西都相互对视了一下，都没有言语。毛西都赔着笑脸子走过去对大胡子说："长官说得对着哩，长官们就要去前线打仗了，杀个羊算啥呀，我们百姓理应杀牛慰劳长官们才对哩。"

大胡子听了毛西都的这番话，迟疑地望了望毛西都。一直站在大胡子身后的刘贵急忙走到前面来，说："西都兄弟说得对，长官们就要上前线打仗去哩，应该杀只羊慰劳慰劳。"

大胡子望了望刘贵，又望了望毛西都，见两个人满脸堆笑，不停地点头

赔着不是认着错，他的脸上露出了得意的笑容，鼻子里轻轻地哼了一声。

毛西都示意喜子扶起王凤凤。喜子领会其意，没有言语，将浑身沾满羊血的王凤凤抱了起来，回屋子里去了。王凤凤伤心地哭着喊着："我的大母羊呀，还怀着羊羔子的大母羊呀，我还指望着它下羊羔子剪羊毛过日子哩呀……"

刘贵回望了一眼毛西都，他被毛西都这一反常态的举动弄得不知所措，不由得心里犯起了嘀咕。

说话间，几位马家兵已经把羊的皮剥了，扒掉羊的五脏六腑，剁掉羊头和羊蹄子，把羊身子剁成了拳头大小的肉疙瘩，在百草济世堂的后院子里垒了石头锅叉，安上了一口大铁锅，在炉膛里架起柴火。红红的柴火苗舔着黑黝黝的锅底，锅里的水开始冒热气儿了，马家兵就把堆放在案板上的羊肉全部下到大铁锅里。这时，刘贵对大胡子马家兵说："长官呀，等会儿羊肉煮熟了你们吃，我要去趟乡公所。下午我们在毛家大庄子见面。"

大胡子斜眼望了望刘贵，轻声"哼"了一声。

征得马长官的应许后，刘贵就带着几个随从离开了古堡。

毛西都从刘贵口中得知这帮马家兵下午要去毛家大庄子，就给雪莲递了个眼色。雪莲心会意领，借故外出就把这个信息传递给了毛奎。毛奎一溜烟地向毛家大庄子跑了。

毛西都往炉膛里塞进一束干柴，火借着风势燃烧得正旺，大铁锅的水翻着浪儿，羊肉独特的香味儿弥漫在小院里。大胡子马家兵走了过来，问毛西都："羊肉煮熟了吗？"

毛西都从炉膛前站起身来，满脸堆笑地说："马长官，你来尝尝，看羊肉熟了没有。"

说着话，毛西都揭开了大铁锅上的木头盖，一股巨大的热气扑了起来。毛西都一边用嘴吹着热气，一边用筷子在锅里夹出一块肥羊肉来，送到大胡子马家兵的面前。

马长官拍拍双手，接过了毛西都递上来的羊肉，张开嘴狠狠地咬了一口，快速地嚼起嘴里的羊肉。不多时，马长官就将一大块子羊肉送进了自己的肚子里，说："熟了，熟了。"

毛西都捞了一大盘子羊肉，给那马长官送了过去。马长官取下腰刀割了一块子肉，送进嘴里大嚼起来。其他马家兵就站在锅边上，现捞现吃，狼吞虎咽。

一会儿的工夫，马家兵吃完了羊肉，每人美美地喝了一大碗羊肉汤，也没有等刘贵他们回来，撂下了一地的羊骨头，拍拍屁股，让毛西都带路，就去了毛家大庄子。

毛奎把刘贵带着马家兵下午要到毛家大庄子的确切消息送到毛八爷家，毛八爷就开始和老五叔秘密商议"收拾"马家兵的具体办法。

"马家兵个个手里有枪，明地里我们干不过他们。我们就在马家兵进庄子的路道口上布设些狼夹子和扣子，想个法子收拾一下这帮坏尿东西，不然他们天天这样欺负，我们可就没有办法活下去了。"

毛八爷听了老五叔说的话，闭着眼睛点了点头，算作回答。

狍子按照毛八爷的吩咐召来了庄子里的男人们。

毛八爷对庄子里的男人们说："去吧，就按老五说的法子，在进庄子的南路上布设好绊马索和狼夹子。"

大家分了个工，便各自回家带上自家的工具，在老五叔的带领下，去进毛家大庄子的道路口布设狼夹子和扣子。

狍子是毛八爷和老五叔之间的联络员。

毛八爷得知马家兵要沿着黄羊川河而下，从南路来毛家大庄子，就让老五叔把狼夹子和扣子重点布设在了进毛家大庄子的南路上。

大家选择了树木长得比较稠密的一段路道，每隔十来丈就设下了一处狼夹子和扣子，每处都安排人看守瞭望着。这一方面防止不知情的路人和牲畜误踩到狼夹子或误钻进扣子里去，误伤了性命；另一方面观察马家兵行进的线路，防止他们临时改变行进路线。如果发现马家兵改变行进路线，大家就按照狩猎时引狼入圈套的法子，诱引马家兵钻进他们布设的圈套里来。

在古堡吃饱了羊肉和喝足了羊肉汤的马家兵，沿着黄羊川河而下，向毛家大庄子走来了。狍子发现了马家兵后，先到路道口把情况告诉了守在点上的老五叔，又直奔毛家大庄子向毛八爷通信儿。

这天，天气很是晴朗。地上没风，天上没云。毛八爷在庄子东头打麦子的场子上晒太阳。他闭着眼睛躺在一把破椅子上，周围一片寂静。狍子气喘吁吁地来到毛八爷的面前，慌里慌张地说："八爷爷，马家兵真的来毛家大庄子了。"

毛八爷微微睁开眼睛看了看狍子，脸上掠过一丝儿笑意，说："喝口水，缓缓气儿，再把事情说详细一点。"

狍子用袖头子抹了一把额头的汗水，提起毛八爷身旁石碾盘上放着的茶壶倒了一碗茶水，"咕嘟，咕嘟"一口气喝了个精光。

毛八爷气淡神定地问："来了几个马家兵？"

"四个。"

"没有见刘贵随着？"

"没有。"

毛八爷忽地一下从椅子上坐了起来，捋了捋那把银须，眯眼向通往毛家大庄子的东路口望去。

毛家大庄子的北面，被陡峭险峻的大横山挡得严严实实，要进毛家大庄子就只有东南西三条路。按照狍子说的情况来看，马家兵是沿着黄羊川河向毛家大庄子而来，进毛家大庄子必须走南路，而毛八爷爷眺望的是东路。这是一条黄土小路，小路沿大横山脚而行，随地势蜿蜒曲折。路边是一条小溪，小溪随小路蜿蜒而蜿蜒，随小路曲折而曲折。溪水清清，四季不断。路旁溪边长满了大大小小的野白杨树和鸡爪柳、香柴、猫儿刺、黄刺、黑刺等高高低低的植物。虽然时值深秋季节，大大小小高高低低的植物都落了叶子，但是依然密密麻麻地排列在路道的两边上，就像是两道边墙很是密实。

狍子不解毛八爷爷的意图，也顺着东路口望去。忽然，他发现东路上也出现了几个人影儿在晃动着向庄子里走来。"八爷爷，马家兵分两路进庄子了？"

毛八爷摇了摇头说："快去通知全庄子的老人、妇女和娃娃们向横山上跑。"

狍子一听，急忙向庄子里跑去。

顿时，毛家大庄子驴叫狗吠乱哄哄的。当人们牵着牲畜背着娃娃走到村口时，刘贵带着几个随从已经从东路进了毛家大庄子，把人们堵在场子上。

毛八爷暗想，刘贵呀刘贵，果然诡计多端狡猾得很呀！

其实，这天上午，在古堡毛西都对待马家兵那一反常态的热情态度，刘贵的心里就暗生了疑惑。当他看到马家兵把羊肉下到锅里后，毛西都给雪莲递了个眼色，雪莲借故匆匆离开屋子到外面去的时候，刘贵心里的疑惑越来越大。

刘贵生在古浪东南山乡，长在古浪东南山乡，几十年与古浪东南山乡的百姓打交道，他太了解这里的人宁折不弯、有仇必报的性格，更了解古浪东南山乡的百姓善用狼夹子和扣子收拾人的招数。想到这里，刘贵从心底里害怕起来。他怕毛西都在那口煮羊肉的锅里下药，如果是那样的话，他就和这几位马家兵都得去见阎王。即便是自己不被药死，如果马家兵死在古堡，他刘贵更难以说得清楚了。于是，羊肉下到锅里的时候，刘贵借故要到乡公所去办事儿，溜了。

下午，刘贵和随从去毛家大庄子时，他特意选择走大横山脚而下的这条东路，而没有同马家兵一块儿顺黄羊川河而下走南路。虽说从东路去毛家大庄子要比从南路去毛家大庄子远两倍的路程，可刘贵想，如果毛家大庄子的人听闻马家兵从南路来，他从东路去一来能堵住闻信儿想跑到大横山躲藏的百姓，二来他是怕毛西都在马家兵走的南路布下狼夹子和扣子，被毛西都他们搂草打兔子，连他一块儿收拾了。

事实印证了刘贵的想法完全是正确的。

刘贵望了望聚在场子上的人，只见了狍子一个青壮年男人，其余的人全是老人、娃娃和女人，他的心里不由得犯起了嘀咕。

刘贵笑嘻嘻地走到毛八爷躺着的椅子前，说："毛八爷呀，今天的庄子里怎么都是老人、女人和娃娃，男人们都到哪里去了呀？"

毛八爷微微睁开眼睛，从眼睛缝缝儿里望了望刘贵，故意装耳聋，没好气地大声问："你说啥哩？"

刘贵一惊，身不由己地往后退了几步。少顷，刘贵又走上前来，俯下身子贴近毛八爷爷的耳朵边大声问："今天庄子里的男人们都到哪里去了呀？"

毛八爷爷从椅子上慢悠悠地起了身子，喝了一口茶水，说："今年野兽比往年多，狼娃子经常出没在庄子里，人们日子过得太不省心呀，男人们就必须去打野兽，也好剥张狼娃子皮换钱过日子呀！"

刘贵听出毛八爷的话外之音，他皱了皱眉头，脸上露出一缕怪怪的笑意。他在心中暗想，我看毛家大庄子的人能不能缠过凶残的马匪兵。

刘贵干咳了几声，一语双关试探性地对场子上的老人、娃娃和女人们说："这几天凉州城里的马师长派兵催粮催税来了，既然大家都到场子上了，就等一会儿,让来催粮的马长官给大家训个话吧!"

毛八爷没好气地反问刘贵,说:"刘乡长,就是那个开枪打死了张半仙的马长官吗?"

"毛八爷,你这消息灵得很呀!"

"俗话说,好汉子护一庄乡亲哩!听说那位马长官开枪打死张半仙的时候,你刘乡长也在场,怎么就没有护一护张半仙那个可怜之人呀?"

毛八爷爷这么一问,刘贵无话可说了。

忽然,村庄的不远处传来了驴的叫声,叫声尖溜溜的,很是刺耳,像是吹唢呐。刘贵尴尬得咳嗽了两声,没有回答毛八爷的问话。

毛家大庄子的打麦子场上又恢复了寂静。

太阳渐渐开始西斜了,人们的影子被太阳从西向东渐渐地拉长。有小孩子哇哇大哭起来,聚在打麦子场上的人开始躁动。有老人的咳嗽声,有妇女的抱怨声,也有孩子的哭闹声,有人说要回家去喂牲口,也有人说要去撒尿拉屎……

刘贵向南路口望去,空旷的路上没有一个人影儿,也不见有大大小小的牲口走动。天上没有一丝儿风,路两边的野白杨树和灌木、芨芨草也是静静地站立着,周围的一切都显得那么寂静。

刘贵再回头在人群里去寻找狍子的时候,不知道啥时候狍子就没有了人影儿,刘贵心里不由得发起怵来。

狍子是趁着刘贵和毛八爷爷说话的工夫,溜出了毛家大庄子。他一阵风,就溜到了老五叔守候的地方。

大家躲在路旁边的猫儿刺丛后面,毛西都带着马家兵抄近道向毛家大庄子走来。大胡子骑着一匹黑骟马走在前面,其他的三位马家兵斜挎着枪跟在马长官的后面。眼见马家兵们"顺利"地越过第一个伏击圈进入了第二个伏击圈时,铁塔使出了浑身的劲儿,把那足有两百斤重的大石头从绊马索的机关上推开。说时迟,那时快,设在路中间的绊马索唰地一下从平地里"跳"了起来,紧紧地勒在了大胡子骑的那匹黑骟马的肚子下。黑骟马突然遭受袭击,不由一惊,努力地向前狂奔。可那绊马索死死勒在黑骟马的肚子之下,马儿要挣脱绊马索,将后腿使劲儿踢了起来,绊马索借力把那黑骟马给了个实实在在的倒栽葱。大胡子虽是骑兵出身，有驾驭战马的一身好本事，然而事出突然，也难逃劫难，一个狗吃屎从黑骟马的脊背上摔了下来，可他的一只脚紧紧地夹在马镫里。受惊的黑骟马如同被狼追逃命的兔子，竖起双耳，散开四蹄，拖着大胡子沿着黄羊川河岸向西狂奔而去。先前还能听到他的哀号声，一会儿就没有了声音。

受惊的黑骟马拖着大胡子跑了，河滩的碎石子上留下一溜儿的血迹。其余的几位马家兵受到突如其来的惊吓，来不及辨认东南西北，就往路道两旁的密密麻麻的灌木丛中钻。"哎哟——"一声惨叫，一位马家兵被狼夹子打准了右脚蹲在地上直叫唤。另一个马家兵刚想过去看个究竟，又闻"哎哟"一声，这位马家兵被狼夹子打准左脚。两个被狼夹子打了的马家兵疼得龇牙咧嘴哭天喊地，吓得紧跟其后的另外一位马家兵前也不是，后也不是，左也不是，右也不是，惊慌失措地端着枪在原地转起圈圈儿来。

四周重新恢复到了以前的那种寂静之中，听不见一点儿声响。

"啪啪啪啪"，马家兵如惊弓之鸟，不分东西南北，急忙开枪壮胆。几声枪响打破了周围死一样的寂静，受到惊吓的几只红嘴鸦儿"嘎嘎"地惊叫着飞出河滩边上野白杨树林子，快速向远天飞去。

打枪的马家兵东瞅瞅西望望，不见一个人影儿，只好搀扶着受伤的马家兵，慌慌张张地顺着原路往回逃去。

毛西都回头望了一眼老五叔，老五叔点了点头。

"喵喵喵"，毛西都边学了三声夜猫子的叫声，伏在灌木丛中的铁塔、毛奎听到"夜猫子"叫声，便悄声对身边的其他人说："快，把现场收拾利索，撤吧。"

大家便分头行动，悄悄地收起绊马索，撤了布设在其他地方的狼夹子和扣子，顺着黄羊川河岸边的野白杨树林子撤走了。

过了河，马家兵见身后没有追来的人影儿，就朝着路道边的野白杨树林子里又胡乱放了几枪，给自己壮了壮胆儿。

站立在毛家大庄子场子上的刘贵听到枪声后，知道大事不好了，对随从说："快，过去看看。"

第十八章
马家兵阻击红军　毛西都充当"向导"

刘贵听到黄羊川河滩里传来的枪声，匆匆忙忙带着随从赶到河滩里的时候，这里已是一片宁静，看不见一个人影儿。他顺着血迹找到大胡子马家兵的死身子，大胡子的一只脚依然夹在黑骟马的马镫子里。

大胡子被黑骟马拖了好几里路，头被河滩上的石头碰得血肉模糊，已经分不出人的模样儿了。刘贵让人们把已经死了的大胡子抬到乡公所，见其余的三位马家兵也回到乡公所。被狼夹子打伤的两位马家兵，嘴唇发紫，眼睛微闭，不停地呻吟着。刘贵急忙派人去百草济世堂请郎中喜子来给马家兵治伤。喜子不在百草济世堂，店伙计富顺说喜子出诊去了。

刘贵清楚郎中喜子是故意避开不来为马家兵疗伤，但他也无可奈何。

打伤马家兵的狼夹子是被狼毒草熬制的药水浸泡过的，刘贵清楚，如果不及时救治，过了今夜，这两个马家兵的命就很难保了。

大胡子的死身子停放在乡公所的院子里，那位没有受伤的马家兵吵着闹着要去杀光毛家大庄子的人，烧光毛家大庄子的房子。刘贵求爷爷告奶奶地劝说着马家兵："长官呀长官，天色不早了，黑影子都下来了，如果你们出去了再被狼夹子打着了，一夜过去死身子都被狼娃子啃完了，我可怎么向上面交代哩？"

马家兵觉得刘贵说得有理，看着渐渐暗下来的天色，情绪稳定了下来。可刘贵心里越来越烦躁。

夜幕覆盖的古浪东南山乡安详地蛰伏在绵延几十里的山峦之中，忙碌了一天的人们熄灯上炕睡觉了。可乡公所的院内依然亮着灯火，两位被狼夹子打伤的马家兵开始持续不断地发高烧说胡话。刘贵急得在院子里团团乱转。

面对马家兵的一死两伤,究竟是谁干的事情?刘贵心里明白一定是毛西都和老五叔联合了毛八爷及毛家大庄子的人干的,但是他连对方的人影儿都没见到,更没有丝毫的证据和事实呀!

"打不着狐子反惹一身狐骚味儿。"

不知是自责还是抱怨,刘贵深深地预感到自己的好日子不会太长了,一种不可抗拒的恐惧感涌向他的心头。他就像夹在门缝子里的一条狗,进不去也出不来,不知道如何是好。

夜色渐深,阴云挡住了弯月,只有稀朗的星星眨着眼睛。

刘贵没有丝毫的睡意,让他头疼的是这马家兵死亡和受伤的事情,怎么向上面交代。

"唉!"刘贵长长地叹了一口气,像一个泄气的皮球,瘫坐在椅子上。以前,刘贵遇到麻烦的事儿,有刘怀瑞顶着哩;现在刘怀瑞被马豁子"请"到凉州城里好长时间了,是祸是福难以预测,是死是活杳无音信。刘荣贵虽然是个警察局长,刚立秋的时候就被调到黄河岸边同马家兵一块儿去阻击红军了。

更可怕的是前来征粮征马的大胡子马家兵四人,到古浪东南山乡还没有过上三天的时间,就死伤三人。"人命关天的大事情呀,这可怎么向上面交代哩?"想到这里,精明了半辈子且鬼点子最多的刘贵,实在是想不出一个好办法了。

郎中喜子一夜没有"回家",刘贵一夜没有合眼。那两个被狼夹子打伤的马家兵说了一夜的胡话,喊了一夜的爹娘。

第二天东方晨曦微露,刘贵派人再次去了百草济世堂请郎中喜子,店伙计富顺说郎中喜子回来最快也到下午了。

"再不能这样等下去了。"

刘贵让人用木轱辘马车拉上大胡子的死身子和两个受伤的马家兵,去县城面见县长。他想,如果现在把这两位受伤的马家兵送到县城,说不定还有一线生还的希望。如果等到下午喜子回来,医术再高明,也无法挽救这两位受伤的马家兵的小命了。

"快点,快点。"

马车沿黄土山路快速行进,刘贵还是觉得车慢,不停地催促着车把式。

车把式把那红缨梢鞭甩得啪啪响,套在车辕的马儿撒开四蹄奔跑,累得鼻孔大开,浑身是汗。

快响午的时候,刘贵他们来到了红石结子。刚拐过山咀子,就见一队民团队伍走了过来。民团队员个个背着铺盖卷儿和干粮袋子,有人斜挎着长枪,大多数的人扛着大刀长矛,还有人拿着扁担棒棍,乱哄哄地向前赶路。

刘贵让车把式把马车停靠到路边上,一边让马儿歇歇气,一边避让民团队伍。

"老哥哥,借你的火抽袋烟。"

一位中年民团队员要抽旱烟,走到车把式跟前借火。刘贵趁机问道:"老哥哥呀,听口音你们也是本地人,这扛枪拿刀的,要到哪里去呀?"

"听说红军已经打过黄河了,我们奉马师长之命去阻击红军哩!"

"马师长的部队没有把红军阻挡到黄河那边呀?"

"听说红军是夜里过的河,马师长守河的部队发现红军时,红军已经上岸了。"

"马师长的部队没有和红军打仗呀?"

"听说马师长的部队在景泰一条山、五佛寺一带和红军的部队打了好几仗哩。马师长的部队吃了不少的亏,马师长的参谋长都被红军打死了。"

"老哥哥,你们现在是去景泰五佛寺,还是去一条山呀?"

"听说红军要西进凉州,我们要去横梁山阻击红军哩!"

刘贵听了这人说的这些话心里明白,红军的大部队已经过了黄河,并在黄河岸边的景泰一条山、五佛寺一带和马家兵打了几次仗,马家兵受到了沉重的打击。现在,红军要杀到凉州了,马豁子坐不住了,下令各县乡组织民团在沿途设防,阻击红军西进。

那人抽了几锅子旱烟,一边往腰里插旱烟锅儿,一边问刘贵:"老哥哥,你们这是要到哪里去呀?"

"我们要到县城去找县长去哩!"

"古浪峡设卡子了,不准任何人进出县城,快回家吧,要办事等仗打完了再去吧。"

刘贵一听这人的话,两腿不由地打起战来。他带着哭腔对民团队员说:

"老哥哥呀，我有人命关天的大事情哩，今天一定的去县城见县长，不然这个屎盆子可就扣到我的头上了。"

正在说话间，一队马家兵骑着马从民团队伍的后面赶了过来。一位长官见刘贵一伙人，就大声问道："这些尕娃们是干啥的？"

刘贵战战兢兢地回答说："长官呀，我是古浪东南山乡的乡长，要到县城找县长报告事情去哩。"

跟在刘贵马车后面的那位马家兵好像认识问话的这位马长官，急忙凑上去对长官叽里咕噜地说了一阵子刘贵听不懂的方言。那马长官不由分说，照着刘贵的头上脸上就是一顿马鞭子，刘贵的脸上立刻出现了几道血印子。他抱着头捂着脸蹲在路边上委屈地放声大哭起来。

马长官把鞭子一挥，说："尕娃驴日的，绑过。"

刘贵把"绑过"误听成了"宰过"，吓得扑通跌倒在路边的地上，连哭带喊："长官呀，我家上有老下有小，你宰了我，他们可怎么活呀？"

行进的民团队伍停了下来看热闹，马长官挥舞着手中的马鞭子大声呵斥，说："看啥热闹？看啥热闹？快走，快走！"

围观的人又开始慢腾腾地继续前行。

几个马家兵按照马长官的意思，把马车上拉的那个已经死了的大胡子马家兵死身子和另外两个奄奄一息的马家兵抬下了车，丢进到路边的壕沟里，给刘贵和几位随行人员递过来几把铁锹，说："把他们埋了。"

刘贵望着那两个被狼夹子打伤的马家兵虽然说不出话来，可两只手还在动弹，就说："长官呀，人还活着哩，你看他们还出气儿哩，手和胳膊都在动弹着哩，怎么能活埋了哩？"

马长官走了过来，不由分说在刘贵的头上身上噼里啪啦又是几马鞭，大吼道："尕娃驴日的，再啰唆，把你也一块儿埋了！"

刘贵一听，不再作声，急忙挥锹挖土埋人。

"你的马车被征用了。"

马长官一发话，马家兵蜂拥而上，争着抢着把自己身上背着的和抬着的锅碗瓢盆油盐米面等装在木轱辘大车上。

"调转车头，跟着队伍向东走。"

　　车把式按照马家兵的要求，调转车头向横梁山方向前行。

　　一位马家兵走过去，在刘贵的屁股上狠狠地踢了一脚说："快走！"

　　刘贵一个骨碌从地上爬了起来，被马家兵绑了双手，走在民团队伍的前面带路。刘贵回头看去，埋着马家兵的那个土堆还在动弹，心里不由得咯噔一下。他用衣袖擦了一把额头上的汗水，加快几步向前走去。

　　天气晴朗，午时的太阳很毒。汗水流到被马鞭子抽打的伤口上钻心的疼，刘贵顾不了这些。他想起刚才活埋马家兵的情景，心里就后怕。他怕残暴的马家兵一不高兴，把他也活埋了。刘贵一边走路，一面思谋着如何逃跑的办法。到了菜籽口，刘贵悄悄地回头一看，马长官骑着马紧紧地跟在他们的后面，他只好低着头老老实实地继续往前走。

　　"加快行军的速度！"

　　马长官骑着马大声呵斥着。民团队伍在马家兵的呵斥声中，如同一条大蚰蜒，在蜿蜒的山路上向前蠕动。

　　去横梁山必须经过黄羊川。

　　太阳快要落山的时候，民团队伍赶到了黄羊川。

　　听说马家兵要来了，各庄子里的人早都跑到大横山上躲了起来。集市上的商铺也都关门歇业了，凛冽的风在街道上刮着，整个大街空落落的，只剩下了寒冷。

　　到了乡公所门口，刘贵急忙凑到马长官的面前说："长官，长官，你给我松了绑吧，我好给长官们烧些开水喝呀，天气冷了喝些热水，人的身子就暖和，赶路才有劲儿哩！"

　　马长官斜瞪着眼睛瞅了瞅刘贵，向身边的马家兵挥了一下手中的马鞭子，说："给这尕娃松绑。"

　　两位马家兵上前，给刘贵松了绑。

　　民团的人席地而坐在乡公所的院子里，拿出随身携带的馍馍吃了起来。刘贵恭恭敬敬地把马长官请进了自己的乡长办公室，吩咐其他人员在乡公所的院子里支了三叉石头锅灶，按上大铁锅，燃烧柴火，给民团们烧水喝。

　　几位马家兵不知从哪里抓来了一只山羊，三下五除二就杀了羊剥了羊皮，开始在乡公所的院子里煮羊肉。

刘贵正忙前忙后，突然看到乡公所的大门外有一位熟悉的身影儿闪过。他正在迟疑，那人竟然大摇大摆地走进了乡公所院内。刘贵定眼一看，走进乡公所院子的人是毛西都。

刘贵发现毛西都的时候，马家兵也发现了毛西都。几位马家兵扑了上去抓住了毛西都，毛西都丝毫没有反抗。

马家兵把毛西都押到马长官的面前，说："这尕娃是红军的探子？"

毛西都急忙说："长官，长官，我可不是什么'红军''黑军'的探子，就是古堡的百姓，刘乡长他可以给我作证呀。"

刘贵本来是要避开这个场面的，毛西都一句话把他拉扯到了事情的里面。刘贵哭笑不得，只好赔着笑脸儿对马长官说："长官呀，他叫毛西都，不是红军的探子，就是我们古浪东南山乡古堡的百姓。"

马长官望望刘贵，又望了望毛西都，唰地一下从腰里拔出那一尺多长的马刀，向毛西都的头上劈了过去。刘贵吓得用双手蒙住了自己眼睛，只听到毛西都"啊"地大叫了一声，便跌倒在了院子里。

"哈哈哈……"马长官仰天大笑着走过去，朝毛西都屁股上狠狠地踢了一脚，说："这个尕娃，尿包一个。起来，起来，带老子们去横梁山。"

毛西都一骨碌从地上爬了起来，摸了摸头还长在自己的脖子上，慌里慌张地往大门外跑，几位马家兵追上去把他按倒在地上，用绳索绑了拖到马长官面前。马长官用手中的马鞭子指着毛西都说："尕娃驴日的，再跑就宰了你。"

"不跑了，不跑了。"

毛西都惊恐地低头蹲在了地上。

"乖乖地给老子们带路去横梁山。"

"好，好，好。我给长官带路去横梁山。"

"哈哈哈……"马长官看着唯唯诺诺的毛西都有些得意，他朗声大笑着对民团说，"休息一会儿，就赶路。"

站在一边的刘贵浑身不停地发抖，他慢慢取掉蒙在眼睛上的双手，只见毛西都蹲在地上。他才明白过来，马长官没有用马刀劈了毛西都。原来那马刀快要劈到毛西都的头皮子上的时候，马长官停了下来。要是那一刀真劈下去，

毛西都的头早成两瓣儿了。刘贵瞅了瞅得意地微笑着的马长官，又瞅了瞅镇定自若的毛西都，暗暗地想：这个毛西都贼胆儿也够大的。

古浪东南山乡山大沟深，秋冬季节的天黑得早，还不到下午七点钟，太阳就藏到了西山头后面，天色很快就暗了下来。凛冽的西北风狠劲儿地刮着，地上枯黄的蒿子草就像球儿一样被风吹得满地跑。山风吹到野白杨树梢上，发出呜呜的号叫声。

马长官吃完羊肉喝完羊肉汤，把嘴一抹，走出了屋门。只见民团的队员都把头缩在衣领里瑟瑟发抖，他就大声吼："起来，起来，都快快起来，快快赶路！"

马家兵吆喝着让民团上路，刘贵怕马家兵继续让他带路，便凑上去对马长官说："长官呀，让大家休整一晚上，等到明天天亮再走吧！"

马长官瞪着眼睛问刘贵："为啥要等到白天再走？"

刘贵忙说："从黄羊川到横梁山要顺着大横山山脚行走，夜晚赶路不仅夜黑风急，而且山路险峻十分难行，怕会遇到狼群的袭扰呀！"

"必须连夜赶到横梁山。"

"长官呀，黑夜里赶路，最容易遇上狼群。一群狼少则几头，多则十几匹。如果狼群联合起来，两三个狼群可就又几十匹狼呀！"

刘贵这么一说，把马长官可真正唬住了。他迟疑地望望刘贵，又望了望毛西都。

毛西都一骨碌从地上爬起来说："长官长官，刘乡长说得对着哩，大横山的狼娃子多得很，每年的这个时候是狼群最为猖狂的时候。但是狼娃子最怕火，只要有几个向导带路，行人打上火把赶夜路，不仅解决了夜黑山路难行的问题，而且狼娃子也不敢靠近行人了。"

毛西都这么一说，马长官犹豫了一会儿对刘贵说："军务紧急，马师长有令，我们今晚必须赶到横梁山，不可懈怠，快去找几个向导，准备火把连夜赶路。"

"好，好，好。"

刘贵嘴上应承着大胡子马家兵，可他心里想到，庄子里的人早都跑到大横山躲藏了起来，这黑天半夜的，可到哪里去找向导呀！

刘贵带了几位随从打着灯笼走出去了乡公所。他想借着外出找向导的机会，趁机溜走了事。

毛西都早就看出了刘贵的心思，他悄悄地靠近刘贵说："刘乡长呀，跑了今天难逃明天，刘怀瑞的能耐比你大多了，也没有逃离马家兵魔掌呀！"

刘贵不由脸色突变，一脸苦相，无可奈何地说："现在还有啥办法呀？只能走一步，看一步了。"

"我去给你找几位熟悉走夜路的人，给这帮马家兵做向导怎么样呀？"

刘贵回头望了望毛西都，心想：今天毛西都突然出现在乡公所，其中必定有鬼。现在他主动提出为马家兵去找向导，好戏必定在后头。但是，事到如今，他也只能这样了，便说："西都兄弟呀，你能为我刘某人分担忧愁，太感激了，太感激了呀！"

刘贵让一位随从给毛西都打着马灯走在前面照路，自己和其他几位随从跟在毛西都后面，提着马灯走出了乡公所大院。

出了乡公所大院，毛西都见没有马家兵跟来，就大声问刘贵说："刘乡长，这时候你想溜就能溜走吗？"

刘贵没有回答毛西都的问话，反问道："你不在大横山躲着，跑到乡公所来干啥？"

毛西都诡秘一笑，说道："鸡儿尿尿，各有各的渠道呀！"

刘贵听了毛西都的回答，凄然一笑，摇了摇头说："马家兵可是要和红军打仗去哩，你不在家好好地蹲着，怎么就往枪子儿乱飞的战场上去哩？"

"如果我今天晚上不来，你能脱了身子吗？往枪子儿乱飞的战场上去的人，不就是你刘乡长吗？"

刘贵无语，长长地叹了一口气，算作是回答。

不一会儿工夫，刘贵和毛西都他们来到了古堡附近的野白杨树林子里。参天的野白杨树遮天蔽日，地上的灌木起起伏伏、影影绰绰。林子的深处传来几声古怪的鸟叫声，使这里显得更为空旷和恐惧。

"刘乡长，你们就在这儿等着吧，我去给你们找人怎么样？"

刘贵一听毛西都的话，就慌了神儿，急忙说："西都兄弟，西都兄弟，我们还是一块儿走，好一点吧。"

刘贵怕毛西都使诈，在这荒郊野外要了他的性命，紧跟着毛西都在黑夜里深一脚浅一脚地往前走，累得气喘吁吁。

毛西都没有回答刘贵的话，转身一跃，就消失在茫茫夜色之中。刘贵和随从打着马灯四处寻找，连毛西都的人影儿都找不到。

此时，夜更黑，风更大了，黄羊川河的河水哗哗作响，几只受到惊吓的野鸟从河岸边的灌木丛中飞了起来，吓得刘贵和几位随从立即趴倒在猫儿刺墩后面，连大些的气儿都不敢喘。

毛西都摆脱刘贵，前行几百米，便对着灌木丛"喵——喵喵"一长两短地学着夜猫子叫了三声。紧接着灌木丛中也传来"喵——喵喵"一长两短夜猫子叫声。随后，老五叔和毛奎、铁塔、狍子等从灌木丛中走出了出来。

毛西都悄声对老五叔说："您老快让人通知在外躲难的人回家去吧，这么冷的天可把老人娃娃都冻坏了。这帮马家兵急着要去横梁山打红军哩，现在还顾不上祸害我们哩。"

老五叔让狍子去通知躲在荒山野外的人回家。毛西都急忙把自己下午去乡公所探听这帮马家兵底细的过程详细地给老五叔说了一遍。他说："今天下午我还从民团队员的口中听到，红军已经过黄河了，红军在景泰一条山、五佛寺把马家兵打得惨得很。"

"现在红军到哪里了？"

"听说红军要西进凉州，马上到横梁山了。我想利用给马家兵带路的机会，去横梁山找机会与红军联系一下。"

卫国去凉州时，对毛西都说过，找机会要和红军联系，并且给毛西都留下了一本秘密小册子《红色游击战术》作为联系凭证。这事儿，老五叔知道。但是他还是担心地说："打仗可不是闹着玩，子弹炮弹满天飞，这样太危险了吧？"

"我们蹲到家里，也不一定安全呀！"

老五叔点了点头，说："你带几个人去吧，这样相互有个照应。"

"嗯。还是您老考虑得周全。"

老五叔和毛西都爷俩正在谈话时，毛奎、铁塔、狍子通知躲难的百姓回家后，赶了回来。

"红军快到横梁山了，离黄羊川也就几十里地，这几天您老就多派些人放好哨，防着马家兵突然袭击，别把庄子里的人给祸害了。"

"这里的事情有我和喜子哩,你们可要多小心。混进狼娃子的窝里,和狼娃子打交道,可千万要小心别伤着自己的人呀!"

"你老就放心吧。"

毛西都边说边和老五叔告辞,带上毛奎、铁塔、狍子等几个人急匆匆走了。他们来到刘贵的身边,只见刘贵和几个随从圪蹴在猫儿刺墩后面,个个冻得瑟瑟发抖。毛西都不由心里暗暗发笑,说:"刘乡长,你要的向导我给你找来了,回去给马家兵交差吧。"

刘贵站起身来,觉得腿脚已经冻得有些麻木。他让随从把马灯的灯芯放大,仔细地看了看跟随在毛西都身后的毛奎、铁塔、狍子等人,个个都是青壮年,连声说:"好,好,好。"

马长官见刘贵带来了几位年富力强的向导,心里很高兴,说:"刘乡长,有了这几位向导,你就可以不去给我们带路了。"

"那好,那好。"

刘贵一听,连声说着好。他喜极生悲竟然抽泣起来,恨不得跪在地上给这位大发善心的毛西都磕上三个响头,叫上三声亲爹。

马家兵和民团队员们每人做了一个火把,砸了福盛商行的门,蘸了商铺里的清油,打着火把上路了。毛西都为了能和红军取得联系,他以给马家兵带路为名,随马家兵、民团一同去横梁山"阻击"红军。

黄羊川去横梁山有两条路,一条是大路,盘山而行,人徒步行走,到横梁山需要七八个小时;另一条是"马不并骑,车不同轨"的羊肠小路,路程比走大路近了一半。毛西都带着马家兵和民团沿着蜿蜒的小路向横梁山方向缓缓前行。

刘贵站在乡公所院子里,怀着十分复杂的心情,目送着马家兵和民团队伍远去。

弯月透过薄云把淡淡的月光洒在大地上,古浪东南山乡绵延几十里的群山成了朦胧的轮廓。渐行渐远的马家兵和民团队伍就像一条游动的红色火龙,在朦朦胧胧的夜色中,忽高忽低摇头摆尾地飘游在旷野之中。

这天晚上,刘贵失眠了。

刘贵觉得毛西都、老五叔这些人,就如同夜色朦胧的山脉一样,神秘莫测,让他捉摸不透。

第十九章
红军强渡黄河　马匪防线崩溃

　　滚滚黄河以一泻千里的气势，掀波涌浪，浩荡直下。巨大的旋涡急剧地转动，浊浪飞溅着暗红色的水沫……

　　黄河北岸的峭壁秃岭重重叠叠、起伏连绵，其上星星点点地矗立着马家兵的碉堡。马家兵骑兵三五成群，在裸露的田野上奔驰，飞扬起一溜溜黄尘……

　　红军在甘肃会宁会师后，党中央决定组织红军渡过黄河开始西征，蒋介石一再电令驻防西北的国民党部队阻击红军西进。宁夏的马鸿逵是有名的"滑马"，自保地盘，静观其变。甘青的马步芳素以"野马"著称，与蒋介石早有默契，拒不接受共产党提出的结成抗日统一战线的主张，一意孤行要与红军和抗日力量为敌到底。但是，红军在甘南对马步芳的威胁尚未完全解除，黄河沿线的防务就落到了马步芳的哥哥——驻守凉州的骑五师师长马豁子身上。

　　马豁子虽然心里不快，但军权旁落，慑于马步芳的威势，他也只能忍气吞声。他大量征集民团修筑碉堡、工事，开始沿黄河北岸布防。

　　骑五师只有两个骑兵旅，一个步兵旅和师部直属炮兵团和工兵团，兵力约有万余人。黄河防线数百里长，防区辽阔，要想守住黄河防线和自己的地盘，兵力显然很不够用。但骄傲自大的马豁子自认为红军远征疲于奔命，而他以逸待劳又有黄河天险，阻挡起来万无一失。他任命骑五师参谋长马延祥为前线作战指挥官，把三个旅布置在黄河北岸。他在每个渡口设一个据点派骑兵二十余名。每个据点后面的二三十里处派骑兵四十名作为后备军，紧急时可以飞速驰援。他还以红石咀、三角城、五佛寺三大渡口为重点，派重兵把守。

　　深秋的一天，马豁子率卫队视察了一次黄河沿线的防务，回来后，逢人便吹嘘:"黄河北岸布防严密,万无一失,足以遏制红军于黄河以东。"

此时,黄河东岸的红军正在选定渡河的地点,积极准备强渡黄河。

黄河虎豹口两岸峭壁雄踞、巨石参差,像一双巨大的手,紧紧扼住放荡不羁的黄河。黄河愤怒地咆哮着,夺路而走,以排空的浊浪,呼啸着向山岩冲击,在沉雷般的轰鸣中,水花四溅……一大群衣着破旧的"老百姓"冒着秋凉的河风,来到虎豹口。他们隐蔽在河滩村落茂密的梨树丛中,隔着轻淡的河雾,向北岸眺望着,指手画脚地议论着。隔着河面,他们可以断断续续听到北岸马家兵战马的嘶鸣声,看到部队巡逻走动的人影。

"就在虎豹口强渡黄河!"

年轻的红军首长用布满血丝的眼睛凝视着黄河北岸,果断坚定作出了这个大胆的决定。同时,另一部分红军已经到虎豹口上游的北湾一带进行造船、训练等活动,形成了红军要在北湾强渡黄河的假象。

马家兵前线总指挥马延祥不知红军有诈,令一个骑兵营赶往北湾增援。随后,马延祥自己又带一个步兵排,携带一门土炮,疾驰北湾督战。马家兵每天都要隔河向红军阵地发射数十发炮弹,给自己壮胆。

马家兵对于红军的战略意图缺乏清晰判断。他们掌握的情报,是红军强渡黄河后,执行的是一个"宁夏战役计划"。虎豹口位于防线中部,但他们并没有意识到此地的重要性,只增兵一个团的兵力守卫。

1936年10月26日晚,月淡、风紧、浪急。缀着稀疏星光的夜幕,沉重地垂在黄河上空。黄河虎豹口东岸荒颓的村落里灯光俱熄,鸦雀不鸣,猎猎的犬吠声也消失殆尽。裸露的田野上,人影绰绰,步履匆匆,踩碎了黑夜虚妄的宁静,呈现出异常而紧迫的气氛。

黑乎乎的人流,像势不可挡的洪水,从远处黑沉沉的夜幕下流出来,越过起伏不平的旷野,穿过虎豹口陡坡的豁口,顺着低洼的河槽,曲曲折折、无声无息地延伸到了黄河岸边。

担任渡河先锋团之先锋连赵连长率全连百名勇士,人人手中提枪,肩背大刀,腰里缠满了手榴弹,刺刀上闪着幽幽寒光,一双双灼灼有神的目光,几乎要喷射出火星。尖刀排的战士们站在渡河队伍的最前面,个个像钢铁铸造的雕像,在夜风中屹立着。

红军渡河的工具主要是木船和羊皮筏子。停靠在岸边的木船和羊皮筏子，焦灼不安地随河水的起伏腾跃着，像一群性情暴躁的野马，意欲挣脱缰绳冲向前方。

河水拍打着河岸，发出沉闷而嘈杂的响声。时间在一分一秒地过去，大战之前的寂静，让人近乎窒息……

"渡河！"

1936年10月26日夜晚11时，红军首长一声令下，红军渡河先锋连百名勇士，驾木船，顶寒风，战恶浪，从黄河虎豹口快速驶向北岸。

"红军过河啦，红军过河啦！"

在红军勇士即将靠拢黄河北岸的时候，守候在黄河北岸的马家兵才发现了强渡黄河的红军战士。

"开火！"

红军先锋连赵连长大吼一声，冲在最前面的尖刀排木船上的机枪"哒哒哒……"喷射出一串愤怒的火舌，随即先锋连战士们机枪步枪手枪全面开火。黄河东岸的红军枪炮齐鸣，军号吹响，船筏开桨，发起了排山倒海般的强渡行动……

红军渡河先锋连配置了最强的火力，集中火力很快压住了敌人炮火，向黄河北岸冲去。马豁子的河防团长马显图，乱了阵脚，急忙向前线总指挥马延祥发出告急求援……

"冲啊——"

红军先锋连赵连长大喊一声，带领战士冲去了黄河北岸。突然，敌人碉堡里的机枪封锁了战士们前进的道路。年仅20岁的尖刀排排长李国忠抱起一捆手榴弹，拉开导火线，冲过去把冒烟的手榴弹塞进了敌人的碉堡，并用自己的胸膛拼命堵住枪眼，一声巨响，他和碉堡里的敌人同归于尽。

"同志们，冲啊——"

赵连长大喊一声，带头冲了上去，在激战中，不幸身负重伤，壮烈牺牲。

"同志们，冲啊，为牺牲的同志报仇——"

红军先锋连指导员接过连长手中的枪，率领先锋连的全体勇士，在枪林弹雨中，与敌展开了滩涂大战。顿时，黄河滩上杀声震天，枪声大作，火光冲天，马家军的喊声、哭声很快被猛烈的枪炮声淹没了，马家军河防团长马显图被红军击毙……

登上黄河北岸的红军迅速点燃了三堆大火，熊熊火焰把河滩映照得亮亮堂堂。

红军强渡黄河成功了。

红军先锋连很快占领了马家兵的滩头阵地，后继部队接连开始渡河。第二天下午，红三十军全部渡过了滔滔黄河。三天后，红军共两万多人全部渡过了黄河。

红军势如破竹，先后占领了糜滩、中和堡、北湾等马家兵重要的黄河防务据点。马家兵布设在黄河景泰段五府寺、索桥、老龙湾乃至中卫沙坡头的数百里黄河防线全线崩溃。马匪子苦心经营多年的骑五师两个旅的兵力大部分被红军击溃和围困在各个据点里。

午夜。裹在浓重的黑色幕帷之中的凉州城，突然被一阵急促的马蹄声惊醒。马蹄叩打着地上的石子，飞溅着火花，发出清脆的响声，在夜的静寂里显得格外阴森可怕。几匹狂奔的战马浑身是汗，肚子几乎要贴近地皮，马背上的通信兵还是不停地用马鞭抽打着马的屁股。战马通过凉州城的陋街小巷，向坐落在凉州东关花园的蝴蝶楼疾驰而去。

此时，马匪子正舒舒服服地躺在姨太太的被窝里做着美梦。

"报告！"一阵急促的敲门声把马匪子从美梦中惊醒。平时，不是特别紧急的事情，没有人敢半夜三更来惊动他。

"师长，黄河守防前线急电。"

马匪子并没有去接副官手中的电文，随口说："啥事情？"

"报告师长，红军从虎豹口强渡黄河了。"

马匪子简直不敢相信自己的耳朵，大声喝问："什么？"

"黄河守防前线来电，红军强渡黄河了。"

副官双腿立正，将电文呈到马匪子面前。马匪子大吃一惊，脸色突变，一骨碌从被窝里爬了起来，满脸恐慌和恼怒。他一把抢过副官手中的电报："中和堡失陷，韩起禄、马禄两旅全部冲散，失去联系……"

马匪子一目十行地浏览了一遍电文，呆呆地站在地上，望着电文半天说不出话来。

"这个韩起禄、马禄,几天前还给老子保证说,黄河天险,防务严密,万无一失,就是红军插上翅膀也飞不过黄河来。现在红军怎么突然就渡过黄河了?"

马豁子面部肌肉抽搐了几下,咬牙切齿地骂着韩起禄、马禄,一把将电报撕成碎片扔到副官的脸上。副官和卫兵被马豁子粗暴的行为和那沮丧的脸色吓得屏声静气,肃立在屋子中间不知所措。

马豁子慌慌张张地起身,惊慌中扣错了军服纽扣,衣襟一高一低。他一把抓起腰带和配枪,急匆匆地向外走去。随着一阵杂乱的脚步声,副官和卫兵紧随马豁子下了蝴蝶楼。

走出蝴蝶楼楼门,寒风袭来,马豁子身不由己地打了一个哆嗦。卫兵急忙把狐皮大氅披在马豁子的身上,马豁子一头钻进停在门口的汽车。

汽车一阵颠簸后,出了凉州城东门,向马豁子的师部急驶而去。

马豁子的师部设在凉州城东门外的满城。

满城城墙高数丈,是清朝旗兵驻防的营房。因满城修筑的时间大大晚于凉州城,因此,凉州人都称满城为新城。

新城的骑五师师部里灯火通明,无线电台和几部破旧的电话机,正在不停地呼叫着马家兵黄河防务前线指挥部,大大小小的军官匆匆忙忙,如同热锅上的蚂蚁,乱作一团。

马豁子快步走进师部,簇新锃亮的马靴踏着地板咯吱咯吱直响。参谋把一份份电报和报告呈送到马豁子的手中,他看都不看一眼,就摔到了桌子上。

"无能,无能!一群饭桶!"

马豁子阴沉着脸,倒背着手,一边大骂前线总指挥马延祥和旅长韩起禄、马禄无能,一边不安地绕着师部作战指挥大厅中央的长条会议桌来回走动。

师部作战指挥大厅里人人屏息静气,气氛异常压抑。突然,马豁子以低沉而粗野的声音发出命令:"给老子接马延祥。"

随即,大厅里的电台电话同时向马家兵设在景泰大芦塘的黄河防务前线作战指挥部发出呼叫……

此刻的马延祥正在逃命的路上狂奔。汽车抛锚于途中,他怕被红军截击,便弃车徒步急奔大芦塘指挥部。

马延祥是马豁子的骑五师参谋长,被马豁子任命为前线作战总指挥,坐镇骑五师设在景泰大芦塘的黄河防务前线指挥部,指挥马家兵阻击红军强渡黄河。

红军在虎豹口强渡黄河的时候,他在北湾督战。得知红军在虎豹口强渡黄河成功,他才明白自己中了红军的调虎离山之计。他料到红军从虎豹口强渡黄河后,北湾就会马上失守,便急忙逃离北湾。

马延祥逃离北湾的当天,红军就突破了北湾防线,并迅速截击溃逃的马家兵部队。要不是马延祥逃跑得快,不被红军消灭,也做了红军的俘虏。

"我丢兵折将,败不成军,愧对师长,无颜再见。"

马延祥从北湾逃到景泰大芦塘的黄河防务前线指挥部时,参谋给他传达马豁子约他到寺儿滩商议重整军务、阻击红军的命令。马延祥懊丧气馁,婉言拒绝到寺儿滩与马豁子见面。

马家兵从黄河防线被红军击溃,亡命奔逃到吴家川天已经黑了。又冻又饿的士兵们在旷野上点燃起堆堆篝火,在冷风中蜷缩在火堆边,准备度过这冷寂的黑夜。

打马的鞭子闪折了,走马的脚步儿乱了;我维的'花儿'分别了,刀割了连心的肉了。白纸上写一个黑字来,黄纸上拓个手印来;活着时捎一封书信来,死了时托一个梦来……

一堆篝火边,一位马家兵士兵正扯起嗓子唱起"花儿"。这原始野性的呼喊,忧郁凄怆,使紧裹着皮袄围坐在火堆边冷饿交加的每一位士兵平添一怀思乡愁绪,个个情绪低落,人人暗自伤神。

"别号了!号你爹的屌!不怕把红军招来呀!"

随着韩起禄粗野蛮横的呵斥声,那忧郁凄怆的歌声戛然而止。

韩起禄是马豁子的第二旅旅长,身材高大而壮实,皮肤黝黑,留一撮二寸多长的山羊胡子。红军强渡黄河,防守中和堡的韩起禄旅部一触即溃。

韩起禄旅部驻三角城,距中和堡十二三公里。当他接到红军渡河报告后,

派出一个骑兵营增援。骑兵碰到从前线逃跑下来的残部说,红军势不可挡,未敢再前进一步,就随溃逃的士兵退下阵来。

"韩兄,红军过了黄河,您怎么向师长交代呀?"

"红军那架势,谁能挡得住呀?"

韩起禄垂头丧气地坐在篝火堆边,无可奈何地回答着骑五师第一旅旅长马禄的问话。

马家兵营地那映天的篝火和那声嘶力竭的"花儿"歌声,把善于夜战的红军引了过来。红军利用夜色的掩护,悄悄地摸近马家兵在吴家川的宿营地,机枪、步枪、驳壳枪一起开火,一阵猛烈的排子枪打过后,手榴弹铺天盖地地在马家兵的宿营地爆炸。红军闪电般的战斗,打得睡眼蒙眬的马家兵士兵分不清东南西北。手榴弹爆炸声和密集的枪声惊得马家兵的战马挣脱缰绳四处乱跑。顿时,马家兵的宿营地人叫马嘶,火光冲天,乱作一团。

失魂落魄的马家兵惊叫着,纷纷追赶马匹,抓住马鞍爬上马背,不顾一切地四处逃命。

正在火堆边聊天的韩起禄和马禄从地上惊跳起来,飞身上马,疾驰而逃,连随身带的望远镜、手枪、皮大衣都丢了……

太阳升起来了,满天的霞光,给大地山川披上了金色的衣裳。在吴家川的宿营地上、篝火堆边,到处丢弃着马家兵士兵的尸体和车辆帐篷、武器弹药、衣服鞋帽、锅碗瓢盆……

韩起禄、马禄部从吴家川仓皇跨鞍上马,一路北逃,双双狼狈逃至尾泉,昔日威风四面的骄横劲儿,早已抛到九霄云外去了。

"红军的大炮一响,震得人眼睛都瞎了,耳朵都聋了,究竟红军是个啥样子,还没有看到,就把我们打成这个样子了。"

溃散而逃的马家兵一见到尾泉一带的守兵说。尾泉一带的守兵一听,个个惊慌失措,还没有投入战斗就做好了逃跑的准备。

红军分头并进,包围了锁汉堡马禄旅残部、锁汉堡西南韩起禄残部和一条山的马进昌团残部。同时,红军围困了马家兵黄河防务前线指挥部所在地大芦塘。

自打马延祥从北湾逃到大芦塘，一到夜幕降临，他的心里就发怵。他时常被噩梦惊醒，在梦中不是被红军抓去当了俘虏，就是被红军击毙横尸野外。黑夜给马延祥的心里抹上了一层更加浓郁的黑暗和恐惧。

连日来，昼夜不停地打仗逃命，使马延祥面容憔悴，身心十分疲惫。时间快到深夜了。他坐在椅子上不停地打着呵欠，两只眼睛也在不停地打架，但是他始终不敢躺下。虎豹口强渡黄河，奇袭吴家川，攻打尾泉……红军惯用夜战，所有这些让他胆战心惊。所有遭受惨败的战斗都发生在午夜，眼下，红军已经把大芦塘围困起来，随时可能发起进攻。想到这里，马延祥十分后怕。

"大芦塘城小兵少，让红军攻下大芦塘，这可怎么办呀？"

马延祥坐卧不宁，长吁短叹。他强打着精神，从椅子上站起身来，伸了伸懒腰。"突突突……"机关枪声骤起，惊吓得马延祥的心跳，比突然响起的机关枪声还要快。

月白风清。

马延祥慌慌张张地爬上大芦塘城墙，从城墙垛口向下望去，红军扛着自扎的云梯开始攻城，子弹在黑夜里划出一道道红线，手榴弹在城墙四周爆炸，冲啊、杀啊的呐喊声此起彼伏……城内犬吠人喊马叫，马家兵的守兵四处乱窜，混乱不堪，整个大芦塘在红军的包围圈和喊杀声中绝望地挣扎。

前线不利的战报一份一份地传来，马豁子大惊失色，错愕不已。阻击红军的战局开端，实在是太糟糕了，太出乎他意料！按事前的预计，两个骑兵旅守一河防，纵使守不住，总也能坚持几天。怎么能一触即溃，一夜之间兵败如山倒呢？这一切实在让他盛名扫地，谈何颜面？

红军渡过黄河控制吴家川、尾泉地带，如若大芦塘失守，红军西进凉州，马豁子安身立命的老巢凉州就有被端掉的危险。这使在一条山附近寺儿滩的马豁子极为惊恐，他急忙和"高参"们开始左盘右算。

"敌军不是要执行一个什么'宁夏战役计划'吗？怎么刀锋一转，直指凉州？"

"关于敌军执行'宁夏战役'的情报，是从西北靖绥公署那里得来的，我们怎能有所怀疑？"

沉闷的会议室里，骑五师上层军官心情沉重。步兵旅旅长祁明山说："师

长,事到如今,还是不要怨怪他人了吧。战前我就说过,河防作战是阵地防御,宜于步兵,不宜于骑兵,我曾主动请缨去守河防,你们却偏是不听,反疑我贪功。现在怎么样,战马一惊,撒腿就跑,想勒缰也勒不住,怪谁呢?"

骑五师作战参谋立即反驳说:"祁旅长此言差矣!你说不要怨怪他人,自己却又在怨怪他人。如果照你所说,一开始就把步兵旅摆到前线去,一旦出现眼下这种情况,凉州大本营的城防作战又该怎样布置?"

一时,会议室里七嘴八舌的,各种议论。

"都不要争了,不要嚷了,嚷嚷个屁呀。如果要说怨怪的话,就怨怪我吧,是我轻敌。共党为乱南方多年,蒋委员长的中央大军连年征剿,我以为他们已成强弩之末的穷寇,只要我守住河防,他们必将被中央军歼灭于东岸,殊不知我犯了轻敌这一兵家大忌。眼下,我们不要相互抱怨,要共同商讨如何对付敌军。"

听了马豁子这番慷慨担当之言,在座军官愁云一扫,打起精神。作战参谋说:"敌方能征惯战早已闻知。目前我们手中的兵力有限,绝非对手。我们要向上峰发出紧急求援,也可以和敌方讲和。"

马豁子一听,眼前一亮,他觉得既然打不过人家,不如及早妥协,让红军北进宁夏或西进青海,把战火烧到别人的防地,自己保住地盘,坐山观虎斗。为此,马豁子急电马延祥:"可派人与敌方讲和。"

马延祥也觉得讲和是个缓兵之计。

马延祥在焦虑和恐慌中度过了一夜。第二天,马延祥让守兵在大芦塘城门开了一个小洞,派出其代表与红军接头谈判。

红军从团结抗日出发,同意了谈判。

红军首长还让马延祥的代表带给马家兵一封信,宣传共产党联合抗战的主张。同时,红军对围困的其他马家兵士兵也展开统战宣传工作,经红军争取说服,围困在锁汉堡的马家兵官兵表示愿意联合红军抗日,留给红军部分粮食,率骑兵自动撤离。

马步芳接到马豁子的求援,考虑到永昌以西是他自己的防地,凉州一旦失守就等于失去了防御红军的屏障,就很难阻击红军西进了。事到如此境地,单靠骑五师已独木难支,必须速派援兵。而这援兵,已不能是隔岸观火的中央军，必须是唇亡齿寒的马家兵。

"增派三个骑兵旅和步兵团、两个民团，在三天之内赶到景泰一条山。"

马步芳一声令下，马元海率援兵从青海急急赶往一条山。途中，马元海把正向红军阵地偷偷接近的马延祥的代表张志坚击毙。马豁子向红军妥协的计划，遂化为泡影。

马步芳任马元海为前线总指挥，马豁子的前线总指挥马延祥被贬为副指挥。

"我们要精诚团结，与红军决一死战，绝对不能让红军进入河西。"

马元海到了一条山，就立即召开了作战会议，收拾败兵，准备重新部署战斗，下令全线开始阻击红军，与红军在一条山一带决一死战，阻止红军进入河西。

一天，马元海和马延祥二人在盐场的盐堆上登高瞭望红军阵地，突然从红军阵地飞来一弹，击中马延祥头部，他当即毙命。

红军在敌众我寡的情况下，以少胜多，在村南、村北、秀水一带打了许多胜仗，共歼灭敌人三千多人，给敌人以致命的打击。突破了马家兵在景泰县一条山的重围后，红军兵分左右两个纵队西征：右纵队由景泰一条山向古浪大靖挺进；左纵队进入祁连山，经干柴洼、横梁山、黄羊川向古浪县城逼近。

1936年10月11日，红军左纵队从景泰的打拉牌出发，经干沟、乱泉台子冲破了马家兵的多道防线，又连续攻破大鱼沟马家兵防线，直取干柴洼。驻守干柴洼的马家兵战败后退到了旧寺沟、西岔等地。红军占领了干柴洼并构筑工事布设防线。

干柴洼是一个山谷间地势低洼的大村子，地处古浪县东南隅，与景泰县接壤。敌前线总指挥马元海率四个骑兵旅及互助民团万余人尾追而来，展开进攻，红军将士坚守还击，马家兵屡攻屡败。战斗到傍晚，马家兵撤至大鱼沟一带。

马元海又集结全部残部，自恃人多势众，步骑合战，从干柴洼南面的直沟、东侧的山城山、西侧的白土岘子，三面夹击进攻红军。

红军将士分兵出击，连续打退了马家兵的五六次进攻。下午两点，三架轰炸机一次又一次地扫射红军阵地，投下炸弹。顿时，红军坚守的阵地变成了一片火海。

马家兵在的飞机掩护下，向红军发起全面进攻。红军组织各种轻重武器强力还击，肉搏相斗。

红军的娘娘庙岭阵地失守，马家兵大队人马蜂拥而入，直逼红军军部。危急关头，红军军长带领全体人员和交通队一起上阵，另一个团迂回到马家兵的侧面打了过去，打死马家兵百余人，夺回了娘娘庙岭阵地。这场战斗持续到下午3时多，敌人以骑兵掩护步兵，仓皇逃命。

夜间，红军一个师坚守干柴洼阵地，掩护其他部队撤向横梁山。

横梁山，山色如火，山峦起伏，沟壑纵深，地形极其复杂，位于干柴洼和黄羊川之间。

英勇善战的红军战士到达横梁山后，迅速占领了倪家岭、苏家梁、小石沟、倒漾沟等制高点，并作了战斗部署。

日落西山，夜幕降临。马家兵跨马持旗，乱哄哄尾随追击红军，向横梁山进发。等马家兵进入红军设下的伏击圈后，红军充分发挥山地战、隘路战、近战、奇袭的特长，迅速出击，迎头痛击，打得马家兵晕头转向，不知所措，刹那间马家兵大乱。

寒风似刀。

马元海和他的参谋长等人骑着马，把头缩在皮大衣领子里，赶到横梁山前线时，见马家兵的一线部队在红军的顽强阻击下，首尾不能相顾，抛下大批的尸体和大量枪支辎重，争先恐后地往后乱跑，纷纷向磨石沟、二郎庙、铁城台等处溃退。前面退下来先头部队和殿后部队搅和在一起，人马混合，相互践踏，混乱不堪，山坡谷间到处是一片惊恐的喊叫声。马元海不知前边遇到了什么情况，喝令部队停止溃退，但士兵们根本不听他的命令，惊叫着没命地往后乱跑。

马元海的参谋长惊慌地走到他面前说："总指挥，天气这样寒冷，前面不远就是敌人，又没有前卫尖兵等布置保护，环境相当险恶。你是指挥官，三军之命悬于你手，还是回到李家堡，等到天亮，重新整顿队伍前进吧！"此时，立于乱石杂草间的马元海痛苦地点点头，说："也只能这样了。"

马豁子见马元海奉命率部来势汹汹，怕日后凉州地盘被别人蚕食。他一面收集残兵在马元海的统一指挥下尾随追击红军,一面传令在凉州所辖各县,迅速发动民众,征马征丁,扩充民团,在沿途设防阻击红军西进。

毛西都自告奋勇当向导带着马家兵和民团从黄羊川出发,一直沿羊肠小路前行。这条小路虽然距离横梁山近,可山道崎岖,车马难行,给队伍行军带来了很大的困难。再加这支民团队伍,大部分人员是古浪县境内抓的壮丁。大家都不愿意被马家兵送到前线去当炮灰,行军路上总是磨磨蹭蹭,路途中乘黑夜就跑了十几位。

黄羊川到横梁山不足百里路程,民团赶到横梁山的时候,已经是第二天的太阳从东方升起来的时候。

清晨的空气中,弥漫着浓浓的硝烟味儿。但是,赶来的民团队员并不知道就在昨天夜晚,红军与马家兵在横梁山进行了一场殊死战斗。

马长官把带来的民团安排在一个山坡上,自己带了几个随从前去和马家兵的主力部队联系接头。走了一夜山路的民团队员又困又乏,东倒西歪地躺在山坡上睡着了。毛西都悄悄对毛奎、铁塔、狍子说:"大家分开到他们中间去,一定要记住,如果遇到红军或者听到枪炮声就大声喊'跑',能带多少人就带多少人,分头向不同的方向跑。"

"跑出去以后怎么办呀?"

"让他们赶快各自回家,我们回到古堡见面。"

大家一听,就明白了毛西都的意思,便分头到民团队员中间去,闭上眼睛假装睡起觉来,可两只耳朵都竖了起来,仔细地听着周围的动静,随时做好逃跑的准备。

太阳照在山坡上暖暖的,行走了一夜山路的民团队员又困又乏,都睡得很香,鼾声四起。

突然,不远处枪声就像炒豆子一样响了起来。睡梦中的民团队员被密集的枪声吵醒后,惊恐不安,乱哄哄地喊叫起来。几位马家兵持枪走来大声喊:"喊叫个屁呀,都给我趴下,都给我趴下。"

民团队员们把头蜷缩在衣领里,趴在土坎儿后面。一位胆子大一点的民团爬上土坎,刚刚抬起头来朝着枪响的地方望去,轰隆一声,一个炮弹飞来,

在民团身边爆炸了。冻得石头一样坚硬的地皮子上立刻被炸出了一个锅大的坑，碗大的石头和冻土块满天飞了起来，然后，噼里啪啦地砸落在民团队员们的身上和头上，他们抱着头圪蹴在一块儿，哭爹喊娘地叫了起来。

"轰隆——""轰隆——"接连又是两发炮弹落到了民团队员们趴的土坎儿前方不远处，大家亲眼看到那个带他们的马长官和几位随行的士兵被炮弹炸上了天。

扑通一声，一条被炮弹炸飞的马家兵大腿砸在一个民团队员的头上，那人一抹自己的头，血水子顺着手指头缝流了一脸，大哭大喊："我的头被炮弹炸掉了，我的头被炮弹炸掉了。"

"跑呀，快跑呀！"

毛西都带头一喊，毛奎、铁塔、狍子等人都大喊起来："快跑呀，红军打过来了，再不跑就没有命了！"

毛奎、铁塔、狍子边喊边散开腿向山坡的北面、南面和西面三个不同的方向逃跑，其他的民团队员见状，跟着毛西都、毛奎、铁塔、狍子等人的后面，一窝蜂地开始逃命。

"不要乱跑，不要乱跑！"

马家兵一边大喊，一边开枪示警，但是如同惊弓之鸟的民团队员，根本不听马家兵的指挥，纷纷抱头各自逃命。毛奎带的一伙民团朝南向白土台、饮马沟、石门山的方向跑去。狍子和铁塔带的一伙民团朝北向哒啦水、井儿沟、王家窝堡的方向跑去。毛西都领的一伙民团朝西向红土湾沟底跑去。

整个山坡上乱成了一团，到处是民团队员扔掉的枪支、大刀、长矛、棒棍和铺盖卷儿。马家兵开枪打死了几个逃跑的民团队员，但是，对极度恐慌的民团队员来说，这些根本无法阻止住他们的逃跑。

冲上山坡的并不是红军的队伍，而是马元海指挥下的马家兵。

头一天晚上十点左右，马元海倾全部兵力第二次向横梁山猛扑。红军发挥善于夜战的特长，全面反击，分割歼灭马家兵，夜袭铁城台，夹击倒漾沟，伏击打援，致使马家兵纷纷溃退、四处乱窜，混乱中仅战马就被踏死数匹。马元海的指挥系统也是自顾不暇，失去联系。马元海带着三五个人窜至一个山沟里，畏缩在石崖下，对身边的随从说："事情怎么来的不知道，我们的人马这样倒退下来，将来怎么打下去呀？"这时，夜已很深，寒气袭人，马元海两腿冻得发抖，在原地跺脚，唉声叹气，等到天亮。

第二天天一亮，马元海又命令马家兵继续循原路向横梁山反扑。等他的部队在大炮机枪的掩护下，占领红军阵地时，红军部队已经没有了踪影。

横梁山阻击战是红军西进途中又一次较大的胜利。

红军在横梁山与马家兵鏖战一昼夜，打死打伤马家兵军官多人，击毙多人，使马家兵军心恐慌，红军"堵不住、打不过"的说法很快在当地传开了。

第二十章
红军救了虎虎命　百姓真情慰红军

这几天，古浪东南山乡的乡亲们都躲了起来。白天，天上的飞机"嗡嗡嗡"地飞来飞去；晚上，地上"轰隆隆"的炮弹轰炸声不断。人们都知道，红军与马家兵在干柴洼、横梁山不停地打仗哩。

到了 11 月 13 日，传来消息说有一支队伍要来了。山沟沟里的人，有的人一辈子都没有走出过一次大山，他们见过的队伍就是马家兵。想一想昔日飞扬跋扈、无恶不作的马家兵，人人吓得魂不守舍，直打哆嗦。天还没有完全亮起来，各庄子上的人就开始赶上羊牵上驴，拖家带口，匆匆忙忙地跑到大横山里去躲难。

老人们吩咐年轻媳妇和大姑娘们都将锅底的黑灰抹在脸上，女人和娃娃们哭天喊地、乱作一团。二婶子守在奄奄一息的虎虎身边，哭着喊着，死活不肯丢下虎虎一个人去大横山躲难。

二婶子的男人三年前被抓了壮丁，一去就没有音信了。孤儿寡母，相依为命。屋漏偏遇连阴雨。在这兵荒马乱的日子，11 岁的儿子虎虎得了一场大病，脖子上出了个碗大的疙瘩，脖子肿得厉害。

昨天夜晚，虎虎开始发起高烧，说了一夜的胡话，人也昏迷不醒。二婶子请来郎中喜子把了脉，开了药方子。二婶子照着药方子抓了药，可虎虎吃了也不管用。喜子说要是在春夏季节，到山上挖些蒲公英捣碎了敷在疙瘩上，等到疙瘩"熟了"化了脓，划破放了疙瘩里的脓水子就好了。

春夏秋三个季节，在古浪东南山乡的山坡田野里随处都能挖上蒲公英，可这数九寒天，到哪里去找蒲公英。眼看着奄奄一息的虎虎，二婶子说，她哪里也不去，就在家里守着虎虎。

大家都知道二婶子性子倔，自己拿定的主意九头牛也拉不回，只好说了些宽心安慰的话，丢下二婶子，各自逃命去了。

一天的时间过去，从横梁山到黄羊川的山路上，并没有见有队伍经过。老五叔派出几个腿脚麻利的青年人悄悄地去横梁山方向探听信息。晚上，探听消息的人回来对老五叔说："有一队人马，在太阳快落山的时候沿着大横山向黄羊川的方向来了。"

老五叔叫上喜子悄悄地下了大横山，一来他想去古堡看看虎虎的病怎么样了，二来他想看看毛西都等人回来了没有，三来看看从横梁山过来的这队人马是马家兵还是红军。

老五叔派去探听消息的人发现的这队人马，是陈政委率领的红军先遣团。他们于13日傍晚离开横梁山，沿大横山而下，经黄羊川直逼古浪县城。

子夜时分，陈政委带领红军先遣团途经黄羊川，进入了古堡。红军见整个村庄鸦雀无声一片漆黑，家家院门房门都紧锁着，便沿街道在屋檐下稍作休息，准备继续行军。老五叔和喜子都没有见过红军的队伍，再加夜黑月淡根本就无法辨别这队伍究竟是马家兵还是红军。他们悄悄地躲在暗处观察着，发现这支队伍没有像他们以前见过的马家兵那样，进了庄子不是砸门，就是撬锁子抢东西。突然，老五叔和喜子发现，部队上的几个人进了二婶子家的院门。老五叔和喜子的心都提在了嗓门口。

"当初就应该把二婶子和虎虎抬到大横山去，这下苦命的娘俩该遭罪哩。"

老五叔心中后悔地对喜子悄声说。喜子没有回答老五叔的话，只是紧紧地握住了老五叔的手，静静地观察着二婶子家的动静。

二婶子家的油灯亮着。

"快去叫军医。"

从二婶子家的屋子里走出一位年轻人对院子的一位高个子人说。

"是。"

门外的高个子应了一声，就快速出了院子，向离院子不远处的队伍跑去。

老五叔和喜子乘机悄悄地摸进了二婶子家。他们透过窗户，只见昏黄的油灯下，昏迷不醒的虎虎躺在炕上，二婶子愁眉苦脸地站在炕沿下。几位年轻人，身穿着单薄破旧的灰布衣裤，显得有些疲惫，但是清瘦的脸上那双眼

睛依然炯炯有神。虽然他们衣服上沾满了泥土和血迹,但八角帽上的红五星依然十分醒目耀眼。

不大一会儿,高个子带着三个人向二婶子家跑来。一个中等个儿小伙子,快步走到虎虎的身边,轻轻地用手搬开虎虎的眼睛看了看,又用手摸了摸额头,捏了捏虎虎肿胀的脖子,便从挎包里取出一把小刀,在灯火上烧了又烧。

老五叔仔细端详,这个军医只有二十多岁,脸上还带着稚气,可眉宇间充满沉稳。他把在灯火上烧过的小刀擦拭干净,准备割虎虎脖子上的疙瘩。虎虎迷迷糊糊看到那人拿刀对准了他的脖子,下意识地闭上了眼睛。他以为这一刀下来,自己将永远离开人世了。不料结果却很意外,他没有感到丝毫的疼痛,只是觉得脖子上火辣辣得刺痛了一下之后,脖子里的胀痛感渐渐地消失了,觉得浑身儿慢慢地舒坦了。

军医很娴熟地挤干净了虎虎脖子上疙瘩里的脓血,又嘱咐二婶子烧一盆子热水。二婶子拿来了一些食盐,军医用热水把食盐融化成淡盐水,慢慢地清洗完伤口,缝好了伤口。另一位年轻人按照军医的吩咐,小心翼翼地给虎虎喂下了几片白色的药片。奄奄一息的虎虎慢慢地睁开了眼睛,还朝着她笑了笑,二婶子激动得眼泪扑簌簌地流了下来。

"你们都是好人呀,都是救苦救难的活菩萨呀!"

二婶子扑通一声跪在地上泣不成声。那位给虎虎割了疙瘩的军医急忙把二婶子扶了起来,说:"大婶,我们是红军,是天下穷苦人的队伍。"

老五叔和喜子一听是红军,不知是喜是忧,心里一激动,不小心却把院子里铁锹绊到了。哐当一声,把老五叔和喜子吓了一跳,两个人起身要离开。突然,老五叔觉得身后有人,回头一看,几个人已经站在他们的面前。其中一位高个子的人低声温和地说:"老乡别怕,我们是红军。"

老五叔和喜子一看跑不了了,也没有敢吱声,就悄悄地跟进了屋子里。

军医把包好的两包药放在二婶子的手里,叮嘱二婶子说:"大婶,要按时给孩子吃药,过几天伤口就会长好的。"

"你们是好人,是救苦救难的活菩萨呀!"

二婶子不停地说这句话,紧紧地拉着军医的手不放。那军医说:"大婶,我们红军队伍中的战士都是穷苦人,天下的穷苦人是一家。"

"你们是红军？"

"对，我们是为穷困人打天下的红军。革命成功了，我们的日子就会好起来。"

"等虎虎的病好了，我让他去找红军……"

"好啊！"

军医爽快地答应了二婶子的请求。二婶子的脸上露出了少有的笑容。

老五叔和喜子目睹了红军医生给虎虎治病的全部经过，很是感动。老五叔走过去紧紧抓住红军军医的手，说："谢谢您，谢谢您救了孩子的命。"

红军军医握着老五叔的手说："大叔，天下穷苦人是一家。"

从前，老五叔和喜子从卫国的口中听说，红军是共产党领导的队伍，他们不欺压百姓，是为天下穷苦人打天下的队伍，现在亲眼见到红军的队伍，内心里有一种亲近感。老五叔和喜子便热情地把几位红军战士请到了家里。

几位红军随着老五叔进了屋子，一位小战士对老五叔介绍说："大叔，这是我们红军的陈政委。"

老五叔和喜子都不知道红军的政委是多大的官，但他们明白，站在他面前这位和蔼可亲的年轻人是红军的大官。

"长官，您坐下，暖和暖和身子吧。"

陈政委笑着对老五叔说："大叔，我们红军是穷苦人的部队，大家都是同志，你叫我陈同志就好了。"

"好好好，就叫陈同志。"

老五叔一边应承着陈政委的话，一边对喜子说："外面巷道里风大天冷，快去让部队上的同志们都进院子来暖和暖和吧！"

"好，好，好。谢谢大叔。"

陈政委一边让身边的警卫员去通知部队其他同志进院子避风取暖，一边问老五叔："大叔呀，这深更半夜村庄里家家怎么没有人呀？"

"这几天，听说红军与马家兵在干柴洼、横梁山打仗，庄子里的百姓害怕，都去大横山避难了。我和喜子是趁黑夜悄悄摸下山，是来打探情况的，结果遇到了陈同志你们呀！"

老五叔突然问陈政委说："同志们吃饭了没有？"

陈政委笑笑说："这些日子战士们连续打仗行军，几天都没有吃上一口热乎的饭了。"

"这年头,马家兵征粮征税层层加码,家里也没有啥吃的了,秋天挖的山药还有些,藏在后院的地窖里,我给大家伙儿煮一锅山药,让大家吃一点再走吧!"

老五叔边说,便急忙去自家后院的地窖里取山药。二婶子也把家里仅有的一点小米拿了出来,忙着生火烧水给大家熬小米汤喝。

西北冬日的夜晚,天气异常的寒冷。

在巷道里休息的红军战士们陆陆续续地进了老五叔家的院子。屋子太小,许多战士就站在院子里、蹲在屋檐下。看到战士们个个穿得十分单薄,在寒风中冻得瑟瑟发抖,喜子急忙抱来了一些干柴火,在院子里点起几个大火堆,让红军战士围着火堆烤火驱寒。

强渡黄河之后,红军几乎没有一天不在打仗,战士们连续行军作战,已经疲劳至极,即使是在寒风刺骨、霜侵肌骨的夜间行军,战士们大多眼皮耷拉着,脚步机械地迈动着,处在半睡眠状态。战士们疲惫极了,围在火堆前相互依靠着身子就睡着了。

看到又困又乏围坐在火堆边打盹的红军战士个个衣衫单薄,喜子急忙跑回家,把自家的一些衣物被子都拿来,披在睡在火堆边的战士们身上。

老五叔忙着煮山药。他边烧火边想,毛西都、毛奎、铁塔他们不是去横梁山见红军了吗?现在红军都到家里来了,怎么没有毛西都呢?老五叔想去问问陈政委,但话到了嘴边了,他又咽到肚子里去了。

一会儿工夫,老五叔就煮好了一大锅山药。山药熟了的那种沁人心脾的香味,随着锅里腾起的白色水蒸气飘逸出来,弥漫在清新寒冷的空气里,使人不由得饥肠辘辘。

"快过来,快过来,煮好的山药趁热吃又香又暖和。"

喜子招呼着红军战士们吃煮山药。老五叔端了一盆煮好的山药送到屋子里去,只见陈政委和其他几位红军在马灯微弱昏黄的光亮下,围着一张破旧的地图讨论着。

"陈同志,山药熟了,快来和大家一起吃一些,暖和暖和身子吧!"

陈政委放下手中的笔,真诚地对老五叔说:"大叔,我们要避开古浪峡,在黎明之前赶到古浪县城，有近道可走吗？"

"来来来，您先和大家伙儿吃个山药，我给你一张走出古浪东南山乡的万能图。"

说话间，老五叔笑呵呵地把一个热乎乎的大山药送到了陈政委的手中。陈政委接过老五叔手中刚出锅的冒着热气的山药，老五叔催促道："趁热吃，趁热吃，我给您去找万能图。"

老五叔说着话，便钻进书房屋的夹皮里去了。

不一会儿的工夫，老五叔浑身是土地从夹皮里走了出来。他来到马灯前，他把手里一个蓝布包袱儿打开，取出了一张兽皮图。他指着兽皮上弯弯曲曲的粗线条说："这是大路，车马可行。"他又指着兽皮上弯弯曲曲的细线条说："这是小路，车马不可行。"他指着兽皮上画的圈圈、点点、叉叉等说："这是县城、村庄、泉水……"

陈政委和其他几位红军围在老五叔的身边仔细地看着兽皮图，听着老五叔的详细介绍，脸上露出了笑容。

"陈同志，你们选择的从东山洼攻打古浪县城的办法太好了。不过，你们走的这条路有些远，从八盘坡上大横山，走这条小路子，一个时辰就能到东山洼，能少走一半的路程哩！"

"好，我们就按照大叔说的这条山道走。"

"陈同志，这条小路子可是马不并骑的羊肠小道，山高路险，崎岖难行，人也只能轻身子走，车辆可行不通呀！"

"大叔，我们是先头部队，没有车辆辎重。走这条外人很少知道的小路，隐蔽快捷，最适合了。"

"陈同志，你就把这张兽皮图带上，行军打仗用得上。"

"大叔，太谢谢您。这兽皮图我们不能拿，以后您和乡亲们出行还需要它。"

陈政委拍着自己手中的地图说："我们有这张地图，虽然没有您的兽皮图那样详细，但是完全可以保障部队行军打仗。

"陈同志，这张兽皮图，带着我们古浪东南山乡百姓对红军这支仁义之师的一份真情，你一定要带上。"

说到这里，老五叔有些激动。他想起了已经死去的亲家毛脚夫、杳无音

信的女婿毛三娃，这张兽皮图是毛脚夫几辈子人传下来的。它是古浪东南山乡几十代人用脚量出来的，用心画出来的。

"陈同志，您带上这张兽皮图，行军打仗途中大家渴了，你就按照这图上画的叉叉儿找过去，一定能找到山泉水喝。"

老五叔把皱皱巴巴的兽皮图往平展里捋了捋，指着图上一条弯弯曲曲的细线线儿，对陈政委说："现在你们继续按照现在走的这条路往西走，再走十几里路地，有个盘山小路叫八盘坡，你们要顺着八盘坡往大横山山梁上走，到了山梁上沿山梁往西行，过了桦儿岭、郜家窝铺，不到半个时辰就到了东山洼顶上，古浪县城就出现在你们的眼皮子底下了。"

陈政委见老五叔不容他继续推辞，就拿着自己手中的地图和老五叔的那张兽皮图上画的路线对比了一会儿，收起了兽皮图，说："大叔，革命成功了，共产党和红军一定不会忘记你们的。"

"陈同志，实不敢当，实不敢当呀！你们是好人，我们盼着红军一切顺利、平平安安呀。"

陈政委和老五叔的两双手紧紧地握在了一起。

红军战士们很快吃完了老五叔煮的山药，每人喝了一小碗二婶子熬好的小米粥，大家觉得身子暖和了，身上也有劲儿了。

陈政委要带着红军战士继续上路了。

老五叔见陈政委忙着没有顾上吃他煮的山药，就急忙跑到灶火前，从灶灰里扒拉出几个烧山药说："这几个山药也烧熟了，陈同志带在路上吃。"

老五叔一边用手拍打着烧山药上的灶灰，一边装给了陈政委的衣服口袋里。陈政委眼含热泪地说："大叔，有您和乡亲们的支持，我们红军一定能打胜仗。"

陈政委身边的一位战士从衣服兜里掏出钱一定要让老五叔和喜子收下，说是红军吃了煮山药的饭钱和取暖烤火烧的柴火钱。

"这可不能收，不能收呀！"

老五叔说啥也不收红军给的钱。陈政委拉着老五叔的手说："大叔，红军不拿群众一针一线，我们吃了您老人家的煮山药，烧了您家的柴火，就应该付钱。既然您不肯收我们红军的钱，现在我们红军也很困难，我就给您老人家留个条子，等革命成功了，政府一定给大叔偿还。"

陈政委说这些话的时候有些激动，老五叔双手颤抖地接过了陈政委留下的纸条，目送陈政委带领红军队伍在夜色中继续西进。

送走陈政委和红军的队伍，老五叔心里暗自嘀咕：毛西都去横梁山找红军了，现在红军的部队都到家里来了，他们去哪里了呢？

想到这里，老五叔急忙转身对喜子说："我想问问陈政委见没见过毛西都他们，可我一想毛西都他们是被马家兵'抓'去带路打红军的。如果红军生气了，可不就给毛西都他们惹出大麻烦哩。所以，话到嘴边了，我又咽了回去。"

"我敢肯定这些人不是坏人，但是毕竟初次打交道，我的心里也没有个底呀！"

"我看那个陈政委和善得很，那些当兵的娃娃们也和善得很。"

老五叔和喜子叔侄二人正在屋里悄声嘀咕着，哐啷一声，喜子顶在院门后的铁锹倒在了地上。

"我听有人推院子门哩。"

喜子边说边呼地一口气吹灭了油灯，悄悄走进窗户前向院门望去。

"哐当哐当"院门被人推了几下，开了。老五叔和喜子同时清楚地听到门外有人在轻声问："有人吗？有人吗？"

仔细一听是个女娃娃的声音，老五叔和喜子便提上立在门后面的木头棒子，悄悄地走出屋子门。只见院门里站着一个人。那人见有人从屋子里走了出来，便轻声说："老乡，别怕，我们是红军。"

老五叔和喜子一听是红军，快步走了过去。只见院门外面站着几个拿枪的人，院墙根下还躺着几个人。

"来来来，快进来。外面风太大，冻得要命哩。"

老五叔和喜子刚才与陈政委和红军战士接触过，一听是红军，就让大家进了屋里。喜子插好院子门回到屋里，点亮了油灯，他才看清楚这十几个人都满身是血，三位受伤的人痛苦地呻吟着。刚才和老五叔和喜子说话的那人是一位大约十六七岁的女娃娃，她说："大爷，我们是红军。我叫小英子，他们都是我的战友。他们在横梁山的战斗中受伤了，跟随部队行军到这里，实在跟不上队伍了。你就行行好，救救他们吧！"

见这些红军战士都是些年轻娃娃，身上的衣服破破烂烂、血迹斑斑，实在可怜，老五叔没有拒绝小英子的请求，爽快地说："娃娃们呀，腿脚好的你们就赶快走吧，不然就跟不上你们的部队了。这三个受伤的娃娃，你们就放心地交给我们吧！"

"谢谢，谢谢！"

小英子和红军战士们见老五叔、喜子收留了伤员，谢过之后，就去追赶部队去了。老五叔烧了点热水，喜子开始给伤病员洗伤口。受伤的小红军们的胳膊上、腿上全是被马刀砍的伤，用各种布条包裹着，血还在不断地往外渗。一个小伤员脚上没有鞋子，只是用破布包着，双脚冻得红肿红肿，冻烂的地方裂开着口子流着脓血。但他们个个都很坚强。一个大概只有十七八岁的小伤员，同伴都叫他"小豆子"。小豆子被马刀砍伤了腿，走不成路。老五叔给他用淡盐水清洗伤口时，疼得他直咧嘴，但他对老五叔说："不疼，不疼，爷爷，您就放心洗吧！"

为了转移大家注意力，调皮的小豆子问老五叔，说："爷爷，北方的天气怎么这么冷呀？河里的河水也生'皮'呀！"

老五叔听了，哈哈大笑，说："娃娃呀，河水上面的那不能叫'皮'，叫冰。天气太冷了，水就结冰了。等到春暖花开的时候，河面上的冰就化了。"

一直在旁边忙乎的喜子听着老五叔和小豆子这一老一少有趣的对话，不由得扑哧一声笑出来。其他两位红军伤员也笑了。

喜子拿来了止血散给三位伤员敷上，然后精心包扎好伤口。三位伤员的伤口不流血了，疼痛得到缓解后，很快就睡着了。

"这些娃娃太乏困了。"

老五叔轻轻地抚摸着刚才和他说笑话的小豆子的脸庞自言自语道。突然，庄子上的狗紧一阵子慢一阵子地叫起来，一会儿朝着庄子东面叫，一会儿又朝着庄子西面叫，老五叔和喜子的心里不踏实起来。喜子忙说："把这三个红军伤员转移到书房屋的夹皮里去吧。"

"不行，不行。夹皮里虽然安全些，但是这天气太冷了。这么冷的天气好人都受不了，何况他们都受伤了，会冻坏的。"

"你听这狗叫声,要是马家兵追来了,可怎么办哩?"

"把这些受伤的娃娃转移到地窖里去吧,地窖里暖和一些。"

"那就转移到地窖里去吧。"

老五叔和喜子开始忙着往地窖里转移三个红军伤员。

老五叔和喜子把红军伤员藏到了后院的地窖里,喜子抱来了一捆子臭蒿子草,刚刚把地窖口盖好,忽然听到哐当一声,院子门被人推开了。

这时候,天际的东方已经开始发白了。朦胧的夜色里,老五叔和喜子定眼一看,站在他们眼前的人不是留下伤员去追赶大部队的那几个红军战士吗?

推开门的人正是红军小战士小英子。小英子的穿着最特殊,她在一块破毡的中间掏了一个洞从头上套下去,腰间用绳子一捆,就成了她御寒的衣裳。

"爷爷,我们迷路了,好长时间了我们走不出这个村庄。"

老五叔这是才忽然醒悟了过来,古堡是一个四四方方的堡子,虽然那场地震把城墙夷为平地了,可庄子里的人在重新修建房屋的时候,依然靠着旧城墙遗址修建了院落,只留有一条主巷道和一个出古堡的路口。不知情的外来人夜晚进了古堡,如果没有人引路,只能在庄子里七拐八弯的胡同里乱撞,很难走出古堡的。

先前,老五叔和喜子听到庄子里的狗紧一阵子慢一阵子地叫,就是小英子他们在忽东忽西地寻找走出庄子的路口哩。老五叔回头对喜子说:"这里你就多操些心,我把小英子他们领出庄子,不然他们就赶不上队伍了。"

喜子点了点头,老五叔便带着小英子和其他红军战士走了。

老五叔带着小英子等红军战士走出庄子,过了黄羊川河,陈政委和红军的部队早已经无影无踪了。

老五叔怕小英子他们再次迷了路,顺黄羊川河而下进了古浪峡。马家兵在古浪峡设下埋伏守着哩,小英子他们去了,就等于羊送进了狼口里,一定会吃大亏。想到这里老五叔说:"娃娃们呀,你们的大部队走远了,我带你们走个小路子,虽然路崎岖难行,只要抓紧时间赶路,天亮的时候就能追赶上前面部队了。"

"爷爷,太谢谢您了。"

老五叔征得小英子和其他几位红军战士的同意,顺着他早年打猎时走过的一条近道，向八盘坡方向急急赶去。

老五叔带着小英子和其他几位红军战士赶到了八盘坡山顶上的时候，晨曦已经冲破了夜的黑暗，将古浪大地抹上一片淡白色。此时，只见不远处的东山洼顶上火光冲天，枪炮声就像铁锅里炒豆子噼里啪啦地响。

一位二十几岁的年轻红军战士接待了老五叔和小英子他们。小英子给老五叔介绍说，这位年轻红军战士是张排长。

张排长得知老五叔不仅给小英子他们领路追赶上了部队，而且收留了三位红军重伤员，他紧紧地握住老五叔的手，说："谢谢大爷，谢谢大爷。"

然后，张排长劝老五叔，说："大爷，部队在前面打仗，这里很危险，你就回家去吧。"

老五叔见张排长和蔼可亲，便向张排长打听毛西都他们的下落。张排长告诉老五叔说，他们是红军部队的卫生队，主要任务是救护伤病员，前面部队的有些情况他们并不知道。张排长还说，红军的部队好几千人哩，他没有见过老五叔要打听的毛西都这个人。

老五叔听了张排长的话，只是点了点头。他想，毛西都他们给马家兵带路是假，去找红军队伍才是他们去横梁山的真实目的。他始终认为，毛西都应该就在前面红军的队伍里，执意要留下来，等战斗停止了，再到前面的队伍里去打听打听毛西都的下落。

张排长看无法劝说老五叔回家，出于安全考虑，就安排他随着卫生队，并吩咐小英子要照顾好老五叔。然后，张排长告别老五叔，带着人到前面打仗的地方去了。

小英子把老五叔领到了一个山坳里的破院子里。

不知道这个院子的主人在什么年代弃了自己的家去了何方，院子里长满了一人多高的蒿草和茇茇草，几孔破窑洞没有门，也没有窗户。随时有受伤的战士从前面打仗的地方抬下来，卫生队的战士们进进出出地忙碌着，老五叔便给小英子帮忙搀扶伤员。

快到晌午的时候，东山洼上的枪炮声稀少了。老五叔随小英子和其他卫生队的战士抬着重伤员，搀扶着轻伤员向东山顶走去。

第二十一章
红军鏖战炮声浓　血祭古浪突重围

11月14日,蓝蓝的天上飘动着丝丝缕缕的白云,太阳暖暖地照耀着大地。老五叔跟随小英子她们来到东山洼顶上已经是响午的时候了。

马家兵修筑在东山顶上的碉堡,已经被红军炸毁,还冒着一股股的黑烟,插在碉堡废墟上了红旗随风飘扬。站在东山顶上,古浪县城全貌尽收眼底。

老五叔回头望去,见首不见尾的红军大部队沿着大横山山脊上蜿蜒的山路打着红旗在行进。在这滴水成冰的寒冬,红军战士虽然衣衫褴褛,有人还穿着单衣,但是个个都充满活力,八角帽上的红五星在阳光的照耀下闪耀着光芒,给这荒凉的西北高原带来了无限的生机。

东山洼是控制古浪县城的制高点。

11月13日夜晚,陈政委按照老五叔提供的山道路线,带领红军先头部队一路急行军,在黎明时分就赶到了东山洼。

"不许动,不许动。"

睡梦中的马家兵在红军战士的厉喝声中睁开眼睛,连枪都没有来得及拿,就做了红军的俘虏。他们根本没有想到,红军能在这么短的时间,从一百多里外的横梁山赶过来,在他们的背面悄悄摸上东山洼,打了他们一个措手不及。

陈政委带领红军战士夺取了马家兵修筑在东山洼的碉堡,占领了边墙洼,古浪县城和交通线就都在红军火力控制之内。

11月14日,晨曦微露。

"同志们,冲啊——"

陈政委一声令下,几把冲锋号一起吹响,钢铁音符组成的强劲旋律铿锵地飘向山野,在黎明的晴空中长久地回响着,红军战士犹如猛虎下山一般,扑下山来。

据守在古浪县城的马华荣团长率部在马家油坊与红军接上了火。红军打过一整子排子枪后,密集地向据点里扔手榴弹。手榴弹的爆炸声伴随火光烟雾腾空而起。守在马家油坊点里的马家兵见这从天而降的红军,犹如势不可挡的洪流涌来,吓得哭爹喊娘,乱作一团。

马团长掏出腰间的盒子枪啪啪向天打了几枪,大喊:"不要跑,不要跑!"

但是,枪声、炮声和惊恐的喊声、哭声、杂乱的脚步声,很快就淹没了马团长的怒喝声。此时,惊慌失措,只顾逃跑的马家兵,根本不听马团长的指挥,个个就像受惊了的兔子,四处乱窜。

马团长举起手枪,正要向逃跑的士兵开枪,一颗子弹飞来,打在马团长的胳膊上。"哎哟——"马团长惊叫一声,手中的枪掉在了地上。两个卫兵扑了上去,将胳膊受伤的马团长连拖带推,混杂在逃跑的队伍中,丢盔弃甲,退出据点。

马家兵放火烧掉了马家油坊,慌忙逃进了古浪县城。县长曾毅及一应办事人员已弃职带着家眷逃出城,不知去向。守城的民团丢盔弃甲,早已逃命。此时,红军的喊杀声越来越近,马团长抱着受伤的胳膊,哀号:"红军来得怎么这么神速呀?"

马团长见守城无望,便对副官说:"撤退。"

"且慢!谁敢临阵逃跑,就毙了谁。"

马团长闻声一惊,慢慢回头一看,马菁华正用枪指着他的脑袋,目光狰狞,一脸杀气地向他靠近。马团长给副官递了个脸色,副官便心领神会。啪啪,副官乘马菁华不备之际,连续两枪打在这个女特务的胸部。马菁华轻轻地哼了一声,便扑倒在地上。

"撤。"

马团长大喝一声,带上残部,顺着古浪县城西南方向的西山川,狼狈向祁连山深处逃窜……

红军猛打猛冲,快速攻破占领了古浪县城,驻守古浪县城的马家兵和民团仓皇逃跑时,点燃了孟家油坊和几院民房,仓库的粮食等物资均未来得及转移和焚烧毁掉。

红军占领县城后,召开群众大会,接见了古浪县城各界人士,宣讲共产党红军保护工商的政策,号召开市营业,发动号召人民群众支援红军。还派出人员向马家兵宣传共产党和红军"联合起来一致抗日,枪口对外,停止内战"的政治主张,扩大共产党和红军在河西的影响。同时,红军在古龙山、阳洼山、水关门及县城残破城墙边修筑工事,控制制高点,随时准备反击马家兵的反扑。

红军所到之处,纪律严明,对百姓秋毫无犯,所需物资、食物都付给钱,就连给红军带路也要答谢。红军爱民济贫、体恤百姓的作风,同马家兵的肆意残暴形成了鲜明的对照。这使地处交通要道,饱受兵荒马乱之苦,认为"兵即匪,匪即兵,兵匪一家"的古浪县人民深受感动:"如果天下的兵,都像红军一样,世道就太平了。"

很快,红军与古浪百姓打成了一片。

红军开仓放粮,休整部队。红军女战士则动员妇女,为红军赶制冬衣,补充给养,古浪县城一片紧张繁忙的景象。

"娃娃,你慢慢说,我听不清楚呀!"

一天上午,两个红军小战士来到古浪东南山乡县城的赵奶奶家中,他俩给赵奶奶说了半天的话,耳朵不灵的赵奶奶听不懂红军小战士说了些什么。在一边的赵爷爷听懂得了两个小红军说话的大致意思,就笑着对赵奶奶大声说:"老婆子呀,这两个红军说让你给他们烙个锅盔哩。"

"好,好,好。"

赵奶奶一听,应着赵爷爷的声儿赶快下了炕,颠着一双小脚,忙去厨房里生着了炉灶,给红军战士烙锅盔。

正好那天赵奶奶家里有和好的发面,一会儿赵奶奶就烙出了两个大锅盔,交给了小红军。那两个小红军把两个锅盔拿到隔壁刘家院子里去了。过了一会儿那两个小红军又来了,他俩说,赵奶奶烙的锅盔红军战士都很喜欢吃,请赵奶奶多给他们烙些锅盔。说着还拿出几块钱,说这是红军给赵奶奶的面粉钱和工钱。赵奶奶不要,但那两个小红军说什么也不答应,赵爷爷只好收下了。

赵奶奶从来没有见过这么仁义的军队,烙了两个锅盔,还要给工料钱。赵奶奶烙锅盔更加认真了,她在发面里特意加上清油,用驴粪蛋子煨得慢火,

把锅盔皮儿烙得黄黄的，里面却又软又白，吃起来香脆可口。在以后两天里，赵奶奶用了白面，给红军共烙了十二三个大锅盔。

朴实憨厚的古浪人民虽然自己衣不遮体、食不果腹，还是千方百计支持红军。

红军占领古浪县城后，县城的百姓不顾战火纷飞，自发为红军送米送面送烧柴，腾出热炕安置伤员和老弱病残战士。见红军战士还身穿单衣，脚蹬草鞋，在冰天雪地和马家兵作战，冻坏了手脚，便将自己家的毛毡、被子拿出来支援。战士们将被子、毛毡等，裹在身上取暖。长流渠苏家墩的百姓把开水、馍馍送到了红军阵地上。在古浪县城内开食店行的王开业、申占奎、吴加成和周家等生意人家，积极为红军烙大饼、蒸馍馍。古浪县城近郊的暖泉山底下的曹殿奎，为住在家里的红军杀了一头猪进行慰问……

马元海在横梁山受创之后，重新整顿队伍，尾随红军向古浪县城而来。此时，驻守凉州的马豁子因城空心虚，他派驻黄河沿岸的部队，遭到红军沉重打击后，溃不成军，只好龟缩凉州城内唉声叹气。

汹涌的马家骑兵，卷着浓重的黄尘赶到龙沟堡时，遇到了几名从古浪县城溃逃的伤兵。一脸污血的伤兵慌忙滚下马鞍，一瘸一拐地来到马元海的面前，说："长官，古浪县城已被红军占领了。"

马元海一听，一股无名之火从心中升起，脸部肌肉不停地抽搐着，眼睛里发出一种阴森恐怖的幽幽目光，咬牙切齿地骂道："日奶奶的，枪炮一响就跑，能不丢了县城吗？"

"啪啪！"马元海狠狠地扇过去两个耳光，打得伤兵两眼直冒金花，伤兵哭诉道："长官呀，红军实在是太厉害了，那炮弹就像冰雹一样往头上砸，谁能招架得了呀？"

"滚！"

马元海大喝一声，伤兵捂着脸连哭带喊慌忙退了下去。

国民党西北绥靖主任朱绍良得知古浪县城失守后惊恐万分，自知难以向南京方面交代，便抽调胡宗南部之杨德亮补充旅火速增援督战。

长期盘踞青海、甘肃的军阀马步芳深恐马家兵一再败退，招致国民党中央军借故进占其地盘，不仅派兵增援马元海，还以"城存尔存，城亡尔亡"严令马元海集中优势兵力，不惜一切代价夺回古浪县城。

11月15日傍晚，夕阳西下，残阳如血。

马元海率马彪旅、韩起禄旅、马全义团、马忠义团、马步銮团、马呈祥团及西宁鲁沙尔民团保安骑兵旅，民和、乐都、互助等各县民团，近两万人，绕道黑松驿、张家河湖塘洼，进至古浪城南的西山川、金家堡一带集结。

11月16日凌晨，三架轰炸机飞到金家堡上空，像老鹰抓小鸡似的向地面俯冲，投下两枚炸弹。大地在耀人眼目的火光和震耳欲聋的爆炸声中飞舞起来，麇集于此的马元海部当即被炸死10余人、马30多匹，惊慌中的马家兵士兵哭爹喊娘，乱成一团……

马元海愕然之后，勃然大怒，气得跺脚骂娘："驴日的，瞎了狗眼，大白天也往自己人头上扔炸弹呀！"

就在马元海派人收拾被飞机炸死炸伤士兵尸体的时候，马步芳来电严令马元海展开攻势，快速夺下古浪县城。

这时，马元海才清醒过来，朱绍良派来的飞机并没有投错炸弹，目的是以示警告，督促其快速向红军发起进攻。

马元海感到箭在弦上不得不发，他指挥马家兵步骑配合，向驻守古浪县城的红军发起全线进攻。

敌机一阵狂轰滥炸之后，整个古浪县城就变成了一片火海。

马家兵在飞机的掩护下，兵分三路，重点向古浪城正南的古龙山、西南的西山匝和城西南角发起进攻。马家兵凭着人多枪多，整营整团地发起冲锋，像黄蜂一样涌向红军的驻防阵地。

"同志们，打！"

指挥员一声令下，红军战士们集中火力，对扑上来马家兵迎头痛击。红军指战员们发挥山地战、近战的特长，英勇奋战，连续打退了敌人的几次进攻。战至中午，红军击毙了马家兵营长马德良，歼灭马家兵及民团近一千人。马家兵狼狈退到暖泉一带。

马家兵不甘心失败，又从西山川绕到西山背后，从西山顶上，手持大刀往下冲锋，枪声杀声混成一片。

红军沿着古浪县城残余城墙挖了战壕，迎击敌人。等马家兵冲至半山腰进入有效射程之后，机枪、步枪、小炮等轻重武器一起射击，马家兵的前锋受到阻击，无数士兵的尸体从山上往下滚，后面的士兵回头就往山上跑。马家兵的督战队手持大刀又从山顶上往下赶，等士兵再次冲到半山腰，又被红军密集的炮火打了回去。就这样赶下来打回去，往返好多次，山坡上躺满了马家兵士兵的尸体。

古龙山距古浪县城最近，居高临下，可俯瞰县城全貌。要固守住古浪县城，必须牢牢地控制古龙山制高点。马家兵用山炮猛烈向古龙山红军阵地轰击，随后马家兵挥舞着明晃晃的马刀，号叫着涌了上来。

驻守古龙山制高点的红军团长一声令下，刹那间，枪声、炮声、喊声、杀声响成一片。红军战士沉着应战，子弹打光了就用刺刀拼杀，手榴弹打完了就用石头砸，古龙山战斗持续了两个多小时，打退敌人的数次进攻。

马家兵强攻古龙山未能得逞后，他们根据红军分兵把守的部署，改变战术，在空中飞机轰炸和机枪扫射的掩护下，骑兵穿插到红军阵地背后，以侧翼迂回配合正面进攻，采取穿插分割，把红军的部署打乱了，迫使红军各师、各团各自为战。

坚守古龙山制高点的红军将士后援被敌人切断，孤军作战。这边的马家兵刚刚打退，那边的马家兵又像成群的牦牛一样爬了上来。战斗持续到中午，双方进入最残酷的争夺。敌人数架飞机连续狂轰滥炸红军阵地，整个古龙山阵地成了一片焦土。有的敌人爬上了碉堡用刺刀猛刺，碉堡里的红军战士用敌人的脚步声判断位置用步枪对准射击，将敌人一一击毙。

连日激战，终因其他部队无法增援，坚守古龙山制高点的红军将士寡不敌众，几乎全部牺牲。

古龙山制高点失守，古浪县城一览无余，马家兵可用炮火直接轰击古浪城内的每一个角落。对守卫县城的红军造成了严重的威胁，古浪县城危如累卵。

从西山进攻县城的马家兵撤到了山后，从古浪县城西北的太平沟等山口窜了出来，到县城城北的暖泉一带集结。这里是一个开阔地带，东西山相距两三公里，中间是河谷，两岸是农田，没有什么有利的地形阻击。马家兵多是骑兵，正好发挥了他们的长处。

从下午起，激烈的战斗从县城西南的古龙山转移到了县城北关一带。飞机在城区里乱扔炸弹，马家兵依仗着人多马壮，用"牦牛战""人海战术"，出动全部兵力像乌云一样滚滚而来。大批的骑兵穿插迂回，轮番冲击。

一时间，古浪县城内外炮声隆隆，手榴弹不断爆炸，枪声似炒豆一般，喊杀声四起，火光冲天。红军依托残破的城墙阻击马家兵的一次又一次进攻。

马家兵再次发起了冲锋，陈参谋长举起手枪，向汹涌而来的马家兵士兵射击。不料，被登上民房的一位马家兵射中了头部。陈参谋长中弹倒地血流不止，他想站起来，可努力了几次又倒下了，慢慢闭上了眼睛。他手中依然紧紧地握着那只手枪。

一股清风吹来，系在枪把上的红绸布飘动起来，款款地覆盖在陈参谋长那张年轻的脸上。在他的前方，横七竖八地躺着七八个马家兵尸体。

敌人用山炮轰开城墙一角，马队像潮水似的向古浪县城冲击而来，黑马营、花马营、白马营、红马营五颜六色的骑兵马队奔驰而来，发出震人肺腑的嘶鸣，向红军阵地扑来……用白布裹着脑袋、蓄着络腮胡子、穿着羊皮袄的马家兵，像醉汉似的，呜哩哇啦地乱叫，挥舞着马刀，在大街上横冲直撞，红军在县城北街一带与敌人展开了激烈的巷战。

马家兵数次攻到北城墙附近，都被红军击退。终因弹尽粮绝，敌众我寡，最后红军各自为战。轻伤员不下火线，重伤员拉响手榴弹与马家兵同归于尽。红军指战员胸中燃烧着杀敌复仇的怒火，每个指战员的面前，都是埋葬敌人的坟场。前面的人倒下去，后面的人堵上来，负伤倒在地上了，仍然手握紧武器，单等敌人来到跟前，拼上最后的力气搏杀。子弹打光了，就用大刀、长矛、木棍、石头、树杈同敌人拼搏。

红军供给部和卫生部的一些女同志，因为手无寸铁，被凶残的马匪兵堵在屋子里统统用马刀砍死。目睹惨景，红军保卫部陈部长顺手一甩驳壳枪，"啪、啪、啪"，几个冲在前面的马匪兵栽下马来。

"同志们，我们要和敌人血战到底，坚决杀退敌人！"

陈政委左手负伤，右手举着驳壳枪边射击边指挥战斗。敌人看见陈政委在高喊口号指挥战斗，断定不是一般的人物，十几个大胡子马家兵号叫着，提着马刀扑了上来。

"来来来，看老子给你们点名。"

军部交通队一排排长乔国军一个箭步蹿到陈政委面前，怒对扑了上来的马家兵，手中冲锋枪一阵剧烈晃动，十几个马家兵横七竖八地全撂倒在地上。这时，一颗子弹击中了乔排长，他晃了晃身子，栽倒在地上光荣牺牲了。

马家兵向红军军部压来，陈政委捡起乔排长的冲锋枪，大喊一声："同志们，冲啊！"

陈政委率领军部交通队和军机关的同志们一起向马家兵反击了过去。军部的交通队是红军军部的一只铁拳，每逢关键时刻，红军首长才把他们撒出去。交通队的队员个个精明强干，都是挑选的最优秀的年轻战士。他们每人配备一支德国造驳壳枪，外加一把大砍刀，打起仗来就像一群小老虎。只见他们手中的百十只驳壳枪，像一把无形的铁扫帚，哗哗一扫，敌人就倒下一片。这时，马家兵才知道碰上了硬骨头，连尸体都顾不上收，就慌忙向后溃逃。就在这时候，古浪县城东北方面的敌人也开始混乱起来，原来红军击溃了县城东北方面敌人分割包围部队，杀开了一条血路，前来接应军部。

马家兵受到两面夹击，阵脚一时大乱，就像斗败了的野狗，夹着尾巴狼狈地逃出了古浪县城。

11月18日傍晚，寒凝大地，北风呼啸。清冷的古浪县城里，被飞机炮弹炸毁的民房依然冒着浓浓的黑烟，星星点点的火点还在燃烧，除了零星的几声冷枪声外，逐渐趋于平静。

冬天的阳光早早就黯淡下去，风凛冽，暮色衔悲而来。

一个浑厚而略带嘶哑的男声唱了起来："我们是铁的红军，钢的力量，工农的儿女，民族的希望……"

歌声唤起了广大红军将士的共鸣，红军将士们高亢激昂的歌声飘扬在硝烟弥漫的古浪县城上空。

此时，红军首长在古浪县城召开紧急会议，决定部队连夜突围。当晚，身披连日激战硝烟的红军将士顶着寒风，顺着古浪河东岸长流渠往北突围。在红军右纵队的接应下，古浪县城内的红军左纵队顺利突围转移。

马家兵隔岸观看，未敢阻击尾随追击。

第二十二章
毛西都杳无音信　老五叔心急如焚

11月18日晚，红军部队准备突围转移前，首长到各处看望伤病员，能带走的伤病员派人尽力带走。这些受伤严重的红军战士们见部队伤亡减员很大，实在无法带走他们，为了不影响战友们的行军，减少不必要的牺牲，他们坚定地向首长请求："把我们留下来吧。"

红军首长看着这些朝夕相伴的战友们，紧紧地握着他们的手，流泪答应了他们的请求。依依惜别时，红军首长给马家兵写下了一封信，希望他们能从人道主义出发，不要杀害红军的重伤病员。

11月19日清晨，阴云低垂，古浪山川覆盖上了鸡爪子厚的一层白雪。此时，激战了三天三夜的古浪县城一片寂静。县城上城的金家院子里的火堆边，坐着、躺着一百多位红军重伤病员。火堆里的柴火早已燃尽，只有星星火种在一明一暗地发着光亮，一缕若现若无的青烟，轻轻地飘绕在院落里。红军伤病员们忍受着伤痛，相互依偎在一起取暖。

太阳从东山背后慢慢升起，形如蛋黄。马家兵策马疾驰，冲进古浪县城，到处逞凶，所留红军伤病员全被残杀。到了晌午的时候，一股马家兵包围了金家院子，当他们发现院子里是一些身负重伤，没有丝毫反抗能力的红军伤病员时，号叫着冲进了院子，用马刀劈，用机枪扫，残忍地杀害了这里的红军伤病员。鲜血染红了红军伤病员身下的黄土地，流出了金家院子……

马元祥是被红军击毙的少将参谋长马延祥的胞弟，他大肆残害红军，开枪残杀红军伤病员一百多人。马步芳得悉此事，竟然称赞说："马元祥是个男子汉！"

因为打仗，古浪县城里的百姓大部分都逃跑往乡下避难。马家兵借口搜

查红军伤病员，砸开百姓的房门翻箱倒柜，抢劫掳掠。未及逃避的人家遭了大殃，财物被抢掠，妇女被奸淫，留守者遭受严刑拷打，甚至被枪杀。

马豁子得知古浪县百姓支持帮助过红军，一声令下："焚城！"

顿时，古浪县城商业较为集中的南街变成了一片火海。到了夜晚，橘红色的火舌还在向天上蹿，映红了古浪县城的夜空。大火烧了十多天时间，整个古浪县城弥漫着滚滚浓烟和呛人的焦糊味，昔日商贸兴旺人头攒动的县城南街，被一场大火烧成了一片瓦砾。

红军和马家兵在古浪县城鏖战的三天三夜时间里，老五叔跟随小英子和红军卫生队的战士们一边救护伤员，给前线红军将士们运弹药送水送饭，一边打听寻找着毛西都等人的下落。

老五叔与红军队伍上的人打交道的几天时间里，他目睹到红军战士个个对老百姓很和气，被红军将士的英勇精神和英雄气概所感染。小英子和卫生队的战士们还利用战斗的间隙，给老五叔讲了许多红军长征途中的故事和革命的道理。老五叔从小英子们的口中得知，红军是为抗日而来西北的，红军不跟马家兵打仗，是马家兵硬要跟红军过不去，要和红军打仗哩。

11月18日傍晚，红军部队要突围转移了。临行前，张排长给了老五叔一块银圆，说是给他回家路上的盘缠和他给小英子带路的酬谢。老五叔不舍，但他想，这么多天了，自己也没有打问到毛西都等人的音信，也许他们早回家了，就辞别了小英子和张排长踏上了回家的路。

眼看着红军的部队消失在茫茫黑夜里，老五叔不敢在古浪县城久留，连夜顺原路返回古堡。

老五叔跌跌爬爬来到东山洼半山腰的时候，夜已经很深了。他觉得脑袋发胀，浑身也轻飘飘的，腿脚没有了一点力气，就坐在一个土坎儿上歇息。此时，他回头再看古浪县城，星星点点的火光在黑夜中忽明忽暗地跳动着，偶尔传来一两声枪响，就像灶灰里爆豆子一般。

一阵冷风吹来，老五叔身子冻得打了一个寒战，觉得头脑清醒了许多。这几天，他跟随小英子等人救伤员，给前线战士送干粮，实在太困太累了。即便是在这寒冬的夜晚，屁股一着地他就想睡过去。他觉得自己只是打了一个盹，可睁眼睛一看，天的东方已经发亮了。他想动动身子，觉得浑身儿都被冻得僵硬僵硬的。

"不行，再不起身活动活动身子，人就要冻死哩。"

老五叔自言自语地说道。他狠了狠劲儿，从土坎儿上站了起来，继续往山顶上爬去。

太阳照到东山洼顶上的时候，老五叔也爬到了山顶上。他迎着晨光伸了一个懒腰，长长地出了一口气，觉得浑身轻松了许多。他再回首看古浪县城时，驻扎在县城外的马家兵像蚁群一样黑压压地向县城包围了过去，噼里啪啦的枪声响个不停……

老五叔沿着山梁快速向古堡走去。

老五叔过了东山洼顶，拐过一个山嘴，在山路边的低洼处隐隐约约见有几个人慢慢地着往前走。他定眼一看，那身灰布军服和八角帽上的红五星在阳光下显得格外亲切。

"是红军。"

老五叔心里默念着，快步走了过去一看，是红军的几位伤员在相互搀扶着前行。

"大叔，您是本地的人吗？"

"我是前面古堡的人。"

"从哪里来呀？"

"我是从古浪县城来的。前几天我给红军带路到了县城，现在准备回家去哩。"

红军伤员一听老五叔是给红军带过路的老乡，马上高兴了起来，急切地问："我们的部队现在还在县城吗？"

"昨天晚上离开县城了。"

"去哪里了？"

"向去凉州城的方向转移了，他们说是和其他红军部队去会合。"

红军伤员听到大部队已经走了，个个眼睛里涌出了泪花。他们是在横梁山阻击战中负伤失散的红军战士，一路打听寻找部队来到了这里。

"你们的心里也不要太难过，就顺着条路往前走，就会追赶上红军的队伍。"

老五叔一边宽慰着这几位红军伤病员，一边告诉他们，沿途到处都有马家兵在搜红军抓人，最好不要走大路，顺着山梁往北走，一路要小心。"

"大叔，你也要小心，前面有马家兵的骑兵哩。"

"这里的道路我熟悉，你们就放心吧。"

老五叔一边自信地回答着红军伤员，一边心想：管他是七兵八兵哩，我才不怕哩！遇到落单的马家兵，他不是我的对手，遇到的马家兵多了，我熟悉地形，一溜了之，他休想抓住我。

老五叔告别红军伤员，边想边匆匆赶路。走了一段山路，他见前面山路上有尘土飞扬，就圪蹴在一个土疙瘩后面，仔细观察。不大的一会的工夫，山路的拐弯处果然过来了七八个马家兵。马家兵都骑着黑马，头上裹着白布，手里拿着大刀，吆喝着朝老五叔的方向奔来。老五叔急忙躲藏，马家兵还是发现了老五叔。

"站住，站住。"

马家兵们号叫着策马追了过来，把老五叔团团围在了中间，说："尕娃，是红军的探子吧？"

老五叔镇定地说："长官，我是前面古堡的人，昨天去郜家窝铺走亲戚，天黑了就住在亲戚家，现在要回家去哩。"

几位马家兵一听老五叔口音是本地人，就放松了警惕。一位马家兵滚鞍下马，对老五叔厉喝道："老汉，你是不是红军的探子，给红军带路去了吧？"

"长官，什么红军黑军，我可没有见过他们呀！"

昨夜老五叔在东山洼半山腰休息时打了个盹，天冷受了些风寒。此时，他觉得鼻子一酸，"阿嚏——阿嚏——"接连打了两个响亮的喷嚏，鼻涕星儿喷了站在面前马家兵一脸。恼羞成怒的马家兵唰地一下从腰里拔出马刀，放到了老五叔的脖子上，说："老汉，你说瞎话，刀刀宰过哩。"

老五叔见势不妙，趁其他马家兵还没警惕起来，一脚踢了过去，那马家兵"哎哟"一声捂着裆部，跌倒在地打起滚来。他顺势捡起马家兵手中跌落的马刀，跃身而起，手起刀落，扑上来的一位马家兵的头就向西瓜一样从山坡上咕噜噜地滚了下去。其他几个马家兵哇哇大叫着挥刀扑来，老五叔一个纵跃，就跳到了路边五六尺高的土坎上。老五叔顺山坡，就地一滚，不见了人影儿。

马家兵呜哩哇啦地叫喊着爬上土坎儿，只见满目皆是一尺多高枯黄的芨芨草在寒风中摇曳，却不见人的影儿。

"嘘！"一声响亮的口哨传来，马家兵循声望去，老五叔已经站在了离他们百余米外的山坡上。

"啪啪！"马家兵边打着枪边追了过来，老五叔转身就跑，马家兵的子弹在他的头顶上"呜呜"地乱飞。

"趴下，快趴下！"

老五叔闻声，一个"狼捉兔子"的动作，顺势儿就地趴在了山坡上。老五叔循声音望去，先前见到的那几位红军伤员就趴在离他不到一丈远的地方。原来，红军伤员们听到枪声回头一看，发现是老五叔遇到了马家兵追杀，向他们的方向跑来。红军伤员们就悄悄地隐蔽了起来，当老五叔路过他们的隐蔽点时，就急忙喊让老五叔就地趴下，免得受伤。

马家兵向老五叔和红军伤员藏身的山坡扑来。

老五叔见马家兵越来越近了，心里发急，一位红军战士看出了他的心思，悄声说："大叔，别怕，也别慌，悄悄地趴着。"

老五叔望去，几位红军战士，怀里抱着枪屏息静气一动不动地躺在山坡上，只好听从他们的指挥，也就悄悄地趴着不动。马家兵喘气的声音都能听见了，老五叔真想跃起身来挥刀杀去。只见那几位红军伤员，忽地一下翻身而起，半蹲在地，"啪、啪、啪"，三声枪响，冲在前面的三个马家兵先后栽倒在地上，剩下的马家兵呜哩哇啦地乱叫乱喊着撒腿就往山坡下跑去。

红军伤员很快地跑了过去，从被打死的马家兵尸体上取下枪、刀和子弹，笑着对老五叔说："大叔，我们三支枪只有三发子弹，现在缴获了这些子弹，就不怕马家兵再追来了。"

老五叔望着红军伤员们笑了笑，没有言语。他看到逃下山坡的那几位马家兵，慌慌忙忙骑上马，顺着来路狼狈逃跑了。

老五叔把身上带的炒麦子拿出来，说："这些粮食你们带上，赶快赶路去吧。"

"大叔，您把粮食送了我们，您吃什么呀？"

"我再有半天路程就回到家了，你们要走的路还远着哩，一定要吃点粮食呀！"

打死了敌人，缴获了枪支和子弹，老五叔又送了一些炒麦子，红军伤员高兴地向老五叔道谢告别，继续向山梁上走去。

老五叔目送红军伤员远去，边走边想，这些红军战士都受伤了，走路都困难，刚才他们遇到马家兵，从山坡上翻身而起，半蹲在地，打枪的时候怎么就像好人一样哩？

老五叔想了半天，不得其解。他摇了摇头，匆匆赶路回家。

老五叔从古浪县城回到古堡后，就病倒了。

郎中喜子见老五叔喷嚏连天，面容憔悴，无精打采，显得十分疲惫，精心为他把脉问诊后，开了个药方子。可老五叔死活不让雪莲去拿药。他让雪莲用葱根、花椒、黑糖、灶膛的焦土块给他熬了一大碗浓浓的"四合汤"。他喝下这一大碗"四合汤"后，让雪莲把土火炕烧热，就蒙头盖耳地睡起了大觉。

老五叔两天一夜不吃不喝昏睡不醒，雪莲惊慌地又请来了郎中喜子。喜子款款揭开被子，只见老五叔面色红润，呼吸均用。他仔细把脉后，对雪莲说："一切正常，可能是太劳累了，这一觉睡醒，他的病就好了。"

郎中喜子的话很是灵验。第二天凌晨头鸡儿打鸣的时候，老五叔醒了。他一醒来就喊饿。雪莲炖在火炉子上的山药面汤正好温热，老五叔连吃了三大碗后，望着雪莲说："还是我姑娘做的饭香。"

"爹，你这一觉睡了两天两夜，把人都吓坏了。"

老五叔看着满脸泪花的雪莲，说："姑娘，你爹的身子骨硬朗着哩，死不了。"

雪莲见老五叔醒了，也就放心了。她正要收拾了碗筷去洗刷，老五叔问："西都他们都回来了吧？"

"还没有回来哩。你也没有打问到他们的下落？"

"我在县城见了好多红军，他们都说没有见过西都。"

父女俩相视无语。

"哐当，哐当！"突然，有人敲老五叔家的院门。

"一定是郎中喜子他们来了。"

雪莲说边说边急忙去开门。

"老五叔，你可把我们吓坏了。"

"没啥，死不了！"

郎中喜子一进门就抓住老五叔的手问长问短。不论喜子怎样热情，老五叔始终郁郁寡欢，提不起兴致来。他说："红军和马家兵在古浪县城的那场仗打得太残酷了，一闭上眼全是打仗的情景。马家兵太没有人性了，太残忍了！"

老五叔回到古堡过了几天的时间，毛奎、狍子和铁塔也先后回到了古堡，但始终不见毛西都回来。

毛奎说，当时他们按照毛西都的吩咐，听到枪炮声响就一边喊一边跑。

十几个民团跟着毛奎往南跑，枪炮声一直跟着他们的后面响，等他们跑到马场台的时候，太阳就落下山了。只见白土台子、铁成子台都有马家兵的骑兵驻扎，大家便悄悄地藏在三道湾的一个山梁上，打算等到天完全黑了，再绕过马家兵驻的庄子逃命。

夜色把群山笼罩在黑暗之下，马家兵的兵营里的灯火都亮了起来。

毛奎他们正准备从顺山梁往西走，只听枪炮声大作。他回头一看，白土台子的马家兵的兵营里火光冲天，杀喊一片。这时，只见驻在铁城子台的马家兵，骑着马举着灯笼和火把号叫着向白土台子奔来。路过三道湾山沟的时候，山沟两侧的山梁上突然枪声四起。原来山梁上早就埋伏好了红军。一阵子排子枪打过后，山沟里的马家兵死伤大半，人喊马叫乱作一团。这时候，红军吹响了冲锋号，向山沟里扑去……剩下不多的马家兵见势头不妙，急忙调转马头向铁成子台方向逃命。

战斗结束后，红军迅速撤离了战场。毛奎和民团队员们也就急急忙忙逃命。摸黑越过那条山沟时，在朦胧的夜色下，他们看到马家兵很多的尸体横七竖八地躺着，吓得腿子打战，头上冒汗，争着抢往前跑。一个瘦小民团队员不小心踩到了一个死人上，那死人竟然挣扎着一把抓住了他的衣服。

"鬼、鬼呀！"

瘦小的民团队员惊叫着挣脱了死人的手，没有想到被横在前面的另一具死尸绊倒在地。他仔细一看，眼前死尸血肉模糊，那铜铃般的大眼睛瞪着他。瘦小的民团队员连喊带哭且连滚带爬地从地上爬起来，跟在大伙身后没命地狂奔。

毛奎带着十几位民团队员逃离藏身的山梁冈，摸黑一路狂奔。到了天亮时，人们才发现那位受到惊吓的民团队员不知在啥时候就丢了。

毛奎对大伙说："我们去找找吧。"

民团队员们都把头缩紧了衣领不言语。过了一会儿，一位年长的说："他的魂魄都被死鬼勾走了，到哪里去找呀？"

民团队员们一听，都说："赶快回家吧，要不再遇到马家兵，我们都没有命了。"

毛奎见大家都不愿意去找，只好带着大伙顺着饮马沟而下，经石门峡，向黄羊川的方向逃命。

跟在狍子和铁塔的屁股往北跑的一伙民团，翻山越岭经哒啦水、井儿沟，一路没有受到任何阻挡。

大家伙儿一口气跑了几十里路，在太阳落山的时候逃到了王家窝堡。枪炮声越来越远了，大家都觉得跑得精疲力尽，就斜倒竖歪地躺在山坡上喘气儿。

这时候大家都觉得饥肠辘辘，胃里难受。一想只顾逃命，一天了都没有吃过东西，大家就掏出离家时候带的馍馍吃了起来。

人们一天的奔跑，渴得嘴里没有了一点儿口水，干馍馍嚼在嘴里无法下咽，就开始找山泉水。有人在山沟里找到了一眼泉，泉水不旺，且散发着一股怪味儿。大家顾不了这些，趴在泉边直接用嘴喝，有的人喝了几口，有的人只喝了一口，就开始一边擦嘴，一边直喊："苦死了，苦死了。"

狍子和铁塔闻声儿跑过来一看，发现大家喝的水是人畜不能饮用的苦咸水。这种水驴喝了都苦得摇头，更何况人。狍子忙对大家说："这种苦水，千万不要喝。"

"不喝，把人往死里渴吗？"

"如果喝了这种水轻者嘴唇干裂起皮开口流血，重则腹胀连续多日拉不出屎来，要出人命哩！"

大家一听狍子的解释，慢慢地从泉边站了起来，望着泉水，舔着干裂的嘴唇，默不作声了。

天完全黑下来了，耳闻远处又传来了稀稀拉拉的枪声。民团队员们都很害怕，不敢久留，拖着疲惫的身子，三五一群，在夜色中往前走。

狍子和铁塔顺山沟而下,悄悄地向古堡方向跑去。

毛奎、铁塔、狍子都陆续回家了,但是毛西都始终没有音信。老五叔和古堡的人都心急如焚,到各处去打听毛西都的下落。

转眼两个多月时间过去了,年也过完了,还不见毛西都回来。老五叔、雪莲和古堡的人心里更加着急。

清明节前的那天午后,老五叔心里很是烦躁,独自一人去古浪东南山乡集市转悠。

"老五叔呀,快进屋子里喝口热茶吧。"

老五叔闻声回头一看是福盛商行的余掌柜。自打那次老五叔和毛西都帮助余掌柜死里逃生后,他对老五叔很是感激。老五叔本不想到福盛商行去喝茶,但又觉得无事心烦,就信步走进了福盛商行。

"老五叔呀,最近好长时间没有见您老了,是不是去了凉州城里呀?"

老五叔随口"嗯"了一声,算作应答。

"孙德子,上茶。"

待老五叔坐定,余掌柜吩咐伙计孙德子端上了红枣、枸杞、桂圆、冰糖和上好的春尖茶,特意为老五叔泡制了一壶"三炮台"养生茶。

"老五叔,听说前段时间,马家兵在横梁山和红军打了一场恶仗,死了不少的人哩。"

老五叔望了望余掌柜,随口回答说:"我也听说了。"

"有人传说红军的部队到过古堡,还留下了几个受伤的红军伤员哩。"

老五叔一听这话,心里不由一惊,但表面上依然十分镇静自然。他没有立即回答余掌柜的话,而是很轻松地用茶杯盖刮了几下茶碗子,轻轻地喝了一口茶。

老五叔静观余掌柜并无恶意,倒是像有什么秘密想告诉他,便说:"有这么回事吗?收留红军伤员可是要杀头的呀!"

老五叔这么一说,倒让人称"大鱼儿"的余掌柜显得很是紧张,他支支吾吾地说:"我也是听人闲谝的嘛!"

老五叔说:"余掌柜呀,谝儿谝儿'谝'着哩,可不能跟上那些不识相的'疯子'谝这种闲谝儿,害人也不利己呀。"

余掌柜一听老五叔话里有话，干笑了两声，说："哪能哩，哪能哩。我是个啥人，您老人家能不了解我呀，我是干那种没有屁眼门子事情的人吗？"

"就是呀，余掌柜是个明白事理儿的人。既然你没有亲眼见过古堡人收留了红军伤员的事情，就不要到处胡咧咧。不然，传到马家兵的耳朵里，让你娃娃吃不了兜着走哩。"

余掌柜一听老五叔的这些话，心里发怵，说："我也是听人说的嘛！"

老五叔见火候到了，就说："我也是给你余掌柜提个醒儿。我怕这种闲话一传十、十传百，最后就传成余掌柜收留了红军伤员喽。如果你余掌柜交不出红军伤员，那你的麻烦可就大了。马家兵不把你宰了大卸八块子，丢到乱坟冈里喂了野狗才怪哩。"

余掌柜忽然觉得老五叔有反打一耙子，给他栽赃的感觉。如果把这个"屎盆子"扣到他的头上，他余掌柜可就麻烦大了。想到这里，余掌柜有些后怕了，就像搁在岸头上的一条鱼儿一样，惊恐不安，不由身上起了鸡皮疙瘩。

"咳！咳！"余掌柜故作镇静地干咳了两声，说："老五叔给我提醒得对，提醒得对呀。我也是听二拐子……"这时候，店伙计尕德子急匆匆从外面走了进来，对着余掌柜的耳朵嘀咕了几句走了。余掌柜笑着说："老五叔呀，有个人在外屋子里等我说个话儿哩，您老人家先喝茶。说完事儿，我马上就回来。"

老五叔边喝茶便随口"嗯"了一声。

余掌柜跨出屋子门之后，又回头小心地关上了门，快步走进了隔壁的屋子里。

老五叔隔着门缝儿看去，有两个人影在对面的屋子里嘀嘀咕咕。他轻轻走到窗户边上，用舌尖舔湿窗纸捅开了一个小洞，眯眼仔细一看，来人是刘贵的手下二拐子。这时，余掌柜的伙计尕德子提了两瓶酒走进了二拐子说话儿的屋子里。余掌柜把两瓶酒送到二拐子的面前，说："兄弟，今天我有个事儿哩，就不陪你喝酒了，这两瓶酒你带回去自个儿喝吧。改天，我一定陪你好好喝一场。"

二拐子顺手打开一瓶酒，仰起头来"咕嘟咕嘟"地喝了两大口，啪地一下，盖上酒瓶盖儿，提起酒瓶子，不知嘟嘟哝哝地说着些什么话儿，起身告辞走了。

"老五叔呀，让您老人家久等了，失礼失礼呀！"

余掌柜人未进门，声音就进来了。他一跨进屋子的门槛儿，就笑着给老五叔赔不是。

"听余掌柜的话音儿，又遇到啥好事情了，这么高兴呀？"

余掌柜一边给老五叔的茶碗子里添茶水，一边说："这年头能有啥好事情哩。刚才来的人是二拐子，你知道这个人嗜酒如命，他是来找我蹭酒喝的，我给他送了两瓶酒打发走了。"

老五叔眯着眼睛，一边喝茶，一边轻轻地说了一声："我都已经看到了。"

"二拐子说呀，明天马家兵要来我们东南山乡哩。他说让我能避就避一避，能躲就躲一躲哩。"

说完话儿，余掌柜叹了口气儿，说："这世道，东躲西藏到啥时候哩！"

老五叔继续眯着眼睛，一边喝茶，一边轻轻地说了一声："我都已经听到了。"

"呵呵，呵呵。"余掌柜尴尬地笑了两声，转动了一下那双金鱼眼睛说，"啥事情都瞒不过老五叔呀，您老是千里眼，还是顺风耳呀？"

老五叔继续眯着眼睛，一边喝茶，一边轻轻地问道："明天马家兵来东南山乡，只是到黄羊川，还是到别地方去哩？"

"我听说黄羊川、横梁山、干柴洼都去哩。"

"你先前说红军的队伍到过古堡，还留下了几个受伤的红军的事儿也是二拐子说的吧？"

"是的，是的。"

余掌柜边说向屋外望去，见屋子的门和窗户都紧闭着，就凑到老五叔的耳朵前悄声说："前天晚上二拐子来找我喝酒，酒喝多后二拐子说，红军队伍来古堡那天晚上有人收留了红军伤员。他还说，古堡有人去给红军带路哩。"

老五叔听了余掌柜的这些话，脸上依然不动神色，也不言语。余掌柜见老五叔半天不语，心中发急，迷惑不解。老五叔很轻松地用茶杯盖儿刮着茶碗子，慢慢地喝着茶，倒是把余掌柜紧张得额头上渗出细密的汗珠子。

"余掌柜呀，时间不早了，我该回去了。"

老五叔说着话，就起身要走。余掌柜仔细地端详着老五叔的面部表情，

不喜不怒，不急不慌，平静如常。余掌柜的心里更加不安起来。

余掌柜把老五叔送到了福盛商行大门口。老五叔转过身来，说："余掌柜，你的养生茶泡得好呀！"

余掌柜笑着说："只要您老喜欢，有空就请您常来坐坐，我一定给您泡好养生茶。"

老五叔拍了拍余掌柜的肩膀说："看来余掌柜也是个有情有义的人，我和乡亲们没有白帮余掌柜的忙呀！"

余掌柜急忙点头说："远亲不如近邻。老五叔和乡亲们的搭救之恩，定当终身报答呀！"

"不早了，我要回去了。"

老五叔说着拍了拍余掌柜的肩膀，向街道上走去。

夕阳西下，晚霞把浓厚的黑云燃烧成了暗红。古浪东南山乡集市上的商户都已关门歇业，市面上一片萧条。余掌柜迎风而立，呆呆地望着老五叔远去的背影，心里有一种说不出的感觉。他心里默念道："是福不是祸，是祸躲不过呀！"

余掌柜对二拐子说的一些话儿，是真是假也曾在心中产生过怀疑，今夜见到老五叔，他本想是给老五叔透个信儿露个底儿，讨个老五叔的欢喜，但他并没有在老五叔的面部表情看出丝毫的喜怒。

凛冽的晚风使劲儿地吹着，余掌柜身子不由得打了一个寒战。他不知道二拐子给他传递的这些信息，给他带来的是凶还是吉。

其实，老五叔到集市上转悠，本想集市上人多信息广，从这里了解些关于毛西都的信息，没有想到却从余掌柜口中得知这么重要的一个消息。他在余掌柜面前不露声色，主要是对余掌柜不太信任。他边走边想，从余掌柜说话的表情判断，余掌柜不是在瞎猜胡说，也不是在试探他的底细，而是在告诉他这个的秘密。他断定二拐子说的这些话是从刘贵那里传出来的。

"刘贵怎么把他和喜子收留了红军伤员的事情知道得这么清楚哩，明天的马家兵来东南山乡是不是为此事而来呢？"

老五叔心里自问，但不得其解。他不由得加快步子，向古堡走去。

第二十三章
余掌柜无意泄密　老五叔深夜探底

夜幕降临，阴云低垂，仿佛天地间的距离忽然缩小了许多，使人感到有一种无形的压抑袭来。

古堡里只有星星点点灯光，偶尔传来几声狗的叫声。路两旁的白杨树开始泛青发芽，寒风在古堡的巷道里乱窜。从百草济世堂里透出的灯光，被门口摇曳的白杨树枝条搅成了斑斓的碎片，洒落在街道路面上。

郎中喜子刚刚给红军伤员换完药从地窖里出来，在屋子里洗手。他从老五叔急促的脚步声中感觉到有啥重要的事情发生了。

老五叔大步走进百草济世堂，见只有喜子一个人，便低声对喜子说："今天晚上，我们一定要把红军伤员转移出古堡。"

喜子不解地问老五叔："发生啥事情了？"

"明天马家兵要来我们东南山乡哩。"

"马家兵来东南山乡干啥事哩，我们为啥急着要转移红军伤员哩？"

"刘贵知道我们藏着红军伤员的事情了。我怕明天马家兵是冲着我们收留的这几位红军伤员来哩。"

"您老是听谁说的？"

"福盛商行的余掌柜亲口给我说的。"

"他从哪里知道这些消息的？"

"他是从二拐子那里探得信儿。"

"您觉得二拐子、余掌柜说的话可靠不可靠呀？"

"我看这次余掌柜没有说谎话。现在我们宁可信其有，不可信其无呀！"

喜子迟疑了一会儿，低声对老五叔说："这几位红军伤员的伤情刚刚有

一点点好转，天气还冷，如果转移出去受了冻，伤口就很容易感染。如果伤口受破伤风了，我们没有西药，就麻烦了。"

"这些我都知道。若刘贵真的知道我们收藏红军伤员的事情，向马家兵告了密，明天马家兵来这里搜出红军伤员，那可就把祸惹大了。不仅保不住红军伤员，还要连累古堡的乡亲们呀！"

喜子觉得老五叔说得对，可他就是不忍心把这几位红军伤员转移出去。这些天，在他的精心治疗下，伤员们的伤情都有了明显的好转，他怕转移出去，不方便治疗，伤情恶化，伤及他们的生命。但面对现实情况，又没有更好的办法，他对老五叔说："这黑天瞎火的，急急忙忙地把他们往哪里转移呀？"

老五叔用商量的口气对喜子说："我想明天马家兵来了，重点搜查的一定是我们两家，先把伤员转移到铁塔和毛奎家藏起来吧。"

喜子想了想，说："不行。古堡就这么大的地方，转移到谁家里都一样。遇到马家兵翻箱倒柜地搜查，一搜查就是一个准儿呀。再说，现在古堡的人只有我和您知道收留下红军战士的事情，如果转移出去，知道的人就更多了。人多嘴杂，就怕走漏消息呀！"

"转移到毛家大庄子去吧，让毛八爷爷找个可靠的人家，先把红军伤员藏起来，我们再另想办法。"

喜子皱着眉头想了一会儿说："先不要着急，就是转移伤员也必须等到后半夜人们都睡熟了，转移伤员就比较隐蔽安全些了。"

"嗯。"

老五叔应着喜子的话音儿，点了点头。突然，喜子对老五叔说："我想，烦您老先去找一找刘贵，探探明天马家兵来我们这里究竟要干啥哩？"

喜子这么一说，提醒了老五叔，他说："对呀，刚才把我蒙住了，我去找一找刘贵，看他怎么说哩。"

"天黑了，要不让铁塔陪您老去吧？"

老五叔摆摆手，说："没那个必要，我一个人去。"

"今天您去主要是打听明天马家兵来东南山乡的事情，可不能来硬的呀！"

"刘贵这个人是个吃硬不吃软的人，我知道怎么对付他。"

临出门时，老五叔对喜子说："我想，我们还是做好两手准备吧，如果明天马家兵真是冲着这几位红军伤员来的，我们今天晚上一定要把伤员转移出去，不然危险得很。"

"您老说得对，我让毛奎和铁塔去毛家大庄子找毛八爷商议商议这事儿。"

老五叔和喜子商议好对策，老五叔便去刘贵那里打探明天马家兵来东南山乡的真实意图。喜子急急忙忙把毛奎和铁塔找来，吩咐他们去毛家大庄子找毛八爷商议转移红军伤员的事情。

喜子送走老五叔、毛奎、铁塔三人，就急忙回到药铺里，准备转移伤员时要带的药物。

老五叔重新来到集市，夜已深。

集市的小巷冗长，像一支细细长长的线。没有月亮和星星的夜晚里，小巷就像一个黑窟窿，黑得让人心生恐惧，静得令人后怕。街道两旁的商铺都早已经关门熄灯。唯有小巷尽头的乡公所院子里，还有一丁点儿昏黄的灯光亮着。

老五叔大步来到乡公所门口，见大门紧闭着，院子里的灯杆上的灯笼在风中摇曳，散发出微弱的灯光。他上前把乡公所大门推得"咣当咣当"直响。

"谁呀？谁呀？"

随着问话的声音儿，只见二拐子提着马灯披着衣服迷迷瞪瞪地从屋子里走了出来。他站在院子中间的灯杆下，伸长了脖子向大门口望了望。然后，他一瘸一拐慢腾腾地来到大门口，隔着门缝儿大声问："谁呀？这深更半夜地也敢来乡公所撒野！"

说话间，二拐子打了个酒嗝，一股子酒气隔门缝儿冲老五叔扑来。老五叔用手扇扇酒气，大声说："我是刘乡长请来的客人。"

二拐子一听是老五叔的声音，他又把马灯举起来照在门缝儿看了看，然后回头看了看刘贵的屋子，见屋子里的灯果然还亮着。不知老五叔使诈，便从衣兜里掏出钥匙准备打开院门。手到门锁上了，二拐子突然停下了手。他挠了挠头，嬉皮笑脸地说："老五叔呀，刘乡长都睡了，明天再来吧。"

老五叔见二拐子要耍心眼儿，就厉声说："二拐子，你给我听好了，我可是刘乡长请来的客人。"

"哎哟哟,我二拐子也不是别人吓唬着长大的。"

二拐子借着酒劲儿,硬着脖子,就是不开门。老五叔说:"二拐子,你不开门我可就走了。耽误了明天的事情,你可吃不了得兜着走。"

"乡长请你来,我怎么不知道呀?"

"乡长请人,还向你汇报呀?指头缝儿里夹鸡巴,你算老几呀?"

二拐子见老五叔不仅不吃他的这一套,还动粗骂人,心里开始有点忐忑,口气也就缓和了下来,说:"你怎么开口就骂人哩?就是乡长请来的客人,这深更半夜的,我也先得给乡长汇报一声,才能开门呀!"

二拐子边说边扭头,一瘸一拐地向刘贵的屋子里走去。

刘贵正在屋子里长吁短叹地转圈圈,昏黄的灯光把他的身影拉得长长的,映在屋子的墙上。二拐子突然推门而进,着实把他吓了一跳。借着昏暗的灯光,刘贵定眼一看是二拐子,又见他满面通红,一身酒气,便大声呵斥说:"进屋子不知道言喘一声呀,越来越没有规矩了!"

"乡长息怒呀,别怪二拐子,是我深夜来打扰你了。"

刘贵闻声扭头看去,不知啥时候老五叔已经站在他屋子里。

二拐子更是吓出了一身冷汗来,醉酒醒了一半,惊得目瞪口呆。他想,乡公所的大门紧锁着,他没有打开,老五叔怎么就进了乡公所呢?而且他连一点儿动静都没有听到,他怎么就先他而入,进了乡长屋子里的呢?二拐子想到这里,不由得觉得后脊梁有些发凉。

老五叔不请自到,刘贵不由一惊。这些年,他明里暗里地多次领教过老五叔的厉害,心想:他深夜来访,一定是凶多吉少。他本来就烦躁的心情更为烦躁,他对二拐子大声呵斥道:"滚!"

刘贵一声厉喝,把呆如木鸡的二拐子惊醒,他自知无趣,便匆匆退出了刘贵的屋子。

刘贵把屋子门关上,和颜悦色地问老五叔,说:"老五叔呀,深夜来访,有何见教呀?"

"呵呵呵!"老五叔笑着说,"乡长大人客气了,见教实不敢当呀!我倒是要问问你让毛西都给马家兵带路打红军,这过去好几个月时间了,怎么连个音信也没有呀?"

刘贵一听老五叔是为毛西都的事情而来，心里轻松了许多。他款款地坐在太师椅上，说："老五叔呀，毛西都去横梁山阻止红军是国事，也是自愿去的。再说了阻击红军，保卫家园不是每个人分内的事儿吗？"

"刘乡长呀，你这话我可不爱听呀。要不是你乡长派遣，毛西都怎么能自愿去给马家兵带路呢？"

刘贵有口难辩，只是"呵呵呵"地在一边干笑。老五叔接着说："现在红军都打跑了，其他去带路的人也都回家了，毛西都究竟怎么样了，连个音信也没有。我想你乡长也该给我个说法吧！"

刘贵善于察言观色，揣摸别人的心思。他听老五叔话语虽然强硬，但他的脸色并不沉重，就用试探性的口气对老五叔说："毛西都这个人机灵得很呀，说不定趁打仗的机会跑到红军的队伍里去了呢？"

老五叔一听，一脸的不快，说："刘乡长呀，话可不能这样说吧？毛西都现在生死未知，你就想给他戴一顶跑到红军队伍去的'黑帽子'，情理上你也说不过去吧？"

"老五叔，我也只是猜测着说说嘛！"

"毛西都是你派去给马家兵领路的，亏你能想出这种卸磨杀驴、借刀杀人的法子。"

刘贵见老五叔脸色由晴变阴，一脸杀气，忙说："老五叔呀，这你可想多了，想多了呀！"

老五叔不再说话。

刘贵觉得屋子的空气也凝固了，沉闷得让他窒息，不由得开始浑身发怵，心脏狂跳不止。他慢慢地从太师椅上站起身来，走到老五叔面前，压低了声音说："眼看就要到清明节了，天气逐渐暖和了。县长怕打仗的时候遗留在山沟的尸体腐烂发臭传染瘟疫，明天派人来，去横梁山、干柴洼一带寻找掩埋尸体。要不明天你们古堡里去几个人，跟他们一块去横梁山找找毛西都如何？"

老五叔一听刘贵的这番话，他明白了，余掌柜给他说明天有马家兵来东南山乡的事情不假。但是，马家兵来东南山乡并不是针对古堡人收留救治的那几位红军伤员，而是组织人员去横梁山、干柴洼埋死人的。

老五叔始终相信毛西都没有死,还活着。但他也没有回绝刘贵让古堡人借机去找找毛西都的机会,便说:"古堡人去找找毛西都倒也可以,但是,还要仰仗你乡长大人一定要让去横梁山的人安安全全去且安安全全回来呀!"

刘贵一听老五叔很爽快地答应了他的要求,有点儿不解。他担心的是老五叔一听县上派兵来东南山乡,就会私下里通知男女老少跑进大横山里躲起来,让他没有办法派人。刚才刘贵还正在为怎么派人的事儿犯愁哩,这下可是瞌睡遇到枕头了,老五叔的深夜来访,反给他帮了忙,解了围。

"身为一乡之长,保护好乡民的安危是我的职责所在。老五叔呀,我一定会尽力,一定会尽力。"

刘贵说这些话的时候略显兴奋。老五叔见时机一到,便给刘贵头上狠狠地泼去了"一盆子冷水"。他慢条斯理地对刘贵说:"刘乡长呀,前几天你派毛西都等人去给马家兵领路,至今毛西都还没有回来,找回毛西都的事情你也要尽力呀。"

刘贵尴尬地干咳了几声后,说:"那倒是,那倒是。"

老五叔正要起身回家,忽然觉得现在正是机会,何不把余掌柜说刘贵知道古堡人收留了红军伤员的事儿也搞个水落石出呢?于是,他把已经跨出屋子的右脚又收了回来,转身对刘贵说:"刘乡长呀,前两天我去了趟县城,听人说,你上次去送的那几位被狼夹子打伤的马家兵,走到红石结子的时候,你把他们给活埋了,这事不会是真的吧?"

老五叔把毛奎、铁塔、狍子从民团队员口中得知的这件事儿突然亮在刘贵的面前,就像把一个炸弹放到了刘贵的面前。这突如其来的问题,把刘贵吓了个半死。刘贵忙说:"老五叔呀,此话可不能乱讲,不可乱讲呀!"

老五叔慢条斯理地说:"现在已经有人在这么说哩,我只是给你传个信儿。"

刘贵故作镇静地说:"那死去的马家兵是马长官下令让民团埋在红石结子的路壕沟里的。"

刘贵说这些话的时候,声音都变了调儿。老五叔说:"刘乡长呀,你说那三个马家兵死了,可有人说,他们亲眼所见,土把人的脖子都埋住了,那几个马家兵的手和胳膊还在不停地晃动哩!"没等刘贵回话,老五叔接着说,

"你说是马长官下令让民团埋了人,那下过命令的马长官,现在人又在何处呀?谁能给你作证呀?"

刘贵早已经得知那个下令让民团埋了人的马长官被炮弹炸死在了横梁山,现在见老五叔步步逼近,他有口难言,一时无法回答老五叔的问话,显得有些惊慌失措,脸色突然变得蜡黄。

刘贵面部表情的变化,老五叔看在眼里,乐在心中。但他脸上不露丝毫声色。老五叔回坐到椅子上,微微闭上了眼睛,轻轻地摇着二郎腿,显得有些同情,自言自语道:"人言可畏呀,人言可畏呀!"

"对对对。三人为虎呀。红舌头底下,可要压死人哩!"

"不过,我也只是听人们喧的'谎儿'。谎儿谎儿'谎'着哩,就像臭屁熏人哩!那个吃油盐酱醋的人会信这些'谎儿'?乡长大人也不必太过担心呀!"

"对对对,老五叔说得对,传言不足为信嘛!"

"这种'谎儿'不可轻易传说呀,如果传到新任县长的耳朵里,如果下令埋人的马长官无法作证,不要了你刘乡长的命才怪哩。"

说话间,老五叔抬眼直视刘贵。只见刘贵用手绢不停地擦着额头上汗珠子,两手哆哆嗦嗦地颤抖着。老五叔接着说:"现在,有人传说古堡的百姓收留了红军的伤员哩。古堡可是你刘乡长管辖的一亩三分地呀,你能容这种杀三次头都不足为怪的事儿发生吗?"

刘贵一听老五叔的这番话,心里咯噔一下。他忽然明白,自己已经钻进了老五叔设下的圈套里,便故作镇静地说:"我怎么没有听说过古堡人收留了红军伤员的事呀?"

"乡长大人真是明白人呀,这可是让人头落地的事儿,乡长知情能不上报吗?乡长不报,肯定就没有这事情嘛。"

刘贵抬头看了看老五叔,说:"就是呀,我若是知情能不上报吗?"

老五叔一字一句地对刘贵说:"既然你乡长大人不知情,也明白这种事情传出去是要人头落地的,可就要管住二拐子的那没有遮拦的臭嘴呀!"

"二拐子他敢胡咧咧,我打断他的另一条腿。"

老五叔一听事情办妥了,便在刘贵的肩头重重地拍了一巴掌,说:"君子一言，驷马难追。"

刘贵忙顺着老五叔的话音儿说："君子一言，驷马难追。"

老五叔呵呵一笑，又说："冤家宜解不宜结。如果你守住了这个秘密，你和古堡人的前仇一笔勾销，以后井水不犯河水。"

没等刘贵说话，老五叔便大步流星地走出屋子门，忽然不知了去向。

刘贵呆呆地立在屋门之内，他的耳边依然回响着老五叔的话音："守住了这个秘密，前仇一笔勾销。"

刘贵慢慢地走到屋子门外，仰望着深邃的夜空，不知啥时候阴云已散，星河一片灿烂。他不由得口中念念有词，说："冤家宜解不宜结，到了该留条后路的时候了呀！"

这些年刘贵狗仗人势、为虎作伥，没有少祸害东南山乡的人。他和东南山乡的人们结下的死结越结越大、越结越牢。眼下，刘怀瑞大势已去，刘荣贵自去年被派到黄河岸边阻击红军，是死是活不知下落。古浪县县长曾毅临阵逃跑被免职，马豁子委青海人李培清任古浪县县长……刘贵面对老五叔、毛西都这些人一双双仇视的眼睛，他感觉到人们恨不得把他活活吞进肚子里去。他意识到东南山乡的人已经把刘怀瑞、刘荣贵所做的所有坏事都记在他的名下，要他偿还，要索他的命。刘贵时常梦见毛毡匠、三娃子、毛脚夫这些活着的、死去的东南山乡人紧紧地扼住了他的脖子，举着锋利的大斧子，向他的头上砍去。他极力地挣扎着反抗，可一点反抗的力气都没有。他还梦见人们把他推下了一个无底的枯井，他在黑洞中快速往下掉，大喊救命，可怎么也喊不出声来……多上个夜晚，刘贵从一场场的噩梦中惊醒后，浑身大汗淋漓，心烦意乱，神情恍惚，几天都缓不过神儿来。

一种极度的恐惧感时常萦绕在刘贵的心头，让他无法排遣无计消除。后来，他对夜晚产生了强烈恐惧感，甚至对这栖身的屋子、歇息的土炕也产生了恐惧感。每当夜幕降临，每当走进屋子，每当躺在炕上，那噩梦中的一幕幕就在他的脑海里反反复复地涌现，在他的眼前一幕一幕地掠过，极度的恐惧感像潮水一浪一浪地向他袭来……他不敢熄灭屋子里的灯。有时候屋子里一个老鼠发出的声音，也会让他惊恐万状。他在极度的恐惧中度过一个又一个漫漫长夜。

刘贵多次想找个机会，同老五叔、毛西都等东南山乡的人化解这些年的积怨。"冤家宜解不宜结呀"，老五叔的这句话，使刘贵看到了破解他与东南山乡人结下的死结的一线希望。"守住了这个秘密，前仇一笔勾销"，这句话给了他破解死结千载难逢的机会。想到这里，刘贵的心里忽然升腾起一股喜悦来。他心中暗想，要牢牢抓住这个机会，慢慢地去化解与东南山乡人结下的死结，为自己留下一条后路。

　　一阵夜风吹来，不由得使刘贵精气神爽，把他从刚才与老五叔对话的情境和紊乱的思绪中惊醒了过来。忽然，他觉得自己的心情开朗了许多，浑身轻松了许多，甚至有种乐极生悲想放声大哭一场的感觉。

　　刘贵进了屋子，轻轻地关上了屋子门。他一转身，觉得肩膀上隐隐作痛。此时，他才意识到，老五叔临走时在他的肩头拍过一巴掌。他轻轻地揉了揉疼痛的肩膀，"唉——"长长地叹了一口气。躺倒在炕头，突然他觉得这个土炕既陌生又熟悉，一股温馨的炕烟味儿飘来，他脑袋觉得昏昏沉沉的，少有的睡意袭来，他呼地一口气吹灭了床头的油灯。

　　这夜，刘贵一反常态地睡了一个好觉。

第二十四章
黄麻子偷枪露踪迹　老五叔巧破其迷踪

清晨，老五叔跟随马家兵从黄羊川出发的时候，天气还是晴晴朗朗的。可一过了晌午，老天就刮起了老毛黄风。从古浪峡刮来的西北风夹裹着腾格里沙漠的漠风、黄沙、杂尘从天际的西北方向滚滚而来，天空变成灰蒙蒙的一片，太阳像一个昏黄的猪尿泡，白光光地挂在天上。十余丈外，村庄、树林是个模糊的轮廓，行人就是个晃动的影子。再远一点儿，天地混沌一色，什么也看不清楚了，浑浊的空气令人窒息。

"怎么就遇到了这样的鬼天气！"

狍子气愤地骂了一句，"呸"地啐了一口唾沫。

"快走快走，天黑之前，必须要赶到横梁山。"

骑着马斜挎着枪走在前面的马家兵回过头来，大声吆喝着。老五叔、毛奎、铁塔、狍子等十几个人背着铺盖卷儿，扛着镢头、铁锨紧跟在马家兵的后面，沿着蜿蜒的山路，在沙尘天气中艰难地向前行进。

老五叔他们跟着马家兵到了横梁山，天就完全黑了。他们的落脚点选在横梁山的红土坡，十多个人找了个破院子，院墙上有很多枪子儿打的窟窿，好像诉说着前一段时间发生在这里的那场激战场面。大家草草吃了点随身带的馍馍，在没门没窗的屋子里，铺了一点枯草烂树叶子就睡了下来。

白天一天的赶路，人困马乏，大家一倒头就进入了梦乡。

第二天，天刚麻麻儿亮，马家兵就嚷嚷着说，昨天晚上少了一杆长枪。

马家兵的嚷嚷声把大伙儿吵了起来，让大家并排儿站在破院子里，他们开始在老五叔住的屋子里找枪。屋子里被马家兵翻腾得灰尘四窜，大家的铺铺盖盖被扔得满院子都是。

到了天大亮的时候，马家兵把院子里和屋子里找了个遍，也没有找到他们丢掉的那杆枪。

"找不到枪，尕娃驴日的，刀刀宰过。"

丢了枪的马家兵像一条发疯的野狗，瞪着红红的眼睛，围着老五叔他们转了一圈儿又一圈儿，不停地狂叫威胁，一副随时要扑上来杀人的架势。

老五叔走出队列，来到马家兵住的屋子门前转了一个圈儿，又到院子的四周转了一圈儿，心里就有数了：是黄大麻子偷走了马家兵的枪。

黄大麻子是盘踞在二郎池的土匪头子，时常活动在横梁山一带。

自打那年黄大麻子无中生有、造谣生事儿诬陷毛西都后，听闻老五叔和毛西都四处打听他的下落，寻机会报仇，吓得黄大麻子隐藏了起来，一直不敢在江湖上露面了。

老五叔和毛西都曾经找土匪头子草上飞打听黄大麻子的下落。草上飞已经出家，在昌灵山道观修身养性，躲开尘世喧嚣，安于清静，拒不见老五叔和毛西都的面。后来，草上飞给老五叔传出话来说，自己早年落草为寇，世事纷杂，身处一片秽土污泥，业障很重。如今佛门清净，不喜不嗔，不惊不动，清静自处，不问世事。

无奈，老五叔和毛西都寻找黄大麻子报仇的事情也就搁置了下来，一晃就是数年。

黄大麻子擅长轻功，越沟翻墙三步一着地，必有一步留下的脚印是用脚尖点下的一个深深的圆圆的窝窝。老五叔就是从黄大麻子偷枪时留在现场的这个特殊痕迹，断定马家兵的枪是黄大麻子偷走的。

那天的老毛黄风刮了一天，傍晚的时候风才慢慢儿停了下来。飘浮在天空中的浮尘随着风的停止慢慢地从天空中降落下来，地上落下了不薄的一层浮尘。

黄大麻子偷枪的事情发生在头鸡儿叫的时候。那时候不仅是人最困乏、睡得最沉的时候，也是天上的浮尘基本全部降落到地上的时候。皎洁的月光照耀在大地上，就像一场漫天大雪下过之后，山峦、村庄、树林、道路……大地白茫茫的一片。

俗话说"偷风偷雨不偷雪"，做贼的高手都明白江湖上的这个理儿，可做了大半辈子蟊贼的黄大麻子万万没有想到，这天晚上他"偷风"，却留下了他做贼的铁证，被老五叔一眼就识破了他的行踪。

"别找了吧，枪是外来的蟊贼偷走的。"

老五叔这么一说，马家兵就围住老五叔要枪。老五叔说："长官，先不要着急，这蟊贼一定还会来的。只要他再来，我就抓住这蟊贼送给长官，丢的枪不就找回来了吗？"

马家兵定眼看了一会儿老五叔，问："这蟊贼真的还会再来？"

五爷爷看着马家兵那张焦急而又狰狞的面孔，笑眯眯地说："这蟊贼一定还会再来。"

马家兵又问："你一定能抓住这蟊贼？"

五爷爷依然笑眯眯地说："我一定能抓住这蟊贼。"

马家兵一听，高兴了起来，拍了拍老五叔的肩膀，便让大家赶快吃了早饭去干活。

吃完早饭，大家分成两个小组，开始在山坡上山沟里去寻找掩埋打仗时留下的尸体。

横梁山的百姓怕妇女和小孩出门看到那一具具血淋淋死人尸体恐惧，离庄子近的尸体，早就被庄子上的男人们抬到小石沟里，用柴火烧了。马家兵带着老五叔他们就往离庄子远一点，打过仗的地方去寻找。

在红土湾的山沟里，大家发现了一具马家兵的尸体，大家把僵硬的尸体抬到壕沟里，用镢头把土坎儿刨平埋了。

午后，大家来到红土湾的一个狭窄地带，发现在一个炮弹爆炸留下的土坑边有两具尸体。一位牺牲的红军战士，背上扎着一把刺刀，他依然和一个马家兵扭在一起，用嘴紧紧地咬着马家兵耳朵，双手扼住马家兵喉咙……虽然人已经死了，但从在战场上所表现出来的大无畏英雄气概，深深地打动和感染了老五叔和在场的每一个人。大家把红军战士的尸体和马家兵尸体慢慢地分开，抬到山坡上摆放好，便开始挖坑。

突然，晴朗的天空暗了下来，一阵轰轰隆隆的声音由远而近传来，人们抬头望去，只见红土湾的西北方向出现了一朵黑色的"蘑菇云"。那"蘑菇云"打着旋涡儿，由小逐渐变大，快速旋转着向他们扑了过来。

"呸、呸、呸！"老五叔急忙吐了三口唾沫，便大声喊，"鬼旋风来了，快躲一躲！鬼旋风来了，快躲一躲！"

"鬼旋风"外旋而中空，有巨大引力，它夹裹着沙尘、树叶、荒草和带着血腥味的泥土，飞沟越坎，疾驰而来，不可阻挡。顿时，飞沙走石，天昏地暗……

"呸、呸、呸！"大家不停地学着老五叔的动作吐唾沫。突然，大家的眼前一片黑暗，旋风裹挟着沙尘直往人的鼻孔、耳朵、眼睛、嘴里钻，让人窒息。

"快趴下，快趴下。"

老五叔一喊，大家急忙掩面趴在山坡上。"鬼旋风"极力撕扯着人们的衣服裤子和头发，意欲将趴伏在山坡上的人掀翻举起，摔得粉身碎骨。散落在山坡上的镢头、铁锨被"鬼旋风"旋起，跌落；再旋起，再跌落。镢头、铁锨相互撞击着，发出叮叮当当的声响。马家兵的战马惊恐万状，鸣叫着满山坡乱跑，几位马家兵紧紧抓着马缰绳不放。"鬼旋风"把马家兵的帽子旋起，扶摇直上高达数丈，红土湾的山沟里一片昏天地暗，惊恐慌乱，人喊马叫……一个马家兵双手蒙上眼睛，撅着屁股趴在山坡上惊叫："怎么就突然变成这个样子了，这可怎么办呀？"

"鬼旋风"来得快，去得也快。

一阵飞沙走石过后，红土湾的山沟里就恢复了宁静。老五叔他们从地上慢慢地站了起来，拍打着身上的尘土，人人就像刚从土坑里爬出来的盗墓贼。

传说，"鬼旋风"是死去的人有冤情，变成了"厉鬼"来世上找托身子的。遇到"鬼旋风"只要吐唾沫就可以避开灾祸。如果避闪不及时被"鬼旋风"旋了，轻者要害头痛脑热的毛病，重者"厉鬼"附上身子，就会变得人不像人、鬼不像鬼的，不吃不喝，昼夜号哭或嬉笑吵闹无常。

天空恢复了晴朗，太阳红红的，朵朵白云像一群一群的绵羊，在蔚蓝的天空中追逐奔跑。可老五叔的心情始终好不起来，大家默不作声地在红土湾的阳洼山坡上挖了一个土坑，又在红土湾的阴洼山坡上挖了一个土坑。他们把红军战士的尸体头朝东埋在了阳洼山坡上，把马家兵的尸体头朝西埋在了阴洼山坡上。老五叔说，这两个人阳世间结下了大冤大仇大恨，到了阴曹地府也不会罢休。把他们分开了背靠背地埋下，到阴间就会一个朝东走，一个朝西走，去阎王殿的路上再不会相遇，也就不会相互厮杀。等他们下辈子转

世后,就会忘记前一辈子结下的冤仇,与人为善,和睦相处了。

掩埋了两具尸体,老五叔从山坡上砍来了些猫儿刺、芨芨草、骆驼蓬草等,在红军战士的坟前点燃起来了一大堆火。老五叔说,他们死后未能及时入土,尸体在荒山秃岭挨冻受饿了不少的时间,魂魄始终在这片天空上萦绕,灵魂不安。现在入土了,灵魂安宁了,架个火堆让他们暖暖和和地上路,在另一个世界少受点饥饿寒冷,多一点温暖和太平吧。他用那浑厚中带着几分悲凄的声音,在熊熊燃烧的火堆边,抑扬顿挫地大声祭奠祷告:"往后看,步步有难;往前走,步步有喜;今生受苦受难了,来世安享太平吧……"

残阳西下,余晖把横梁山的山川染成了血色。空旷的红土湾山谷里,久久地回荡着老五叔那凄婉长拖祭奠祷告的声音:往后看,步步有难;往前走,步步有喜;今生受苦受难了,来世安享太平吧……

老五叔和大家怀着复杂难言的心情,扛起镢头、铁锨,跟在马家兵的身后,踏着太阳的余晖,向弯子台走去。

路上,老五叔说,马家兵的帽子被"鬼旋风"旋跑了,这两个马家兵被"厉鬼"缠身了,不吉利,肯定会遇到麻烦,要出大事情哩。

听到这话时候,跟在人群后面的张三德觉得有些尿急。他准备解开裤带撒泡尿再走,可看看大伙儿一个紧跟着一个,步履匆匆地往前赶路,就像有人在后面追赶一样,他的心不由得掠过了一道恐惧的阴影儿。回头望去,天色渐渐暗下来了,身后的群山和红土湾都显得黑黢黢的,影影绰绰的,就像青面獠牙的魔鬼,张着大口在一点一点儿地吞下黄昏里少得可怜的那点儿光亮。

张三德憋住尿,咬咬牙,摇摇头,紧了紧裤带,几步就蹿到了人群的中间。

老五叔跟马家兵去了横梁山的那天中午,天上的风稍微小了一点,毛八爷就骑着他的黑毛驴子来到喜子的百草济世堂。

"八爷呀,这么大的风沙,您老不在家里待着,大老远地跑来,是不是胃疼的老毛病又犯了呀?"

郎中喜子见毛八爷来了,就忙着迎上来打招呼。

"老毛病好些了,新毛病又有了。人老了,不中用了。"

毛八爷站在院子里一边和喜子说着话,一边取下头上戴的毡帽,"啪啪啪"

地拍打着帽子上的尘土和沙砾,顺便观察了一下百草济世堂四围的情况。

喜子大声对伙计说:"富顺,快去给毛八爷骑的毛驴子添点草。"

"哎——"富顺应着喜子的声儿,快步走出来,笑嘻嘻地从毛八爷手中接过了驴缰绳,牵着毛驴子进后院子里去了。

喜子忙把毛八爷请到了屋子里,泡了茶,说:"八爷呀,可把您老辛苦坏了。"

毛八爷慢慢地喝了一口茶,顺手儿捋了一下花白的胡子,说:"大侄子,说啥客气话哩。"

"你说过的那个青石窑洞找到了吗?"

"找到了,我就是来给你报个信儿的。"

喜子起身关了屋子的门,叔侄二人悄声说起话儿来。

前天夜里,喜子让毛奎和铁塔去了趟毛家大庄子,找毛八爷商议把红军伤病员转移到毛家大庄子的事儿。毛八爷爷想了想,对毛奎和铁塔说,毛家大庄子上千口子人哩,庄子大,人多、眼稠、嘴杂,容易走漏了风声。大横山阴兀里有个青石窑洞,那地方隐蔽,是隐藏红军伤员最好的地方。

第二天,天刚麻麻儿亮,毛八爷就牵上黑毛驴子出了毛家大庄子,上大横山到阴兀里去寻找他记忆中的那个青石窑洞。

毛八爷顺着小直沟而上,山路越走越窄,越走越难走。仅容一个人行走的羊肠小道藏在茂密的猫儿刺和臭蒿子草丛中,像条游蛇,时而左拐,时而右转,若隐若现。要不是毛八爷年轻的时候打猎采药摘山货经常走这条山路,现在他也不知道这里有条小路。

越接近大横山山梁,山路越陡峭,灌木越茂盛。毛八爷让黑毛驴儿走在前面,他抓住驴子的尾巴继续往山梁上爬。快到中午的时候了,毛八爷才翻过了大横山。

到了阴兀里,小路就没有了。

毛八爷凭着记忆往前走了一个时辰的路,他估摸着到了青石窑洞的地方了,就站在一块大石头上举目瞭望。

山里的春天比川里的春天来得迟一些。川里的白杨树已经发芽儿了,山上所有植物还是一片枯黄。毛八爷清楚地记得,那个青石窑洞的附近长满了野白杨和荀子树。茂密的树林子是野生动物的天堂,野兔、野猪、嘎达鸡、

黄羊、跑鹿、野狐子时常出没。每年到了秋天，野白杨树树叶儿就变成了杏黄色，苟子树叶儿就变成了紫红色……满山遍野的树木，用红黄绿紫多彩的色调，把整个大山点缀成一幅美丽的风景图画。可眼前是遍地一人多高的臭蒿子草和猫儿刺墩，不见一棵野白杨树和苟子树了。

毛八爷正在纳闷，在离他不远的前方忽然有几只黄羊腾起，"唰唰"几个蹦子就从他眼前跑了过去，瞬间消失得无影无踪。

黄羊这动物灵性得很，传说当年宋朝杨家将征西兵困古浪峡，就是黄羊引路，经黄羊引路翻过大横山而破了敌阵，成功取了古浪峡。毛八爷想，我毛八七十不服老，要救红军伤员哩，黄羊怎能不引路？毛八爷嘴里默念着，牵着毛驴子，用木棍拨开地上茂密的灌木杂草，慢慢地向黄羊腾起的地方走去。

靠近黄羊腾起的地方，地上出现了大小不同的青石块，毛八爷加快步子走了过去。突然，他眼前一亮，在密密麻麻的臭蒿子草和猫儿刺掩盖下，一个不大的青石头窑洞口露在他的面前。

毛八爷把黑毛驴子拴在一棵猫儿刺墩上，驴子便低头啃食起荒草。他用手中的木棍拨开洞口的芨芨草，走进了青石窑洞。窑洞里撒满了黄羊的粪蛋儿，散发着黄羊特有的那种羊膻味儿。再往洞的深处走，毛八爷发现窑洞地上是黄羊卧过的痕迹。他蹲下身子，仔细地端详了一阵子，除了黄羊留下的蹄印儿，没有发现人和其他动物野兽的踪迹。他用老猎人特有的那种鼻息嗅了嗅，窑洞里的空气中也没有发现人留下来的烟火味儿和野兽的气息。他用手抚摸着被烟火熏烤的黑黝黝的三个大石头，不由得眼前浮现出一个清晰的画面。那是他二十岁那年的秋天，他来阴兀山打猎。他在山梁冈一箭射中了一头野猪，可那受伤的野猪逃命狂奔，进了阴兀里。他紧随其后猛追，一口气从半山腰追到青石窑洞口，那野猪才口吐白沫倒地气绝。

毛八爷正坐在窑洞口喘气，百草济世堂的老郎中——喜子的爹从窑洞里走了出来，老哥俩在这荒山野岭相遇，互致问候，相顾而笑，一块走进了这个青石窑洞。

大横山生长的羌活、秦艽、甘草、狼毒草等中草药品质都很好，老郎中全靠大山里的这些百草百药为古浪东南山乡的百姓治病疗伤。每年秋天，中草药就长成熟了，老郎中带上伙计到大横山来采挖中草药。白天漫山遍野地寻草采药，晚上师徒就住在这青石窑洞里。

"对对对，就是这里。"

毛八爷爷情不自禁地连说了三个"对"字。他认定这个石窑洞就是他要寻找的记忆中的那个青石窑洞。

石窑洞冬暖夏凉，是大自然赠予大山里人的"空调房"。此时，外面虽然冷风飕飕，可这窑洞里依然暖烘烘的。

现在，大横山上的树木少了，林子没了，猎物也就少了。毛八爷和古浪东南山乡过去以打猎为生的猎人们都改行了，成了以种田为生的农民。这青窑洞里长时间没有人来过，就成了黄羊的栖身之地。

毛八爷出了青石窑洞，望着漫山遍野灌木丛，口中默念，心中暗喜。他想，在这里藏红军伤员是最安全的，马家兵轻易不会发现。就是被马家兵发现了，也能很快分散藏匿到大山的灌木丛中去，一时半会儿要找到人绝非易事。

毛八爷喜滋滋地站在窑洞口的山坡上，放眼望去，远处起起伏伏的山峦尽收眼底，整个阴岜里都找不到一棵昔日的野白杨树和荀子树了。他忽然想起民国初年，官府剿匪不成，就放火烧山。那场大火烧了整整一个多月时间，不仅大横山的野白杨树林子和荀子树林子烧光了，就连山林里的野兔子、跑鹿子等小动物也烧死了不少。古浪东南山乡的人都清楚地记得，那个冬天整个大横山一直在冒黑烟，整个古浪东南山乡的上空弥漫着呛人的烟尘和动物尸体被烧焦烧煳散发出的一种难闻的怪味儿。

毛八爷轻轻地拍了两下自己的脑袋，自言自语道："真是老糊涂了呀，怎么就把官府放火烧山的这件事情忘了呢！"

毛八爷找到青石窑洞后，就急忙下山，来找喜子和老五叔。

喜子告诉毛八爷，老五叔跟着马家兵去横梁山了。

喜子附在毛八爷的耳朵上嘀咕了一阵子，毛八爷说："红军的伤员继续留在这里也好，一来你好给换药照顾，二来现在天气还冷得很，家里的地窖总比那个青石窑洞里暖和得多，等他们从横梁山回来了，根据实际情况，决定转移红军伤员的事情。"

"嗯。"

喜子点了点头。毛八爷起身告辞，回了毛家大庄子。

第二十五章
黄麻子伺机再行窃 老五叔巧妙擒盗贼

　　横梁山的东南方向是层层叠叠的山峦，群山相互紧紧依偎在一起，弯子台坐落在一个比较平缓的山顶之上。

　　日落之际，夕阳的余晖从天际洒落，给群山披上了一层暗红色的霞衣，弯子台就浸泡在暗红色中。

　　通往弯子台的山路上撒满了羊粪、驴粪蛋儿，偶尔还可见一两泡牛拉的稀粪。进了村庄，街道两旁家家户户的土墙上都是人们用手贴上去晾晒的牛粪坨，低矮的土房上的烟囱里冒着牛粪燃烧后带着浓浓牛粪味儿的青烟。

　　弯子台被牲畜的粪便味儿包围着。村子东头张财主的宅院，与周围低矮破旧的民居相比，如同鹤立鸡群。马家兵带着老五叔他们住进了张家大院。

　　张家大院四四方方，黄土夹了羊毛、芨芨草夯筑而成的院墙宽厚高大，院门一关，整个大院子里，显得格外安静。这座宅院是张财主祖上留下来的，经历了多年风风雨雨的洗礼，北方乡村建筑的遗风依然尚存。宅院门前的大槐树根深枝繁，树冠把宅院的大门掩映其下。红彤彤的油漆木头门楼两边，蹲坐着一对高大的石狮子，显得十分威武庄严。

　　宅院分前后两个院子。

　　前院主人居住，院里种花养鸟。后院里放着车犁耧耙，圈着骡马牛羊，一间土房子住着老长工汪财和小长工宫保财势旦。平时，主人们进出宅院走前院红彤彤的油漆木头正门，长工们放牧、种田，赶着牲畜走后院低矮的小门。

　　张财主让汪财在前院子里腾出了一间好房子，请几位马家兵住了进去。老五叔他们就挤在后院长工汪财和宫保财势旦住的小屋子里。

　　古浪东南山乡的早春，中午热，早晚两头冷，温差很大。天一黑下来，山风就开始不停地刮,弯子台全是尘土和牲畜的粪便味儿。劳碌了一天的人们,早早上炕熄灯睡觉了。老五叔他们吃过饭,就圪蹴在小屋里,相互依偎在一起取暖过夜。

子夜。

汪财听到前院子里有人在号哭,他以为是孩子在哭闹,可不像是孩子。他起了身子,附在窗前仔细一听,那哭声哀怨悲凄、如泣如诉、时高时低、时短时长,好像来自深邃空灵的夜空,漂游在院子的角角落落……

突然,前院子里的灯亮了。

"这半夜三更的,是啥人在号叫吵闹呀?"

汪财一听这似男非男的问话声音,就知道是东家老爷"张奶奶"。汪财立马提了马灯一溜烟向前院子里跑去。老五叔和毛奎、铁塔也被这女子号哭的声音吵醒了,大家隔着窗户望去,夜空晴朗,月光似水,洒落一地,整个大院子里静悄悄地。

过了一会儿,前院子的灯熄了。

汪财提着马灯,慢腾腾地回到了小屋里。他没有脱衣服就钻进了被窝里,躺在炕上睁大了眼睛,静静地望着屋顶。他心里暗想:"这奇怪了,前院的人都安安稳稳地睡觉哩,这深更半夜里,怎么有了女人号哭的声音哩?"

汪财心里念叨着,忽闻前院子里又是一声长吁,接着又是一声无奈的短叹。

深夜里传来长吁短叹的声音,不由得令人毛骨悚然。汪财急忙从被窝了爬了起来,点亮了马灯。

前院子里的灯又亮了。

人们忽闻"咯咯咯"一串女子的笑声,由近而远飘向空旷深邃的夜空。那笑声里包含了几多凄凉、几多悲惨,一声高于一声,一声高于一声……在寂静的深夜里听起来怪瘆人的,比先前耳闻的那种号哭声更要吓人,令人毛骨悚然。

汪财没有等前院子的东家老爷"张奶奶"发话,就提着马灯往前院子里跑去。

很快,马灯、火把把前院子里照得亮亮堂堂。有人走动,有人说话……老五叔听到前院里嘈嘈切切的吵闹声,从衣领里抬起头,隔着窗户望去,月

亮快要下山了，天空中群星依然在灿烂地眨着眼睛。

"呜——呜——"庄子里的公鸡开始打鸣了。几次折腾后，天麻麻儿亮了。汪财打着哈欠，回到了后院子的屋子里。老五叔问汪财："管家，前院子里发生啥事情了？这一夜闹腾得让人睡不上个安稳觉。"

汪财长叹了一口气，说："这日了鬼了，整个院子里不见个人影影儿，一阵子号哭，一阵子大笑的。"

说完话，汪财呼地一口气吹灭了马灯，很不高兴地钻进了被窝里。老五叔习惯性地起了身子，到院子里"走几步"，活动活动筋骨。刚出门，他看到"张奶奶"家的羊圈里有个人影儿在晃动，走近一看，一个人赤身裸体地吊在羊圈的房梁上。他四处寻找，再不见人影儿。他急忙跑进土屋子里，推了推汪财说："管家，不好了，不好了，有人在羊圈里上吊了。"

"啊——"汪财惊慌都叫了一声，一骨碌从被窝里爬了起来，跑到羊圈里一看，一个赤身裸体的人悬吊在羊圈的房梁上。

"老爷不好了，不好了，出人命了！"

眼前的一切把汪财的魂儿都吓飞了，他大喊着往前院子里跑去。前后院子里的人们都被惊醒了，唯有宫保财势旦"呼哧呼哧"地睡他的大头觉。

"张奶奶"战战兢兢地跟在马家兵的后面来到羊圈里，一看吊在房梁上的那个人，正是白天被"鬼旋风"旋走狗皮大棉帽子的那位马家兵。

"哎哟哟——我的奶奶呀，快把人放下来呀！"

张财主一边阴阳怪气地叫喊着，一边用蓝底红花的小手绢遮住了自己的鼻子和眼睛。汪财和老五叔急忙把吊在羊圈里的马家兵放了下来。

马家兵的长官把张财主一家人和长工汪财、宫保财势旦都叫到了前院子里，破口大骂："尕娃驴日的，谁要害人呢？"

偌大的一个院子里静悄悄地，没有声响。

马家兵的长官发怒了，大声喝问："尕娃驴日的，都不说吗？都给我刀刀宰过！"

张财主生性就胆小，哪里经过这个阵势。刚才看见那个马家兵赤身裸体地吊在羊圈里就吓了个半死，现在见马家兵怒目圆瞪、厉声喝问，吓得他两腿不停地打战。马家兵的长官把马刀往张财主脖子上一架，吓得他扑通一下跪在地上磕头如鸡啄米："长官呀，实在冤枉，我也说不清楚，你们的那个人是怎么吊到羊圈里去的呀？"

"马长官呀，实在冤枉呀！"

虎妞、彩琴和长工汪财都跪在地上磕头哀求，希望长官饶过张财主，大院了号哭声响成一片。

老五叔见张财主一家人也实在可怜冤枉，便走到马家兵面前，说："长官呀，昨天的'鬼旋风'旋走了这位长官的帽子，'厉鬼'附了身子，不能怪张财主一家人呀！"

长官回头望了望老五叔，说："昨夜有女人哭笑，也是'厉鬼'吗？"

"长官说的在理，那半夜的号哭声和大笑声都是'厉鬼'所为呀！"

长官唰地一下，从刀削里拔出马刀，又唰地一下，把马刀插进刀削里，说："这可怎么办哩？"

长官不知所措地在院子里转圈圈，老五叔说："长官呀，只有请道士驱鬼，才能保大家的平安。"

张财主一听老五叔说马家兵给他家招来了"厉鬼"，吓得面无血色，浑身发抖。老五叔对张财主说："张东家，我们这几天收敛打仗死去的人，身上的阴气都重得很，你快去石门峡龙洞沟的道观，请个道士来驱驱鬼，只有这样才能保大家的平安。"

张财主一听觉得有理，急忙点着头应承着老五叔说："好，好，好"。

那位在羊圈里上吊的马家兵，从房梁上放下来休息了一会儿，已经能说话了。

"你是怎么到羊圈里去的？"

那个马家兵摇了摇头，说："不知道。"

"是哪个尕娃把你吊在房梁上的？"

那个马家兵依然摇了摇头，说："不知道。"

长官无可奈何，也只能作罢。

吃过早饭，马家兵带着老五叔他们继续去寻找掩埋死尸。

张财主备了一份厚礼，让汪财直奔石门峡，去龙洞沟的道观请道士来他家里捉鬼驱鬼。

请来的道士岁数不大,四十来岁的样子。瘦弱矮小,着道袍,戴道帽,颚下几缕长髯,倒真有些仙风道骨。他刚一进张财主家的宅院大门,就急忙停住了脚,倒抽了一口冷气,凛然说:"好重的阴气呀!"

张财主一听,心里咯噔一下,忙说:"还请道长救我一家老少的性命呀!"

那道士点了点头,说:"那是自然。"

道士设坛开始作法。点燃了香烛后,他在门口放一个盛半碗清水的黑瓷碗,口中念念有词,将三根筷子立在碗内。然后,他盘腿而坐于蒲团之上,闭上双眼,默诵了一段捉鬼的檄文。接着,他在黄表纸上画了一道捉鬼符,在香烛上点燃。那燃烧的捉鬼符形似酒醉的汉子,飘飘扬扬地落入门口的黑瓷碗里。燃过的纸灰融入水中,冒起了一缕轻轻的烟雾。

那道士突然拿起桃木剑,在空中划了两个剑花。啪的一声,挥剑击空,双目暴瞪,猛然喝道:"厉鬼,还不快快现身伏法!"

道士的话音未落,却见墙边刮起一阵旋风,紧接着,房门吱的一声开了一条缝儿,那缕烟雾随旋风就钻进了马家兵的那间屋子里去了。

"厉鬼,你往哪里逃!"

道士大喝一声,手握桃木剑追了进去。只听屋子里噼里啪啦一阵打斗的声响。随后,耳闻"哗啦"一声响,那屋子的窗户纸破了一个拳头大的洞。一股旋风顺着窗户上的那个洞"逃"出了屋子,在院子里打着旋儿、转着圈儿,隐隐约约传出哀怨的女子哭声。

"冤有主儿债有头,你这厉鬼怎能祸害善良无辜人家?"那道士一边大声呵斥,一边紧追不舍地追出屋子来,挥舞着手中的桃木剑直刺了过去,一道浅蓝色的光被旋风旋起裹挟越过了院墙,向弯子台西北方向飘然而去。

"厉鬼,你往哪里逃!"

道士一边呵斥着,一边手握桃木剑追赶。

过了一个多时辰,汪财从院子外面气喘吁吁地跑了进来,神色慌张地说:"老爷,不好了,那道士被厉鬼打下石门峡的鹰崖去了。"

张财主一听,不由得心里一惊,瘫坐在地上。

鹰崖是石门峡的一道断崖,高有几十丈,崖壁直立,猿猴都攀爬不上来。

鹰崖下面是深不见底的石门峡谷，从祁连山支脉毛毛山七沟八岔十九条河里流下来的河水，汇聚穿峡谷而过，一年四季谷水湍急。

道士被厉鬼打下鹰崖，那是绝难以活命。

张财主一听这厉鬼如此厉害，吓得他浑身哆嗦，急忙让人关紧了宅院的大门，突然就背过气去。

"老爷，老爷。"汪财急忙扶住了张财主，边喊边用大拇指使劲儿地掐住了他的人中穴。

张财主在炕上躺了一大会儿，才缓过了神来。他双眼直勾勾地望了房梁一会儿，忽地一把拉过身上盖着的红绸被子，蒙住了自己的头，"我的老天爷爷呀！"放声大哭了起来。

站立在炕头边的彩琴、汪财和其他人都觉得，张财主这时候的哭声，与昨天夜里"厉鬼"发出的哭声一模一样，哀怨悲凄，如泣如诉，时高时低，时短时长，飘游在屋子的角角落落……站在炕前的人个个惊吓得面色苍白，毛发直竖，两股颤抖，不知所措。

突然，被窝里的张财主一声长吁，接着又一声短叹。这长吁短叹声令屋子里的人们不由得毛骨悚然，惊魂不定。忽闻张财主发出"咯咯咯"一连串的笑声，那笑声里包含了几多凄凉、几多悲惨，且一声高于一声，一声更高于一声……顿时整个屋子里的人惊吓得三魂七魄都飞了。大家伏在地上，不停地磕头祈求，整个张家大院陷入了极度的惊恐之中……

傍晚的时候，那道士翩然而至。

张财主突然从炕上跳了起来，大声问道："你是鬼还是人？"

道士轻轻一捋长髯，哈哈大笑算作了回答。

"你跌下鹰崖没死啊？"

道士朗声大笑着说道："我是跌下鹰崖死了，只因我捉鬼太多有功，冥王不让我托生。我把你这儿的厉鬼送到冥王的断头台又回来了。"

张财主木木地点了点头，依然不敢相信自己。他迈着碎步儿走到道士身边，摸了摸道士的手是热的，但他心中还是有疑，便凑上前去，在那道士屁股上狠狠地拧了一把。那道士"哎哟"惊叫了一声，张财主才咧开嘴笑了。

确信道士是人不是鬼，张财主却像泄了气的皮球，跌坐在椅子上，用那

手绢捂住嘴，孩子般嘤嘤哭泣了起来。

道士说他不仅驱赶走了厉鬼，而且把厉鬼送到了冥王的断头台，再也不会来打扰张财主一家了。道士还给张财主家的宅院大门和个个屋子门上都贴了几道符，道士说："厉鬼见了这道符，就远远避开了。"

张财主一听自然高兴，让人给道士奉上了银两。那道士也不拒绝，收了银两，便飘然而去。

道士刚离开张家大院，马家兵又来到了张财主家。张财主和张家大院上上下下的人对马家兵的到来心里有十二分的不愿意。但是面对凶残不讲理的马家兵，他们也只是敢怒不敢言。

汪财忙着烧火做饭，老五叔放下肩膀上扛的镢头，拉着他到了院子的僻静处问："道士请了没有？"

"请了。"

"法场做了没有？"

"做了。"

"弯子台的人知不知道张财主家请道士驱鬼的事？"

"道士追着厉鬼满庄子跑，哪有人不知道的理儿！"

老五叔听到汪财的回答，脸上露出了笑意。他拍了拍汪财的肩膀，悄声对他说："今晚，就安稳喽！"

汪财不解。

老五叔不语。

马家兵和其他人皆不知。

老五叔和毛西都暗中寻找黄大麻子复仇，早已打听到石门峡龙洞沟道观的这个道士是黄大麻子的耳目。头一天夜晚，黄大麻子无意间偷走了马家兵的一杆长枪。第二夜晚，他带人再来行窃，一夜闹得弯子台不得安静，也没有找到马家兵的下落。老五叔暗示张财主请道士驱鬼，黄大麻子自然知道了马家兵夜间住宿地。

晚饭之后，前院后院的人都早早熄灯睡觉了，张财主心中忐忑，难以入眠。

子夜时分，整个大院子里静悄悄的。一把腰刀从宅院后门的门缝里慢慢地伸了进来，轻轻地划拨门闩。

划开门闩后，外面的人轻轻地推门。门上还有一道锁锁着，他推了几下没有把门打开。只听唰的一声，一个瘦小的身影从后院墙上"飞"进了张家大院后，躲在阴暗处，静静地观察了一会儿，见院内没有动静，像风一样的飘到门前。只听"哗啦"轻轻的一声响，锁在门上的大铁锁子开了。那人把门打开了一个小缝儿，又有两个身影一闪进了张家大院。

那瘦小个儿轻轻把后门关上，然后和其他来个人圪蹴在院内的草垛边，仔细地观察了一阵儿，见宅院里没有啥动静，悄悄地向前院摸去。

这时，羊圈里闪出一个敏捷的身影，他直奔宅院的后门，重新锁上了后门，并插好了门闩，悄无声息地返回到了羊圈里。

几分钟的时间，那三个身影手里提着几杆长枪，从前院蹿了过来。那瘦小个儿来到宅院后门前，见大门不仅上了锁，而且插上了门闩，说声"不好"，便想爬上草垛越墙而逃。只见羊圈里快速闪出一个人影，一个旋风腿过去，只听"哎哟"一声，那瘦小个儿已经倒在地上。另两个人见状，急忙向前院跑去，那人一个箭步冲了上去，一手一个顺脖子逮了回来，狠狠地摔在那瘦小个儿的身边。

躲藏在羊圈里的这人是老五叔。

老五叔压低声音厉喝："黄大麻子，我看你今天往哪里跑！"那瘦小个儿一听声音就知道是老五叔，扑通一声跪地磕头，说："老五叔饶命，老五叔饶命。"

老五叔使了一招"孬老汉背媳妇"，只听咯吧一声响，黄大麻子的胳膊肘脱了臼，疼得黄大麻子头上的汗珠子直往下滚。

"我现在不要你的狗命。我问你，前天晚上，马家兵在红土坡丢了一杆长枪，是不是你偷的？"

"是我偷的。"

"从前，你造谣生事、陷害好人。今天我要老账新算，把你送给马家兵，让马家兵用马刀把你卸成八块子，然后丢到乱坟冈喂狗。"

黄大麻子一听，急忙爬到老五叔的脚下，说："老五叔呀，我千错万错，你也不能把我送给马家兵呀！这次我可救了毛西都呀！"

老五叔一听，不由一惊，说："你说啥哩？"

　　黄大麻子似乎看到了一线希望，定了定神，说："老五叔，毛西都在我那里养伤，如果你放了我们，五日之内我亲自把毛西都送到古堡。"

　　此时，老五叔耳闻汪财住的小屋子里有动静，便大声喊道："有贼，快来抓贼呀！"

　　汪财听外面有异常响动，正要起身来看个究竟，一听有人大喊抓贼，一骨碌从被窝里爬了起来，提上马灯跑出了屋子。

　　老五叔对汪财说："有蟊贼进了大院，人多有枪，快去前院子里叫马家兵。"

　　"快来抓贼呀！快来抓贼呀！"

　　汪财连喊带跑去了前院。老五叔一个反手过去，黄大麻子"哎哟"大叫一声，脱臼的胳膊肘子复了位。

　　前院子里的灯亮了。

　　老五叔清楚地听到前院子里马家兵在嚷嚷着找枪。汪财带着人提着马灯、打着灯笼火把，从前院向后院赶来。老五叔一掌下去，只听哗啦一声，锁在后门上的铁锁落地，他在黄大麻子的屁股上狠狠地踢了一脚，大喊："马长官，蟊贼来偷枪，人在这里。"

　　黄大麻子和其他两个蟊贼丢下枪，像受惊的兔子一样，没命地逃跑了。

　　马家兵赶到后院里，看到有人从后门逃走，捡起地上的枪就开枪，可枪栓早被人给卸了。

　　马家兵从马圈里牵出马，骑马去追逃跑的蟊贼。

　　黄大麻子和两个蟊贼连滚带爬跑出张家大院，一口气跑到了弯子台西面拴马的白杨树林里。三人躺在地上，想喘口气再跑，忽听有人骑马追来，便急忙爬上马背，飞快地逃命。

　　马家兵骑马追到坝堵垭豁里的时候，天就完全亮了。

　　过了坝堵垭豁，就进入西大滩草原。西大滩草原是黄大麻子的地盘。马家兵望着黄大麻子被众蟊贼接应而去，只好无可奈何地掉转马头，垂头丧气地回弯子台。

第二十六章
黄麻子送回毛西都　刘怀瑞命丧凉州城

那天晚上，老五叔在马家兵的眼皮子底下巧妙地放跑了偷枪贼黄大麻子。黄大麻子心存感激，他没有食言。老五叔从横梁山回到古堡的第二天，他就把毛西都安安全全地送到了古堡。

毛西都回来了。

古堡的乡亲们纷纷前来看望他。他的腿部受了伤，虽然在黄大麻子那里养了几个月，但是，由于伤情严重，受医疗条件的限制，还没有得到完全恢复。依然不能长久下地站立、行走，大多的时间躺在炕上。

白天，来家里看望毛西都的人多，相互嘘寒问暖，老五叔没有机会和毛西都仔细地谈。等到夜深人静，他便关起门来，悄声问："西都，你去横梁山见到红军的队伍了吗？"

"我们还没有到打仗的地方，连红军队伍的人影儿都没有见到，也不知道是马家兵打的炮弹，还是红军打的炮弹，就把我给炸晕了。等我醒来的时候，就躺在二郎池黄大麻子的土匪窝里。"

"我见到红军的队伍了，见到红军的陈政委了。"

老五叔按捺不住内心的激动和兴奋，高兴地对毛西都说。

"真的吗？"

毛西都惊喜地一骨碌从炕上爬起，不小心碰到了受伤的腿，他情不自禁地"哎哟"了一声。老五叔急忙端上油灯要看个究竟，毛西都性急，说："没啥，没啥。您老先说说见到红军的事情。"

"我给红军的队伍煮了一大锅山药让他们吃了。红军的队伍临走时，我还给红军的陈政委装了几个烧山药，陈政委还给我留下了纸条儿哩。"

说话间,老五叔起身,端上油灯要到去找陈政委给他留下的那个纸条儿。突然,老五叔想起了他和喜子收留红军伤员的事情。他急忙转过身来,悄声对毛西都说:"我和喜子还收留了三个红军的伤员哩,我还把红军队伍中的女郎中小英子她们送到了东山洼,我在古浪县城给红军的队伍送过饭菜……"

老五叔越说越兴奋,声音不由地提高了许多。

"小声点。小声点。"

毛西都一边提醒着老五叔,一边问:"红军的队伍还在古浪县城吗?"

"走了。"

"去哪里了?"

"听说去凉州城里了。"

听老五叔说,红军离开古浪县城去了凉州,毛西都的情绪马上低落了下来,不再言语。

油灯发出昏黄微弱的光亮,老五叔坐在炕沿上,"吧嗒,吧嗒"地抽着旱烟锅子。良久,老五叔对毛西都说:"我以为你跟红军的队伍去了古浪县城哩,我跟着红军队伍去县城里找你,没有找到。红军离开县城后,我才回到古堡的。这次我和毛奎、铁塔、狍子跟马家兵去横梁山收敛打仗死的人,也是为了再找找你,结果遇到了黄大麻子,才知道了你的下落。"

听了老五叔的这番话,毛西都对自己去横梁山见红军的队伍事情,心里有些后悔了。迟疑了一会儿,他问老五叔,说:"卫国、孞香他们回来过吗?"

"没有。"

"唉!"毛西都长长地叹了口气,说,"也不知道卫国、孞香他们联系上红军的队伍了没有。"

突然,毛西都问老五叔,说:"您老收留下的红军伤员,他们的伤情怎么样了?"

"有喜子照顾着哩,三人的伤情都好多了。昨天我去看过了,头上、胳膊上被马刀砍伤的那两个娃娃,现在能下地走路了。腿上被马刀砍伤的那个娃娃,刀砍得太深了,伤口还没完全结上疤,人还不能动弹,一动弹伤口上还流血水子哩。"

"走,我和您老到喜子家去看看那几个红军伤员。"

毛西都说着就要起身下地，老五叔急忙按住毛西都，说："不行，不行。你怎么说风就是雨，现在去看红军伤员，绝对不行。我和你半夜三更地去喜子家看伤员，如果被人发现了，那可就不好收场哩！"

一听老五叔说的话有理，毛西都只好重新钻进被窝。

老五叔把他和喜子收留红军伤员，以及他们准备把红军伤员转移到大横山阴岚青石窑洞的全部经过，都给毛西都说了一遍。

"明天，我以换药的名义去百草济世堂和喜子见面，如果方便，顺便看看红军伤员。"

老五叔点点头，他扑哧一口吹掉旱烟锅子里烟星儿，说："我想，你抽时间也去见见刘贵。"

"您老说的有道理。明天，我到乡公所去一趟。我们去横梁山给马家兵带路，是刘贵派的差事。现在我受了伤，他应该有个说法才对哩。"

"我想，你借此机会接近刘贵，探听探听他是怎么知道我们收留了红军伤员的事儿的。"

"对。一定要弄清楚刘贵是怎么知道古堡人收留红军伤员的事情。"

"我和毛奎他们跟马家兵去横梁山收敛死人的前夜，我去乡公所见过刘贵。我用毛奎他们从民团口中听到的刘贵活埋那三个马家兵伤员的事情要挟他，我发现他听到这事怕得要命。你去见了刘贵，如果实在无法咬住刘贵，就把这件事情往实里做。"

"嗯。您老的这个办法不错，一定要把刘贵缠住，不然我们被动得很。"

老五叔和毛西都一夜无眠。

第二天一大早，在雪莲搀扶下，毛西都一瘸一拐地来到了百草济世堂。

"哎哟哟，你可是上过战场，打过仗的'功臣'呀，受了伤不到县城的大医院里去养伤，怎么跑到我这里来了？"

喜子这调侃味儿十足的话是说给药铺里的其他人听的，但毛西都听起来，就像吃了苍蝇一样，心里发腻，觉得很不是滋味。他对着喜子打了两声"呵呵"后，说："别再挖苦人了，给我换换药吧。"

喜子边说边笑走了过来。他摸了摸毛西都的头，把了脉，然后打开了毛西都腿上缠着的布条子。毛西都的腿上有好几处伤，最严重的是左腿肚子上

的一块肉被炮弹炸飞了，留下一个巴掌大的伤疤。喜子吃惊地说："哎哟，炮弹炸掉了你腿上这么大的一块子肉，能活下来了不起呀，看来你这人真是命大福大造化大呀！"

听喜子这么一说，前来百草济世堂看病的四乡八庄子的人都围上来，争先恐后地一睹毛西都腿上的伤疤。

"哎哟，几个月时间，怎么这伤疤还这么大，当时流了不少血吧？"

"乡公所派人去给马家兵带路打仗，受伤了也不给治治呀？"

毛西都在人们的唏嘘、怜悯，甚至有些抱不平的骂声中闭上了眼睛。任凭人们议论纷纷，他无语以对。

忽然，他想起了卫国、尕香。他们对他说过，如果李老师在凉州与红军的队伍取得联系，他们就回古堡来，要给他通个信儿的。可是现在，自己腿子受伤了，无法走动。自己没有找到红军的队伍，李老师他们联系上红军的队伍没有，他们怎么也不回家报个信儿呀？想到这里，他的心里很是后悔和难受，不由得眼睛里涌出了泪水。

"药换好了，人也都走了，睁开眼睛吧。"

毛西都一听喜子说药铺里的人都走了，急忙睁开眼睛，问喜子，说："那几个红军伤员藏在哪里？"

喜子给伙计富顺递了个眼色，富顺麻利地出了店铺，拿了扫帚去"清扫"院子。他又瞭望了一下院子，见院子里没有其他人，对毛西都说："人藏在后院子的地窖里。"

"现在能看看吗？"

"不能。我也是每天晚上夜深人静的时候，才去给他们送点吃的喝的，顺便换换药。白天这药铺里人来得多，眼杂嘴碎，说啥也不能去看。"

毛西都点了点头，问喜子："听说刘贵知道收留了红军伤员的事儿了？"

喜子说："我也是听老五叔说的。但这几个月的时间里，刘贵一直安静得很。"

毛西都说："千万不要掉以轻心呀！"

喜子"嗯"了一声，说："刘贵不来古堡找麻烦，我思谋着可能是因为老五叔说要到县上告他活埋了那几个来东南山乡催粮催税的马家兵伤员的事儿，被老五叔唬住了。"

毛西都想了想，说："也许吧。等一会儿我再去找找刘贵，探探这事情的底细。"

"也好。"

喜子把毛西都搀扶到门外，就交给了雪莲。

毛西都没有回家，在雪莲的搀扶下，拄着拐杖一瘸一拐地向乡公所走去。

"喜子呀，我欠你今年的药钱就用这点小米顶账吧。"毛西都前脚离开，老五叔就来到了百草济世堂。老五叔边说边把大半袋子小米放在了百草济世堂的柜台上。

"老五叔呀，你看你这人，那几个药钱也不急着用，等你有了钱再给也不迟呀！"

喜子说着话凑了过来。老五叔见屋子里再无别人，悄声对喜子说："家里一下子添了几张嘴，让你一个人担着怎么能行！"

"这青黄不接的季节，谁家都紧，您老哪来这么好的小米呀？"

"黄大麻子送西都回家的时候，给我带了点米面和清油，说让我一家老小度饥荒。这些你先用着！"

喜子点了点头，低声告诉老五叔，说："西都和雪莲去了乡公所。"

"我知道，他去找一找刘贵也对。"

"二婶子您来了？"

老五叔和喜子正在说话，忽然听到扫院子的富顺大声地问"二婶子"，喜子和老五叔都会意。喜子把小米袋子急忙放在药柜下面，大声说："老五叔，您老慢走呀！"

"好好好，你忙吧，我走了。"

老五叔和喜子打着招呼，大步走出了百草济世堂。

毛西都在雪莲的搀扶下来到乡公所，乡公所的大门紧闭着。他纳闷，这大白天，乡公所怎么关门了哩？他上前敲了好一阵子大门，才见酒醉醺醺的二拐子从屋子走出来。

二拐子一瘸一拐地来到大门口，隔着门缝儿对毛西都说："今天是四月八，新县长上任，刘乡长去县城给新县长贺喜去了。你有啥事情过几天再来。"

此时，毛西都才意识到今天已经是四月八了，他又添了一岁。要不是二拐子提醒儿，他早就忘记了。

老五叔并没有忘记四月八是毛西都的生日。

老五叔给喜子送完小米后，急忙回到家里，找出那张已经覆盖了一层尘土的弓箭，就上了大横山。

大后晌的时候，五爷爷提着两只野兔子回来了。

雪莲麻利地把兔子剥了皮，收拾干净，煮了一大锅野兔肉炖山药。雪莲盛了一碗端到毛西都炕头，毛西都悄声对雪莲说："多留点，晚上给红军伤员送一些过去。"

"你放心，留着哩。"

毛西都会心地一笑，端起碗大口地吃了起来。

雪莲正在厨房里盛饭，听到"哐啷，哐啷"有人推院子的大门。

"来了，来了。"

雪莲一边应着声儿，一边急忙去开院门。她刚取掉院门的门闩，卫国就推门而进。雪莲从门里探出半个身子往外看了看，院子外面没见动静，便把大门插好，说："站在这里干啥哩，快进屋子里去吧。"

"嗯。"卫国应了一声，就大步向屋子里走去。雪莲给卫国端来了一大碗野兔肉，自己提了小凳子坐在院子门口一边吃饭，一边望着院子外面的动静。

毛西都迫不及待地问卫国："和红军的队伍联系上了吗？"

"没有。"

毛西都听了卫国的回答，长长地叹了口气，放下手中的饭碗，定定地望着房顶，半天没有说话。

"最近这段时间马豁子的军法处在凉州城里到处抓人。李老师和一些进步人士、学生已经被特务盯上了。为了保存力量，地下党组织只能开展一些秘密活动。"

"唉！"毛西都长叹了一声。此时，他的心情是复杂的。家族和父辈给他留下了不甘屈服的个性，他心中满怀着向往光明公平正义的激情。那年，他从东南山乡逃脱了刘荣贵的魔掌，随老五叔来到凉州城，按照父亲西都歹留下的联系方式，寻找父亲的故友齐公无果后，一家人便隐名埋姓，在河西走廊摆摊卖艺。期间，颠沛流离的生活，让他饱尝了人间的辛酸苦痛，看透了世态炎凉。但是，残酷的现实并没有扼杀他对争取公平正义的渴望。军阀混战，社会动荡，连年天灾病祸，土豪劣绅盘剥，百姓受尽欺压凌辱……社会的不平，反而增添了他对现实的不满和怨愤，使他更加渴望公平正义。在卫国、孕香的影响下，他渐渐对共产党产生了兴趣。那是他第一次见到中共凉州地下党员李老师，也是最后一次见到李老师。李老师的演讲打动了他，他被中国共产党追求社会公平正义、民主自由的政治主张深深地吸引了。

后来，在反动派白色恐怖下，中共凉州地下党转入地下隐蔽活动。毛西都再没有见到过李老师。由此，他的心中增添了一种难以排遣的孤寂之感。

"追求社会公平正义是中国共产党的政治基因，红军是为天下穷苦百姓打天下的部队……"

李老师的话语时常在毛西都的耳畔响起。当卫国告诉他，共产党领导的红军要渡过黄河、挺进河西走廊时，毛西都觉得浑身的血液都在向上涌动。那天，他想方设法地靠近马家兵，自告奋勇地给马家兵带路去横梁山，就是要千方百计地去接近红军。然而，他连红军部队的影子都没有见到，就稀里糊涂地被炮弹炸伤失去了知觉。现在，一想这件事情，他就觉得十分懊恼和后悔。他自言自语地念叨："要不去横梁山，我一定见到了红军的队伍，也许我现在就在红军的队伍中哩！"

那天，红军顺利突围转撤出古浪县城后，与大靖和土门子驻扎的红军成掎角之势进逼凉州。

红军在凉州城南的大河驿，绑了多架云梯，向凉州城南发起短暂进攻。马豁子自知城防空虚，惊慌失措，一日数电向其袍弟马步芳告急求援："子香吾弟：红军有西进之意。凉州守卫空虚，盼速遣部队赴援，迟则凉州危矣。十万火急。"

马步芳远在青海西宁，也束手无策，无奈之下，最后电告马豁子："阿哥呀，安全第一，可弃即弃，万勿因守城而自己吃亏。"

马豁子与其袍弟马步芳之间虽有矛盾与斗争，在权势、地盘、资财面前，各不相让，勾心斗角，彼此防范，其关系相当复杂。但马步芳清楚红军过了

凉州，就进入永昌、甘州，千里河西走廊腹地是他的防区和势力范围。他们有共同的利益，"一荣俱荣，一枯俱枯"。在关键时刻，他们必须相互支持，一致对外，维护共同的利益。马步芳随即调遣驻防嘉峪关外的刘呈德率部驰援凉州城防。

时间一天一天过去了，马豁子依然没有见到前来救援的部队。正在他坐立不安之时，副官来报："刘呈德率部到。"

刘呈德是马家兵驻守玉门、敦煌两县的一个团长。马豁子一听刘呈德率部到来，心中略有些宽慰。

"红军逼近凉州，由你坚守旧城，我驻守新城。我们必须日夜严加防守，不能有丝毫疏忽！"

马豁子坐在太师椅上，心事重重地对站在对面刘呈德说。

"决不辜负师长的重托！"

刘呈德一个立正，挺直身子向马豁子敬了一个军礼。马豁子指指旁边的椅子，刘呈德小心翼翼地坐了下来。稍许，他轻声细语地说："师长，守住凉州城，只是兵力感到不足呀。"

"凉州城内骑五师所属部队给你统辖！"

说完这句话，连马豁子自己也感到这不是办法，因为他的骑五师在凉州城区内的所属部队只剩下一些散兵。

"城防期间，我给你凉州城内的军政大权，你可以根据所需，在城内居民中征壮丁，填充城防。"

刘呈德一听，呼地一下站立起来，双脚一并，坚定地说："谢谢师长。请师长放心，坚决完成任务！"

马豁子安排好凉州老城的城防已近黄昏，他匆匆赶往新城。

凉州新城城墙四角各有一座炮楼，枪眼里亮着幽幽灯光。马豁子的师部鹤立鸡群般矗立在高高低低的营房中间。

马豁子下了车，快步走进师部。副官匆忙来到他跟前，附身耳语道："红军总指挥派人前来密谈。"

"好，好，好。"

正如热锅上蚂蚁一般焦急的马豁子听到红军派人来秘密谈判，正中他的下怀。他连说了三个"好"字，忙派参谋处长带上香烟、馒头、军鞋等礼物，前去和红军委派的代表进行谈判。

红军代表向马豁子的代表讲明了中国共产党建立抗日民族统一战线的政策，在大敌当前、国难当头的危急时刻，国共两党应以国家、民族大局为重，停止内战，一致抗日。红军代表答应将红军俘虏的马家兵工兵营的人和枪支归还，并向马豁子送上了红军总指挥致他的一封信。

马豁子代表欣然同意，但表示只能口头订立"城下之盟"，不能留下文字，以免蒋介石追究。

马豁子的代表回到凉州城里，向他汇报了谈判内容，并呈上了红军总指挥的信。马豁子急忙展开来信，得知红军是借道出关，打通国际路线，无意攻取凉州城时，他的心中稍感宽慰。他自言自语道："只要红军不攻取凉州，我们也不再自讨苦吃。"

"如果红军不攻城、不放枪，我部可不必攻击。"

马豁子对守卫新城的部队下了这道命令后，转身对副官说："快去把红军来信情况通告刘呈德。"

"是。"

马豁子看着副官离去的身影，面露喜色，如释重负。

一匹战马驰离凉州新城。

通信兵伏在马背上，用马鞭不断抽打着战马，急奔凉州老城。正在苦思冥想为守城而寝食不安的刘呈德接到马豁子"如果红军不攻城、不放枪，我部可不必攻击"的密令后，心里忽然觉得轻松了许多。

刘呈德虽未与红军谋面，但已耳闻红军的厉害。尤其是凉州城内马豁子的这些散兵，他们在黄河岸边、一条山、古浪已经领教过红军的厉害。由于这些遭受过红军沉重打击的散兵怯战，他们把红军的战斗力大肆渲染，使刘呈德部本来就不甚强的战斗意志进一步摧毁。一时，凉州城守兵人心涣散，厌战情绪十分明显。虽然刘呈德接到了马豁子的密令，但是面对这样一群尿兵，刘呈德内心还是安静不下来，暗暗提醒自己："要小心从事呀！"

夜已深，刘呈德不敢就寝。

"到城墙上看看去。"

刘呈德带上随从，登上凉州城城墙。放眼望去，大地一片黑暗。凉州城城门上悬挂的几个灯笼在深夜的寒风中摇曳，闪着朦朦胧胧的红光。城墙的每个垛口中，都点燃着灯笼。昏暗的灯火，就像点点鬼火在旷野里发出的幽幽的磷光。城墙上守兵个个怀里抱着步枪，依靠在墙角打盹。

"红军来了，红军来了！"

突然，黑暗中有人惊慌失措地喊叫起来。顿时，城墙上下马家兵大呼小叫、乱作一团。

"快去报告师长。"

刘呈德急忙躲在城墙垛口，一边派人给新城师部的马豁子去报告，一边下令做好战斗准备。

"报告，红军来了。"

马豁子正在太师椅上闭目养神。闻讯，从太师椅上跳了起来。他快步登上城墙，从城门楼里向远处眺望，凉州城东边的大路上，一串火把构成一条红线，由远而近，形似火龙，不见尽头，向前延伸着、延伸着……

"这么多的队伍。如果凉州失守了，我们的一切都要完蛋了。"

马豁子惊恐万状，不由哀叹。但是，红军的队伍抵达凉州，并无夺取凉州之意。他们信守致马豁子信中的承诺，没有攻打凉州城。

红军从城南和城北四五华里外绕道西进，日夜不停地通过了凉州。

当红军的队伍占领古浪县城的消息传到凉州时，中共地下党员李老师组织进步人士和学生，暗中酝酿接迎红军之事，准备等红军到达凉州时，出城慰问。马豁子突然紧闭了凉州城门，慰问活动没有成功。大家商定，如果红军的队伍攻打凉州城，便以火烧城区的山西会馆作为迎接红军攻城的内应。但红军的队伍路过凉州，没有攻城，而是继续西进。

等凉州城门开启后，中共武威地下党急忙派进步学生杨依峰去与红军联系，向红军反映凉州情况。

杨依峰带上李老师给他的一本《红色游击战术》秘密小册子为凭证，单独出了凉州城，与红军队伍联系。

凉州四十里堡，是一个东西长、南北窄的长方形堡寨群，从东南到西北依次有高家磨、盛家庄、南北魏家庄、厉家寨、陈家烧坊等几个大村庄组成，是凉州通往永昌、张掖的要道。

红军通过凉州城,在四十里堡正在召开军民联欢大会,红军剧团为部队和当地群众表演了精彩节目,并处决了罪大恶极的伪区长,把地主家储存的粮食没收归公,分给穷苦百姓。

此时,马豁子的援军已到,实力大增,他背信订立的城下之盟,向红军追来。

驻守四十里堡的红军严阵以待,当地百姓帮助红军挖战壕,筑工事,支援红军。马家兵凭借人多势众,反复冲锋,疯狂反扑。红军战士们手持大刀,英勇拼杀。鏖战一天,夜幕降临,马家兵惧怕红军的夜战,撤出四十里堡。深夜,红军"夜老虎团",奇袭马家兵驻地戚家大院,敌人毫无察觉。战斗打响后,敌人胡乱开枪,自相践踏,死伤枕藉,红军缴获战马百匹,杀死杀伤马家兵数百。

杨依峰赶到四十里堡附近时,红军与马家兵在四十里堡正在鏖战。马家兵在沿途设卡搜查,四处抓人。杨依峰未能与红军的队伍取得联系,收集了红军宣传品《潼关》《电讯报》和《为抗日救国高全体同胞书》等一些宣传共产党建立抗日民族统一战线的政策小册子和一些标语口号。

杨依峰把这些宣传品带到学校,在读书会成员和进步学生中进行广泛传阅,让更多的进步学生和向往光明进步青年了解共产党"停止内战,共同抗日"的主张。

巧的是红军通过凉州城的那天晚上,凉州城大衙门附近刘怀瑞家的后院着了一场大火,烧毁了几间房屋。

当军法处把刘怀瑞家失火的事情报告给马豁子时,他勃然大怒,咚地一拳砸在桌子上,震得茶碗儿在桌子上转了三个圈儿,茶水洒了一桌子。马豁子粗野地骂道:"这条老狗不是给红军发信号联络吗?给老子抓起来!"

"为什么抓我?为什么抓我?"

刘怀瑞惊恐万状,不停地挣扎着,大声叫喊着。刘怀瑞自从被马豁子"请"到凉州城里来,就与外界彻底失去了联系。他在深宅大院里苦熬着,一点也不知道外面发生的事情。深夜,当他被马家兵抓到军法处,他深感莫名其妙,极力抗争。

"啪,啪啪!"马家兵几个结结实实的嘴巴上去,一股股红的血水从刘怀瑞的鼻子和嘴角流了下来。刘怀瑞再也不敢挣扎,不敢大叫大喊了。他跪

在地上，老泪纵横，不解地发问："我犯了什么王法？你们咋这样对待我呀？"

"驴日的，你家为啥早不失火，迟不失火，偏偏在红军路过凉州城的那天晚上失火？"

刘怀瑞一听马家兵把他家失火的事情与红军的队伍路过凉州城的事情联系在一起，失火事件变成了政治案件，他瞪着眼睛，不知如何解释。

"你是红军的探子，分明是在勾结红军来攻凉州城。"

审问刘怀瑞的马家兵步步紧逼，刘怀瑞越听越害怕，觉得自己的脊梁骨里发凉，感觉到自己的气数将尽。他只好在地上打滚撒泼、苦苦哀求，希望以此博得马家兵的同情和宽恕。

"长官呀，我冤枉呀。我的儿子都被马师长调到黄河边上阻击红军去了，我怎么能成红军的探子呀？"

军法处的马家兵根本不听刘怀瑞的这些辩解。"啪，啪，啪！"又是几个耳光上去，刘怀瑞有口难辩、号啕大哭。鬓发已白的刘怀瑞，鼻涕一把泪一把地哭诉，说："我冤枉呀，我要见马师长，我要见马特派员。"

红军的队伍整整过了三天三夜，马豁子提心吊胆地熬了三天三夜。虚惊一场的马豁子，正在蝴蝶楼阳台赏景。忽听师部军法处有人来报告说刘怀瑞要见他。马豁子明知刘怀瑞家的失火与红军队伍经过凉州没有任何关系，但刘怀瑞提起要见"马特派员"，使他心里不由一惊。马家兵最怕国民党中央军染指青海、甘肃，威胁到他们的统治地位。马菁华受国民党中央军委派来到凉州，马豁子处处提防，时时留神，一日不除心里不得安宁。这次，马菁华在随守卫古浪县城的溃兵逃跑时，被马华荣的副官击毙。可后来有人传说，是马豁子排斥异己，乘机除了马菁华。马豁子听了这个传言，心里极为不快。但是，不论怎么说，马菁华已死，消除了他的心头一患。可马菁华死亡一事，刘怀瑞并不知晓。此时，他心存侥幸地要求见"马特派员"，又勾起了马豁子心中忧虑。他慢慢地转过身来，斜眼望了一眼副官，说："不见。此事，你看着去办好。"

副官心领神会。他从马豁子斜视的眼光中看到了阴险、骄横和残暴。

"通共通匪，该当何罪？"

马豁子的副官亲自审讯刘怀瑞。刘怀瑞一听，马豁子硬要把他家的失火与红军经过凉州城的事情往一块儿扯,不知说啥是好。虽然他在凉州城了当"寓公",不知道"马特派员"死了,也不知道红军的队伍来到了凉州,但是他十分清楚,如果谁和共产党、红军扯上了,那可是要掉脑袋、灭九族的事情。他大声呼喊:"冤枉呀,冤枉!"

"即便不是通共通匪,战争期间失火,扰乱秩序也要重罚。"

刘怀瑞听出了副官的话外之音,仿佛看到了一线活下来的希望。他忙说:"我愿意接受重罚,我愿意接受重罚呀!"

"把你的全部家产清单交上来吧!"

刘怀瑞全部家产的清单在"马特派员"的授意下,早就写好了。之所以迟迟没有交上来,是刘怀瑞还心存幻想。他希望有一天,马豁子能看在儿子对他的一片忠心上,放他一条生路。现在,他的这个希望破灭了。为了活命,他按照副官的要求,战战兢兢地缴出了他在东南山乡、古浪县城、凉州、金城、太原等地的地契、房契、银票等。

刘怀瑞是出了名的守财奴,当他把这些多年来利用各种残酷手段盘剥的财富,很不情愿但又无可奈何地交到马豁子的副官手中时,瘫软在地上。就像一头即将要被屠宰的老牛,绝望地放声哀号起来。

刘怀瑞倾家荡产"自愿受罚",本想保住一条老命。但他怎么也没想到,在他交出一切财产清单的当天下午,军法处就以"通共通匪"罪,把他押到凉州城外的杨家坝河滩里枪毙了。

刘怀瑞被马豁子的军法处逮捕的时候,刘荣贵随马家兵在围追堵截红军。耳闻父亲被枪毙的事情,刘荣贵匆匆赶往凉州城。可他万万没有想到,刚进了凉州城,马家兵军法处的宪兵就以"临阵脱逃"的罪名,把他送进了凉州城的大牢。

第二十七章
邓大娘救下小红军　祁甲长敲诈太可恨

小满已过,端午将至。

古浪东南山乡四季分明,天气更懂时令的变化。此时,夏日的气息已经愈浓烈,山清水秀,满山遍野的山花灿灿烂烂。整体平淡的阳光,偶尔也送上几天较高的气温,提醒着人们要好好珍惜这段盛夏前温凉宜人的时光。

每年的端午节,东南山乡的百姓都要在房檐下、门口前插艾草和杨柳,那杨柳艾草散发的阵阵清香沁人心脾。家家户户要做油饼子卷糕。炸熟的油饼子黄灿灿的,煮熟的糯米糕晶莹剔透,再配上新鲜的红枣、野枸杞,让人垂涎欲滴。孩子们则要穿新衣、戴"荷包",出嫁的姑娘也要在端午节之前回娘家"躲端午"。年轻人要登山采花喝雄黄酒,对歌欢乐,极有情趣……

端午节这天,东南山乡的集市更是人头攒动,叫卖声声,热闹异常。"当!当!当!"摆摊卖艺耍猴的把铜锣一敲,人们就里三层外三层地把杂耍摊子围得水泄不通。敲锣人头戴瓜皮帽,身着青布马褂,留一撮山羊胡子,肩上蹲只小猴子。一对小眼睛藏在深深眼窝里,骨碌碌地左顾右盼地转动,两个颧骨在一张瘦小的脸上隆起,两张薄薄的嘴唇极快地上下扇动着:"走过的,路过的,都不要错过啦!这里有你见过的,更有你没见过的。我们借贵地仅演一场,错过了就再也看不到了。"

说话间,耍猴人又敲了几下铜锣,吆喝道:"有钱的捧个钱场,没钱的捧个人场。来这里看看,你不会吃亏,来这里瞧瞧,你也不会上当受骗。走过路过,千万不要错过,我们的表演马上就要开场喽!"

"当当当……"正在耍猴人耍得尽心,围观者看得高兴之时,一阵不合时宜的铜锣声响起,打断了围观杂耍众人的兴趣。人们随锣声回头看去,只见乡公所的几个差役来到在集市最繁华的地方，张贴出了一张告示。随后，二拐子将手中的铜锣又狠劲儿地敲了几下，站在告示旁边，拉长了嗓子向围观上来的人们大声吆喝，说："诸位乡邻听好了，从现在开始，凡发现红军人员，一律捉拿送交县乡政府，如果发现不捉不送，或者知情不报者，以通共通匪罪论处……"

路过集市的毛西都闻声，挤进围观的人群，看了一眼贴在墙上的告示，便回头斜眼瞪了二拐子一眼，拄着拐杖一瘸一拐地向乡公所走去。

"毛西都呀，你可回来了！"

刘贵去县城给新任县长贺喜回到乡公所的当天夜里，二拐子就把毛西都来乡公所找他的事情作了详细的汇报。这天一大早，刘贵见毛西都又来找他，便满脸堆笑地迎上去，说："你们去横梁山参加阻击红军的战斗，可立功了呀！"

毛西都一听刘贵这话，心中暗想，不知这刘鬼儿的葫芦里究竟要买啥药。但毛西都不露声色地说："没有做红军的枪下鬼、炮下灰，也算是不幸中的万幸呀。立功不立功暂且就不说了，现在最要紧的事情是我的腿子伤成这个样子，缓了几个月时间也不见好，再不治，我可就真成瘸子了。"

"阻击红军参战受伤，必须抚慰！阻击红军参战受伤，必须抚慰呀！"

刘贵轻轻地拍拍毛西都的肩膀，满面堆笑地示意让他坐在椅子上。然后，他慢条斯理地说："这次马师长阻击红军有功，蒋委员长大为赞赏。我县凡参战阻击红军人员人人有份，人人有份呀。"

"刘贵咋就变样儿了呢？"

毛西都心里暗暗默念着，百思不得其解。他到乡公所来找刘贵，本意是探听他是怎么知道古堡人收留红军伤病员的事情，没想到刘贵却将他作为"阻击红军参战受伤人员"，表示要以政府名义给予抚慰。想到这里，毛西都苦笑着，无奈地摇了摇头。

红军队伍在古浪县城鏖战之后，撤离县城继续西进。马步芳从青海调来了大批的部队和民团围追堵截，红军孤军作战，弹尽粮绝，进入祁连山开始和马家兵打游击。

马家兵围追堵截红军有功，受到了蒋介石的奖赏。

1937年4月11日至17日，马家兵在青海西宁先后举行"凯旋"欢迎仪式和庆功大会。蒋介石还派员从南京赶来参加庆功大会，携带慰劳物资先后赴西宁、凉州慰问，抚慰参战人员。

端阳节过后不久，刘贵受县府之托给"阻击红军参战负伤人员"毛西都发放了五元大洋、鞋袜各一双；给铁塔、毛奎等其他"阻击红军参战人员"每人发了鞋袜各一双。

老五叔"吧嗒吧嗒"地抽着旱烟锅子，笑眯眯地蹲在毛西都的身边，边晒太阳边说："'刘鬼儿'这个绰号可算是给刘贵送对了，这家伙可真是个见风使舵的主儿呀！"

毛西都笑一笑，接上老五叔的话茬儿，说："那天我去找刘贵，从他的言谈举止来看，总觉得他的变化有些太突然，我一直没有弄清楚，这到底是啥原因？"

老五叔一口气吹掉了旱烟锅子里的烟蛋儿，把旱烟锅子在鞋帮上使劲地磕了两下，说："这不奇怪。"

"您老说说其中的蹊跷。"

"上次我们去横梁山找你的前夜，我去会了会刘贵，给他指了条做人的出路。看来刘贵真在这方面开始动脑子了，这是他给自己留条活路哩。"

"刘贵这种人，是墙头上的草，哪面风大哪面倒，我们还是要小心哩。现在我最担心的还是收留在喜子家的那三个红军伤员的安全问题。我怕刘贵使坏。一旦他给马家兵报告了这个秘密，我们整个古堡人可就都要遭殃了。"

"你也没有探听出，他是怎么知道我们收留了红军伤员的事情？"

"这刘鬼儿鬼着哩，我先是暗示，后是明问，可他始终没有透出是怎么知道这件事情的。"

老五叔笑笑，很是自信地说："既然刘贵不肯给我们透露这件事情原因，我想，他也不会向马家兵报告这个秘密。"

毛西都感到疑惑，看看老五叔，说："您老啥时候开始对刘贵这种人也有好感了？"

老五叔笑而不语。

那次老五叔夜会刘贵时，暗示过他，只要他能守口如瓶，不把老五叔给红军带路及喜子家收留救治红军伤病员的事情报告马家兵，老五叔承诺他们之间的前仇就"一笔勾销"。刘贵一听这话，如释重负，他的心情也忽然明朗轻松了起来。

刘贵清楚，只要他和老五叔结下的"疙瘩"解开了，也能把他与整个东南山乡人结下的"疙瘩"解开。

这些年，刘贵狗仗人势，干了不少的坏事情。毛毡匠被逼背井离乡、毛脚夫夫妇含冤而死、三娃子兄弟下落不明……这些事情虽然不是刘贵所为，但是他充当马前卒，难辞其咎。这一件件人命关天的事情，使东南山乡人对他恨之入骨。刘贵当了乡长后，不仅没有给乡亲们办过一件好事，反而凭借马家兵残暴统治的淫威，征粮催款、征兵抓丁，不仅为马家兵助纣为虐，而且层层加大税赋，残酷盘剥百姓，为自己牟取私利，与东南山乡人的"疙瘩"越结越大、越结越死。

前几日，刘贵去县城给新任县长贺喜，得知马特派员被流弹打死在逃亡的路上，刘怀瑞被马家兵以"通共通匪罪"处以死刑，刘荣贵被军法处以"临阵脱逃"之罪关进大牢，曾县长以临阵脱逃被罢官免职……

刘贵深感自己的靠山已经完全失去，后脊梁骨开始发凉。马豁子生性多疑，残暴凶狠，路人皆知。"欲加之罪，何患无辞呀？"刘贵明白，眼下要想保全自己的性命，首先要在东南山乡立住足。

东南山乡民风彪悍，百姓生性刚直，善恶分明，敢爱敢恨。有多少个夜晚，刘贵时常从噩梦中惊醒。他不是梦见自己被老五叔、毛西都布下的狼夹子打断了腿，就是被三娃子兄弟等仇家砍死，横尸荒野。甚至他不止一次地梦见自己被马家兵强加的"活埋伤兵"罪名关进大牢，严刑拷打，被狼狗撕咬得体无完肤……刘贵从这一场又一场血淋淋的噩梦中惊醒后，大汗淋漓，惊恐不安。他深感不能顺着现在已经上的这条道儿走到黑了。他绞尽脑汁地为自己设计了许许多多破解与东南山乡百姓多年来结下的"死结"的办法，但又一次一次地自我否定了自己设定的办法。

正在刘贵苦于没有妙计良策的时候，老五叔给他指明了一条生路：只要他不再继续与乡亲们为敌，不把老五叔给红军带路、喜子家收留救治红军伤病员的事情告密，从此"前仇一笔勾销"。这对刘贵来说，是老五叔和东南

山乡的乡亲们对他最大的宽恕。一语惊醒梦中人,聪明的刘贵牢牢地抓住这根救命的稻草,他时时刻刻在寻找自己赎罪机会,为自己寻找到了一条退路。

刘贵的这些想法和做法,老五叔清清楚楚。

马家兵把搜查红军人员的事情抓得一天比一天紧。

新任李县长召集各乡乡长和保甲长们到县城,汇报搜查红军人员的事儿,接受训话。会上,有好几位川里、坝里的保甲人员把搜查到的红军伤员藏身之地都报告了马家兵,刘贵一直小心翼翼地蹲在开会人群的后面,低着头一言不发。

"东南山乡怎么没有报告捉拿红军的情况呀?"

县长点名要让刘贵汇报东南山乡搜查红军人员的情况,他才从人群后面站起身来,低声下气地说:"县长呀,红军在东南山乡的干柴洼、横梁山均遭受惨重打击,马师长的威名远扬,红军对东南山乡心存畏惧。最近乡公所派人在东南山乡各村各庄四处张贴告示、召集训话,动员乡民捉拿流散红军人员。红军若敢来东南山乡就是自投罗网。红军还敢来东南山乡吗?"

李县长初来乍到,一听觉得刘贵说话有理,面露喜色,点头认可。刘贵见时机成熟,便说:"我东南山乡民风彪悍,尚武好斗。在横梁山阻击红军时,我东南山乡出丁数人,他们在战斗中表现得英勇顽强。其中有一人名叫毛西都,他在作战中身负重伤。至今,他腿伤未能痊愈,走路需要人搀扶或者依靠拐杖。东南山乡百姓与红军结下了难以和解的'疙瘩',发现红军必将一律捉拿,决不姑息。望县长能对我东南山乡参战受伤人员能给予救治,对参战受伤人员予以抚慰,以体现马师长的恩典、县长的关怀之情。"

"若真有此事,一律给予抚慰。"

"县长呀,会议之后我将参战人员名单如数上报。"

"参战有功,必当抚慰。"

全县的乡长、保甲长会议上,刘贵不仅守口如瓶,巧妙地保住了老五叔给红军带路、喜子家收留红军伤病员的秘密,而且斗胆向李县长谏言,以"阻击红军参战受伤人员"的名义,积极争取县长对毛西都的伤情予以治疗,对铁塔、毛奎等人给予抚慰。这才有了毛西都的抚慰金,铁塔、毛奎等人的慰问品。

毛西都从老五叔的口中得知刘贵所做的这些事情后，仰天大笑。在屋子里做针线活儿雪莲听到院子里的朗朗笑声，来到院子里，看着笑眯眯的老五叔和毛西都，不解地问："啥事情把你们爷俩高兴成这个样子？"

"你猜猜？"

老五叔此时心情不错，便和女儿雪莲逗起乐儿来。

"是为'阻击红军参战受伤人员'高兴吧？"

老五叔笑眯眯地望着雪莲，说："应该为这位'阻击红军参战受伤人员'高兴高兴才对。"

"卫国说了，红军是我们穷苦人的队伍，是为我们穷苦人打天下的。阻击红军受伤有啥高兴的？"

说完话，雪莲没好气地一扭身，进屋子里去了。

"呵呵呵，这个丫头！"

老五叔朗声大笑着，捋了捋颤巍巍的花白胡须，疼爱地望着雪莲的背影，摇了摇头，继续"吧嗒吧嗒"地抽起他的旱烟锅子来。

太阳偏西了。

院墙外那片高大的野白杨树林，挡住了斜阳，老五叔家的小院就成了白杨树影子的天地。太阳透过稠密的树叶，把一束一束的光柱投进小院，在地上洒下不同规则大大小小的光影。阳光温和，风儿很轻。浓绿的树叶儿沙沙作响，院内的光影开始不断地闪动，一切都是那么静谧安详。

"进屋里去缓着吧。"

院子里没有了阳光，就觉得凉了下来。老五叔把旱烟锅子往蓝布腰带里一插，起身去扶毛西都。毛西都笑着轻轻地推开老五叔，说："再过几天就能跑路了，您老还扶啥呀！"

老五叔关切地对毛西都说："还是要多休息些日子，不要落下个腿子疼的毛病了。"

"我这点伤，没啥大的问题。"

毛西都一边回答着老五叔，一边问："那几个红军的伤情好多了吧？"

"喜子给那几个红军伤员治伤用心得很。他们的伤好得快，体力恢复也差不多了。"

毛西都依然担心地说："最近，马家兵开始到各村庄里搜查红军人员，四街八巷道里贴满了告示。现在天气也暖和了，为了安全保险些，我想把红军伤员转移到大横山阴洼的青石窑洞里。"

"我也是这么想着哩。"

老五叔和毛西都低声说着话儿，向屋子里走去。突然，"哐当、哐当"有人急促地推院门。

"谁呀？"

老五叔转身来到院门前，随口问了一声。

"老五叔，是我呀！"

老五叔一听是毛奎，就急忙打开了院门。只见毛奎和一个陌生年轻人站在院门外。

"快进来，快进来。"

毛奎一进院子，就紧张地说："老五叔，一定要想办法救救这位小红军和邓妈妈一家人呀！"

"进屋子里去说，进屋子里去说。"

老五叔边说边把毛奎和那个陌生年轻人拉进院子里，关好了院门，急匆匆地进了屋子里。

毛奎带来的这位年轻人，是在横梁山阻击战中受伤的一位红军小战士许明杰。

当时，横梁山阻击战打得十分激烈，许明杰是红军团长身边的通信兵。团长在战斗中壮烈牺牲，许明杰被马家兵砍伤了脖子，受伤后失去了知觉。

黎明十分，许明杰从昏迷中醒来，激烈的战斗已经远去，战场上一片宁静，红军的大部队已经撤出战场开拔了。他忍受着剧痛坐起来，没有哭泣，没有眼泪，有的只是对马家兵的刻骨仇恨。

"只要还活着，就一定要为牺牲的战友们报仇！"

许明杰撕下一块衣襟，小心地包扎住伤口，挣扎着爬了起来。

"同志！同志！"

忽然，一个熟悉而又微弱的声音无力地从远处传来。许明杰顺着声音传来的方向看去，发现冰冷的晨色中，一个黑乎乎的身影在地上艰难地匍匐前行着，向他的这边爬来。

许明杰跌跌撞撞地向那个受伤的战士走去，原来是机枪手小耿。许明杰坐在地上，让小耿依靠在自己的胸前。小耿的头上、身上、腿上有好几处枪伤，每个伤口都在不停地向外流淌着血。

"我不行了……"

"有我呢，我会带着你一同去找我们的队伍！"

许明杰流着泪，挣扎着给小耿包扎住伤口。在山坡上找到了一根木棍，让小耿用这根木棍做拐杖，两个人一路蹒跚，向太阳升起的地方走去……

大山的那边隐约传来了狗的叫声。有狗就有人家，尽管山里的土狗十分凶猛，但是他们还是向山的那边艰难地走去。

许明杰和小耿来到村子边，一只狗疯狂地扑了过来，失血严重的许明杰和小耿都跌倒在地上。就在这个关键时候，邓兰英妈妈挺身而出，拼尽全力驱散恶狗，将昏死在地的许明杰和小耿紧紧搂在胸前。

这个村庄是古浪东南山乡的小山嘴村。没有树，也没有水，低矮的十几个黄土院落散布在山脚下，跟焦黄色的山体融为一体。

许明杰和小耿两个人伤势很重，走路也十分困难。邓妈妈把两位红军小战士搀扶到了自己的家中，放在温暖的土火炕上，用盐水仔细地清洗他们的伤口，心里就像刀割一样疼，情不自禁地流下了眼泪。

清理干净二人的伤口，邓妈妈为两位小红军敷上草药，用布条包扎好，并将熬好的汤药一口一口喂进二人的口中，想尽一切办法搭救，希望他们快快好起来。

邓妈妈家住在村子边上，独门独院。

白天，邓妈妈关闭院门后，搀扶小红军许明杰和小耿到院子里晒太阳，替他们擦洗伤口换药。晚上，扶他们到热炕上精心照料。在邓妈妈夫妇的精心治疗护理下，许明杰的伤情稳定了下来，逐渐开始好转了起来。小耿的伤势却始终不见好转，一直发着高烧，说着胡话，死神一刻不停地在他的身边徘徊。

"要是有个医生，那该多好呀！"

黑夜漫长，邓妈妈守在小耿身边，心中无比痛楚。小耿慢慢地睁开眼睛，

看着慈祥的邓妈妈，声音极其微弱地说："妈妈……我不行了……"

"孩子，你能行……妈妈还要等着住你给盖的新房子呢……"

说完，邓妈妈抱着小耿号啕大哭了起来。小红军小耿走了。邓妈妈把他埋在一个山坡上，说让他一出门就能看到东升的太阳。

许明杰伤情稍有好转，他就给邓妈妈讲长征路上的故事，唱歌曲《八月桂花遍地开》，帮家里干些杂活。他还说，等伤好了，他就去找部队，为穷苦百姓打天下。等革命成功了，他要接邓妈妈去自己的老家四川看看。

小红军许明杰长得眉清目秀，邓妈妈一家十分喜欢他，他们亲如一家人。

马家兵开始四处搜查红军，反动保长、甲长和恶霸地主趁机敲诈财物。为避人耳目，邓妈妈夫妻把小红军许明杰认作为自己的干儿子。邓妈妈还让丈夫刘玉到东南山乡的集市上，给小红军买来了一顶新棉帽子和一块新棉布。她在油灯下，精心为小红军做了一件深蓝色面子、白布里子的羊毛新棉袄。

一天，小红军许明杰戴着邓妈妈给他买来的新帽子，穿着邓妈妈给他缝制的新棉衣去买纸，被恶霸地主扣了下来。邓妈妈闻讯急忙赶过去，这恶霸地主逼着邓妈妈交出小红军的枪和子弹，不然，他就要给马家兵报告。小红军许明杰是通信兵，本身就没有带枪和子弹，邓妈妈给了恶霸地主二十块银圆，才算了事。

"邓婆子，你把收留的红军娃子和枪支、子弹藏到哪里去了？今天你不交出来，就把你的老头子刘玉交给马家兵，要了他的老命。"

小山嘴村的祁甲长从那恶霸地主口中得知邓妈妈收留了小红军，就带着狗腿子到邓妈妈家，逼着她交出小红军和枪支、子弹。

"娃娃呀，坏人和马家兵搜查得紧呀，你在家里住不成了，怎么办哩？"

夜深人静的时候，邓妈妈和小红军许明杰抱头痛哭了一场。第二天天刚亮，邓妈妈恋恋不舍地将伤口尚未痊愈的小红军许明杰送到了古浪东南山乡南部山区的炭窑沟。为了躲避保甲长和马家兵搜捕，小红军许明杰装聋作哑，隐名埋姓，在炭窑里挖炭。

祁甲长找不到小红军，就借口邓妈妈把小红军和枪支、子弹藏在她的弟弟家中，把邓妈妈的弟弟抓来，给他用"揭背花""拔断筋"等酷刑。

邓妈妈的弟弟是个宁折不弯的硬汉子。祁甲长让狗腿子把他抓来，强行按在一条长板凳上趴下后，把他衣服从下往上卷起包裹住头，用沾了水的草绳狠劲地抽打脊背。直打到脊背皮开肉绽，就像"开了花"一样，但他就是一语不发。

祁甲长见"揭背花"不能使邓妈妈的弟弟开口告诉他小红军许明杰藏在哪里，就让狗腿子把他按在板凳上躺下后，用草绳从脖子、腰部、干腿子三处，紧紧地把他绑在板凳上，然后在他的脚后跟下垫砖头。

祁甲长在邓妈妈的弟弟脚后跟下垫一块砖头，问一声："你把收留的红军娃子和枪支、子弹藏到哪里去了？"

两块砖头垫在邓妈妈弟弟的脚后跟下，可他依然一声不吭。

"再加砖头。"

气急败坏的祁甲长，在邓妈妈的弟弟脚跟下又加了一块砖头。绑在干腿子上的草绳开始咯吧咯吧地响，眼看草绳就要断了，人的腿骨头能承受得了吗？邓妈妈的弟弟两只眼睛瞪得血红血红，头上的汗珠子不停地往下滑落，可他依然没有说出小红军许明杰的藏身之地。无奈，邓妈妈含泪把自家的亩地佃给别人家，给祁甲长给了二十块银圆，才算过了这一关。

"看那个娃娃小红军实在可怜，救救他也算是行善积德。祁甲长你不要把事情做绝了。人在做天在看哩，迟早要遭报应哩。人作恶太多了，养下的后人都不长屁门眼儿。"

"我养下的后人不长屁眼还是以后的事情，现在我就把你交给马家兵，先要了你这个老尿的命。"

祁甲长的残酷敲诈，邓妈妈的丈夫刘玉实在忍无可忍，就豁出老命和祁甲长交涉。刘玉的话激怒了祁甲长，他让狗腿子用草绳把刘玉绑了起来，押到古浪东南山乡乡公所，说要交给马家兵去处置。

邓妈妈见自己的老头子被祁甲长绑走了，她就急忙给去炭窑沟炭窑上驮炭的人带信儿，让小红军许明杰躲藏起来。

在炭窑上挖煤的毛奎得知此事后，带上小红军向古堡赶来。他想，只有尽快找到老五叔和毛西都，才会有办法能救下小红军和邓妈妈一家人。

"雪莲，先给他们做点吃的吧。"

老五叔一边让雪莲给小红军许明杰和毛奎做吃的，一边和毛西都商议救小红军许明杰和邓妈妈一家人的事儿。

"我们要想办法救救刘玉一家人。从目前的这个情况来看，藏在喜子家的那三个红军伤员也必须转移到别的地方去。"

老五叔点点头，说："等会儿让毛奎去一趟毛家大庄子，找八爷商议一下。现在天气逐渐暖和起来了，伤员的伤情也好转了，要不就把他们转到大横山阴屲的那个青石窑洞去吧。"

毛西都点了点头说："我看也只能这样做了。眼下的这个小红军先藏在我们的家里，等转移喜子家的那三个红军时，一块儿转移到大横山阴屲青石窑洞去。"

老五叔急切地对毛西都说："现在最要紧的事情是想办法让刘贵放了刘玉。要是真被送到马家兵那里去，就没有办法救他了。"

"我去找找刘贵吧。"

毛西都说着就起身披上衣服，拄上拐杖去乡公所找刘贵。老五叔一把拉住急急出门的毛西都，说："这次不能霸王硬上弓呀，必要的时候就给刘贵服个软吧，要想办法让他放了刘玉。"

毛西都回头看看老五叔，说："听您老的。"

老五叔把一个黄麻纸包塞进毛西都的手里，说："这是我早些年存下的一包麝香，你带去送给刘贵，就说我求他行点善，积点德，放了刘玉。"

毛西都从老五叔的手中接过那个黄麻纸包，心里沉甸甸的，就像有什么东西堵在他的喉咙里，咽不下去，也吐不出来，特别的难受。他看着这位冻死迎风立，饿死腆肚皮，刚强了一辈子，从来不向别人低头服软的老人，这次为了救这位红军小战士和因救红军受难的刘玉一家人，向刘贵认"尿"了，"低"头了。

毛西都想到这里，他的鼻子不由得一酸，眼里涌出热辣辣的泪水。他望着老五叔，认真地向老五叔点了点头。

毛西都拄着拐杖，一瘸一拐地走出小院，向乡公所走去。

第二十八章
毛西都拜访刘乡长　夜行人救走六红军

毛西都一瘸一拐来到乡公所，太阳已经把半个脸藏在西山的背后。太阳的余晖把天际烧得一片通红，给古浪东南山乡的山峦、村庄镀上了一层金黄色的光亮。

刘贵背着手在乡公所院子里转圈儿。此时，他正在为怎么看管乡公所的几位红军伤病员的事情而犯愁。

最近，马家兵对搜查红军伤员的事情抓得紧，四乡八村到处张贴着告示，隔三岔五还要召集保甲长们训话。马鞑子放出话来，抓到一个红军，奖励五块银圆。如果发现红军人员不捉不送或不报者，以"通共通匪罪"杀头。

在马家兵残酷统治凉州期间，当地百姓饱受欺凌盘剥压榨，惨遭战乱杀戮之苦。一人犯错，株连九族。弄得人们提心吊胆。为了不把灾难引到自身，殃及自家人，户户紧闭家门，不敢外出。保甲长们只要发现红军伤员就立即送到乡公所。不到半月时间，保甲长门陆陆续续给乡公所送来了六位红军人员。

这些红军都是身负重伤后与部队失去联系的，虽然伤痕累累，衣不遮体，疲惫不堪，但革命的意志十分坚定，没有一个人屈服和怕死。保甲人员问他们从何处来，要么装聋卖傻，一言不发；要么大喊大叫，破口大骂。闹得刘贵十分头疼。

"乡长，一个红军五块银圆，这六个红军就是三十块银圆？如果县长把这'战功'报告给马师长，马师长一高兴说不定还会给您发个嘉奖令下来，乡长岂不立马就能升官发财？"

二拐子的话还没有说完，刘贵转身就给了他一个耳光。二拐子热脸贴了冷屁股，不知刘贵为何大发肝火。他两眼直冒金花，只好捂着脸悻悻而退。

"现在日本人侵占了大半个中国，国破家何在？我们红军不想和马家兵打仗，可马家兵围追堵截要和红军打仗。我们要团结起来，枪口对外，一致抗战……"

押在乡公所里的红军伤员中，有一位大个子伤员，他利用接触刘贵的一切机会，对他宣传中国共产党和红军的团结抗日统一战线，讲革命道理，进行思想转化教育。

每到夜幕降临，关押在一起的红军伤员，他们相互紧紧围靠在一起，一边抱团取暖，一边大声唱歌："我们是铁的红军，钢的力量，工农的儿女，民族的希望……"

歌声在夜空中久久回荡，吵闹得整个乡公所不得安宁。怎么看管这几位红军伤员，成了刘贵眼前的一个大难题。乡公所往古浪县城押送这些红军伤员没有车马，几十里的山路身体健康的青壮年步行，也需要整整一天的时间。如果让这些重伤员步行到古浪县城，最少也需要两三天时间。东南山乡山大沟深路险林密，两三天时间行走在山路上，谁能保证能安全送到？如果红军伤员半道上跑了，这个责任谁能负得起？正在刘贵为此事犯愁的时候，祁甲长押着用草绳五花大绑的刘玉走进了乡公所院子里。

"押来的红军伤员都没人看管，你怎么把他也抓来了？"

祁甲长见刘贵脸色不好，就忙凑上前回话说："这老东西和他那个死老婆子，藏了一个红军娃子，就是不肯交出来还骂人，我就把他绑来了。"

刘贵听了祁甲长的回话，一脸不悦。他斜视了一眼刘玉，没有言语。刘贵背着手，回头就朝屋子里走去，把祁甲长一个人晾在乡公所的院子里。

"什么人惹得刘乡长生气了呀？"

刘贵正气呼呼地往前走，听见有人问他，回头一看是毛西都，便说："抓来的红军伤员都没地方看押，可这祁甲长他又抓来了个刘玉，说是刘玉放跑了红军伤员，私藏了红军的枪和子弹。"

毛西都忙说："乡长您清楚，刘玉老两口子在古浪东南山乡可是出了名的老实人，最怕惹是生非。他们怎么敢放跑红军伤员哩？"

刘贵没好气地说："祁甲长说，刘玉老两口子不仅放跑了红军伤员，而且私藏红军的枪和子弹不交出来，还骂他缺德哩！"

刘贵还要往下说话，毛西都截断他的话，说："看来这祁甲长也真不是盏省油的灯呀，乡里乡亲之间有点矛盾也不奇怪，骂了一句就随便抓人，这让乡长怎么处理这事情才好哩！"

刘贵的心里本来就很乱，再经毛西都一阵劝说，他愈发拿不定主意了，说："一天的烦心事情够多了，这祁甲长又添了这么一件，心里真是烦透了。"

"乡长呀，我看这件事情，分明是祁甲长公报私仇嘛！您乡长大人可要多长个心眼儿，不能让别人当枪使呀！"

"唉！"刘贵进了屋子，长叹一声，坐在椅子上。自打上次夜会老五叔后，刘贵的心思就有了不小的转变。有时候，他甚至觉得有些事情让老五叔和毛西都帮他出主意，还真能帮他解决些具体的问题。他转过身来问毛西都，说："西都兄弟，你说我该怎么办哩？"

毛西都走近刘贵，两个人开始窃窃私语。

"各村庄的保甲长们送来的这些红军伤员，现在我送又送不出去，留又没地方留，万一哪天有红军伤员从乡公所里跑了，我怎么向县长交代哩？这不是把我往死里害吗？"

毛西都见刘贵一肚子的委屈，便说："刘乡长说得有理呀，如果从乡公所跑了红军伤员，县长肯定不饶过您乡长。可放了刘玉谁能把你怎么样？"

"刘玉老两口子不但放跑了红军人员，还私藏了枪和子弹，也不能放呀！"

"刘玉放跑红军伤员的事情，他祁甲长亲眼见了吗？如果他亲眼见红军伤员了，他身为甲长，怎么不把红军伤员扣留下来，还能让人跑了？"

刘贵听了毛西都的这一番话，觉得有理，说："对呀，祁甲长怎么不把红军伤员扣留下来，怎么能让人跑了呢？"

毛西都说："这不明摆着的事情吗，刘玉骂了祁甲长，他就公报私仇把刘玉抓了，送到您这里来，让您给他出气吗？这和借刀杀人有啥两样哩！"

刘贵迟疑了一会儿，没有言语。毛西都接着说："我还听人说，祁甲长以刘玉一家人收留红军，刑讯逼迫刘玉的老婆子出了二十块银圆哩。"

"刘玉哪有那么多的银圆？"

"祁甲长硬要把放跑红军的事情往刘玉一家人的头上按，逼得不成，刘玉的老婆子把自家的几亩地典了。"

刘贵自言自语说:"怪不得哩,这个祁甲长见红军伤员知情不报不抓。等把刘玉的油水榨干了,红军伤员跑了。现在把刘玉抓来抵顶。这是一箭双雕,这招高呀!"

毛西都见时机成熟了,对刘贵说:"祁甲长不是逢人就说,那二十块银圆送给刘乡长您了吗?您连这事都不知道,祁甲长这不是明着坏乡长在古浪东南山乡的名声吗?"

"乡长呀,祁甲长敲诈钱财的事情您慢慢就会问个清楚。我看先把刘玉放了,让他去找红军伤员,说不定刘玉还真能把放跑的红军伤员找回来哩。"

刘贵听了毛西都的话,对刘玉能不能找回来红军人员,他已经不怎么感兴趣了。他的心思放在那二十块银圆上,他对祁甲长倒是有了新的看法和想法。他心烦意乱地对毛西都说:"放了刘玉,让他去找放跑的红军,这事情完全能说得过去。可眼下的问题是关押在乡公所的这些红军伤员,我心里不安呀!"

毛西都一听,才知道乡公所里还关押着红军,心里不由一惊,说:"刘乡长呀,听说红军在黄河东岸闹得阵势大着哩,说不定哪天他们还会打过来。我亲眼见过,红军打仗个个都不要命,枪炮声震得人耳朵都疼。如果红军再打过来,知道乡长你把这么多的红军伤员送给了马家兵,红军一定不会饶恕您的呀!您可不能在这件事情上犯糊涂呀,得给自己留条后路,千万不能把事情做绝了呀!"

刘贵一听毛西都说红军有可能要再次打过黄河来,心里平添了几分恐惧,他若有所思地点了点头,露出一脸的痛苦和畏难。刘贵思谋着,不把这些红军伤员送给马家兵,以后红军再打过黄河来,一定不会找他的麻烦。但是,如果让马家兵知道他隐瞒不报,甚至放了红军伤员,眼下就会招来杀身之祸呀!想到这里的时候,刘贵左右为难,不寒而栗。

忽然,刘贵问毛西都,说:"你来找我,有啥事情呀?"

毛西都呵呵笑了两声,说:"刘玉和老五叔是姑表兄弟,刘玉的老婆子哭哭啼啼地来找老五叔,实在抹不开面子,老五叔就让我来拜见您乡长,望能给我们个薄面,放了刘玉。"

此时,刘贵才恍然大悟,毛西都是为刘玉而来。他慢悠悠地说:"西都兄弟呀,随便放了刘玉,我也实在不好给祁甲长解释呀!你看,祁甲长人还在院子里站着哩！"

毛西都从衣兜里掏出一个麻纸包儿，说："这是老五叔让我给你带的一点心意，你就收下吧！"

刘贵半推半就地接过了毛西都送过去的那个黄麻纸包儿，轻轻地放在鼻子上嗅了嗅，说："这真是个好东西。我本不该收这东西，可我老母有病，郎中开了个药方子，就缺麝香这一味药材，我真愁着到哪里去找哩。"

毛西都笑笑，说："刘乡长这份孝心难能可贵呀，这包麝香就算是孝敬刘奶奶他老人家的吧。"

刘贵一听这话，眼睛立刻笑成了鸽粪圈圈儿，他觉得心里舒坦极了。他说："西都兄弟呀，那我就不推辞了。这包麝香我就收下了，回头呀，我给老五叔说谢。"

毛西都和刘保长在屋子里私语了好一阵子，便起身告辞，说："刘乡长呀，时间已经不早了，我就告辞了，改天我再来谢您。"

毛西都拖着伤腿，一瘸一拐地离开乡公所，向古堡走去。

刘贵从屋子里走了出来，倒背着手，围着刘玉转了一圈儿，说："刘玉，你把红军伤员藏到哪里去了呀？"

"乡长呀，腿长在人身上，人想去哪里就去哪里，我怎么知道呀？"

刘贵一听刘玉这硬邦邦的回话，就知道祁甲长说刘玉骂他缺德，这话一定不会假。跟在刘贵身后的祁甲长一听这话，上前就给了刘玉两个嘴巴，恶狠狠地对刘玉骂道："你这个老尻，你骂老子也就不说了，还敢跟刘乡长顶嘴？"

刘贵转过身来，对祁甲长摆了摆手，仔仔细细地端详了一阵儿刘玉，说："你放跑了红军，你就得把人给我找回来，不然，就把你送到马家兵那里去！马家兵的厉害，你也许耳闻过吧？"

刘玉始终抬着头望着远方，面无表情，不卑不亢，一言不发。

刘贵转过身来，对二拐子说："给刘玉松绑吧，限他十天时间把放跑的红军伤员找回来！"

二拐子上前给刘玉松了绑。刘玉站在乡公所院子里，没有挪动半步。二拐子上前悄声对刘玉说："还不谢过乡长，快去找人，要赖在这里呀！"

刘玉用手拍了拍自己屁股上的土，朝地上啐了一口带血的口水，不知嘴

里嘟囔了一句什么，迈开步子向公所院子外面走去。

刘贵当着祁甲长的面放了刘玉，祁甲长觉得实在有些无趣。他怯生生地对刘贵说："刘乡长，天色不早了，我也该回家去了！"

刘贵却说："祁甲长呀，这几天别的甲长都轮流在乡公所里巡夜值班，看押红军伤员。你今天来了就看守一夜，让二拐子缓上一夜吧。不然，轮到你看守，你还得来乡公所巡夜值班。"

祁甲长一听刘贵说要他在乡公所里巡夜值班，干笑了两声，无话可说。

二拐子一听乡长发了话，就急忙把一把钥匙，往祁甲长手里一放，说："祁甲长，这是关押红军伤员房子门上的钥匙。这些人不好对付，一定要多操心看管好呀！"

二拐子给祁甲长交代完，就哼着小曲儿走出乡公所大院，找福盛商行的余掌柜喝酒去了。

祁甲长欲哭无泪。刘乡长怎么能这样对待他呢？他百思不得其解。

老五叔把毛奎从炭窑沟带来的小红军藏好后，让毛奎去了一趟毛家大庄子，和毛八爷商量转移红军伤员的事情。

"麻烦您老去趟福盛商行吧，余掌柜听您的话。我和铁塔、毛奎他们准备其他的事儿。"

毛西都匆匆忙忙地回到古堡，他把自己和刘贵见面的经过给老五叔一五一十地说了一遍，请老五叔去趟余掌柜那里，让余掌柜把二拐子拖住。老五叔问："刘贵放了刘玉？"

"放了。"

老五叔一听刘贵已经放了刘玉，脸上露出了一丝笑意，对毛西都说："这件事情你办得妥当。"

"刘贵是收了您的那个麝香包包儿，才答应放的刘玉。他还说改天亲自向您老说谢哩。"

"只要他放了刘玉就好。"

老五叔边说边把自己的毡帽往头上一戴，就出了屋门，直奔古浪东南山乡集市，找福盛商行找余掌柜。

天色不早了，福盛商行也已经关门歇业。

"当当、当当"老五叔敲了几下福盛商行大门，就听到福盛商行的伙计尕德子的声音："来了，来了！"

尕德子应着声儿，跑来开了门。他见老五叔抬脚要跨进院门，就把声音提高了几倍，对着院子里喊："老五叔呀，你是来找我家掌柜的吗？"

老五叔知道尕德子问他话是个幌子，实际是在给屋子里的主人报信儿。他笑着摸摸尕德子的头，说："小机灵鬼。"

老五叔收住了跨进门槛的脚步。此时，他听到余掌柜和来人在屋子里猜拳喝酒。他转身对尕德子，说："我就不进去了，你去请余老板出来一趟吧。我在院门口等着和他见个面，说几句话就走哩。"

尕德子"嗯"了一声，就朝院子里跑去。他一路小跑来到书房，见余掌柜正在和二拐子猜拳喝酒，便附身对余掌柜一番耳语。余掌柜正要发话，看到尕德子一脸的神秘，就把要说话又咽到肚子里去了。

"我认输，我认输。"

余掌柜一边对二拐子说，一边端起酒杯，仰头喝下一大杯酒。

"这就对了，输了就要认尿。"

面色被酒精染得如同猪肝一样的二拐子，边说话儿边夹起一大块子驴肉往嘴里塞。

余掌柜笑着站起身来，看到已有几分酒醉之意的二拐子狼吞虎咽的吃相，笑着说："兄弟呀，这是我儿子从凉州城里带来的卤驴肉，不仅新鲜，而且味道也好。传说，古时候凉州有一位神厨用独家秘方做出了这种卤驴肉，香飘全城。左宗棠将军路过凉州，他吃了这卤驴肉都连声赞叹其为人间美味。你一定要多吃点呀！"

"好好好，这卤驴肉味道真是不错。"

"兄弟呀，你慢慢吃，我有个小事情，出去一会儿就来。"

"不许耍赖，你还输下一杯酒哩，快去快回来呀！"

"好、好、好。我快去快回来，今晚不醉不罢休。"

余掌柜转身吩咐说："尕德子，给二爷把酒斟满，茶沏好。"

"哎！"尕德子应着余掌柜的声音，忙给二拐子斟酒，沏茶。余掌柜脱开二拐子的纠缠，急匆匆地向院子外面走去。

"老五叔呀，天黑风大，有啥事情到屋里去说吧。让您老站在这里说话，我心里过意不去呀。"

"屋里有人不便说话，我就不进去打扰你了。我就一句话，今天你一定要把二拐子灌醉酒后，再让他回乡公所。"

余掌柜迟疑了一下，要问老五叔为什么，但他又好像懂得了什么，就对老五叔说："您老放心，我一定把二拐子灌醉酒，再让他回去。"

老五叔没有说话，只是轻轻地拍了一下余掌柜的肩膀，回头匆匆忙忙地走了。

余掌柜虽然不知道老五叔为啥让他一定要把二拐子灌醉酒后，才让他回乡公所，但他分明感到了老五叔对他那份沉甸甸的信任，心里升腾起一种兴奋感。

夜幕笼罩住了古浪东南山乡的山川、村庄，集市上的商户们的灯先后熄灭了。从古浪峡里吹来的西北风，紧一阵儿慢一阵儿地吹着。乡公所院子里悬挂的灯笼在风中摇晃着，散发出一团昏黄的亮光，照亮了灯杆下丈余地方。乡公所院子的其他地方，依然是黑咕隆咚的。

这时候的祁甲长，又急又怕，心里就像有只夜猫子在抓挠。他自小儿就有怕夜黑的毛病。长到十四五岁了，一到天黑，没有人陪伴，他独自一人不敢到屋子外面撒尿。就是这样一个胆小鬼，自打当了甲长，时常带上他的那些狗腿子，横行乡里，敲诈勒索，欺压百姓，干起坏事来一点也不逊色。小山嘴村庄里的百姓恨他恨得牙疼，但惧怕马家兵的淫威，始终没有人敢教训一下祁甲长。前两年的一个夜晚，祁甲长听到自家院子外面有人大声吵闹，就同家丁走出院子。夜黑如漆，家丁们打着灯笼四下里观看，没有发现一个人影子，却不知道从哪里飞来一块石块，砸得祁甲长头破血流。从那以后，他对黑夜恐惧得更加厉害。此时，要不是有两个家丁陪着和乡公所院内的这盏灯笼亮着，说不定祁甲长早就吓得浑身打战了。

祁甲长在乡公所院子里转着圈儿，抱怨说："这个二拐子，怎么这么晚了还不回来呀？"

"谁，谁，谁他妈的在骂二大爷呀？"

祁甲长闻声扭头一看，酒喝得醉醺醺的二拐子打着酒嗝走进了乡公所院子。祁甲长只好把一肚子的怨气咽下去，忙赔着笑脸说："兄弟呀，你可回来了。"

二拐子借着醉酒的劲儿,一把抛开了上前献殷勤的祁甲长,骂骂咧咧地说:"他,他妈的,谁是你兄弟呀?"

祁甲长哭丧着脸说:"二大爷呀,天黑了,我们要赶回家去呀!"

二拐子眯着一双血红血红的眼睛,把祁甲长瞪了半天,说:"你回家不回家,与老子有啥关系呀?"

祁甲长看二拐子耍赖,他无法脱身,就忙从衣兜里掏出一沓钞票送到二拐子面前,说:"二大爷呀,这些钱你先拿着,买酒喝吧。"

二拐子回头斜眼一看,一把把钱抢到手里,凑到灯下一看,说:"不,不,不行。你这是打发叫花子呀?乡长说、说、说了,今天晚上由你看管红军伤员,出、出、出了事儿,找你算、算、算账。"

二拐子边说边摇摇晃晃地向屋子里走去。

祁甲长清楚,已经醉醺醺的二拐子如果这时候进了屋里,就会倒头大睡,一觉睡到了第二天天大亮。今天晚上,他就必须守候在乡公所院子里,看管红军伤员一夜。想到这里,祁甲长急忙扑过去,抱住二拐子,带着哭腔说:"二大爷呀,这个你拿着,让我们回家吧,我们还要走十几里的山路哩。如果太晚了,路上遇到狼,我们可就没有命了呀!"

二拐子接过祁甲长手中的两块银圆,干笑了两声,用拳头狠劲拍打了两下自己的胸膛,醒了醒酒,然后,他满嘴喷着酒气,说:"祁、祁、祁甲长,你、你、你走吧。看管红军的事情我、我、我二大爷就替你包了。"

祁甲长一听二拐子发话让他回家,喜出望外。他迫不及待地把那串钥匙交到二拐子的手里,和两个家丁牵上毛驴子溜出乡公所院门,向小山嘴方向奔去。

二拐子摇摇晃晃地送走祁甲长,用大铁锁子锁好了乡公所的院子大门。他又来到关押红军伤员的房子,隔着窗户看了看关押的红军伤员。红军伤员和往常一样,围坐在一起,相互依靠着取暖打盹。二拐子又仔仔细细地看了看锁在屋子门上的锁子紧锁着,便哼着小曲儿到院子的四周看看。

酒醉的二拐子在乡公所院子里晃来晃去走了一阵子,冷风一吹,觉得酒气直往头上涌。他恍恍惚惚地进了自己睡觉的屋子,眼睛前面始终晃荡着祁

甲长送给他的那两块银圆。他慢慢地从衣兜里掏出那两块银圆，放在嘴边使劲儿吹了一口气，然后轻轻地放在耳朵边上。听着那微妙的金属声响，二拐子的眼里发出一种怪异的光来。他不由得咧开大嘴，得意地笑了起来。

二拐子又接连打几个酒嗝，觉得头晕眼花，上下眼皮直打架，便头一歪倒在炕上打起了呼噜来。

夜的黑幕把整个古浪东南山乡盖得严严实实。西北风刮得更紧了，仿佛要极力撕裂夜色这块黑幕。此时，一位夜行人轻轻地翻越过乡公所的院墙，蹲在院大门边，向院内四周静静地观察着。

乡公所院内灯杆上高高挂起的那盏灯笼，依然散发着昏黄的光亮，在风中忽左忽右地摇曳。院内的其他屋子里的灯都熄灭了，唯有二拐子屋子里的灯还在忽明忽暗地发着光亮。

进了乡公所院子的那位夜行人观察了一阵儿，见院内没有什么动静，就悄悄地摸到了二拐子的屋子前。他隔着窗户望去，屋子里的油灯在努力地发着光亮，二拐子趴在炕上，口里溜着口水，鼾声如雷。

二拐子住的屋子门没有上扣，夜行人轻轻一推，门就开了。他悄无声息地进了屋子，轻轻取下挂在二拐子腰间的那串钥匙，熄灭了油灯。然后，他出了屋子将门轻轻地关上，并从外面扣上了门扣。

夜行人敏捷如猿猴。他来到院子的灯杆下，迅速地取下了灯杆上灯笼，然后悄悄地熄灭。顿时，乡公所院内一团漆黑。这时，只听轻微地"吱"的一声响，乡公所的院门被推开了一半，有三个身影先后闪入院内，直奔关押红军伤员的那间屋子。

夜行人用二拐子的钥匙打开了屋子门，其他人快速进了屋子。

"快起来，快起来，快跟我们走。"

屋子里的红军伤员没有说话，相互搀扶着从地上爬起来，相互搀扶着有序地紧跟着夜行人向乡公所院外走去。

"咳，咳咳——"此时，刘贵的屋子里清楚地传出了三声咳嗽声。随后，乡公所院子外面传来了"喵——喵喵"一长两短三声夜猫子的叫声。

夜，漆黑一团。风，依然紧一阵儿又慢一阵儿地刮着。风过白杨树梢，发出呜呜的声音……

第二十九章
红军伤员转离古堡　青石窑里安下新家

二拐子是被嘈嘈杂杂的声音从梦中惊醒的。他睁眼一看，太阳已经从东山背后露出了半个脸。一骨碌从炕上爬起来，揉了揉眼睛，发现自己手中的两块银圆还在，他诡异地一笑，将那两块银圆装进衣兜里，伸了个长长的懒腰，便慢腾腾地去开屋子门。

二拐子走到门前，轻轻地拉了几下，屋子的门没有拉开。他隔着门缝儿往外一瞅，屋子的门被人从外面扣上了。

"哐当哐当"，二拐子使劲儿推拉了几下屋子门，院子里的人闻声儿走过来，给他打开门扣。

开了屋子门，二拐子走出屋子。红彤彤的太阳照在院子里，他抬眼一看，光线很是刺眼。他把一只手搭在眉上，眯着眼睛往院子里仔细一看，见刘贵阴着脸，倒背着双手，站在乡公所的院子中间。乡公所的其他人员，也都静悄悄地站在院子里。二拐子觉得乡公所院子里的气氛很不对劲儿，但他并不知道发生了啥事情。他觉得自己比别人起床迟了，感到不好意思，只是用手挠了挠头。突然，他扭头一看，发现关押红军伤员的那间屋子门敞开着。这时候，他才意识到出大事情了。

二拐子急忙跑过去，只见关押过红军伤员的屋子里空落落的，地上堆放的麦草散发出一股霉味，不见一个红军伤员的人影儿。

"关押的红军伤员到哪里去了？"二拐子的脑袋嗡地响了一下。他觉得浑身发软，两腿打战。他用手扶在门框子，慢慢地跌坐在门槛上。

二拐子虽然腿脚不利落，但他是个勤快心细之人。他跟随刘贵多年，小心谨慎，对刘贵忠诚无二。可他也从刘贵的身上，也学会了察言观色、见机行事，甚至投机取巧、嫁祸于人的这套把戏儿。

这次,马家兵开始全面搜查红军伤员,古浪东南山乡各村庄的保甲长们陆陆续续把几位红军伤员送到了乡公所。每天夜晚,到了半夜时分,二拐子都要起身,到关押红军伤员的屋子前,隔着窗户照着灯笼把关押的红军伤员人数数上一遍。如果没有什么问题,他才会回屋子里安心睡觉。

昨天晚上,二拐子财迷心窍,酒仗厌人胆,竟然收了银圆,自己做主让祁甲长回家,结果闯下了这么大的祸乱。此时,他惊恐万分,不知如何是好。

"乡、乡、乡长,这人都跑到哪儿去了呀?"

二拐子望着院子中间站的刘贵,几乎要哭了起来。刘贵阴沉着脸,反问二拐子,说:"祁甲长到哪里去了?"

刘贵的这句问话,使二拐子彻彻底底从昨天夜晚的醉酒中醒了过来。他眨巴了几下那对圆鼓鼓小眼睛,嘴唇哆嗦着说:"昨天晚上祁甲长看押红军伤员呀?"

刘贵怒气冲冲地问二拐子,说:"我问你,祁甲长现在到哪里去了?"

二拐子显得一脸无辜的样子,低声嘟囔说:"乡长,昨天夜里是祁甲长巡查值夜看人,我就睡觉了。"

"去找,都去给我找人。如果找不到红军伤员,就向祁甲长要人。"

刘贵站在院子里大声发号施令,乡公所院子里站着的人员立即走出乡公所院子,去找昨夜看管红军伤员的祁甲长和跑了的红军伤员。

乡公所的院子里,只剩下刘贵和二拐子两个人了。

二拐子从刘贵刚才的问话中,听出了他对红军伤员跑了这事的一个模模糊糊的态度。他灵机一动,便把一切责任往祁甲长身上推。但是,他的心里很清楚,能推得了吗?六个大活人,一夜之间都不见了,这怎么交代呀?此时,二拐子后悔至极,胆战心惊。他偷望了一眼刘贵,只见刘贵很生气地一甩袖子,向屋子里走去。二拐子急忙从地上爬起来,迈着碎步儿跑过去,给刘贵泡茶倒水。

刘贵一脸的疲惫,两只眼睛显得有些红肿,好像一夜没有合眼。二拐子打来一盆洗脸的热水,小心翼翼地说:"乡长,洗把脸吧。"

刘贵望了望二拐子,问:"昨天夜里,你去哪里喝酒去了?"

"在福盛商行和余掌柜喝酒哩。"

"祁甲长昨夜去哪里了？"

二拐子一听，心里一惊。他望着刘贵，眨巴眨巴眼睛，嘴唇哆嗦着，不知如何回答。

"你一定不知道这事情吧？"

二拐子彻底听清楚了刘贵的弦外之音。他忙说："祁甲长不是在乡公所看人吗？我喝酒回来时，他还在哩。现在到哪里去了，我不知道呀。"

"不知道就好。如果你知道祁甲长去哪里了，这事情就麻烦大了。"

刘贵和二拐子的对话，外人是很难听出其中奥秘的。但是，他们主仆二人已经对昨天晚上发生的事情心知肚明，也清楚了怎么去应对因这件事情引发的后续难题。

刘贵从椅子上起身走过来，二拐子急忙把毛巾递了上去。

"唉！"刘贵洗完脸，长长地叹了一口气，然后，伸了个懒腰，坐在太师椅上，开始闭目养神。

二拐子端起脸盆，悄悄地退出刘贵的屋子，小心翼翼地关上了房门。

二拐子把一盆子脏水泼在院子里，放下脸盆，心神不定地又来到关押红军人员的屋子门口。他仔仔细细地端详了半天，见屋子的门和锁子都完好无损。他又匆匆忙忙地来到乡公所院子的大门口，只见大门和门上的锁子也都是完好无损。他的心不由得快速跳动起来。乡公所大门锁上的钥匙和关押红军人员屋子门锁上的钥匙是拴在一起，始终挂在自己腰间的。昨天下午，他把这两把钥匙当着刘贵的面交给了祁甲长。可晚上他回到乡公所时，祁甲长又把钥匙交给了他。他还清楚地记得，祁甲长离开乡公所的时候，是自己亲手锁的乡公所大门和关押红军伤员屋子门。二拐子潜意识地去摸自己的腰间，不知啥时候那串钥匙没有了。二拐子明白了，昨天晚上，有人潜入了乡公所，偷走了他腰间的那串钥匙，救走了关押的红军伤员。

"被人救走的人还能轻易找到吗？放跑了红军伤员，这可是犯下了杀头的死罪呀！"

二拐子一想，不由得两腿又开始打战。他无助地跌坐在乡公所的大门口，呆呆地望着天上飘动的云朵，一股无名的恐惧慢慢地向他袭来，两行泪珠顺

着脸颊流下来，滴答滴答跌落在他的衣服上。他的脑海里，不停地晃动着祁甲长给他的那两块诱人的银圆。

"唉，如果我不贪那两块银圆，这事儿也摊不到自己的头上。"

二拐子长叹一声，心中默念着。他情不自禁地把手伸进衣服口袋里，把那两块银圆攥在手中，觉得它们是那么的亲切和具有吸引力。

"鸟为食亡，人为财亡呀！"

二拐子心里默念着。突然，二拐子的耳边回响起刚才刘贵问他的声音："祁甲长到哪里去了？"

二拐子仔细回想刘贵的这句话，觉得今天刘贵处理这件事情的态度，与往日的处理任何事情的态度都有所不同。他最关心的不是红军伤员去哪里了，而是祁甲长去哪里了。他问的话是"你一定不知道这事情吧"，而不是你知道这件事吗？二拐子还发现，今天遇到"要杀头"这么大的事情，但刘贵依然显得很平静淡定，就像已经有了化解问题的锦囊妙计。

二拐子忽地从地上站了起来，心中暗暗想到，自己也应该平静和淡定起来。

"贼没藏，硬似钢。这件事情上，一定要背上牛头不认脏。"

二拐子咬咬牙，下定了决心，无论如何要一口咬定是祁甲长擅自离岗，造成了红军人员逃跑的这个后果；绝对不能承认自己收了银圆，擅自做主让祁甲长回家的事情。想到这里，二拐子的心情也好了起来，他不再哭哭啼啼。

二拐子抹去泪水，拍拍屁股上的尘土，开始在乡公所内外，仔仔细细地查看寻找。忽然，他发现时常挂在他腰间的那串钥匙，却挂在大门外的白杨树枝上。他欣喜若狂，差点叫出声来。他回头四处张望了一下，四周静悄悄地，不见一个人影儿。他急忙从树枝上取下那串钥匙，装进了自己的衣服兜里，溜回屋子去了。

昨夜，刘贵一夜无眠。此时，他躺在太师椅上闭目养神。太阳透过窗户照在身上，他感觉到很是暖和。不一会儿，他就发出了均匀的呼吸声，安然地睡着了。

昨夜无眠的人还有毛西都和老五叔他们。那敏捷地翻墙进入乡公所院子的夜行人是狍子。他在老五叔的指挥下，同毛奎、铁塔从乡公所里成功救出红军伤员后，直奔离乡公所不远的那片野白杨树林里。毛西都早就准备好了三头毛驴子，在这里等待接应他们。

不能行走的几位红军伤员骑上毛驴子，顺着树林子，一溜烟地往西北方向快跑。过了黄羊川河，直奔大横山脚下的小直沟口。

喜子带着在古堡养伤的三位红军伤员和毛奎从炭窑沟煤窑带来的那位小红军，早就在小直沟口等着毛西都、老五叔他们哩。

大家在小直沟口会合，毛八爷把手中的灯笼交给了狍子，说："快带着大伙儿去阴屲青石窑洞，那里我昨天就让人收拾好了。你们把人送到，在天亮之前一定要赶回家，千万不能让外人发现你们今天夜晚的行踪。"

"嗯。"狍子应着毛八爷声音儿，同毛奎带着红军伤员，牵着毛驴子顺着盘山小路，向大横山阴屲走了。

前几天，狍子随毛八爷去过一趟大横山阴屲的那个青石窑洞。现在虽然是走夜路，但是路很熟悉，两个多时辰的急急赶路，大家很快就来到了青石窑洞。

毛八爷让人在青石窑洞内铺上了软绵绵的艾蒿子草。

古浪东南山乡高山荒野里生长的艾蒿子草，不仅具有理气血、逐寒湿、止血抗菌等作用，而且还散发着一种特殊的香味。这香味儿，具有驱赶蚊虫、净化空气的功效。一到夏季，古浪东南山乡家家户户的门前都会挂上一束艾蒿子草驱赶蚊虫，在炕上铺上一点艾蒿子草，用于理气血、逐寒湿。

"八爷爷真是个有心人呀。"

毛奎一边心悦诚服地赞叹毛八爷把青石窑洞收拾得这样温馨，一边安排红军伤员休息。

红军伤员能在这样的环境里相遇，大家悲喜交加，心情格外激动。虽然他们从前都不在一个连队，互不相识，此时相聚，依然如同亲兄弟久别相见，倍感亲切。他们相互搀扶着走进青石窑洞，重伤员躺在松软的干艾蒿子草上，轻伤员坐在旁边，诉说着离开部队后的各种遭遇，盘算着如何尽快疗伤，回到红军的队伍去……

三星偏西，夜已很深。

月光透过了厚厚的云层，把浅灰色的月光散在大地之上。

毛奎借着月光，从毛驴背上取下做饭用的锅碗米面和山药、萝卜。狍子提上水囊，带上红军小豆子，向青石窑洞不远处的一个石崖下走去。

"你是哪里人呀？"

"四川人。"

"叫啥名字呀？"

"大家都叫我小豆子。"

"哈哈，你爹爹咋给你起这么个名字呀？"

"这不是我爹爹起的名字，是同志们给我送的雅号。"

狍子的问话，激活了小豆子的回忆。他出生在四川阆中。当时，四川田赋十分沉重，民不聊生，百姓在苦难的深渊中挣扎。小豆子家里特别穷，靠父亲和哥哥给地主打长工度日。姐姐从小就给别人家当了童养媳妇，可全家仍然吃不上一顿饱饭。小豆子长到十岁，被送到地主家放牛。那年，红军的部队来到了小豆子的家乡，他毅然丢掉放牛鞭，跟上队伍参加了红军。虽然他又小又瘦，可寻找粮食、动员参军、运送弹药、救护伤员每一样工作都不落后。战友们见他活泼可爱，亲切地称为"小豆子"。他每天都有使不完的劲，连走路都哼着歌曲……回想起那些欢乐的时光，小豆子不由得轻声吟唱起了苏区民歌：

八月桂花遍地开，鲜红的旗帜竖啊竖起来，张灯又结彩呀，张灯又结彩呀，光华灿烂现出新世界。亲爱的工友们呀，亲爱的农友们呀，唱一曲《国际歌》庆祝苏维埃！站在革命第一线，不怕牺牲冲向前，为的是新政权，为的是新政权，工农专政如今已实现……

小豆子忘我深情地唱着《八月桂花遍地开》，狍子不解地问小豆子，说："你们南方一年四季山清水秀，怎么来到我们这山高路远、天寒地冻的西北来受这份罪呀？"

"我们红军来西北，是为了打通远方的国际援华通道，建立抗日后方根据地，开展持久的抗日救国斗争。"

"你们怎么和马家兵打起仗了呀。我听老五叔说，红军和马家兵打仗死了好多人，你们不怕吗？"

"我们红军不想和马家兵打仗,要团结他们一起打日本人。可是,马家兵围追堵截红军,一定要和我们打仗呀。我们红军是为天下穷苦人打天下的部队。我们不怕吃苦受罪,不怕流血牺牲……"

夜幕下,狍子虽然看不到此时小豆子的面部表情,但从他激动的声音中,能听出他的兴奋、激动和乐观。

说话间,狍子和小豆子来到了青石崖下。

月亮完全突破了浓云,把月光洒遍大山小川。浅浅的月光下,高高耸立的青石崖就像一位饱经风霜慈祥的老爷爷,默默地守望着苍苍莽莽的大横山。石崖下的一眼清泉"咕嘟咕嘟"地冒着水泡,宛如老人怀抱着一个盛满甘甜泉水的大水碗。

一夜的山路奔波,狍子和小豆子都口渴难耐。他们趴在石崖老爷爷的这个"大水碗"边上,"咕嘟咕嘟"地喝了起来。

泉水清澈甘甜,清凉可口。畅饮了一肚子泉水,狍子和小豆子觉得一夜行路的疲惫顿然消失,浑身增添了不少的力量。

"大横山方圆数十里地,就这一眼清泉,古浪东南山乡的人称为香水泉。"

狍子一边给小豆子介绍着香水泉周边的环境,一边往水囊里装水。装满了水囊,小豆子发现自己和狍子的身影都倒映在清澈的泉水里。月光下,小豆子笑,泉水中的影子也在笑。他仔细一看,发现自己的脸上白一道黑一道,就像小花猫一样。小豆子要在泉池里洗脸,狍子一把抓住小豆子,说:"别弄脏了石崖老爷爷的水碗。"

"我要洗脸。"

"洗脸把泉水舀出泉池,在外面来洗。不能在泉池里洗,这样会把一泉池的水都弄脏。"

小豆子迷惑不解。

狍子对他说:"这眼泉水是大山深处的救命水。过路人、牧羊人,还有周围放牧的羊群,大横山上奔跑的野狼、黄羊和大大小小的野生动物都在这里饮水。"

狍子从泉池里舀出水,一边给小豆子浇水洗脸,一边说:"我的八爷爷说过,这是山神爷爷给予大山里众生的水碗。山神爷爷委派青石崖老爷爷精

心看护着,在任何情况下,也不能弄脏这个众生的水碗呀!不然,石崖老爷爷是要责罚众生的。"

狍子和小豆子背着水囊,边走边聊,忘记了路途的劳累。不论在任何场合,任何环境之下,人年少时的好奇之心都改变不了。狍子给小豆子讲的香水泉的故事深深地感染着小豆子,也拉近了他们俩的距离。小豆子问狍子,说:"你的名字怎么叫狍子呢?"

狍子一听,认真地说:"我是有大名儿的,叫毛英。我的八爷爷说过,毛英的'英'就是英雄的'英'。我的爹爹妈妈都说,身为男子汉,就该当自强。我要当顶天立地的大英雄。"

说到这里,狍子挠了挠自己头皮,有些不好意思地说:"可我都十八岁了,也没有当上大英雄。但是我跑山路特别快,人们都说我就像山林里奔跑的狍子一样。所以,庄子里的人就给我送了'狍子'这个外号。"

狍子接着问小豆子,说:"小豆子你见过山林里奔跑的狍子吗?"

小豆子摇摇头说:"没有见过。"

狍子认真地说:"狍子是山神爷爷赐予山林众动物的传令兵。它善良温顺,有着细长的脖子、大眼睛和大耳朵,它的眼睛很明亮,耳朵很灵敏,眼观六路耳听八方。特别是它的腿子很长,身子灵巧,在山野密林里跑起路来特别快,就像风一样,一闪就从你的眼前过了。如果遇到山林着火等一些自然灾害,狍子会在很短的时间里,把这些不好的消息传给大山里所有动物,让动物们逃离着火的山林。"

小豆子一听乐了,说:"怪不得你跑路那么快。狍子哥,其实有个外号也挺好的。我就喜欢别人叫我小豆子。"

狍子却说:"人们叫我狍子时间长了,也听习惯了。可我牢牢地记着我的大名儿叫毛英。我要给我的爹爹妈妈争气,要当大英雄。"

"我们红军队伍里的大英雄可多了。"

"真的吗?"

"当然是真的呀,如果你来参见我们红军队伍,一定能成大英雄……"

狍子和小豆子背着水囊,高兴地笑着,说着往前走。笑声洒在这空旷山野的夜晚,显得格外清脆、淳朴和甜美。

说笑间，小豆子和狍子来到了青石窑洞。

　　此时，天际的东方已经出现鱼肚白，整个大横山的轮廓清晰地展现在人们的面前，远远近近的山峦款款舒展开来，一丛丛灌木如同大海里起起伏伏的波浪。山花和野草的清香味儿随着东南风飘来，弥漫在山野的空气里，显得是那么凉爽清香。

　　狍子一看天色，按照毛八爷的叮嘱，他们不能继续逗留在青石窑洞了，要立即动身往回赶，必须在天完全亮之前赶回家里。

　　狍子放好水囊，对小豆子说："你一定要告诉大家，白天任何人都不能走出洞口，更不能生火烧水做饭。到了晚上，夜深人静的时候，再派人去取水，生火做饭。"

　　狍子说完话，起身要走。忽然，他又转回身，说："小豆子，你一定要告诉大家，青石窑洞旁边的柴草任何人都不能动，要保持原状。烧水、做饭用过的火要及时熄灭，不然烟火会引起洞外面人的警觉。大家一定要小心，轻易不要留下人活动的痕迹……"

　　狍子每说一件事情，小豆子和红军伤员都记在心里。

　　狍子和毛奎与红军伤员道过别，要回去了。小豆子恋恋不舍地把狍子、毛奎他们送到翻越山梁的山口处。狍子拉着小豆子的手，说："快回去吧，早晨灌木丛里有露水，走远了会弄湿衣裤。过几天，会有人给你们送粮食和山药来的。"

　　"狍子哥，你会来吗？"

　　小豆子满含深情地问。

　　"小豆子，我一定要来。"

　　"狍子哥，我还有好多好多红军长征的故事要讲给你听。"

　　"小豆子，我也会把古浪东南山乡的故事讲给你听的！"

　　狍子说完话，便扑过去，紧紧地和小豆子抱在了一起。

　　晨风吹来，带着晨露和花香。黎明推开了夜色的朦胧，早起的鸟儿，扑棱棱地从灌木丛中飞起，鸣叫着飞向远天。

　　狍子和毛奎走出老远了，他们回头望去，小豆子依然迎风而站立在山口处，向他们招手……

第三十章
马家兵追查红军　祁甲长信口胡言

古浪东南山乡海拔高，昼夜温差大，秋天来得早，也来得很随意。一枚半黄半绿的叶子从你的眼前飘过，无须多想，秋天就实实在在地来了。

1937年秋天，马家兵的反动统治愈加残酷，百姓承担的税赋名目繁杂更加繁重。秋收之后，是催粮要款的关键时节，军警配合，保甲人员整天挨家挨户催款收粮，若稍有不从就被捆绑关押。

一天，七八位马家兵骑马挎枪，来到了东南山乡乡公所。刘贵自以为是前来催收粮款的，急忙点头哈腰笑脸相迎。可一脸络腮胡子的马长官下马就给刘贵几个耳光，大声骂道："尕娃驴日的，谁让你把红军尕娃放跑了？"

另外一位马家兵翻身下马，唰地一下，从腰里抽出一尺多长的马刀，架在了刘贵的脖子上，做出随时要砍下头的姿势。

络腮胡子重重的几个耳光，打得刘贵两眼直冒金花，只觉得天旋地转，两只耳朵里嗡嗡直响。他只看到那位面目狰狞的马长官，在破口大骂他，但骂他的话是什么内容，他一句也没有听见。当另一位马家兵，把马刀架到他脖子上时，他心里一惊、眼前一黑，身不由己地晕倒在地上。

刘贵从昏昏沉沉中慢慢醒来的时候，只有二拐子守在他躺的炕沿前，哭哭啼啼，直抹眼泪珠儿。

"乡长，你可醒来了？"

刘贵急忙用手堵住二拐子的嘴，悄声问："马家兵走了吗？"二拐子朝屋子外面望了望，没有说话，摇了摇头。

"他们为啥打我呀？"

二拐子刚要回答刘贵的问话，忽然传来人走动的脚步，刘贵急忙又闭上了眼睛。

"醒了没有？"

二拐子忙起身，回答络腮胡子，说："长官，还没有醒过来哩。"

络腮胡子走了过来，看了一眼躺在炕上的刘贵，说："抬到院子里去。"

"长官，人还没有醒过来哩，你们不能这样呀！"

二拐子大哭大喊着扑在刘贵的身上不肯放开。两个马家兵走了过来，抓起二拐子的胳膊连拖带拉把他拖到了院子里，狠狠地摔在地上。

"长官，人还没有醒过来，你们不能这样呀！"

二拐子从地上爬起来，连哭带喊地往屋子里扑，被络腮胡子一脚踢倒在地上。其他几位马家兵把刘贵抬到了院子里，"哗啦哗啦"几盆子冷水泼在他的身上。刘贵打了一个寒战，慢慢"醒"了过来。

络腮胡子见刘贵睁开了眼睛，走上前在他的屁股上狠狠地踢了一脚，大喝一声："驴日的，给我站起来。"

刘贵没有吭声，只是瞪了络腮胡子一眼，然后慢慢地从地上爬了起来。

络腮胡子坐在院子中间的木凳上，双手拄着一尺多长的马刀，怒目圆瞪，问："这里的红军跑到哪里去了？"

络腮胡子这一问，刘贵心里"咯噔"一下，他忽然明白过来，刚才马家兵打他是问红军伤员跑了的事儿。他的心里不由得紧张了起来，哆哆嗦嗦地说："红军是祁甲长看管时跑的，我让他去找人了。"

"红军找不回来，就把祁甲长找回来。"

"二拐子，你带马长官他们去趟小山嘴，把祁甲长找回来吧。"

"唉！"

二拐子应着声儿，一骨碌从地上爬了起来，望着刘贵站在原地，没有挪动身子。

"快去呀！"

刘贵一发话，二拐子用手拍打了一下身上的土，便带着两个马家兵急匆匆地去了横梁山小山嘴村。

红军伤员从乡公所里"跑"了之后，刘贵就预料到会有一场劫难。他把红军伤员跑了的责任完全归咎于横梁山小山嘴的祁甲长，威逼祁甲长把他敲

诈邓妈妈家的二十块银圆送到了他的手中。他最终拿定主意要用银圆开路，把红军伤员"跑"了这件事情，大事化小，小事化了。

可马家兵并没有立即来东南山乡调查此事。随着时间的推移，许多人对这件事情淡忘了。但是，刘贵的心里时常惦记着。他自己设想了几套马家兵调查此事与他见面时的情景，但是他万万没有想到，今天他与马家兵见面的方式是这个样子。络腮胡子给了他一个下马威，那张肥大的手掌在他的脸上扇了几个耳光后，彻底把他打蒙了。当马家兵问他，红军伤员跑哪里去了的时候，平时计谋多端的刘贵竟然乱了方寸，信口就说出了祁甲长。虽然他和祁甲长预定好了攻守同盟，可祁甲长能不能抗住马家兵的淫威，他的心里实在没数。

刘贵虽然挨了马家兵的几个大耳光子，但他丝毫不敢对马家兵怠慢。他让人买来了一只羯羊羔子，请来了当地有名气的厨子，给马家兵黄焖了一大铁锅羊羔肉。

用木柴旺火爆炒黄焖，不大一会儿的工夫，羊羔肉特有的香味儿就在乡公所的院子里开始弥漫，马家兵们的脸上都露出了笑容。

羊羔肉熟了。

肉刚一出锅，刘贵就捞了一方盘的肥羊羔肉，亲手给络腮胡子端了过去。络腮胡子用腰刀割下一块肥肥的羊羔肉，一边往嘴里塞，一边用手指指对面的凳子，略显善意，示意让刘贵坐了下来。

此时，马家兵都到院子里去吃羊肉，屋子里只剩下刘贵和络腮胡子两个人。刘贵趁机把一个小布袋放在桌子上，说："长官，这是一百块银圆。"

络腮胡子忽然停下快速嚼肉的嘴巴，两只眼睛瞪得就像铜铃铛一样，望了望刘贵，又望了望桌子上的那个小布袋子，然后，抬头哈哈大笑了起来。

络腮胡子的举动，惊吓得刘贵慌忙从凳子上站起身来，不知如何是好。

突然，络腮胡子一把抓起刘贵放在桌子上那装有一百块银圆的小布袋子，快速地揣进了怀里，有意放低声音，说："尕娃明事理儿。"然后，他把手中的一块子羊羔肉塞进嘴里，重新快速地嚼了起来。

刘贵见有戏，心情马上好了起来，说："长官，祁甲长失职让红军伤员跑了，你可得多多担待呀！"

络腮胡子抬头望了望刘贵，一边快速地嚼着嘴里的羊肉，一边从鼻子里轻声"嗯"了一声。

"长官您慢用，您慢用，我到院子里去招呼其他人。"

刘贵试探到了络腮胡子的口气，心里踏实了一些，见有人进屋子里来，他起身告辞了络腮胡子，快步走出了屋子。

太阳快落山的时候，二拐子带的那两位马家兵把祁甲长从小山嘴村绑了回来。

"你们凭啥绑我？我要见刘乡长！"

一进乡公所的院子，祁甲长就大叫大喊。刘贵却把屋子的窗帘一拉，对着镜子看了一会儿自己那半张肿起来的脸，躺在炕上，慢慢地闭上了眼睛。他想，只要祁甲长能扛过马家兵的第一次审问，他就有办法了。

羊羔肉填饱了肚子的马家兵，浑身都是劲儿。他们把祁甲长推进关押了红军人员的屋子，绑在那个粗壮的木桩上，问："尕娃驴日的，你把红军藏到哪里去了？"

"老天爷呀，实在是冤枉呀。红军伤员跑哪里去了，我怎么能知道哩？"

祁甲长喊冤诉苦，马家兵根本不听他的诉辩，马鞭就像雨点一样噼里啪啦地落在他的身上。刚开始，还能听到祁甲长的痛苦的哭喊声。过了一会儿，祁甲长的叫喊声就越来越微弱了。

听不到祁甲长的叫喊声，刘贵的心里一惊。他忽地一下从炕上坐了起来，走出屋子，匆忙来到了马家兵审问祁甲长的屋子里。只见祁甲长被五花大绑在木桩子上，头耷拉在胸前，脸和身上全是被马鞭子抽打下的血口子，人已经昏死了过去。

"祁甲长，祁甲长！"

刘贵走上前，轻声叫了几声。祁甲长耷拉下垂的脑袋慢慢抬了起来，他见到刘贵，撇开大嘴哇的一声，就像孩子一样大哭起来。

刘贵正要安慰几句祁甲长，络腮胡子走进了屋子。刘贵急忙退到络腮胡子后面，连连点头哈腰。

络腮胡子上前用手托起祁甲长的下巴，瞪着铜铃铛一般的眼睛，大声问："驴日的，你把红军藏哪里去了？"

"昌，昌，昌灵山。"

刚才马家兵的一顿马鞭猛抽狠打，把祁甲长的魂追飞了。此时，他见刘贵在马家兵面前就像孙子一样毕恭毕敬，他的心里有些绝望。他把前几天和刘贵两个人订立的攻守同盟忘得一干二净了，为了不再受皮肉之苦，他听有人传说昌灵山道观的贾道长收留了七八位红军伤员，便信口开河地说乡公所关押的红军伤员跑到昌灵山去了。

刘贵本想只要祁甲长再坚持一会儿，按照他们事先商议好的办法去做，他就会通过银圆路线把络腮胡子拿下。没想到他竟然说红军人员跑到昌灵山去了，他不由得浑身一颤，不知如何是好。

刘贵见事情已经到了难以收场的地步，便给二拐子递个眼色。二拐子心领神会，避开马家兵悄悄地溜出乡公所，一溜烟儿跑去了福盛商行。

"尕德子，快来给二爷沏茶。"

"免了，免了。我说几句话就回去。"

气喘吁吁的二拐子边说边拉着余掌柜的衣袖进了屋子，一阵耳语之后，二拐子和余掌柜都走出了屋子。

二拐子匆匆忙忙回了乡公所。余掌柜显得十分紧张，他对伙计尕德子悄声做了些安顿，便急急地去古堡找老五叔和毛西都。

夜已深。

祁甲长躺在红军伤员躺过麦草上，一股腐草的霉味儿扑鼻而来。他挪动了一下身子，浑身的鞭伤一阵钻心的痛。马家兵说，明天让他带路去昌灵山找跑了的红军伤员。虽然横梁山距离昌灵山的路程不算太远，可他始终就没有去过那地方。

苍苍茫茫的昌灵山，延绵几十里，他怎么知道红军人员藏在哪里呀？想到这里，祁甲长双手捂着脸哭了起来。守在门口的二拐子听到祁甲长悲戚的哭声，不由得心里一阵酸楚，两眼情不自禁地涌出了泪水。

"喵——喵喵"，乡公所院墙外传来一长两短三声夜猫子的叫声。紧接着刘贵的屋子里传出了"咳，咳咳"三声轻轻的咳嗽声。

二拐子闻信儿，悄悄地靠近马家兵住的屋子。他隔着窗户往屋子里看，黑咕隆咚什么也看不清楚，只是耳闻屋子里鼾声如雷。他一瘸一拐地来到院子里的灯杆前，轻轻地取下了灯笼，熄了灯火。顿时，乡公所的院内一片漆黑。

吱的一声，二拐子轻轻地打开乡公所的院门，一高一矮两个身影闪进了乡公所的院内。那两个身影快速来到刘贵的屋子门前，门是半掩着的，轻轻一推门就开了，那两个身影进了屋子。

那一矮一高的身影是老五叔和毛西都，他们接到二拐子捎给余掌柜的口信，就快速赶来了。老五叔问刘贵："现在是除了祁甲长，还是宰了马家兵？"

"不论怎么干，都不能在乡公所干。"

"刘乡长说得在理，就在去昌灵山的路上除了马家兵。"

"对，在靠近昌灵山道观的路口布下'扣子'和'夹子'，让他们悄无声息地消失在大山之中。"

"如果他们不走山路，走大路怎么办呀？"

"我们把马家兵去昌灵山的这个信息，连夜送给昌灵山的贾道长，让他们也有个防备。我们再另想办法。"

"天黑路远，你们就早点去吧。"

"嗯。"

老五叔告别了刘贵，兵分两路直奔昌灵山而去。

俗有"西北小武当"之美称的昌灵山，属祁连山支脉毛毛山东部末梢，与大横山紧密相连，位于东南山乡的西北方。

老五叔带着铁塔、毛奎上了大横山，沿山脊小路而行，他们要在靠近昌灵山附近的山间小路布设捕狼的"扣子"和"夹子"。

沿山路而行到昌灵山，只有五六十里地。山峦起伏，林密路险，羊肠小路盘山迂回，人难并行。尤其是秋季的清晨，置身其间，林木遍野，雾岚缭绕，极易迷路。

老五叔和铁塔、毛奎一夜的急赶路，在太阳升起来的时候来到北山坡。

一夜的匆匆赶路，大家觉得实在太累了，就找了一片比较平缓的山坡地躺下歇息。阳光透过树梢，洒在山坡上，也洒在大家的身上，使人觉得舒服极了，铁塔头一着地便鼾声大作。

老五叔便斜躺在山坡上放眼望去，远处的群山巍峨连绵，万顷林海尽收眼底。云杉松树的深绿，荀子树叶的暗红，野白杨树的金黄……各种颜色，

或深或浅，或明或暗，盎然秋色把昌灵山一座座山岭装扮得五彩缤纷、绚丽多姿。山坡绽放的野菊花静静地开着，一点点，一抹抹，一团团，一丛丛，在风中缓缓摇晃，连空气中都飘着淡淡的菊花香味儿。一阵秋风吹来，老五叔觉得一夜赶路的疲惫瞬间消散了。

"快醒来，快醒来。"

老五叔连推带喊叫醒了铁塔和毛奎，继续开始盘山前行。越往前走，山林越密。沿着林阴小道往上攀爬，目光所极，山峦起伏，雾岚缭绕的昌灵山主峰和那庙宇殿堂若隐若现。老五叔便和铁塔、毛奎开始在各通往昌灵山主峰的山间小路上开始选点布设捕狼的"扣子"和"狼夹子"。他们的目的是要凭借这里的地理优势，选点布设捕狼的"扣子"和"夹子"，然后引马家兵钻进布设的"扣子"和"夹子"，无声无息地葬身于苍苍莽莽的昌灵山之中。

毛西都带着狍子骑马沿大路而行，去昌灵山给贾道长报信。

报信儿的事情宜早不宜迟。为了不耽误事情，毛西都带着狍子骑马经古浪峡，沿腾格里沙漠南缘而行，直奔昌灵山。

昌灵山山脉呈东西走向，拔地而起三千米，横卧腾格里沙漠南缘。

毛西都和狍子骑马一夜疾驰，晨曦微露，来到昌灵山脚下的老城。

毛西都翻身下马，那马儿打了一个响鼻，一抖擞，浑身的汗珠儿四溅。他和狍子牵马进了老城。

说是老城，其实是昌灵山下一小村庄，庄子里住着十几户人家。

当地人称其为老城，缘起于村庄东面的那一座古城遗迹。这座城名叫阿巴岭城，明代甘肃总兵所建，当年驻兵，与不远处的明长城、烽燧、瞭望台一起，共同承担着守疆护土的重任。

毛西都站在老城遗址旁边，从山脚下往上看，清晰地看到昌灵山全貌。一座东西分布的山岭上，层次分布着不少庙宇殿堂，还有树木、钟声、飞鸟，若有若无的袅袅香火……香客信徒们用他们虔诚的脚步，在山岭上踩出两条鲜明的山路。

太阳尚未完全从东山背后露出脸来，光辉给群山披上一层金色。

登上昌灵山主峰有两条路可选择，一条是盘旋而上的石子路，很平缓，人们尽可以悠闲地向上踱步，用不着喘气流汗，可到达主峰需要一整天的时间，另一条则截然不同，是青石板铺就的阶梯，陡峭得如同一副天梯，一个时辰就可到达主峰。

毛西都顺着青石板铺就的阶梯向昌灵山主峰爬去。

沿着阶梯上行，山上林木葱茏，到处是云杉、油松、山杨等树木，夹杂在野榆、海棠、山柳、花楸、忍冬、野蔷薇、锦鸡儿、金樱子等灌木丛中。漫山遍野火绒草、鹅冠草、莎草、野菊、党参、黄芪、秦艽、柴胡、赤芍、升麻、麻醉草，开着形状颜色各异的花样，散发出清香扑鼻的芬芳。树在花丛中，花在林中笑，交相辉映，美不胜收。走着走着就会有麝、岩羊、野兔、嘎达鸡等动物在林间草丛穿梭嬉戏、觅食纳凉……

早些年，毛西都为寻找黄大麻子报仇，多次来昌灵山找过隐居昌灵山的草上飞，路儿道儿都很熟悉。不多时，他们就来到了昌灵山的南天门。

登临南天门，俯瞰昌灵山，山势若一展开五指巨掌，中指为整个庙宇群之中轴线，指尖处一殿高耸，曰南天门。"小指"上建有七圣宫，"拇指"和"食指"上分别有不老台和二郎观，"无名指"上建有文昌宫。"掌心"是玉皇殿、救苦殿、磨针殿、药王殿。最高峰建有祖师殿，祖师殿之下是三清殿。

南天门为两层土木结构式楼阁，底层为九尺高的青砖包台，中间形成一砖拱门，上层为楼阁，拱门两侧有联：仰观碧落门通天，俯瞰翠微承绝顶。此时，山风鼓荡，松涛飒飒，晨钟暮鼓，山泉激荡。晨雾从山顶弥漫而来，石阶一半在眼前，一半隐入云天。

置身仙境中，但毛西都和狍子无心赏此美景。二人急急向山上攀爬，汗流浃背，直奔玉皇阁找草上飞。毛西都举步上阶，轻轻推门进殿，不见其人，忽闻其声："香客，为何浮躁与不安？"

"我要见草上飞。"

"有何事要见？"

毛西都随声望去，只见身边不远处站着一位身穿藏蓝色青衫大马褂的道士，抱拳施礼，双眸紧闭……毛西都从那一对剑眉和浑厚的声音便知此人就是草上飞。他快步走近低声而语："快快引见贾道长，马家兵要借查找红军伤员之名，祸害昌灵山哩！"

草上飞忽然睁开眼睛，定眼望着毛西都，说："此乃大事，万万不可戏言。"

"我一夜疾驰,专程来给贾道长报信儿,哪能戏言!"

草上飞见毛西都一脸的真诚,便躬身做出一个请的手势,随即快步走出了玉皇阁。

草上飞引路,毛西都很快来到了昌灵山祖师殿。

祖师殿门前,静卧着一对石狮。推门进殿,幽静肃穆的殿堂一尘不染。道童上前抱拳施礼,得知毛西都来意,急忙引见贾道长。

毛西都尚未开口,道长抱拳施礼道谢说:"香客辛苦了,来意皆知,不必细说了。"

毛西都仔细端详,道长着粗布道袍,脚蹬一双藏蓝色翘头厚布鞋,头挽一个道髻,手拿浮尘,银髯飘拂,神采奕奕。毛西都深感惊讶,说:"道长,我没有开口,你怎知我来昌灵山为何事?"

道长淡然一笑,飘然消失,林间隐约传来:"道生一,一生二,二生三,三生万物……"

第三十一章
刘乡长收买马家兵心　张排长敲开老五叔门

毛西都和老五叔离开乡公所，分头去了昌灵山。刘贵虽然身子安然地躺在炕上，心里却是十五个吊桶打水——七上八下，始终无法安宁下来。他一夜没有合眼，好不容易熬到天亮。马家兵刚起床，他就来到马家兵住的屋子里，逐个向马家兵点头问好："长官好，长官好。"

络腮胡子起身坐在炕沿上，伸了个长长的懒腰，刘贵忙凑上去，带着几分讨好地问："长官，昨夜睡得可好呀？"

络腮胡子看了一眼刘贵，脸上微露几分笑容，客气地回答刘贵，说："好，好。"

此时，忽闻乡公所院子里人声嘈杂，隐隐约约传来女人的哭泣声。刘贵耳闻，心中一惊，忙赔笑脸对络腮胡子说："长官，我去看看是咋回事儿。"

刘贵急忙跨出屋子门，只见有横梁山七八个村庄的甲长站在乡公所院子里，窃窃私语，议论纷纷。见到刘贵，甲长们都说："刘乡长，现如今当保甲长也实属不易，求您说情，让马长官放了祁甲长吧。"

此时，刘贵才明白，这些甲长一大早来到乡公所，是求刘贵说情，让马家兵放了祁甲长。

祁甲长被马家兵绑走后，他的家人便急忙四处奔走，磕头作揖请横梁山诸甲长前来请求刘贵保人，放了祁甲长。

这几位甲长与祁甲长不是沾亲便是带故，觉得情面难驳，就应了祁甲长家人的请求，一大早就赶到了乡公所。祁甲长的老婆子跪在地上，鼻涕一把泪一把哭得实在伤心。一大早就遇到这样的事情，难免让人心中产生恻隐之心，怜悯之情。

"起来,起来,别哭了。我向马长官求情去,看他能不能开恩放了祁甲长。"

刘贵边劝说边走了过去,用手扶起祁甲长的老婆子。那女人顺势把一个小布袋塞到了刘贵的手中,带着哭腔压低了声音说:"刘乡长,我们一家老小的安危可就全靠您了呀!"

刘贵掂量了一下手中的小布袋儿,觉得不轻,至少也有一百块银圆。他会意地给那女人递了个眼色,说:"起来吧,我去求求马长官,请求他开恩放了祁甲长。"

祁甲长的老婆子放低了哭声,抹去眼泪珠儿站到一边去了。

"一大早,吵吵闹闹和哭哭啼啼的,都是干啥的人呀?"

络腮胡子走出屋门,大声发问。刘贵忙点头哈腰地迎了上去,说:"长官呀,这些人是横梁山的甲长和祁甲长的家属。他们一大早赶来,只为请求长官,希望您能开恩,放了祁甲长。"

络腮胡子迎着太阳伸个长长的懒腰,接连打了几个喷嚏说:"驴日的,放跑了红军还想活命?都给我宰过!"

院子里的来人一听,惊吓得都跪在院子里,乞求说:"长官呀,如今征粮纳税、抓壮征丁、搜查红军,样样苦差都离不开保甲长。祁甲长虽有过错,但也罪不该死呀!望长官开恩,放了祁甲长吧!"

祁甲长的老婆子更是放声大哭,说:"我的老天爷呀,我们就没有见过什么红军黑军。长官呀,你打死个活汉要活汉,这可让我们到哪里去找来个红军呀?"

络腮胡子对跪在院子里的人群视而不见,对甲长们和祁甲长老婆子的苦苦乞求,充耳不闻。他一脸麻木,不喜不怒,不言不语,一转身就进了自己住的屋子。

刘贵三步并作两步紧随其后,也进了络腮胡子住的屋子。

屋子里只有络腮胡子一个人。他一手叉腰,一手扶在腰刀的把柄上,在屋子里来回走动,显得有些烦躁。刘贵凑上前去,低声说:"长官呀,这是祁甲长老婆子孝敬您的。"

说话间,刘贵把那个小布袋子送到络腮胡子的面前。络腮胡子望望刘贵,接过小布袋子掂了掂,然后笑眯眯地将那小布袋子装进了自己的衣服口袋。

络腮胡子拍拍刘贵的肩膀,没有说话。他对着镜子整理了一下军容,然后迈开大步,走出屋子门。刘贵不知络腮胡子心里想的啥,紧随其后,也走出了屋子。

络腮胡子来到乡公所院子中间的灯杆下,双手叉腰,瞪着铜铃般的眼睛,傲慢地环视了院子里的人群一圈。

站在乡公所院子里的所有人员,与络腮胡子的目光一对视,就像触了电一样,立即把头低了下去,一脸恐惧和不安。络腮胡子在院子里站了片刻,大声说:"今天有刘乡长和诸位甲长作保,可以放了祁甲长。但是,要罚两百块银圆。从今往后,任何人见到红军,不报不捉不送者,以"通共通匪罪"论处,统统宰过!"

整个乡公所院子里一片寂静。

刘贵急忙向前一步,转身面对络腮胡子,说:"感谢长官开恩不杀祁甲长,我当与全乡保甲人员,全力以赴搜查红军,不负马长官厚望,一旦发现红军,速将其捉拿送来。"

刘贵的一席话语,打破了乡公所院子里的宁静。站立在院子里的其他人员,从惊恐之中猛然醒了过来,纷纷说:"谢谢长官不杀祁甲长之恩!谢谢长官不杀祁甲长之恩呀!"

刘贵示意,二拐子急忙跑进关押祁甲长的那间屋子,给祁甲长快快松了绑。

祁甲长满脸血迹,蓬头垢面,一手扶着右侧的肋骨,一手搭在二拐子的肩膀上,痛苦地从屋子里走了出来。

一夜之间,祁甲长苍老了许多。

众甲长围过去问这问那,祁甲长只是摇头,不肯说话,唯有两行委屈的泪水,顺着脸颊扑簌簌地往下流。祁甲长的老婆子见状扑了过去,两个人抱头痛哭起来。

围观的甲长唏嘘长叹,说:"唉,这种洋罪,可真不是人受的呀!"

晌午过后,天上无云,太阳红里透黄,抬头望去,太阳的光线白晃晃的,甚是刺眼。

络腮胡子收了祁甲长家交来的两百块银圆之后,当场释放了祁甲长。他带上其他几位马家兵，骑马挎枪向横梁山的方向走了。

刘贵满脸堆笑，把马家兵躬身送到乡公所院子外面，望着络腮胡子他们远去的背影，多日来一直压在他心头的一块大石头总算落地了。

刘贵倒背着手走进乡公所的院子，见祁甲长两口子还在乡公所院子里哭泣。他走过去，一边埋怨，一边安慰祁甲长老两口子，说："行了，行了。没有被马家兵带走，就是不幸中的万幸。挨上几马鞭子总比揭背花、拔断筋酷刑好受多了吧？今天要不是大家舍身相救，很有可能你就被马家兵押送到凉州城关进大牢里去了。"

祁甲长一听刘贵话里有话，自知心中有愧，不敢作声，只是低声哭泣。

众甲长原以为刘贵会安慰几句祁甲长，却不知他面带怒色，句句直戳祁甲长伤心之处。此时，有人讨好刘贵说："对呀，今天要不是刘乡长在马家兵面前求情说话，这事儿哪有这么简单哩！"

刘贵没有丝毫心情和甲长们搭讪，他快步来到灯杆下，大声说："诸位甲长，平时做事情不要目中无人，太过于张狂。祁甲长借搜查红军伤员为名，敲诈勒索，抓人绑人，私设公堂，乱用酷刑，把小山嘴搅得鸡犬不宁。如今，遇事信口雌黄，一派胡言，结果搬起石头砸了自己的脚，把事情弄到难以收场的地步，既害了他自己一家人，也连累诸位甲长。"

众甲长一见刘贵大发肝火，面面相觑，不敢言语。

"祁甲长做的这些事情，害得我夜不能寝，心力交瘁。今天，要不是我和诸位甲长舍身作保，马家兵能放了祁甲长吗？"

刘贵稍作停顿，然后变换了说话的口气，语重心长地说："祁甲长受这点委屈实不为过，总比被抓到大牢要好得多。"

众甲长频频点头称是。祁甲长老两口子的哭声也停止了下来。

刘贵清了清嗓子，对站在院子了的所有人说："诸位甲长，大家都看清楚了吧？面前浑身伤痕累累的祁甲长，就是活生生的例子，马家兵不好对付呀！俗话说，一条好狗护三邻，一个好汉护一庄。保东南山乡百姓平安，乃我等职责所系，以后做事，还望大家多多思量。今天回去之后，大家各扫门前雪，看好自家的门，保全自家人的命，不要给我再惹是生非了，也不要无中生有、自讨苦吃了。大家听清楚了吗？"

"听清楚了。"

众甲长们低声回答着刘贵的话,大家心里都明白了他讲这些话的意思。大家见刘贵拂袖而去,便前去安慰了祁甲长几句。在一片嘘唏长叹声中,知趣地离开乡公所回家去了。

祁甲长出了乡公所院子的大门,就一直喊他的右侧肋巴窝里痛。

"可能是窝气了。"

老婆子一边安慰着祁甲长,一边让人把他扶上驴背。家丁牵着高大的灰叫驴往前走,祁甲长骑在驴背上,想起昨天马家兵那一鞭子狠于一鞭子的毒打,他的心里发怵。想起为摆平这事,前前后后送出去的四百块银圆,心里更疼。

灰叫驴并不知道此时骑在它脊背上的主人挨过鞭子,受了委屈。远处的山坡上有几头毛驴在啃草撒欢,一头草驴两条后腿一叉,就开始撒尿。草驴的尿骚味顺风而来,祁甲长胯下的灰叫驴龇龇牙咧咧嘴,鼻翼夸张地扇动几下后,伸长脖颈"欧——啊——欧啊——欧啊"地叫了几声,就要向那发情的草驴冲过去。牵驴的家丁急忙抓紧叫驴的缰绳,勒紧了嚼子,灰叫驴才乖顺了下来。这一折腾,可疼坏了驴背上的祁甲长。他咧着嘴巴,按住右侧的肋骨,"哎哟哎哟"地叫个不停,青豆子大的汗珠儿从头上滚落下来。

家丁忙把祁甲长从灰叫驴背上扶了下来,几个人抬着他送到了百草济世堂。郎中喜子望闻问切一番之后,说:"马家兵打断了祁甲长右侧的两根肋骨。"

喜子给祁甲长吃了止痛散,敷上"接骨丸"。祁甲长才觉得腰部好一些了。

"跌打损伤一百天。回去之后,每天熬一服中草药,静养一百天。不然,落下腰痛病可就麻烦了。"

"好,好,好。"

家丁应着郎中喜子的话,拎了几包中草药走出了百草济世堂。

祁甲长躺在抬耙子上,眼里噙满了委屈的泪水。他想,平日里为了讨好马家兵,他跑前跑后、欺上瞒下、依仗甲长的权势,没有把乡亲们放在眼里。可是,这次要不是乡亲们舍身相救,他也许早已成了马家兵刀下的冤屈鬼。想到这里,他的心里一酸,两滴硕大的泪珠顺着苍老的脸颊滚落下来。他心

里默默地感叹:"刘乡长刚才的说话,虽然有些刻薄,可都在理。以后做事情,确实不能太张扬呀!邻里和睦,守望相助,才是正道呀!"

刘贵送走马家兵和横梁山的保甲长们,进了屋子,仰天长长地出了一口气。

马家兵没有去昌灵山搜查红军人员,刘贵悬了一整夜的心慢慢地放到了胸腔里。乡公所跑了红军人员这件事情化险为夷,使他如释重担。更让刘贵心生喜悦的是他通过这一件事情,不仅逐步化解了他和老五叔、毛西都等乡亲们多年结下的恩恩怨怨。而且,他很顺手地从祁甲长那里捞了几百块银圆,借马家兵的手,治了祁甲长平时那种目中无人,做事张狂的坏毛病,在众甲长面前树立起了自己的威望。

想到这里,刘贵的心里一阵暗喜。他不由得闭门哼了起来了小曲儿:"尕妹妹的大门上,我浪了三浪哎,心儿里憋得慌;想起我的那个尕妹妹,心颤里呀,妹妹是山丹丹红花花开哟……"

没有过一天的时间,东南山乡各村庄的百姓都耳闻到祁甲长被马家兵打断了两根肋骨,打得皮开肉绽后,出了几百块银圆,才保住了一条老命的事儿。躲藏在大横山里避难的乡亲们得知马家兵走了,也悄悄回到了家里,东南山乡又恢复了昔日的宁静。

各村庄的甲长们目睹了祁甲长受刑后的惨象,经受了刘贵的一番"点化"后,采取"推牌"联合巡逻的办法,各家各户出人昼夜不停地在村庄里巡逻。

巡逻人员发现村庄里来了外来人员,就及时鸣锣吆喝:"各家各户请注意,长官有令,发现红军,一律捉拿上报。否则,要按照'通共通匪'论处。"村庄里的人们听到巡逻人员报信儿,就会相互传递信息,做好应对防备。

马家兵离开古浪东南山乡,向横梁山方向走了,第二天下午,去昌灵山报信的毛西都和狍子回到了古堡。同一天的傍晚,老五叔和铁塔、毛奎他们也如约回来了。

"看来,刘贵的鬼点子也有用对的时候哩!"

毛西都应和着老五叔的话说:"在我们离开昌灵山时,草上飞传出话来,贾道长先后救助了八位红军受伤病员。道长得知马家兵要到昌灵山搜查红军人员,他给伤势好转的几位红军人员凑足盘缠,穿上道袍,辞别'师父',

以弟子外出化缘为名,东返而去。三位伤情尚未恢复、行走困难的红军伤员收为'弟子',穿上道袍,藏匿在众弟子中间,继续养伤,恢复体力。"

老五叔听完毛西都的话,忙问:"我们藏在青石窑洞的红军伤病员怎么办哩?"

"现在马家兵查得越来越紧,青石窑洞隐藏的人员越来越多,确实得想办法了……"

这天,天晴日丽。午饭后,毛西都陪老五叔在自家的小院里边晒太阳边聊天,突然听到"哐当、哐当"声,有人在推自家院门。

毛西都起身快步来到院门前,隔着门缝儿看,一位蓬头垢面的讨饭者,拄着半截野白杨树枝棍子站在门口。毛西都仔细一瞅,发现这个讨饭者不是普通的讨饭者,他穿的破羊皮袄下,露出灰布军装的一个边儿。毛西都的心里不由得咯噔一下,一切都明白过来。他急忙打开院门,说:"快进来,快进来。"

那人望望毛西都,见他没有恶意,便走进了院子。

毛西都把身子探出院门往外面望了望,见没有人影儿,就把院门关好,说:"现在马家兵盘查得这么紧,见到红军人员就抓,你这样走路可不行呀!"

这时,那人才意识到,他身上穿的破皮袄有点短,皮袄下面的红军灰布军装露出个边来。

毛西都把来人带进屋子里,老五叔仔细一看眼前的"讨饭者",竟然高兴地大声说:"这不是张排长吗?"

此时,张排长也认出了老五叔。他紧紧地握住老五叔的手,说:"大爷,没有想到我们又见面了。"

那次老五叔给红军郎中小英子他们带路到了东山洼,接待他的就是这位张排长。在古浪城临别时,张排长还给老五叔发了一块银圆,说是给红军带路的路费。

自打古浪县城一别,虽然老五叔和张排长两个人再没有见过面,可这位年轻精干的红军排长给他留下了深刻的印象:穿一套灰色土布半旧军装,腰间束着一条牛皮腰带,腿上裹着"人"字形的灰布绑腿,八角帽上和其他红军一样缀着一颗耀眼的红五星。他二十出头,可一脸沉稳,剑眉飞扬,双目炯炯有神……

雪莲端来一盆热水，张排长洗过脸后，换上了老五叔早年穿过的一件羊皮袄，戴上了西北农民特有的毡帽子，这一装扮，倒真像个叫花子了。

老五叔把张排长的旧军装用一个毛口袋装好，藏在屋子后面的破窑洞里。

张排长一边吃着雪莲端来的山药搅团，一边对老五叔讲述说，红军西进失败后，为保存力量，分为左翼、右翼和游击支队三个支队进入祁连山游击活动。张排长被组织安排在游击支队，游击支队千余人，百余支枪，多一半是伤病员。

游击支队进入祁连山不久就遭遇到了马家兵包围，队长和许多同志都牺牲了。张排长和部分同志在夜色掩护下突破了马家兵的重围，继续往祁连山深处进发。

乌云在夜空中翻滚，山林间野兽怪叫，西北风裹着沙尘扫荡着山谷……张排长和红军战士穿着单薄的衣服，空腹在没膝的积雪中艰难地跋涉，许多同志走着走着就跌倒在积雪中牺牲了。

敌人把张排长他们藏身的那个山坳团团围住，使他们无法离开那冰天雪地半步。十多天了，战士们口里没有进过一点米面。饿得实在不行就杀了骡马和树皮草根充饥，渴了吃一捧地上的积雪，特别是那些伤病员，缺医少药，连冻带饿，只能眼看着一个一个地倒在自己的面前。

一天夜晚，夜奇黑。

张排长带着几个战士摸下山去找点吃的。他们悄悄靠近一个村庄，突然，埋伏在村庄四周的马家兵一拥而上包围了过来。张排长和战士们边打边跑，重新退到了大山之中。

太阳慢慢升起来了，太阳照在雪峰山，白茫茫、亮晶晶。群峰矗立，像无数把利剑直插云霄。站在山崖上往山下看去，马家兵骑着马就像蚂蚁一样在山脚下蠕动。敌人新的一天的围攻又要开始了。张排长他们认为集体行动目标太大，只有化整为零，寻求突围，才能保存力量。

"把我们留下来吧，让同志们突围出去。"

听到部队要化整为零突围，红军重伤员们齐声请求。正在大家犹豫之时，

"砰砰"几声枪响,马家兵已经到了他们藏身的那个山坳不远处。哨兵清晰地观察到马家兵的青马队在先,白马队紧随其后,浩浩荡荡,来势汹汹地向他们扑来。

"大家掩护伤病员向东转移,一个都不能留下。"

张排长坚定地下达了命令。战士们在山谷里设伏阻击敌人,部分战士组织伤病员转移。

"你们快走吧。只要红军队伍在,革命就一定能成功。再这样下去,谁都走不了。"

一位受伤严重的红军女战士一把推开了前来搀扶她的张排长。此时,山谷里马家兵人喊马嘶,杂乱的声音清晰可闻。这位红军大姐是从江西瑞金踏上长征路的,经历了大大小小无数次的战斗。在河西走廊一次阻击马家兵进攻时身负重伤。红军部队退进祁连山后缺医少药。此时,她的生命已是一缕游丝,脸色白得就像一张纸,但她脸上写满了坚定和刚强。

"起来,饥寒交迫的奴隶,起来,全世界受苦的人!满腔的热血已经沸腾,要为真理而斗争……"

大姐理了理被山风吹凌乱的头发,拄着木棍坚定地从雪地上站了起来,带头大声唱起了《国际歌》。在大姐的歌声中,重伤病员们手挽手,从雪地里、大石头后面站了起来,唱着令人热血沸腾的《国际歌》走向山崖。

"回来!"

张排长和战友们齐声大喊,大姐和重伤病员们回首微笑着望望亲爱的战友们,在《国际歌》声中义无反顾地扑向了山崖……

讲述到这里的时候张排长已经泣不成声,老五叔和毛西都、雪莲都陪着张排长默默地流泪。

"后来,红军游击支队被马家兵打散了。"

张排长说,他和三个伤员在一起,到了天黑才摆脱马家兵的尾追。

夜幕下,张排长发现山坡上有一点火光,他们悄悄摸了过去,发现是三位疏散的红军伤员。不知他们从哪里弄来了一点小米,熬了一锅小米粥,大家围坐在火堆边分着喝。突然,"砰砰、砰砰"密集的枪声在周围响了起来,马家兵发现火光扑了过来,张排长和战友们急忙分散突围。

张排长冲出了马家兵的包围圈，借着夜色的掩护向山下走去。望着渐渐落山的残月和一闪一闪的寒星，张排长的耳边始终回响着那位大姐和重伤病员走向山崖时唱响的《国际歌》声音，他的心中升腾起一个坚定的念头：一定要为战友们报仇，革命一定能够成功。

夜幕下，张排长来到一个村庄边的独立小屋，叩开屋门，他向老乡买了几件旧衣裤穿在身上，用泥土在脸上胡乱涂了一下，再加多日没有剃须理发，蓬头垢面，他找了根白杨树枝作为打狗棍子，装扮成叫花子，一边乞讨，一边前行。

途中，张排长碰到一个受伤的红军小战士，两个人便结伴昼伏夜行，沿着沙漠边缘向着启明新升起的方向前行。

一天，两个人走进一个残破不堪的小庙。只见里面躺着一个形干骨瘦的人，正在抽大烟。

"二位是红军吧？"

张排长见无法回避，就承认自己是红军。那人起身拉他们去家里吃饭。张排长和小红军早饿得腿软脚飘，便跟着去了他家。吃过饭，他们起身谢别主人。那人一步拦在门前，说："二位跟我走一趟吧！"

"去哪儿呀？"

张排长问那人。

"上马家兵那儿去呀！"

张排长看出这个家伙是要敲竹杠，就说："这样吧，我们身上有两块银圆，给你一块放我们走吧！"

那家伙一把抢走了两块银圆，放了他们。

张排长和小战士的脚在祁连山行军打仗时都冻烂了，小战士的伤情比张排长的重一些，连日行走脚上的冻伤开始流血流脓，疼得小战士实在无法继续走路，一户穷苦人家收留了他。张排长便告别小战士，一个人继续向陕北延安前行。

张排长沿着沙漠边缘一路向东走，时而是岩石裸露的山地，时而是寸草不生的戈壁。每天晚上，他凭借北斗星摸黑走上二三十里地，白天则找个地方隐蔽起来。他沿着红军部队西进时走过的线路向东前行，避过了马家兵设下的一道又一道关卡。几个月时间的昼伏夜行，历尽千辛万苦，在一个夜晚，张排长来到了古浪县城外。他借着朦胧的月光，深情地望着这个曾经与马家兵生死搏斗过三昼夜的地方，不由得眼前浮现出那一幕幕悲壮的激战场面和一个个牺牲的战友。

"一定要到陕北去，一定要为战友们报仇！"

张排长的这个信念更加坚定，他摸黑爬上东山洼，沿大横山山脊来到了古浪东南山乡。巧的是他在东南山乡的古堡，敲开的第一个院门竟然是老五叔的家。

第三十二章
张排长率八勇士去陕北　老五叔带鄂豫皖回古堡

张排长在转战河西走廊的这数月时间里，第一次放心地在热乎乎的火炕上睡了一觉。等他从睡梦中醒来的时候，第二天的太阳已经从东山背后升起，温暖的阳光普照在东南山乡的山川大地。

"出门来晒晒太阳吧，今天是个好天气。"

老五叔见张排长醒了，就叫他出门来晒太阳。

老五叔边说话儿，便递过去一个小木凳子。张排长接过木凳，紧挨着老五叔坐在院子里。

太阳很明亮，小院很温暖。院子四周的白杨树，整齐地站立在秋日的阳光里，金黄的树叶在阳光下闪亮。几只小鸡在院子里觅食，村庄里偶尔传来几声毛驴的叫声。

"老五叔，马家兵在红石结子设下卡子了，派兵把守搜查红军人员哩。"

狍子慌慌张张地破门而入。话说了一半，见院子里有陌生人，他望了望张排长，其余的话再没有往下说。

"说吧，这是红军的张排长。"

狍子一听老五叔的话，眼睛里闪过一道亮光。他突然想起，小豆子对他说过，红军队伍里有很多的大英雄。他也能参加红军当英雄。此时，见到张排长，他心里暗想，张排长会不会带他去当红军呢？但毕竟是第一次见面，狍子不敢直言，便笑着望了望张排长。张排长也对着狍子笑了笑，算是相互打过了招呼。

"八爷说，这几天马家兵把搜查红军的事情抓得紧很。大横山阴凹青石窑洞红军伤员多、目标明显，容易被人发现。青石窑洞的人必须要分散开隐藏，或者转移到更安全地方去。"

狍子话音未落，张排长就接过狍子的话茬儿，迫不及待地问老五叔，说："大爷，你们这里有我们受伤的同志？"

老五叔点了点头。

"一共有几位？他们的伤情好转了没有？"

"大横山阴亩的青石窑洞里藏着十位红军伤员。他们的伤情大都好转了，体力也得到恢复了。"

"您老能带我去见见同志们吗？"

老五叔望望张排长的脚，有些迟疑地说："去大横山阴亩有十多里山路，灌木稠密，山路难行，我看你的腿脚也不太利索，怕去不了吧？"

"我这脚是在祁连山行军打仗时冻伤的，只是皮肉伤，没有伤筋动骨。这几个月时间里，我昼伏夜出走了好几百里的戈壁沙漠和崎岖山路，十多里山路不怕啥。"

说话间，张排长站起身子走了几步让老五叔看。张排长走路虽然有些瘸，可脚步落地坚实有力。

老五叔望着张排长笑了笑，说："等会儿，我去请郎中来给你瞧瞧，敷点药。"

"大爷，我的脚伤现在已经恢复得差不多了，就不请郎中了吧。"

老五叔从张排长的眼神里看出，他是从安全的角度考虑，拒绝请郎中治伤。老五叔笑笑说："放心好了，青石窑洞的那些伤员都是这个郎中给治伤的。"

张排长一听，没有发话，只是笑了两声。站在一边的狍子，见老五叔和张排长说话，急得抓耳挠腮，忙插话说："老五叔，我看张排长的腿脚走路也没有啥大问题。今天晚上我要去阴亩，给青石窑洞的红军送吃的，就让我顺便把张排长带过去。"

"对，对，对。大爷，我腿脚的这点伤，走路没有一点问题。今天晚上，我就跟这位小兄弟一同去见战友们吧！"

老五叔理解张排长要急切见到战友们的心情。他更清楚狍子一定要带张排长去青石窑洞的心思。他笑笑说："急不得，急不得呀！心急吃不了热豆腐，凡事都得有个斟酌。"

老五叔对狍子说:"你回去告诉八爷,下午我和西都到他家里看望他老人家。"

"嗯。"狍子对老五叔的话语心领神会,高兴地应着老五叔的声儿。他笑着望望张排长,牵上毛驴子,兴冲冲地回了毛家大庄子。

自从把小豆子、鄂豫皖和其他红军伤员们送到青石窑洞后,狍子就成了老五叔、毛八爷和毛西都与红军伤员们之间的联络员。

每隔一段时间,狍子都要上大横山去给红军伤员送粮食。有时候,他还和毛西都、铁塔"抽空"到大横山去,带着小豆子和其他几位轻伤员,教他们识别人可食的黄花菜、猪耳朵、柳花菜等野菜和蘑菇、地骨皮等野生菌,教他们布"扣子",设"夹子",捕野兔,捉嘎达鸡,以此来弥补粮食不足的问题。

夕阳,群山。"嘎嘎",一群大雁一会儿排成一字形,一会儿排成人字形,缓缓向南飞去。

秋风起兮白云飞,草木黄兮雁南归。狍子和小豆子放下手中的野菜篮子,静静地坐在石崖上眺望着远去的大雁。落日的金光把稍微靠近的流云映的通红,连绵不断的山峦间,升起一股朦胧的淡雾,飘绕在远处的群山之间。秋林映着落日,那酡红如醉,衬托着天边逐渐加深的暮色。

秋风微微吹来,寒凉随风款款而至。一阵风过,几片枯黄的树叶恋恋不舍地离开了树干,打着旋儿,飘落在小豆子身边。他缓缓地捡起一片落叶,黑黄的颜色,边儿早已碎败。他睹物思情,一股离愁别绪淡淡地萦绕在他的心头,便伏在狍子的肩膀上,轻轻地唱了起来:

  一送里格红军,介支个下了山,
  秋风里格细雨,介支个缠绵绵,
  山上里格野鹿,声声哀号,
  树树里格梧桐,叶呀叶落光,
  问一声亲人,红军啊,
  几时里格人马,介支个再回山。

三送里格红军，介支个到哪山，
　　山上里格苞谷，介支个金灿灿，
　　苞谷种子介支个红军种，
　　苞谷棒棒，咱们穷人掰，
　　紧紧拉住红军手，红军啊，
　　撒下的种子，介支个红了天，
　　紧紧拉住红军手，红军啊，
　　撒下的种子，介支个红了天……

　　小豆子的歌声随着晚风飘荡在大山间，随着歌声红军伤病员们仿佛又回到了那烽火连天的老革命根据地，见到了依依不舍的亲人们，大家都情不自禁热泪盈眶，情深地哼唱了起来……

　　最后一抹晚霞照射在小豆子、鄂豫皖和红军伤员们动情的脸上，天色渐渐暗了下来，日暮时的宁静让人觉得平添几分寂寞。苍苍莽莽的大横山沉默着，淡淡的几抹悲凉和愁绪袭上小豆子和红军战士们的心上。离开部队数月时间了，他们无时不在想念着组织、想念着红军部队、想念着出生入死的战友。

　　小豆子和红军伤员们给毛西都、狍子、铁塔他们唱的歌曲，讲述红军反"围剿"和长征路上的故事。

　　"现在中国被日本人侵略了，在这国难当头的时候，我们中国人不打中国人，要打日本帝国主义。可马家兵硬要和红军打仗，要消灭红军。"

　　"外面的人都骑到我们中国人的脖子上拉屎拉尿了，这马家兵不去打日本人，为啥还要和红军打仗呀？"

　　"共产党要联合抗日，打倒日本帝国主义，打倒卖国贼，救中国，救穷人。红军是为劳苦大众打天下，要让全国穷人，人人有田种，永不交租子，永世万代不做地主剥削阶级的牛马奴隶。他们代表着地主资产阶级的利益，我们闹革命，求解放，要伤害他们的利益。所以，他们不答应，他们和我们劳苦大众是对立的。"

　　"现在共产党天天闹革命，红军势力一天比一天强大了。我们一定会打倒反动统治者，建立我们自己民主自由的国家。"

鄂豫皖伤势较重，不能走路，他就躺在窑洞里借着洞口透进的光线，经常性地给毛西都、狍子、铁塔他们讲述宣传革命道理，使他们渐渐明白了共产党是人民的大救星，红军是穷人的队伍，是为劳苦大众打天下、求解放。

"小豆子，你知道红军的大部队现在在哪里吗？"

"党中央毛主席在黄河东岸，我们红军的大部队一定也在黄河东岸。"

"你还要去找红军的部队吗？"

"我们一定要回去，要去找我们红军的部队。"

说到这里，狍子发现小豆子的眼睛里涌满了泪花，稚嫩的脸上却是坚定和刚毅。

"你们啥时候去找红军部队呀？"

小豆子认真地想了想，说："鄂豫皖他们几位同志的伤重，现在暂时还不能长途行军。等他们身体好转了，我们一块儿去找我们的红军部队。"

"你能带我去参加红军吗？"

小豆子一听兴奋了起来，说："狍子哥，你和乡亲们救了我们的许多同志，红军队伍一定会欢迎你的。"

当红军的想法就像藤蔓缠绕在毛西都、狍子、铁塔他们的心头，随着时间的推移，越缠越紧，越缠越紧。每次听完小豆子、鄂豫皖和红军战士们讲的革命故事，他们参加红军信心愈发坚定。这次，见到张排长，狍子参加红军欲望排山倒海的涌来。他暗想，一定要找机会，跟着张排长去当红军。

天色临近黄昏的时候，老五叔和毛西都带着半袋小米来到了毛八爷的家里。

毛八爷见布袋子里黄灿灿的小米，说："眼下家家都缺粮断顿，你哪来的这么好的小米呀？"

老五叔笑而不语，心直口快的毛西都说："八爷爷，实不相瞒，这是黄大麻子孝敬老五叔的。"

毛八爷轻捻银须，笑盈盈地说："小米是个好东西呀，不仅味美，而且营养丰富，养胃补气血，安眠润肠道，是受刀枪之伤者滋补的最好食品呀！"

说到这里，毛八爷爷突然停下来话来，问道："老五呀，你怎么和黄大麻子这种人瞎掺和在一起了呀？"

老五叔一脸尴尬,"呵呵"地干笑了两声算作回答。

在这兵荒马乱,苛捐杂税多如牛毛的年代,要解决十个人的吃饭问题,确实不是一件小事情。自从把红军伤病员从古堡转移到了大横山阴岇的青石窑洞里之后,为了解决他们的吃饭问题,老五叔、毛西都和古堡的乡亲们家家节衣缩食。但是,乡亲们都不宽裕,仅靠大家的接济,并不是长久之计。老五叔抹下老脸,四处"化缘"。为筹措粮食,他费了不少的周折和心血。有时候,他甚至不惜改变"冻死迎风立,饿死腆肚皮"硬汉性格,向黄大麻子也"化起了缘"。

毛八爷从毛西都的口中知晓,这半袋子小米,是黄大麻子为感激老五叔在横梁山的那次不杀之恩而孝敬他的。黄大麻子派来送米的人刚一走,老五叔就急着让毛西都把这半袋小米送了过来。

"老五呀,我错怪你了。"

毛八爷的口气中略带自责。

"八爷呀,您老对我们晚辈教导对着哩,不论到了啥时候,我们都不交不三不四的人,不吃不明不白的饭,不拿不干不净的钱,不做缺八辈子德的事情呀!"

毛八爷笑着,伸手抓起一把布袋子里的小米,用手轻轻捻了一下,说:"好米呀。有好几年,我也没有见着这么好的小米了。"

老五叔忙说:"留下一碗吧,您老熬个小米粥喝喝。"

毛八爷一听,连忙摇头,说:"舍不得,舍不得呀!"

毛八爷边扎装小米的布袋子,边说:"秋天到了,天气凉了。受伤的人,更需要补充热量。我让狍子连夜把这些小米送到青石窑洞去。"

毛八爷说着话儿,就让人去叫狍子。

天完全黑下来的时候,铁塔带着张排长也赶到了毛八爷的家中。之前,老五叔和毛西都把送张排长上大横山,去青石窑洞见红军伤员的事情,已经给毛八爷说过了。毛八爷语重心长地对老五叔说:"老五呀,就按照你和西都的想法去办吧。能走的就让他们走吧,他们红军是干大事情的人,不能都留在这里,耽误了事情。再说了,马家兵也不容我们长时间挽留他们呀,要是被马家兵发现了红军伤员可就把事情闹大了呀!"

　　毛八爷让狍子把乡亲们凑起来的面粉、小米、山药、萝卜等装在褡裢里，毛八奶奶提着一个红柳条筐，颤巍巍地走了过来，说："把这些烫面饼子也带上吧。"

　　毛西都接过红柳条筐，揭开盖在筐上面的麻纸，一股烫面饼子的清香味儿扑鼻而来。

　　"别动。"

　　毛八奶奶见毛西都揭开了盖在筐上面的麻纸，颠着小脚儿走了过来，在毛西都的手上打了一巴掌，重新把那张麻纸盖好，说："盖在上面的麻纸不能揭开，这样烫面饼子送到山上还是软乎的。"

　　毛西都望望毛八奶奶，做了一个鬼脸。屋子里的人，都被毛八奶奶的举动惹得笑了起来。

　　一切准备就绪，毛八爷拄着拐棍把大家送到院门口时，一再叮嘱老五叔说："老五呀，遇事要多思考，一定要照顾好张排长他们呀！"

　　"您老就放心吧，有啥不明白的事儿，我一定向您老请教。"

　　"好，好，好。去吧，一路上多操心。"

　　老五叔告别毛八爷后，和张排长他们连夜上大横山去了。

　　夜黑如墨。

　　毛驴识途。

　　自打把红军伤员转移到青石窑洞，狍子和他家的这头灰毛驴子每隔几天时间，就上大横山，去阴圸青石窑洞送一次吃的食物。灰毛驴子驮着褡裢，在黑夜里走在前面，狍子、张排长和老五叔他们紧随其后，沿着崎岖山路，在茫茫夜色中向大横山阴圸前行。

　　到了大横山山顶上的时候，晨曦微露，给群山披上了一层淡淡的银色。大家都觉得又困又乏，席地而坐，休息一阵儿。狍子丢开了毛驴子的缰绳，让驴子自由地啃食野草。毛西都和铁塔、狍子围坐在张排长身边，听他讲红军队伍里的故事。

　　老五叔从腰里抽出旱烟锅子，独自坐在一块大石头上抽起了旱烟。他举目眺望着朦胧晨色中起起伏伏的群山，扯开了他尘封多年的思绪：自从雪莲母亲难产离他而去，他一人艰难地拉扯雪莲长大，颠沛流离几十年，遭受天灾兵祸，常常食不果腹，饱受了多少屈辱和压迫。想起这一幕幕辛酸的往事，老五叔潸然泪下。他不由得对自己发问：这样的日子啥时候才是尽头？

游走在河西走廊摆摊卖艺时，老五叔也耳濡目睹受到过进步人士革命道理的启发影响。这几年，他多次听过卫国和尕香的宣传。但是，他们说的那些革命道理，对老五叔来讲，一直是懵懵懂懂的。自从他遇到红军的陈政委，给红军郎中小英子他们带路，在古浪县城的战斗中，他所见所闻的那些悲壮生死……尤其是在这段时间里，他与鄂豫皖、小豆子等红军伤员的接触，和张排长的促膝长谈中，他渐渐明白了一个道理，天下穷人不是天生命里就穷，而是社会的不公平，造成了穷人辈辈受穷。

"要想穷人翻身过上好日子，就要团结起来跟着共产党闹革命。"

老五叔耳边回想起卫国的话语，他忽然意识到，这辈子自己总以为仗义侠胆，救苦救难"英雄一世"。其实，只是朴素侠义之下的草莽行动罢了。共产党才是天下穷苦百姓的大救星，红军才是救苦救难的大英雄。给红军的部队带路，救助红军伤员……这段时间，自己所干的这些事情，才是真正的英雄壮举。想到这里，老五叔的心里豁然亮堂了许多，他不由得轻轻地哼起了欢快的地方民歌：

正月里来是新春呀，青草芽儿往上升呀哎嗨哟；天凭上日月，你就人凭上心哎，人凭上心哎，杨丝柳叶儿青……

老五叔的歌声，划破了大横山晨曦中的宁静。

张排长和大伙儿抬头，向老五叔望去，歌声戛然而止。老五叔"哈哈"一笑，站起身子来，把旱烟锅子用力地在鞋帮子上磕了两下，插进蓝布腰带里，紧紧腰带，大声喊："上路喽！"

"好嘞！"

狍子应着声儿，牵上毛驴子带着大家沿着崎岖山路继续向青石窑洞的方向前进。

黎明，推开了夜色的朦胧，东边的天际露出了鱼肚白。

秋日渐短，秋风渐凉。深秋的晨风，尽管微微吹来，但依然带着几分寒意。

狍子裹紧身上的蓝布褂子，赶着毛驴子走在前面。他接着老五叔先头的歌声，扯开了嗓子唱了起来：

正月里来是新春呀，
青草芽儿往上升呀哎嗨哟；
天凭上日月，
你就人凭上心哎，
人凭上心哎，
杨丝柳叶儿青。
三月里是清明呀，
桃花不开杏花红呀哎嗨哟；
蜜蜂儿来去，
你就忙做工哎，
忙做工哎，
杨丝柳叶儿青。
五月里来午端阳呀，
杨柳沙枣插门窗呀哎嗨哟；
雄黄儿药酒，
你就闹端阳哎，
闹端阳哎，
杨丝柳叶儿青。
七月里来七月七呀，
天上牛郎配织女呀哎嗨哟；
织女嘛本是，
你就牛郎的妻呀；
牛郎的妻呀，
杨丝柳叶儿青。
十二月里来一年满呀，
金脂银粉都办全呀哎嗨哟；

打打呀扮扮，

　　你就过新年呀，

　　过新年呀，

　　杨丝柳叶儿青……

　　狍子在前面唱得乡音乱颤，毛西都、铁塔在后面随和的声儿跑腔走调，用古浪东南山乡地方方言唱出来的西北民歌，别有一番情趣和味儿。

　　老五叔和张排长听得入迷，跟着调儿，打着拍子，迈开步子向着太阳即将升起的方向大步前行。

　　"狍子哥，狍子哥！"

　　小豆子听到狍子的歌声，大老远就喊着跑了过来。小豆子和狍子紧紧地抱在一起，相互问候着。突然，狍子说："小豆子，你看谁来了！"

　　小豆子抬起头来，望着老五叔、毛西都、铁塔，当他把目光移到站立在大家身后的这位陌生人的脸上时，他吃惊地张大了嘴巴，半天说不出话来。

　　"小豆子！"

　　张排长笑着走了过来。

　　"张排长！"

　　小豆子忽然大喊了一声，便扑向张排长的怀里，号啕大哭起来。

　　"刚才鄂豫皖还说，他昨天夜里梦见我们的红军队伍回来了，没有想到你今天真来了！"

　　"他们人在哪里？"

　　"在青石窑洞里。"

　　小豆子站起身来，向石窑洞方向指着，便大声喊："张排长回来了，张排长回来了！"

　　青石窑洞口出现几个人影，在不停地招着手，张排长和老五叔他们快步向青石窑洞跑去。

　　太阳升起来了。

　　金色的阳光从青石崖顶上射了下来，一束光亮照得青石窑洞口一片光明。红军伤病员们紧紧地抱住张排长笑着、哭着，相互问候着。

两位伤病员把鄂豫皖从青石窑洞里搀扶了出来。张排长快步走过去,紧紧地握住鄂豫皖的手,两个人相视无语。良久,泪水顺着张排长和鄂豫皖的脸颊扑簌簌地流了下来。

"你是首长派来,接我们回部队的吗?"

"你带来了多少同志,其他的同志们呢?"

"我们的大部队,现在到哪里了?"

红军伤病员们问个不停,张排长没有立即回答大家的问话,只是默默地望着大家。大家突然意识到了什么,呆呆地盯着张排长的脸,不再说话了。他们心中的梦已经旷日已久,这个梦,就是能早一天回到党的怀抱,回到红军队伍中去。

等大家的情绪稍微稳定了一些后,张排长把红军在西进中的经过给大家慢慢地讲了一遍。大家听着,都低头默不作声。

青石窑洞里的红军伤员与红军部队失去联系的几个月时间里,他们无时不在想念着党组织,想念着红军队伍,想念着朝夕相处的战友们。听了张排长带来的这个不好的消息,刚才久别相逢的高兴劲儿顿时烟消云散,大家都静悄悄地坐了下来,人人心重如铅,陷入长时间的沉默之中。

突然,小豆子"哇"的一声大哭起来。大家忽地一下拥抱在一起,这些铮铮铁骨的汉子们面对马家兵的屠刀没有落泪,面对极其艰苦的环境始终保持乐观的心态,但此时听闻部队西行受创,个个声泪俱下,号啕大哭。

过了片刻,张排长抹去泪水,大声说:"同志们,虽然我们的部队在祁连山受挫了,我们的许多战友牺牲了。但是我们红军的队伍还在,我们救中国、救穷人的事业,还在继续进行。"

大家停止了哭声,慢慢地抬起头来,大家的眼里充满了坚毅的目光。张排长望着这些出生入死的战友们,虽然人人负重伤,身处十分艰苦的环境,却依然心向党,心向革命,心情十分激动。他擦干泪水,鼓舞大家的信心,说:"同志们,我们一定要坚定革命的信心,一定要到陕北去,找到党中央,找到红军队伍,给牺牲的战友们报仇!"

"对,我们要到陕北去。"

"我们要找到党中央,找到红军队伍。"

"我们要给牺牲的战友们报仇！"

……

经过张排长的一番安慰和鼓动，大家低落的情绪又慢慢恢复了起来。张排长说："是共产党员的请举手。"

"我是共产党员。"

"我是共产党员。"

鄂豫皖、小豆子等先后有四人举起了手。

张排长和鄂豫皖商议后，决定成立临时党小组，张排长任党小组长。随即，张排长主持召开了党小组会议，邀请老五叔和毛西都参加了党小组会议。

"现在大家的伤情有所好转了，体力也得到了逐步的恢复。马家兵搜查得紧，我们必须尽快离开这里，把同志们带到红军的部队中去。"

鄂豫皖接着张排长的话，坚定地说："张排长说得对，我们的事业还没有完成。不论条件多么艰苦，我们一定到陕北去，到我们红军的队伍中去。"

小豆子迫切地说："对。我们一定要去陕北，找到党中央，找到红军的部队，给牺牲的战友报仇。"

老五叔对张排长说："去找到红军部队是对的。眼下，马家兵搜查得很紧，在各个路口和村庄都设了卡子，大路是绝对不能走的。走小路，山大沟深路险，很容易迷失方向，就让狍子和铁塔给你们去带路，山间小路他们都熟悉。"

张排长紧紧握住老五叔的手，激动地说："谢谢大爷。谢谢乡亲们。"

毛西都思考了一会儿，说："现在鄂豫皖和小白的伤刚有好转，但是还无法长途行军，把他们留下来吧？"

张排长低下了头，没有说话。鄂豫皖坚定地说："就是上刀山下火海我们也要去找党中央，去找红军的队伍，就是死我也要死在去陕北延安的路上。"

老五叔语重心长地对鄂豫皖说："你们的伤情实在无法长途行走，一定随大家走只能拖累大家。西都说得对，你和小白留下来，等伤情好转，我让西都送你去找红军。"

张排长握住鄂豫皖的手，说："鄂豫皖同志，你是老党员、老同志。大爷说得有理，你和小白留下来，等伤情好一点再回部队。现在我们所处的环境比较恶劣,你一定要服从大局呀!"

鄂豫皖不再说话,只是点了点头,眼里噙满了泪水。

最终,张排长主持召开的党小组会议,做出了三项决定:一、根据目前马家兵开始全面搜查红军伤员的严峻形势,决定由张排长带领伤势好转体力得到恢复的八位红军战士,立即离开古浪东南山乡,东渡黄河,去陕北延安寻找党组织,寻找红军大部队。二、由于鄂豫皖、小白伤势严重,目前依然无法长途行走,暂时留下来,就地隐蔽,继续救治,待伤情好转,体力恢复后,再寻找机会东返延安。三、古浪东南山乡地势复杂、山脉纵横,避开大路沿山脊而行,很容易迷失方向走错路。为了减少路途上不必要的麻烦,根据老五叔的建议和狍子及铁塔的请求,同意让他们去给张排长带路。

张排长郑重地把党小组会议的决定向全体红军伤员传达后,大家都很高兴,相互鼓励,一定要到陕北去,找到党中央,找到红军部队,为牺牲的战友报仇。

突然,蹲在人群后面的小白放声大哭了起来。斜躺在地上的鄂豫皖,轻轻地抚摸着小白的头,说:"不哭,等我们的伤好一点,能走路了,我带你去陕北,去找党中央和我们红军的部队。"

老五叔给大家做了一锅稠稠的山药拌面汤。大家吃完饭后,老五叔把从山下带来的粮食分了,每人带了一份,踏上了去陕北延安的路途。

天很蓝,云彩很白。

晴朗的天空里,团团白云像弹好的羊毛,慢慢地飘浮着。极目大横山,满山遍野的灌木色调斑驳,那一簇一簇的鸡爪柳红得似火,在秋日阳光的照耀下,似一团一团的火焰在燃烧着,红红火火。

老五叔、毛西都搀扶着鄂豫皖和小白静静地站在青石崖上,泪花在大家的眼眶里打转。

张排长带着伤势好转且体力逐渐恢复的八位红军伤员,行走在大横山高高的山梁上。他们走出很远了,还忍不住回过头来,向仍伫立在青石崖上送别他们的老五叔、毛西都和鄂豫皖、小白不停地挥手,依依惜别……

第三十三章
鄂豫皖回到兰州八办　毛西都如愿随行延安

傍晚的时候，郎中喜子悄悄地来到老五叔家。他一跨进老五叔家的门槛就问："张排长他们走了吗？"

"走了。因鄂豫皖和小白腿脚不利落，只能留下来。你要仔仔细细地给他们检查一下伤情。"

喜子向老五叔点点头。老五叔掌着油灯，带着喜子进了他家书房的夹皮里。郎中喜子仔细检查完鄂豫皖和小白的伤情后，对老五叔说："小白的脚冻烂后没有得到及时的治疗，发生大面积的溃烂化脓，现在伤口愈合了，处于恢复阶段，只是无法长途走路，要保护好创伤部位，休养一段时间，就能恢复痊愈。现在伤情严重的是鄂豫皖，他腿部的这三处刀伤，受冻后炎症一直没有彻底控制住。在青石窑洞里休养的这段时间里，洞里潮湿，久不见阳光，已经出现了浑身浮肿的现象。"

小白重新回到古堡后，情绪比较低落，始终郁郁寡欢。鄂豫皖鼓励和开导小白说："小白呀，郎中刚才说，你的伤马上就好了。等我们伤情好一点，能行军走路，我就带你去找红军部队。"

小白毕竟只有十四岁，年龄还小。他听了郎中喜子和鄂豫皖说的话，情绪逐渐好了起来。

郎中喜子给鄂豫皖清洗完伤口，敷上药膏，用布条精心包扎好，又开始给小白在伤处敷药膏。老五叔没有说话，蹲在他们的旁边，掌着油灯，不停地抽着旱烟锅子。

突然，有人敲击夹皮的墙。大家一听这有节奏的敲击声，知道来人了。郎中喜子停止了手中的活儿，老五叔呼地一口吹灭了油灯。顿时，夹皮里一团漆黑。

过了一阵子,夹皮的进口打开了一个缝儿,透进一丝儿亮光来。雪莲轻声说:"出来吧,人走了。"

老五叔重新点亮了油灯,郎中喜子包扎好小白的伤口,两个人慢慢地从夹皮里走了出来。

"爹,余掌柜来找您了。"

"人呢?"

"走了。"

"他没有说找我有啥事儿?"

"他问您去哪里了?我说去毛家大庄子看八爷爷了。余掌柜让我告诉您,不论迟早,只要一回家,就请您去一趟福盛商行,说完就慌慌张张地走了。"

"大概余掌柜有啥要紧的事情。"

老五叔低声念叨着。郎中喜子和雪莲都点了点头。老五叔送走郎中喜子,天色尚早。他对雪莲说:"我去一趟余掌柜那里。"

雪莲会意地点点头,老五叔便大步流星地向东南山乡集市走去。

余掌柜匆匆而去,匆匆而来。二拐子一听,余掌柜没有见到老五叔和毛西都,急得直搓手,说:"这可怎么办哩?"

余掌柜忙对二拐子说:"我给雪莲说过了,只要老五叔回家,不论迟早他都会来一趟我这里的。"

说话间,耳闻"哐当哐当"有人推门。余掌柜给店伙计尕德子递了个眼色,尕德子一溜烟就去开门。

"老五叔,您老可是无事不登三宝殿呀!什么风把您老人家吹来了?"

"今天的西北风刮得大,就把我吹来了。"

老五叔和尕德子风趣的对话,在屋子里的余掌柜、二拐子听得真真切切。余掌柜知道,这是尕德子给他传递信息:老五叔来了。余掌柜和二拐子相互对视一笑。

"余掌柜在家吗?"

老五叔进了福盛商行的院子,就大声地对着屋子里喊。

"在家,在家。老五叔您老请。"

余掌柜满面红光地从屋子里迎了出来,老五叔推开了余掌柜的堂屋门,忽见二拐子闪身躲进了套屋子里。

"老五叔,让您老跑一趟,实在不好意思。您坐,您坐呀!"

余掌柜忙着给老五叔让座,尕德子便把养生茶端了上来。老五叔匆匆赶路,觉得有些口干舌燥。他没有客气,一落座,美美地喝了一口茶,说:"余掌柜,你这茶不错,人也不错,我还要感谢你哩!"

余掌柜一听老五叔夸奖自己,心里比喝了蜜蜂水还甜。他先去关了门,又低声对老五叔说:"据可靠消息,明天马家兵要来古堡搜查红军哩。"

"是二拐子说的吧?"

"老五叔您低声点,可不能让外人听到呀!"

"隔墙有耳,声音再低也会听到的。"

老五叔边说边望了望余掌柜的套屋子。

"啥事情也瞒不住您老呀!"

二拐子一边说话,一边一瘸一拐地走出了套屋子。余掌柜显得有些尴尬,"呵呵"地笑了一笑。

二拐子还没有落座,就急着说:"老五叔呀,实不瞒您,有人说大横山阴亩青石窑洞里藏着红军人员哩,马家兵要来搜山。刘乡长让我给您老来传个话儿,这次万万不可粗心大意呀!"

老五叔一听心里不由一惊,但他脸上不露声色,对着二拐子说:"刘乡长最近可好吧?"

"好,好,好。"

二拐子边说边端起桌上的一杯酒,一饮而尽。老五叔端起酒杯说:"兄弟是个性情中人,我敬你一杯。"

二拐子急忙接过老五叔手中的酒杯,说:"使不得,使不得,我只是刘乡长的传话筒,哪有您老给我敬酒之理!"

"兄弟呀,你可自谦了。我们可从来没有把你当成刘乡长的传话筒。你就是我们东南山乡百姓的父母官,保护一方百姓的平安,就是你父母官的职责呀!"

老五叔的几句奉承话，让二拐子顿时觉得有些飘飘然。他说："老五叔呀，高抬我了，实在是高抬我了。您老是明理儿的人，有些话，我就不必明说了。"

"说得极是，说得极是呀！兄弟的话就是刘乡长的意思，这理儿，我明白。不过，你兄弟的这个情分我记着，你兄弟的好意，我也领了。天色不早了，我就不打扰了。"

老五叔说完话儿，起身告辞就走。此时的二拐子，被老五叔的一番夸奖，有些得意忘形。他从椅子上欠欠身子，面红耳赤地说："老五叔，不送了，不送了。"说话间，他又端起酒杯，自斟自饮，连喝了几杯青稞烧酒。

到了福盛商行的大门口，老五叔回头轻轻拍了拍余掌柜的肩膀，没有说话，便快步向古堡走去。

余掌柜站在商行门口，抚摸着老五叔拍过的肩膀，心里觉得格外舒畅。人被信任是一件幸福的事情。余掌柜从最近经历的一些事情中，他明显感觉到，老五叔、毛西都改变了过去对他的看法，已经把他当作知心朋友。

第二天一大早，一阵杂乱的马蹄声和狗叫声之后，十几个马家兵挎着枪，骑着马，冲进了古堡。顿时，整个村庄里鸡飞狗叫，吵吵嚷嚷，一片嘈杂。

马家兵在古堡里闹腾一个上午，没有搜出红军伤员。他们没有抓到身强力壮的男人，就让毛三爸带他们去大横山，搜查红军人员。

毛三爸胆小怕事，鼻涕一把泪一把地对马家兵诉苦说："长官呀，阴屲的青石窑洞我只是听说过，并没有去过，我不知道去那里的路怎么走呀！"

毛三爸说的实话。他是古堡里唯一一位不会捕猎的男人。他的生命时光，多是在古堡和古堡附近的农田里度过的。年轻的时候，他没有多去大横山，上了岁数的这些年月，他把主要精力放在了看护小孙子的身上，基本没有走出过古堡。

马家兵不信毛三爸说的话，以为他故意不带他们去大横山。一位满脸横肉、又矬又丑的马家兵走上前来，朝着毛三爸劈头盖脸就是几马鞭子，老人的脸上立刻出现了几道血印子。藏在夹皮里的毛奎，从墙壁的裂缝里，把这些看得清清楚楚。他不顾一切地冲出来，扑向那位打人的马家兵。站在院子里的其他几位马家兵扑过去，把他按倒在地，五花大绑绑了起来，押着他去大横山搜红军人员。

马家兵押着毛奎，推推搡搡地走出了古堡，朝着大横山前行。突然，毛西都从一片野白杨树林子里大步走了出来，拦住了马家兵的去路。他大声说："长官，放了他吧，去大横山的路我熟悉，我带你们去。"

马家兵见毛西都自愿带他们去搜查红军人员，就放了毛奎。毛奎在毛西都的脸上看出了其中秘密，搓搓被绳子捆绑的有些发麻的双手，没有说话，就大步流星地回了古堡。

毛西都带着马家兵向大横山方向走了。

山路狭窄得可怜，隐藏在茂密的灌木丛，若隐若现，弯弯曲曲，忽上忽下，如一条游蛇。毛西都带着马家兵艰难地向大横山顶上爬去。突然，一位马家兵吼起了"花儿"：

东山的云彩西边来，
西北风吹给些雨来；
家里的尕妹丢下了，
想得心蛋儿打战着哩！
一天里想你着满巷道转，
人问是我在浪一哈哩；
一晚系想你着满院子转，
人问是我在抓贼着哩。
……

"别号了，号你爹的屎哩！"

满脸横肉、又矬又丑的那位马家兵一声粗野蛮横的叫骂声，使这凄婉悲凉的"花儿"声戛然而止。此时，鄂豫皖和小白正躺在大横山脚下，七古堆湾的山坡上晒太阳。

昨天晚上，老五叔从余掌柜那里回来，就急忙把鄂豫皖和小白转移到了大横山脚下的七古堆湾。这里，留有从前人们在黄羊川河里淘金时居住过的"地窝子"。

没有人在这一带活动，时间长了，"地窝子"周围长满了一米多高的芨芨草。鄂豫皖和小白就躲藏在芨芨草丛中。这几个月时间里，鄂豫皖在青石窑洞里很少见到太阳，今天他终于可以躺在山坡上舒舒坦坦地晒晒太阳了。

阳光从野白杨树冠缝隙里挤了进来，温暖地照在鄂豫皖的身上。他觉得因为阳光，周围的一切都变得那么生动。阳光犹如一种温柔细致的抚摸，抑或像春雨对禾苗的微笑，使鄂豫皖的身体和心灵都觉得舒服极了。

毛西都带着马家兵七拐八弯地登上大横山山脊，来到阴匝青石窑洞的时候，太阳都快要落山了。

深秋时节，大横山的阴匝里风大。

秋风一个劲儿地吹，掠过鸡爪柳梢，发出呜呜的声响，灌木的落叶漫天飞舞着，似鸟飞亦像蝶舞。

马家兵站在青石窑洞口，望着黑黢黢的窑洞，对毛西都说："带我们进去看看。"

"长官，这青石窑洞可是黑瞎子的老窝，进去可就出不来了。"

马家兵一听，谁也不敢往前走一步。只好对着窑洞喊了几声，又朝窑洞里放了几枪。枪声惊起了几只在灌木丛中歇息的黄羊，那灵物"噌噌"的几个蹦子，就跑得无影无踪了。

马家兵点燃了青石窑洞口已经枯黄的臭蒿子草，黑黑的浓烟夹裹暗红的火焰和臭蒿子草的异臭味儿，浩浩荡荡直冲云天。

太阳慢慢隐藏到西山背后去了，天色渐渐暗了下来。太阳把尾随而至，降落在西山顶上的一片乌云，烧成了紫红色。

一无所获，疲惫不堪的马家兵开始下山。

马家兵为了搜查红军人员，在各村庄的路口都设了路卡，派人日夜把守着。给躲藏在七古堆湾山坡上的鄂豫皖、小白送吃食，带来了很大的困难。老五叔和毛西都商议后，把鄂豫皖和小白分开来隐藏。

小白只有十四岁，便于隐藏，被一位好心的人家领走。鄂豫皖白天隐藏在大横山的灌木丛中，晚上栖身在七古堆湾的"地窝子"里。老五叔、毛西都和古堡的人，利用放牲口干农活，找机会偷偷地把食物送到"地窝子"。

"我要到延安去，找红军部队去，要为牺牲的战友们报仇。"

一天夜晚，月淡星疏。鄂豫皖坐在山坡上，深情地望着东方，坚定地对毛西都一字一句地说。

一个多月时间里，鄂豫皖接受着喜子的精心治疗。同时，他利用在大横山游动式隐蔽的机会，加强运动锻炼，伤情和身体恢复得都很快。虽然，他走路依然还有一点瘸，但是伤口完全愈合，体质也明显增强了。

"走就走吧。"

毛西都见鄂豫皖去意已定，便说："现在你的腿还没有彻底好，我送你一程吧。"

鄂豫皖望着毛西都说："你腿上的伤也没有完全愈合，能行吗？"

"走路没有问题。不信，我们俩来个走路比赛。"

"比赛就比赛。"

月光下，山坡边。鄂豫皖左腿瘸，毛西都右腿瘸，两个人一先一后，在山路上奔跑，没有跑出十几丈远，就先后跌倒在路边，两个人哈哈哈大笑着，使山野的夜晚灵动了起来。

晨曦微露，地上一层晨霜。鄂豫皖千恩万谢地告别老五叔和古堡的乡亲们，鄂豫皖和毛西都踏上了去延安找红军队伍的路途。

到了晌午时分，他们沿大横山山脊来到了横梁山。初秋的一场暴雨引发的山洪，冲毁了他们前行的山间小路。无奈之下，他们二人便拐道上了大路。刚过了红土坡，毛西都就见身后的山路上，扬起一阵阵的尘土，传来杂乱的马蹄声。

"马家兵来了，跟我来。"

毛西都一把拉上鄂豫皖急忙转过一个小山头，来到一个长满芨芨草的一条小山沟里。他找到一个山洪冲刷而成的水旋湾，对鄂豫皖说："你口音与本地人不同，一说话就会被马家兵发现。你藏下来，不要乱跑，等我支开这些马家兵，再来找你。"

毛西都把身上带的干粮和行囊全部交给了鄂豫皖，然后，他拐过山梁，沿着大路大步走去。

"尕娃，见到红军没有？"

毛西都刚上路，就和马家兵碰了个照面。

"长官，没有见到过红军。"

毛西都边回答，边往前大步走。鄂豫皖就藏在他身后的不远处，为了鄂豫皖的安全，他急着要引开马家兵。

马家兵策马追了上来。

一位穿马靴的马家兵，手提着马鞭子，走过来顺手就朝毛西都的脸上抽了一马鞭，说："驴日的，你往哪里跑？"

马家兵的一马鞭下去，毛西都的脸上出现了斜斜的一条血印子。他用手捂着脸，慢慢地蹲在地上，鲜血顺着他的指头缝儿，滴滴答答地往下掉。

另一位马家兵走上前，在毛西都的屁股上踢了一脚，大声喝问："去古浪东南山乡的路，怎么走呀？"

"就顺这条路，一直往西走。"

毛西都一边回答，一边用手往西面的山口指了指。

"问啥哩，让他给我们带路！"

穿马靴的马家兵一挥鞭子，几位马家兵上前，连拉带推，押着毛西都向西走。

"长官，我要回家。我家在东面不远的杆子川河。我要回家，你们怎么把我带到西面去呀？"

马家兵并不听毛西都的抗辩，用绳子绑住他的手，拴到马鞍上。马家兵上了马，毛西都跟在马家兵的马后面，往西走去。

毛西都知道，这时候的马家兵是不会放开他的。他边走边偷偷地解开了绑在手上的绳子，随时准备逃跑。

山大路陡，沟多湾急。

毛西都在路过一个山坡的时候，早就注意到，过了山坡前面的山嘴子，有个不太高的黄土山崖，崖下面有个草窝子。出了草窝子，是一条山洪冲刷而成的弯弯曲曲、自西向东的干河沟。

转过这个山嘴子，毛西都便猛跑两步，顺山崖跳了下去。毛西都在草丛中连滚带爬地站起来，顺着干河沟往前跑，转了两个弯儿，他才听到身后传来了几声枪响。他回头望望，不见有人追来，就沿干河沟拼命地向前跑。

浓厚的夜色把山川、田野、道路、村庄掩盖得严严实实。时值深夜，毛西都和鄂豫皖在大横山上转了一天，没有走过马家兵设在各路口子上的卡子，只好又回到了古堡。

"沿途关卡重重，只要我们一下横山，就有马家兵巡逻队搜查。鄂豫皖走路的样子和说话的口气，一举一动都不像我们本地人，原路返回的这条路，根本走不通，得另想个办法呀。"

老五叔听完毛西都说的话，点了点头，说："卫国回来了，他说现在共产党和国民党合作了，看他有啥办法能帮助鄂豫皖回延安。"

毛西都一听，一天的疲惫和不愉快顿时烟消云散，急切地问老五叔："卫国在哪里？"

"走，我和你一起去"。

五爷爷和毛西都把鄂豫皖藏好后，乘着夜色悄悄地来到了百草济世堂。

油灯的灯芯在努力地燃烧着，给黑夜带来微弱的光明。卫国说："西安事变之后，共产党和国民党进行第二次合作，团结起来抗日。中共中央革命军事委员会发布命令，驻陕甘宁边区的中国工农红军三大主力改编为八路军。"

老五叔、毛西都、喜子静静地听着卫国的讲述，灯光照在大家充满喜悦的脸上。毛西都突然插话问卫国："共产党和国民党合作了，就成一家人了。马家兵怎么还搜查追杀红军哩？"

"马家兵顽固透顶了，他们明里表示与共产党合作，暗地里却对共产党和红军伤员进行疯狂抓捕杀害。凉州地下党组织被破坏，进步学生无法在城市活动，就分散到农村秘密活动。现在，马家兵把反共的触角延伸到了农村。地下党组织决定，让一批进步学生秘密奔赴延安。过几天，我、尕香和几位进步学生，就要去陕北延安了。"

老五叔一听，高兴地说："你们走的时候，把鄂豫皖和我也带上。"

"这肯定不行，我们的行动是组织秘密安排的，要经过兰州、西安，绕道去延安。据了解，现在八路军在兰州设立了办事处，积极营救失散的红军伤员。鄂豫皖回陕北延安，如果山路走不通，就试试走大路去兰州，找八路军办事处再返回延安，大家觉得怎么样？"

"山路都走不通，还能走大路？大路上马家兵肯定沿路设了不少路卡，能行吗？"

"我在凉州城里认识一位马家兵的处长，看他能不能帮上这个忙。"

毛西都说："现在也只能这样了。"

第二天清晨，毛西都随卫国去了凉州城。鄂豫皖在古堡等着，希望卫国能给他们带来好消息。

"我有位本家叔叔要到兰州去看看亲戚，现在路上查得紧，求王处长给我弄两张去兰州的通行证吧。"

酒喝的面红耳赤的王处长听了卫国的话，突然放下了手中的酒杯，瞪着血红的眼睛，盯着卫国看了半天，说："你是给红军办事吧？"

"我以为这点小事难不了大处长，没有想到您这个大处长也有难处呀！办不了就不办了，何必把这件平常事情与红军联系在一起呢！"

卫国一边回答着王处长的问话，一边笑嘻嘻地给王处长夹菜劝酒，仔细地观察着他的表情变化。

王处长是一个嗜酒如命主子，在马家兵城防部队里当事务处长。由于马家兵用人都以马豁子从老家河州带来的人为主，王处长是凉州本地人，虽然在马家兵里混了多年，但一直受排挤不得志，心存怨气。自从一年前与卫国有了"私交"，卫国经常请他喝酒。日久，两个人便成了无话不说的"好友"。

"在凉州城里，没有老子办不成的事情。"

王处长不止一次地向卫国炫耀，显示他在凉州城和城防部队里的地位和能力。他也曾帮卫国办过一两件小事，透露过一两次军中"内情"，常常被卫国捧得不知天高地厚东南西北。

卫国的激将法真灵。

王处长把杯中酒一饮而尽，在桌子上猛拍了一巴掌，瞪着两只血红的醉眼，对卫国说："兄弟，你放心好了，三天之内在这老地方见。"

卫国急忙起身，扶住王处长，顺势把几块银圆装进了王处长的上衣口袋里。说："这事儿，就全仰仗您王处长了。"

王处长摸摸卫国装进自己兜里的银圆，笑了笑，连打了一个酒嗝，对卫国说："兄弟，你见外了。"

卫国用手压住王处长的衣兜，笑着说："事成之后，定当重谢。"

醉醺醺的王处长拍着卫国的肩膀，说："兄弟，你等着就是了。"

第二天，王处长给卫国送来了两张通行证。拿到通行证，毛西都和鄂豫皖打扮成了商人的模样。鄂豫皖穿着长袍马褂，戴着礼帽和石头墨镜，骑上骡子，在毛西都的陪伴下，向兰州方向出发。

到了岔口驿时，马家兵设下的卡子横栏在路的中间。

毛西都和鄂豫皖两个人正要设法绕过去，七八个手持长矛大刀的民团队员从路边涌了过来。鄂豫皖骑在骡子上，一言不发。毛西都牵着骡子，大摇大摆地迎了上去。毛西都给民团中一位当官模样的人递了一支烟，然后按照他和鄂豫皖事先设计好的话语，给当官的耳边嘀咕了一阵子，鄂豫皖亮了亮上衣口袋里的通行证。民团的人大多不识字，也没有仔细看通行证。只听毛西都说，鄂豫皖是凉州城里的商人，是马豁子的座上客。当时在凉州谁人不怕马豁子，那当官模样的民团一听鄂豫皖与马豁子有交情，来头不小，急忙一挥手，民团就把他们放行了。

路途中，鄂豫皖和毛西都遇上了几个贩盐的骆驼客，大家就结伴而行。越靠近兰州，沿途盘查的关卡越来越多。几次过关卡，都险些被关卡上的马家兵查扣。经过几天的时间折腾，渐渐接近兰州城。可是，黄河铁桥又被卡死了，鄂豫皖拿出通行证，驻守兰州的部队不认凉州马豁子发的通行证。没有驻守兰州部队发的通行证，任何人都别想过黄河铁桥，进兰州城。

毛西都和鄂豫皖只能在黄河北岸暂时住了下来。

夜晚，一阵嘈嘈切切，小旅店的老板匆匆忙忙叫醒鄂豫皖和毛西都说，马家兵来抓兵了。他们二人就分头跑出了住的小旅店，约定第二天中午，在小旅店门口相会。

到了第二天中午时分，鄂豫皖没有出现在约定的见面地点。毛西都急得直打转，却想不出个好主意来。

太阳快落山了，天空集结着阴云。风很大，树上的枯枝发着尖厉的呼号，大地显得更加空旷悲凄。望着滔滔黄河水拍打着河岸，毛西都感到前所未有的孤独，心中暗暗埋怨自己没有照顾好鄂豫皖。

毛西都垂头丧气地来到附近一个小饭馆里，买了碗稀饭喝。饭馆的老板是个小老头儿，走了过来对他说："现在的年轻人，都上前线去打日本鬼子，你怎么还在这里闲逛呀？"

毛西都不好说实情，随便回了一句："打日本鬼子行呀，可我到哪里去

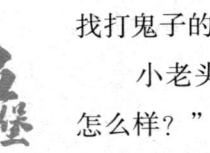

找打鬼子的部队呢？"

小老头试探性地问："现在到处都是国军，我把你送到国军里去吧，怎么样？"

毛西都摇摇头说："我不当兵！我是来兰州城里看亲戚的。骡子和行李全被人抢走了，现在又过不了黄河桥，回去怎么给父母亲交差哩？"

老头见毛西都不吐真言，就走进他低声说："你是在找人吧？"

毛西都抬头望了望，见小老头没有恶意，就点了点头。小老头把他拉到僻静处，说："你找的人，在我家的地窖里。现在查得紧，等到晚上才能出来。"

毛西都喜出望外，感激地望着小老头点了点头。

原来，那天夜晚，鄂豫皖从小旅店跑了出来，因腿脚还没有完全恢复健康，走路不是很利索，就摸黑来到了这个小饭馆。小老头一听口音，就知道鄂豫皖不是本地人。此时，小饭馆外面传来一阵阵狗叫声。小老头清楚，是追兵来了，就急忙把鄂豫皖藏了起来。白天，搜查得更紧了，小老头没有机会放他出来，只能等到天黑。所以，鄂豫皖错过了与毛西都会面的时间。

夜深的时候，小老头把鄂豫皖从地窖里放了出来。小老头笑眯眯地对他们说："既然你们不愿意当国军，我有一个朋友，他一定能把你带到抗日的地方去，去吗？"

鄂豫皖觉得小老头的话，说得有些莫名其妙，就问："你把我们送到哪儿去？"

小老头一听鄂豫皖的口音，脸上泛起红光。他轻轻地拽了拽鄂豫皖的衣袖，说："只要能过了黄河铁桥，你就能见到家里的亲人了。"

听了老头儿的话，鄂豫皖与小老头心照不宣地相视一笑。

第二天，小老头的饭馆里来了一位精干的中年男人。他带着鄂豫皖和毛西都顺利地过了兰州黄河铁桥。

"团结起来，一致抗日！"

"打倒日本帝国主义！"

"打倒汉奸卖国贼！"

兰州的抗日热潮像火山一样爆发，学生、工人和知识分子都在游行，声援抗战的口号声此起彼伏，响彻天空。爱国学生们手挽着手，不断高呼抗日救国口号，向街道两旁的市民和行人散发传单。市民们热情支持学生的爱国行动，有的送来开水和食物，有的自动加入了游行队伍。

鄂豫皖心里一下子亮堂了起来。带路的那中年人问："你们是红军吧？"

鄂豫皖望了望这人慈眉善眼，就点了点头，说："我们要找红军队伍。"

那人会意地笑笑，没有言语。他带着鄂豫皖和毛西都穿街走巷，七拐八折，来到了一个不大的宅院前。院门前长着一个大槐树，门口挂着一尺多宽、五尺多长的木牌，上书："国民革命军第十八集团军驻兰州办事处"。一些穿着灰布军服，佩戴着国民党帽徽的人员进进出出。鄂豫皖大吃一惊，对带路的中年人说："我要找红军，你怎么把我们带到国民党的部队里来了？"

那中年人对他笑笑，没有立即回答鄂豫皖的问话。鄂豫皖想，跑吧，眼看是跑不了，他只好硬着头皮跟那人进了院门。

一位身着灰布军服的年轻人，把鄂豫皖和毛西都领进了一间屋子，安排他们洗澡、吃饭后住下。见他们穿着单衣单裤，又拿来了灰布棉衣棉裤，和蔼地说："天气冷了，快穿上吧！"

"这到底是怎么一回事呢？"

鄂豫皖奇怪地想着，觉得这些人的举动，一点也不像国民党部队当官的样子。但他依然不相信，这里就是他要找的红军部队。正在迟疑，年轻人带他们来到那个中年男人的屋子，中年男人找他们谈话。

一进门，那中年男人就好像看透了鄂豫皖的心思，开口就说："同志，八路军就是过去的红军，为团结抗日才改编的，它是共产党领导的队伍，总部在陕北延安……"

没有等那人把话说完，鄂豫皖就站起身来，扑上去紧紧抓住那人的手，大声说："我终于找到红军了。"

这位铁骨铮铮的五尺硬汉子，竟然激动地抱着那位谈话的中年男人，放声号啕大哭起来。

了解了鄂豫皖和毛西都情况后，谈话的那人真诚地对毛西都说："你是位好同志，把人送到这里，只能说你完成了任务的一半。现在你也应该到延安去，学点革命道理，将来在家乡做革命的事情。"

毛西都一听，愉快地答应了这位同志要求："好，好，好。我要和鄂豫皖一同去延安，去参加红军。"

几天后，在八路军驻兰办事处的安排下，鄂豫皖和毛西都一同乘坐一辆送货的汽车，到了西安。之后，由八路军驻西安办事处用汽车把他们和来自全国各地的二十多位进步青年，送往他们梦想已久的革命圣地延安。

第三十四章
历经艰难重归革命队伍　初心不改奔赴抗日前线

"延安，我来了！"

当鄂豫皖第一眼看到巍峨的延安宝塔山时，他激动得大喊一声，跪在地上，双手捧起延安的黄土，深情地放在胸前，泪水模糊了双眼……

鄂豫皖和毛西都脱掉了破旧的衣服，换上了八路军崭新的军装。部队首长来看望慰问他们，鄂豫皖坚定地向前来看望他们的首长请求："首长，请让我到抗日前线的战场去吧！"

部队首长亲切地对鄂豫皖和毛西都说："你们受苦受罪了，刚刚回到部队，需要休息和学习。等身体彻底恢复了，一定答应你们的请求。"

鄂豫皖和毛西都愉快地接受了组织的安排。第二天，他们就到抗大参加学习。

一个休息天，毛西都正在宿舍整理被褥，一位小战士悄无声息地来到他的背后，用双手紧紧地蒙住了他的眼睛。毛西都好奇地问："谁呀？"

"你猜！"

"小豆子！"

小战士一声"你猜"，毛西都就从他的口音，就准确地猜到是小豆子。他转身把小豆子压倒在床上，亲昵地在他屁股上打了几巴掌，说："你怎么现在才来看我？你怎么现在才来看我呀？"

小豆子翻身下床，笑着边跑边求饶，一头撞在从窑洞门外进来的鄂豫皖怀里。

"小豆子！"

鄂豫皖大喊一声，双手将小豆子举过头顶，来了一个三百六十度的旋转，欢乐的笑声溢满了整个窑洞。

鄂豫皖亲热地拉着小豆子的手,来到床前坐下。他仔细端详了一会儿,说:"几个月时间不见,小豆子胖了白了。"

毛西都站在一边,笑眯眯地看着小豆子说:"配上这一身干干净净的灰布军装,人也长高了,显得特别有精神了,像个八路军战士了。"

毛西都抓住小豆子的手,问:"张排长、铁塔、狍子他们都好吗?"

"好!"

"他们怎么没有来看我们?"

"他们暂时来不了。"

小豆子告诉毛西都和鄂豫皖说:"张排长、铁塔、狍子他们经过一段时间的学习和休整后,被分配到了不同的部队。前几天,他们已经随部队,奔赴晋察冀到抗日的最前线去了。"

"当时,我也要求和张排长、铁塔、狍子他们一样,随部队去抗战的前线,但是我的三个脚趾头在祁连山行军中被冻掉了,走路不利落,首长就把我留在抗大机关当勤务兵,说等我的伤完全好了再去前线。"

小豆子说这些话的时候,显得有些不开心。鄂豫皖笑着说:"你如果和张排长他们一块走了,我们现在可就见不到你这位'红小鬼'了。"

"我现在十六岁了,长大了,不再是'红小鬼'了。我要到前线去,和战友们一起杀鬼子。"

"好,好,好。我们的小豆子长大了。下次,我要是去前线,一定带上你。"

小豆子噘着嘴说:"张排长也说过,要是他到前线去,一定带上我。可他离开延安的时候,还是悄悄地走了。你这次说话,可一定要算数,不许骗人。"

鄂豫皖认真地望着小豆子说:"我说话算数,一定不骗你。"

毛西都见小豆子开心了起来,便忙插话说:"张排长和你们回延安的路上还顺利吧?"

毛西都的一句问话,勾起了小豆子的许多回忆。

那天,张排长带领小豆子他们告别老五叔和乡亲们,沿大横山山脊而行,太阳偏西的时候,他们来到了横梁山。为了不被把守在路卡上的马家兵发现,他们就隐蔽在灌木丛中,吃了一点食物,稍作休息。等天完全黑下来,大家走下羊肠小路，在夜色的掩护下，沿大路而行，直奔一条山。

红军究竟在哪里？

张排长和小豆子他们谁也不清楚。但是，他们心里明白，朝着太阳升起的方向走，过了黄河，就一定能够找到陕北延安，就一定能找到红军部队。

虽然张排长和小豆子他们在古浪东南山乡得到了数月的休息，体力得到了一定的恢复。但是，大家身上的伤，都没有痊愈。尤其是脚上的冻伤，一到秋冬季节，就开始复发。大家的脚红肿奇痒，慢慢地开始溃烂。走的路多了，脚上龟裂的一道道干缝里就开始流血，走起路来很痛。但是，回延安找红军部队心切，大家用布条把脚裹起来，忍着剧痛，昼夜不停地前进。

一天走下来，从脚上那一道道干裂的缝里流出血水，渗透了包扎的布条，在鞋子里淤积成血块，把鞋底和脚粘连在一起。

铁塔和狍子熟悉路，他们白天走小路，夜间赶大路，实在困乏了就隐蔽在山沟或者路边，休息一两个小时。经过几个昼夜不停地行走，终于来到黄河附近。

夕阳西下，远远望去，黄河像一条游动的蛟龙，扭躯摆尾在夕阳中缓缓流动。张排长让其他的同志隐蔽在离河岸不远的一个土坎后面，他带着狍子到河岸附近了解情况。

黄河岸边一片寂静，只见有一个老头儿独坐在河岸边，像是在钓鱼。张排长和狍子来到了钓鱼者面前，狍子走上前，低声问道："老爷爷，附近有摆渡的人吗？"

那人抬起头来望了望狍子，又望了望张排长，说："听口音你是古浪人吧？"

狍子满面堆笑地回答说："老爷爷，你猜得对着哩，我是古浪县东南山乡人。"

钓鱼者指指站在狍子身边的张排长，问："他也是古浪东南山乡的人吗？"

狍子回答说："他是我的姑舅哥，是河东那面的人，我送他回河东去哩。"

张排长发现，那钓鱼者一听狍子说自己是河东那面的人，面部的表情立刻紧张了起来。

钓鱼者慢慢地站起身来,用黑棉袄衣袖拍打了一下屁股上灰土，收起渔具,说:"你们跟我走吧。"

狍子问:"老爷爷,您带我们去哪里呀?"

钓鱼者头也不回地说:"你们不是要过河吗?摆渡的人在村庄里,跟我去叫人呀!"

钓鱼者带着狍子和张排长向附近的一个村庄里走去。

村庄不大,十几户人家紧挨着住在一起。炊烟像懒婆娘伸懒腰一样,摆动着腰肢从低矮的黄土院落里缓缓升起,一股麦草燃烧后散发出的清香味儿,飘荡在村庄附近的上空。快要进村庄的时候,张排长发现村庄外面的一户人家院门前的几棵白杨树上,拴着的几匹马儿在相互啃痒。他仔细一看,发现马背上都备着马鞍。张排长的心里不由得咯噔一下,他想这一定是马家兵的战马。他拽了拽狍子的衣袖,向那拴马的方向望了一眼。狍子会意,便急走几步,赶到钓鱼者的面前,问道:"老爷爷,这个村庄叫啥名呀?"

钓鱼者显得十分惊慌,嘴皮子动了几下,没有回答狍子的问话。突然,他丢掉手中的渔具,撒腿就向村庄里跑去。

张排长和狍子转身就跑,那钓鱼者没命地往庄子里跑,边跑边喊:"有红军,快来抓红军呀。有红军,快来抓红军呀⋯⋯"

村庄里的狗叫了起来,隐隐约约听到人声嘈杂起来。不一会儿,只见从村庄边的那一个院落里,冲出几个人,跑到那几棵大树前,解开马缰绳,爬上马背,一边鸣枪,一边向张排长、狍子追来。

张排长怕马家兵发现隐蔽在土坎后面其他同志,带上狍子向土坎的反方向跑去。

"站住,站住!"

"再跑,老子就开枪了。"

马家兵叫喊着,鞭催战马向张排长和狍子追去。

一条小河挡住了张排长和狍子的去路。马家兵越追越近,张排长拉上狍子毫不犹豫地跳进了河里。马家兵策马追到河边,见河水湍急,四周静悄悄地,不见人影。马家兵朝河里开了几枪,无可奈何地回去了。

小河不宽,只有五六丈;河水不深,只有三四尺。张排长带着狍子游过小河,上了河岸,向北望去,暮色中看到不远处有一片模糊的黑影子,直觉告诉他们那一定是个村庄。两人脱下衣裤拧干水,在黑夜中,深一脚浅一脚地向前面的那个村庄的方向走去。

深秋季节,西北的天气已经很冷了。夜晚的河面上,已经开始出结冰碴儿了。张排长和狍子浑身衣裤湿透,一阵夜风袭来,衣裤立刻冻成了硬块,走起路来唰唰地响,冻得他们直打哆嗦。

"捡些柴火,烤烤衣服,取取暖再走吧。"

"现在还没有彻底脱离危险,黑夜生火,就会把马家兵招来。再坚持一下,我们进了前面那个村庄,找个老乡家取取暖。"

张排长的话,提醒了狍子,打消了他生火取暖的念头。两人在黑夜中,继续前行。

张排长引着马家兵向北面的方向跑了,隐蔽在土坎背后的小豆子和其他同志都看得清清楚楚。

天完全黑了,小豆子和同志们见马家兵斜挎着枪,骑着马回了村庄,但始终不见张排长和狍子回来。小豆子和其他同志分头去找张排长和狍子。

第二天东方露出鱼肚白的时候,小豆子和大家陆陆续续回到了土坎儿后面。大家都没有找到张排长和狍子。为了隐蔽,小豆子和同志们分成两个小组,一组人继续寻找张排长和狍子,一组人秘密寻找船工,准备渡河。

小豆子和铁塔一组逆河流而上,来到了一个小村庄边。他把其他同志藏在村庄外面的土壕沟里,小豆子只身一人来到村庄边的一个独户人家。

这是一个黄土墙围起来的小院子。院墙不高,人站在墙外,就能把院内的一切看得清清楚楚。小豆子隔墙看了看院子里很安静,发现屋子的门是虚掩的,他便轻轻地敲了几下院门,低声问:"有人吗?"

闻声儿来开门的是一位精神矍铄,留着山羊胡子的老人。老人仔细端详了一会儿小豆子,便把小豆子领进了院子,说:"饿了吧?"

小豆子没有说话,只是点了点头。老人笑了笑,从炉子端下一个砂锅,盛了一碗热乎乎的山药拌面汤,端到小豆子面前说:"外面天气冷,吃点热饭,身子就暖和一点了。"

小豆子见老人和蔼可亲,就端起饭碗吃了起来。他边吃边试探着问:"老爷爷,我的家在黄河那边,能送我过河吗?"

老爷爷笑眯眯地摸着小豆子的头,和颜悦色地问:"你是红军吧?"

小豆子见老爷爷没有恶意,就点了点头。老爷爷说:"红军是好人,你们的部队从东边渡河过来的时候,我就给带过路。"

说话间,老人掏出一块银圆,说:"这是你们红军首长给我的带路钱,我一直留着做个念想。"

"唉!"老爷爷长叹一口气说,"眼下,马家兵把黄河渡口都封了,不让人过河。你要真想过河,必须等到后半夜。到那时候,我给你找个人,把你送过河去。"

小豆子一听,喜出望外,说:"老爷爷,我们还有几个人哩。"

"其他人都在哪里?"

"在村庄外面分散隐蔽着哩。"

"你回去告诉他们,离村庄远一点,一定要藏起来。白天,马家兵经常进庄子里来搜查。到了晚上,头鸡儿叫的时候,你们过来,带你们渡河。"

小豆子和老爷爷告辞后,悄悄摸出村庄。好不容易等到了太阳落山了,大家在约定的时间里,先后都来到了约定会面的地方。派去找人的一组同志说,没有发现张排长和狍子的踪影。

小豆子把老爷爷愿意帮助大家过黄河的事情一说,大家都很高兴。小豆子紧紧地抓住铁塔和毛奎的手,有些不舍地说:"铁塔哥哥,很感谢你一路送我们到黄河边,今天晚上你们就可以回家了。等革命成功了,我们一定回来看望你们的。"

铁塔和毛奎一听小豆子要让他们回家,急了,嚷嚷着说:"不,我们不回去。我们要跟你们去黄河那边,去找红军的部队当红军。"

小豆子急忙对铁塔和毛奎说:"悄声点!悄声点!"

最后,小豆子和其他同志一起商议,如果在他们渡河之前,张排长和狍子还不回来,大家就和铁塔、毛奎先行渡河,一起去找红军部队。

黎明前的夜色更加黑暗,整个大地一片沉寂。

"喔喔",伴着村庄里传来鸡的啼叫声,大地万物被第一缕蓝幽幽的晨曦拥抱起来,黎明随之到来。老爷爷和一个非常壮实的小伙子,每人扛着一个皮筏子,来到黄河岸边。

"老爷爷，我们这么多的人能过去吗？"

小豆子望着湍急的河水，焦虑地问老爷爷。老人笑眯眯地望着小豆子没有回话，那小伙子说："那要看你们有没有胆子。"

"只要能过河，我们什么都不怕。"

小豆子坚定地说。老爷爷和小伙子对视一笑，把羊皮筏子轻轻放到河水中。河水拍打着河岸，小豆子他们分别乘坐在两个皮筏子上。

老爷爷和年轻小伙子小心翼翼地让羊皮筏子顺流往下移动，顺流漂移了十几米，老爷爷和小伙子熟练地用蒿往河岸的坡地上用力一撑，身子一跃，稳稳地跳到了水中漂游的皮筏子上。

越到河中间，河水越湍急。咆哮的黄河水，飞溅着浪花，摆出一副吞没一切的架势。皮筏子浮在水面上，好像一片落叶，一会儿被推向浪头，一会儿又被抛向浪底。老爷爷和年轻人都很从容，他们用手中的蒿秆，搏激流，避险浪，用力向对岸划去。

经过一个多小时的漂流，大家渡过了黄河。小豆子拿出几块钱作为酬谢，说："老爷爷，我们是红军，后面可能还有红军要渡河，有些人身上无钱，你们一定要帮帮他们呀。革命成功了，我们红军一定不会忘记你们的。"

老爷爷一脸慈祥，银须在晨风中飘动。他手握着蒿秆，微笑着，没有说话。那年轻人抢过话头说："只要是红军渡河，我爹都不收钱。"说着他把几块钱退了回去。

原来老人和年轻人是父子。小豆子紧紧地抓住老爷爷和小伙子的手，不知说什么才好。

黎明微弱的亮光洒在河岸的群山、树林、村庄间，黄河浊浪翻滚，两只皮筏子在水面上飘动着，渐行渐远。老爷爷父子急着要赶回去，如果被马家兵发现他们送人过黄河，不坐牢，也得身上掉层皮。

河面上出现了淡淡的晨雾，远远看去，若有若无，像是仙女舞动的轻纱。小豆子他们立在黄河岸边，目送着远去的父子。皮筏子在黄河水中飘荡着，那年轻人的红腰带像旗帜，在风中飘动着，渐渐地，在河面上变成了一个小红点，慢慢地离开了小豆子他们的视线……

翻过六盘山就到了平凉。

在平凉街头，小豆子他们悄悄地向行人打问红军部队的下落，一位店铺的老太太告诉他，说："前几天你们的部队上的人这里买过布，他们就住在山那边！"

小豆子和同志们望着老太太指的大山，心里激动得不知说什么才好。

等到天黑，小豆子和同志们不顾一切地向那大山走去。

一团浮云遮蔽了月光，大地变得一片漆黑。突然，走在前面的小豆子发现敌人巡逻队，他和同志们急忙趴在田埂边。巡逻队有七八个人，他们用手电筒照着路，从小豆子和同志们藏身的地埂边走过，摇摇摆摆地向前走去，没有发现小豆子他们。

小豆子和同志们来到大山脚下，吃了点随身带的干粮，开始爬山。遇到土崖不好上，他们就把衣裤脱下来接到一起，一个一个地往上吊。

登上山梁，天已经大亮。

小豆子和同志们沐浴着晨风和阳光，心情格外舒畅。他们路过一个村庄，发现墙上贴着红军写的标语："拥护抗日民族统一战线！""团结抗日！""红军万岁！"对于受尽苦难的小豆子和同志们，一条一条的标语，就像一滴一滴蜜糖流淌在炽热的心窝里。他们忘记了饥饿，忘记了疲劳，加快了步子，寻找自己的队伍。

这里是游击区，并没有驻扎的红军队伍。

到了中午的时候，小豆子和同志们，在一个集镇上，找到了红军部队的筹粮处。见到亲人，他们激动得热泪情不自禁地从眼里流了下来。

"我们找到红军了，我们回家了。"小豆子大喊着扑过去，和筹粮的红军战士紧紧地抱在了一起。

筹粮处的同志们送小豆子和同志们到了驻军一个团部，团首长前来看望了小豆子和大家。

经过几天的休息后，同志们的身体得到了逐步的恢复，部队首长安排他们乘坐运粮的马车，向延安出发。

张排长和狍子并没有这么顺利。那天夜晚，张排长带着狍子游过小河，艰难地往前行走,来到一个不大的小村庄。村口,长着几棵歪歪斜斜的沙枣树。十几户人家很零散地居住着,村庄四周全是黄沙。

张排长和狍子还没有靠近村庄,村庄里的狗就狂叫了起来。

张排长在村庄外面隐蔽观察了一会儿,见村口的一户人家的灯亮着,就悄悄地走了过去。他们小心地进了院子,靠近灯亮的屋子。只听见屋子里吵吵闹闹的,人声十分杂乱。张排长感觉不对,急忙往院子外面走。哐当一声,狍子不小心,碰倒了院子里的一把铁锨。

"有红军,抓红军。"

屋子里的人们叫喊着,提着马灯跑了出来。张排长和狍子急忙向村外跑去。

那是一伙夜间巡逻的民团,聚在一起赌博,听到院子里有响声,民团队员叫喊着跑了出来。

民团队员带着一只猎狗。猎狗的嗅觉很灵敏,顺着张排长他们的足迹,带着民团紧追不舍。张排长和狍子紧跑慢跑,始终无法摆脱民团的追踪。

越跑沙越多,路越难走。张排长和狍子把鞋子脱下来扔了,不顾一切地向沙漠深处奔跑……

张排长和狍子一夜奔跑,记不清是啥时候甩掉了民团的追踪。天亮一看,四周是一望无际的大沙漠。

风吹沙动,满天都是扬起的沙尘。一个个沙浪向前涌动着,像一只无形的巨手,将沙漠揭去了一层,又揭去一层。一眨眼的工夫,沙漠里所有的痕迹都荡然无存了,好像是大自然给这里铺上了一张黄色的新地毯。

等太阳升起来的时候,风停了下来。放眼望去,沙漠里看不到一棵树,也见不到一个人,唯有一望无际的茫茫黄沙。

张排长和狍子眼看着四周的黄沙,不知往哪里走。

沙漠地区温差大,夜间的温度在零下十几度,冻得人瑟瑟发抖。太阳一升起来,大漠就立刻变成火炉,灼人的热浪席卷着每一寸土地,使人喘不过气来。他们在沙漠中艰难地向前跋涉,饥渴交加,精疲力尽,觉得随时就会倒下去。

忽然,张排长和狍子看见远远的地方有几峰骆驼,隐隐约约还看到有一顶住人的帐篷。他们心中一阵狂喜,连滚带爬向有骆驼有帐篷的地方赶去。

骆驼很多，大约有几百头，帐篷只有一顶。

这时，从帐篷便跳出一条又高又大的黑狗，向张排长和狍子扑来。他们正要用棒子招架，帐篷里出来一位中年男人，大喝一声："黑子，回来。"

那凶恶的"黑子"，听到主人的叫声，突然变得温顺起来，围着中年人一圈一圈地转圈儿。

"去，去，去。"中年人把狗赶走，大声问张排长，"你们是干啥的？"

狍子一听，问话者是古浪县人的口音，心中一喜，忙回答说："乡亲，我们是古浪县东南山乡的，去一条山迷路了。"

问话的中男人一听是"迷路的"古浪老乡，就毫不犹豫地走了过来，把张排长和狍子扶进帐篷里。帐篷里还有一老一少两个人。老者对张排长上下打量一阵，说："你们是红军吧？"

狍子对问话的老人如实说："老爷爷，我是古浪县东南山乡的，他是红军的张排长。张排长受伤和红军队伍失散了，老五叔让我带路送他过黄河，去找红军部队。"

老人一听老五叔的名字，说："老五叔为人仗义，在古浪山川谁人不知呀！他舍身所救之人，肯定就是好人。快坐下，快坐下！"

老人见张排长始终站着，不肯坐下，就说："我们都是穷人，不要怕。你别看这么多骆驼，都是地主家的，我们是给地主放骆驼的牧工。"

张排长慢慢地坐在老者的身边，舔一舔干渴的嘴唇，说："老爷爷，我们快渴死了，能给点水喝吗？"

老人让中年人拿来了一个盛水的坛子，倒了两大碗清水，说："喝吧。"

张排长和狍子毫不客气地端起水碗，"咕嘟咕嘟"一口气喝了几大碗。

在牧驼人的帐篷里休息了三天，张排长和狍子要走了。牧驼人也要去沙漠外面驮水，便牵来一峰骆驼，让张排长和狍子骑着骆驼，带他们一同出沙漠。

带他们出沙漠的牧驼人，身材高大，眉宇间透着善意。他对张排长和狍子说："幸好你们遇到了我们，要不然，不是被狼吃了，就是渴死在沙漠里。在这里，东面是沙漠，西面是沙漠，北面还是沙漠，往南走四五十里路才有水。没有足够的水，人是走不出这沙漠腹地的。"

送出了沙漠，牧驼人给张排长和狍子送了一点干粮。张排长和狍子告别了救了命恩人，继续踏上了寻找红军部队的路。

过了黄河，张排长打听到镇原有红军，就日夜兼程地往镇原赶。镇原位于甘肃省东部，东临陕西，西接宁夏。张排长和狍子来到镇原，街上遇到了一位卖锅盔的。他走近张排长说："走路容易饿，买个锅盔吃吧。"

还没有等张排长开口，生意人就把两个锅盔塞到了他的手里，说："你好好看，这是两个。"

说完话，那人便消失在人流中。

张排长掰开锅盔，中间夹着一张纸条，上面写着："翻过这座山，以东是红军游击区。"

张排长和狍子高兴极了，两个人在街上讨要了一碗水，边吃饼子，边向红军游击区奔去。

张排长老远就看到红军哨兵帽子上的红五星，他兴奋得流着眼泪，向前跑去，就像从脚底生长出一份力量，步子越跨越大，越走越快。当他冲进部队大门时，大喊一声："我找到红军队伍了，我终于回来了。"人便晕倒了。

张排长和战友们历尽千辛万苦终于回到了延安，回到了党组织的怀抱，回到了红军的队伍。

延安，一个充满希望和生机勃发的世界。从延河畔飞出的抗日歌曲旋律，响彻蔚蓝的天空：

风在吼，马在叫；
黄河在咆哮，黄河在咆哮！
河西山冈万丈高，河东河北高粱熟了；
万山丛中抗日英雄真不少，
青纱帐里游击健儿称英豪！
端起了土枪洋枪，
挥动着大刀长矛，
保卫家乡，保卫黄河，
保卫华北，保卫全中国！
……

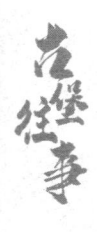

严寒的冬天,已经过去;热烈的春天,翩然而至。迎着春天温暖的阳光,一批一批的热血青年从延安出发,奔赴抗日前线。

"回到家乡后,一定要代我向老五叔和乡亲们问好!革命成功后,我一定前来看望乡亲们。"

"你一定要保重!到了前线要多杀鬼子,多立战功!我和老五叔等你凯旋的好消息!"

鄂豫皖和毛西都两双有力的大手,紧紧地握在一起,互相勉励告别。

延安的三个月时间过得真快。

鄂豫皖、毛西都结束了在延安抗大愉快的学习生活。肩负共同使命,从中国革命圣地延安的土窑洞出发,分赴国家和人民最需要的地方去。

鄂豫皖没有食言,他带着小豆子随部队,开赴晋察冀抗日的最前线去了。毛西都因为腿伤不能随部队到前线去,他愉快地接受了组织的安排,回到地方,展开敌后斗争。

尾　声

河西走廊这片宽厚的黄土地，深深地牵动着许许多多老红军、共和国元帅和将军们的情思，他们忘不了那"天当房，地当床，星星月亮指方向"艰苦磨难日子，百姓冒着生命危险对他们进行救助和掩护的情义，这片土地已经凝结成他们生命中难以消解的情结。

1983年的一天，一辆小汽车缓缓地驶入河西走廊，车上坐着老红军王定国同志。她离别这里40年后，又一次来到这个她曾经战斗过的地方并走了一遍。她访问了依然健并定居在河西走廊的红军老战士，祭奠了血洒河西的烈士英灵，看望了情深似海的乡亲们。

1990年11月6日，一架银灰色的飞机盘旋在河西走廊上空。机舱内，徐向前元帅的骨灰盒上覆盖着鲜红的党旗。遵照向前元帅的意愿，他的部分骨灰伴着白黄两色鲜花撒落到祁连山、河西走廊，与牺牲在这里的万千英烈同在，与祁连山同在……据地方史志记载，在那血雨腥风白色恐怖的日子里，古浪县有三十多人冒着生命危险为红军队伍带路，使红军的队伍巧妙地躲过了马家兵一次又一次的围追堵截；百姓收留、救治了一百多名红军伤病员。五六十名红军伤病员病愈之后东返陕北延安，三十多名红军重伤病员，在当地百姓各种掩护下隐蔽在古浪东南山乡。1949年，这些红军战士重新回到党的怀抱，成为新中国第一批基层干部，为巩固新政权、保卫胜利果实、发展地方经济作出了贡献。苏秀英、罗正华、刘万寿等一批定居在古浪的原红军战士被授予"对敌斗争中英勇不屈、生产战线上著有丰功伟绩的红军战士"称号。

五爷爷讲完古堡往事之后，我们不敢贸然动笔，开始了漫长而艰辛的孕育。天气，很是晴朗。我们打起背包，去了八路军驻兰州、驻西安办事处旧址，沿着红军当年走过的路，穿越千里河西走廊，到当年红军浴血奋战的营垒、

古堡、坑道、城池，追寻革命先辈的足迹，有幸采访到了年已古稀的李文英等红军老战士，慕名拜访了甘肃省社会科学院研究员冯亚光先生，聆听他们讲述的一桩桩感人肺腑的红军故事。

我们沿着最心暖的路径走了过去，用心与古堡已逝和尚在的先辈们对话，探寻古堡的命运。老五叔、毛西都、喜子和邓妈妈、蔡奶奶、倪陆奶奶，还有身壮如牛的铁塔、奔跑如狍子的毛英……这些"小人物"无一不是古堡的子孙。

历史不会忘记为共和国奠基的英烈，同样也没有忘记超越亲情、不顾个人安危、冒死救助红军的人民。坐落在河西走廊的高金城烈士纪念馆，馆内回响着爱国人士高金城救治营救300多名红军战士的感人事迹。古堡人李映海、邓兰英、蔡长德、杜荣堂等乡亲被授予"保护红军将士及其子弟有功的同志"这份至高无上的荣耀……

孕育《古堡往事》的过程，是思维跋涉、生命拓印、思想升华、心灵遥祭的过程。历时五载，我们完成了《古堡往事》。

五爷爷讲述的这些古堡往事，离我们越来越远。故事的主人公、见证者陆续故去。先烈和先辈们给子孙们留下了筑牢信仰之基、补足精神之钙、把稳思想之舵的精神富矿，点亮了一盏照亮行途、升华生命的心灯。心灯长明，留给这片土地光明和温暖，留给子孙们清醒和明白，成为我们新长征路上的动力和源泉。